SAARLAND KRIMI 2

Martin Conrath, 1959 in Neunkirchen/Saar geboren, ist Journalist, Autor, Dozent, Musiker, Werbetexter, Schauspieler, aber vor allem: ein Leben lang Auf-Schreiber, Geschichtenerzähler, Beobachter. Er lebt mit seiner Frau in Saarlouis. Im Emons Verlag erschien »Stahlglatt«.

Dieses Buch ist ein Roman. Handlungen und Personen sind frei erfunden. Ähnlichkeiten mit lebenden oder toten Personen sind rein zufällig.

MARTIN CONRATH

DAS SCHWARZE GRAB

SAARLAND KRIMI

Emons Verlag

Umschlagzeichnung: Heribert Stragholz
Druck und Bindung: Clausen & Bosse GmbH, Leck
Printed in Germany 2005
ISBN 3-89705-403-5

www.emons-verlag.de

Die Menschheit lässt sich keinen
Irrtum nehmen, der ihr nützt.
Sie würde an Unsterblichkeit glauben,
und wenn sie das Gegenteil wüsste.
Friedrich Hebbel

EINS

Der Mann passte viermal in den Durchmesser der Seilscheibe, von der die armdicken Stahltrossen in drei Monaten abgebaut werden sollten. 187,5 Zentimeter mal vier. Siebeneinhalb Meter. Seine Gesichtsfarbe hatte sich dem fahlen Weiß des eintausendfünfhundert Tonnen schweren Fördergerüstes angepasst. Unter seinen Fingernägeln klebte fettiger, schwarzer Staub. Die Besuchergruppe war wieder nach unten gefahren, niemand würde sich später an den Mann erinnern können. Die silbergrauen, ultrakleinen Digitalkameras hatten in ihren Arbeitsspeichern all das, was der Mann schon tausendmal gesehen hatte, in Nullen und Einsen verwandelt: die Absinkweiher, der große und der kleine. Die alten Fördergerüste von Schacht zwei und drei. Die Fördermaschine. Bei jeder der seltenen Führungen gab es ein kollektives erstauntes Ausatmen der Besucher, wenn die Leistung bekannt gegeben wurde: zehntausend PS. Und bei jeder Führung gab es einen Witzbold, der meinte, das Maschinchen hätte er gerne unter der Haube seines zehn Jahre alten Golfs.

Die Schwarzweißkaue. Wo sich die Bergleute vor der Schicht umzogen und nach der Schicht den Schweiß, den Staub und manche die Angst abwuschen. Schwarz für die Arbeitskleider, weiß für die Straßenkleider. Jede Kachel und jede Fliese kannte der Mann dort. Die Kaffeeküche. Wie viele Ringel Lyoner sind dort über den Tresen gegangen? Wie viele Liter Tee? Wie viel Bier? Der Mann kam zu keinem Ergebnis und wandte sich nach Norden. Da lagen die niedlichen Häuser von Göttelborn, dem kleinen saarländischen Dorf, das der Kohle Existenz und Identität schuldete. Der Mann machte ein paar Schritte, wandte den Seilscheiben den Rücken zu und betrachtete seinen Feind, das Sonnenkraftwerk, das perfekt nach Süden ausgerichtet war. Glasplatten, mit Siliziumkristallen überzogen, schimmerten bläulich in der Mittagssonne, die heiß herunterbrannte, die Platten auf über einhundert Grad Celsius aufheizte und damit den Wirkungsgrad erheblich herabsetzte. Je heißer die Platten, desto schlechter die Ausbeute an Strom.

Die Autobahnen A 1 und A 8 schlossen die Grube Göttelborn in einem Dreieck ein. Erhob man sich noch weiter als die einundneunzig Meter des Fördergerüstes über die Welt, ergab sich eine andere Sicht: Göttelborn lag in einem Autobahnviereck, dessen nördlicher Punkt das Saarbrücker Kreuz markierte. Nach Trier, Saarlouis und Luxemburg führten die Straßen, nach Neunkirchen, Saarbrücken, Mannheim und Karlsruhe.

Einundneunzig Meter, dachte der Mann. Wenn ich springe, dauert es vier Sekunden, bis ich tot bin. Er zählte leise. Einundzwanzig, zweiundzwanzig, dreiundzwanzig, vierundzwanzig, tot. Wenn ich springe, werden die Zeitungen schreiben: Er ist vom höchsten Fördergerüst Europas gesprungen. Als Erster. Niemand zuvor hat etwas Vergleichbares getan. Unsterblich werde ich sein, und noch in hundert Jahren wird man von mir sprechen, manche tuschelnd, hinter vorgehaltener Hand, andere lautstark in einer Kneipe nach einigen Glas Bier. Soziologen werden nüchtern über den Mann von Schacht IV Theorien verbreiten, die alle falsch sein werden. Nur ich weiß, warum ich springen muss. Warum muss ich springen? Um ein Zeichen zu setzen. Um mich zu opfern, damit andere gerettet werden. Damit der Untergang aufgehalten wird. Das ist ein gutes Ziel, ein Ziel, für das es sich zu sterben lohnt: Gerechtigkeit.

Der Mann stieg auf die Brüstung.

Ich hätte die Medien informieren sollen, dachte er. Obwohl. Dann hätte man versucht, mich daran zu hindern. Irgendein Aufrechter hätte die Behörden alarmiert, und das Fördergerüst der Kohlengrube Göttelborn wäre gesperrt worden.

Mit einer Hand hielt er sich an einer Strebe fest, ließ seinen Oberkörper leicht nach vorn kippen, gerade so, dass er nicht stürzte. Noch nicht. In seiner Brust spürte er Wellen von Panik zusammenlaufen. Damit hatte er gerechnet und sich vorbereitet. Mehrmals atmete er tief durch, schloss dabei die Augen, sein Herz hörte auf zu rasen, die Schmerzen in seinem mächtigen Brustkorb ließen nach.

Die Gedanken stoppten. Dann sprangen sie umher und veränderten sich, wägten ab, der uralte Instinkt des Überlebens schlich sich an wie eine Katze bei der Mäusejagd und brachte ihn auf neue Ideen.

Warum ich?, dachte der Mann plötzlich. Nicht dass es mir etwas ausmachen würde. Aber dennoch. Nicht ich bin schuld am Untergang. Die Schuld tragen andere, und sie entziehen sich der Verantwortung, seit fast zwanzig Jahren. Muss ich dann nicht die Täter mit ihren Verbrechen konfrontieren und sie richten? Niemand sonst will es tun, kann es tun. Die Wahl ist auf mich gefallen, weil ich es kann und will. Wenn ich aber springe, gebe auch ich die Verantwortung ab. Das kann ich nicht tun. Denn ich weiß, wie, wo und wann das Gericht tagen wird, mit mir als rechtmäßigem Richter und Henker. Mein Gehilfe steht fest zu mir. Wir haben die Pläne geschmiedet, hundertfünfzig Jahre Wissen und Erfahrung sind eingeflossen, nichts kann den Plan gefährden. Aber wer bin ich, dass ich entscheide über Leben und Tod anderer? Das darf nur einer. Gott soll entscheiden, sein Urteil nehme ich klaglos an.

Langsam löste er die Hand von der Strebe. Jetzt verband ihn nur noch eine Schuhsohle mit dem sicheren Halt des Fördergerüstes. Er breitete die Arme aus und rief der Sonne entgegen: »Ich bin der König der Berge.« Dann wartete er. Nichts geschah. Kein Lufthauch, der ihn ins Schwanken gebracht hätte; sicher stand er auf der schmalen Brüstung. Einen Fuß hob er hoch, streckte ihn nach vorn aus. Ein wenig schwankte der große Mann nach rechts, aber er fiel nicht. Der Fuß tastete sich zurück auf die Brüstung, dann stieg der Mann, der sich selbst erwählt hatte, zurück auf den Stahlboden des Gerüsts. Noch einmal blickte er nach unten und stellte fest, dass er keine Angst mehr hatte. Weder vor dem Sprung noch vor dem, was er in den nächsten Monaten tun musste. Endlich war die Gelegenheit da, er hatte so lange gewartet. Der Tod hatte seinen Schrecken verloren. Jetzt war er bereit zu tun, was getan werden musste, denn Gott, die oberste Berginstanz, hatte entschieden.

Mit einem Lied auf den Lippen zückte er sein Handy, drückte die Taste und wurde sofort verbunden. Inzwischen war er an der Stahltür angekommen, die zum Aufzug führte. Damit dauert es etwas länger, bis ich unten bin, aber das macht nichts, dachte der Mann, lächelte und flüsterte ins Handy: »Die Entscheidung ist gefallen. Von höchster Stelle. Wir bereiten uns vor. Alles wird geschehen, wie wir es geplant haben.« Der Mann sah vor sich, wie sich die Gesichtszüge seines Sohnes am anderen Ende der Verbindung zuerst entspannten, dann ein leichtes Lächeln die Mundwinkel nach oben zog, aber nur ein klein wenig. Ohne eine Antwort abzuwarten, unterbrach der Mann, steckte sein Handy in die Tasche und trällerte sein Liedchen weiter. Dann erinnerte er sich an ein Gedicht von Adolf Groß. Adolf Groß. Der saarländische Bergmannsdichter. Tot seit über vierzig Jahren. Gestorben am 3. Juni 1962. Der Mann hatte ihn kennen gelernt, als er selbst noch ein Junge gewesen war, der gerade mit seiner Lehre als Bergmann begonnen hatte, und schon nach wenigen Worten war er von Adolf Groß beeindruckt gewesen, von den klaren, einfachen Gedanken und dem tiefen Vertrauen in Gott. Adolf Groß sagte einfach: »An Gottes Segen ist alles gelegen.« So wie heute. Wenn Gott es will, wird es gelingen. Der Mann hörte auf zu singen und sagte leise und voll Ehrfurcht das Gedicht auf, an das er sich erinnert hatte.

»Zu Berge fuhr sein Urahn schon / der Vater folgte und dann er, des alten Bergmannshauses Sohn.

So an die zwanzig Jahre fährt er nun schon ein / zur selben Zeit tagaus, tagein / prüft an der Kaue des Geleuchtes Schein / spricht sein Gebet und sein Glück auf / bevor sich neuet noch des Tages Lauf.

Ihn schrecken Nacht und Dunkel nicht / denn durch die Stollen leuchtet ihm sein Licht. / Wenn auch das Schicksal täglich ihn zum Teufel stößt / daraus seine Sehnsucht zu den Sternen strebt / so wird er dennoch täglich neu erlöst / wenn sich der Korb mit ihm empor zur Sonne hebt.

Das ist sein Los / dass er aus tiefer Erde Schoß / der Urzeit eingefang'ne Sonnenkraft zur Sonne hebet neu hinauf / und dessen klingt sein Gruß: Glück auf / dass er durch Sprüng' und Klüfte treibt das Ort / ob auch der Berg im Grimme grollet, da und dort / und ob auch steinerne Gewalten / die schwarzen Schätze fest umklammert halten / ob auch sein Kamerad dem Bergmannstode jäh erliegt: / er fährt doch ein, bis dass der Berg besiegt!

Zu Berge fuhr vor ihm sein Urahn schon / und, so's der Ew'ge will, so folgt ihm auch sein Sohn.«

Mit jeder Zeile steigerte sich die süße Trauer des Mannes, wie in Gräben liefen Tränen die tiefen Falten entlang, die jetzt, am Sonntagnachmittag, frei waren von schwarzem Staub. Der Aufzug kam mit einem leichten Ruck zu stehen, die Tränen waren getrocknet, die Türen glitten zur Seite, grelle Sonne blendete den Mann, der jetzt mit federnden Schritten zum Pförtnerhaus eilte, vorbei an den alten Fördergerüsten von Schacht drei und zwei, zur Linken das Förderband, das die Kohle in den Wascher fahren sollte. Kurz grüßte er den Wachhabenden, setzte sein Auto in Gang, und mit jedem Meter, den er fuhr, blickte er zuversichtlicher in die Zukunft. Er ließ den Parkplatz hinter sich, auf dem es keinen freien Platz mehr gab außer seinem, eine Lücke, die bald ein anderer füllen würde, bog links ab auf die Hauptstraße und hatte nach wenigen Minuten die Auffahrt zur Autobahn erreicht.

»So folgt ihm auch sein Sohn!«, rief er der Windschutzscheibe zu, trat das Gaspedal durch, schoss auf die Autobahn, ließ das Seitenfenster hinabgleiten, atmete die warme Luft und schrie mit voller Kraft in den Fahrtwind: »Bis dass der Berg besiegt!«

ZWEI

Bremer ließ sich auf den schwarzen Strand zurücksinken und genoss die kleinen Wellen, die immer wieder an seinen Zehen leckten, wie Welpen, unermüdlich, mit feuchten, salzigen Zungen. Langsam fiel sein Kopf auf die Seite, und er musste lächeln. Rosa, die ihren Namen zu Recht trug, hatte ihre feinen Lippen gekräuselt, die zierlichen Knie bis ans Kinn hochgezogen und starrte hinaus auf den Atlantik, der heute so ruhig und glatt war, als sei er erschöpft vom ständigen Anrollen an die Küsten von Gomera. Ohne Bremer anzusehen, flüsterte sie in das Abendrot eines heißen Tages: »Ich will nicht, dass du gehst. Ich will, dass du bei mir bleibst, mir zwei Kinder machst und mich ernährst.« Bremers Lächeln verflüchtigte sich so schnell wie das Zipfelchen Sonne, das eben noch neugierig über den Horizont gespitzt hatte.

Leichte Panik ergriff ihn. Wie immer, wenn er die Sonne im Meer verschwinden sah – seit seiner Entführung, die erst zwei Monate zurücklag. Er schloss die Augen, aber nicht ganz, einen Spalt ließ er die Lider offen, damit das warme Licht nicht ganz ausgeschlossen wurde. Die Begegnung mit Saskia Pierer vom Bundeskriminalamt. Die unbeschreibliche Nacht. Hals über Kopf verliebt, nur einen Tag kannten sie sich, da wollten sie schon heiraten.

Vier Wochen dienstunfähig, dann vier Wochen Urlaub. Morgen der letzte Tag. Acht Wochen. Eine gute Zeit, bis auf die Alpträume, die ihn immer wieder heimsuchten. Bis auf die Nervosität, den ganzen Tag nichts zu tun. Bis auf das nagende Gefühl, nicht gebraucht zu werden, denn die saarländische Polizei hatte sich nicht aufgelöst, seitdem Bremer seinen Dienst ausgesetzt hatte.

Die Nacht lauerte in jedem Schatten, Tiere und Menschen schwiegen den einen, kleinen Moment, und alle hofften dasselbe: dass sie morgen wieder aufgehen möge. Die Sonne. Für mich. Der Moment verflog, die ersten Sterne begannen ihr Wettglitzern.

»Du weißt, dass ich nicht bleiben werde, Rosa. Aber wenn du

mit mir kommen willst, dann steht mein Herz ebenso weit offen wie meine Haustür.«

»Nein«, sagte Rosa fast amüsiert. Sie lehnte Bremers Angebot zum sechsten Mal ab, aus gutem Grund. »Du kannst keine Orangenbäume anpflanzen in deinem Garten. Und keine Avocados.«

»Du hast Recht. Ich pflanze überhaupt nichts an in meinem Garten.«

»Du hast nicht einmal mit mir geschlafen.«

»Wegen Saskia.«

»Irgendeine Ausrede hast du immer. Diesmal die blonde Polizistin. Die du seit vier Wochen nicht gesehen hast. Die du gar nicht heiraten willst. Vor der du wegrennst. So wie vor mir.«

Bremer seufzte tief. »Die blonde Kriminalhauptkommissarin. Vom BKA. Die Spezialistin für Satan und Gott und Religion.«

»Das macht es nicht besser.« Rosa legte ihren roten Lockenkopf auf Bremers magere Brust.

»Liebst du mich denn nicht?«

»Doch. Aber anders als andere Frauen. Noch nie habe ich eine Frau geliebt, ohne mit ihr zu schlafen.«

»Ja. Dieses Unglück trifft leider mich.«

Bremer nahm Rosas Kopf in beide Hände, versenkte seine grauen Augen in Rosas schwarze. »Es gibt immer ein erstes Mal.«

In dieser Nacht brach Kriminalhauptkommissar Martin Bremer, Leiter der Mordkommission Saarbrücken, zwei Gelübde.

Der kleine Fischerhafen, der seit Monaten tagsüber von schweren Baumaschinen seiner Ruhe beraubt wurde, schlummerte noch friedlich im Morgenlicht. Der große Tourismus sollte im Valle Gran Rey einziehen. Dafür wurde der Hafen erweitert. Riesige Schiffe mit euroschweren Besuchern sollten einlaufen und die Kassen der Investoren füllen.

Bremer stand an der Mole und blickte in Richtung Fortaleza de Chipude, dem legendären und magischen Tafelberg. Von hier aus konnte er ihn nicht sehen, aber spüren, denn er hatte ihn ein Dutzend Mal in den letzten drei Wochen erwandert. Vom Meeresspiegel auf zwölfhunderteinundvierzig Meter war er hinaufgestiegen und geklettert, jeder Meter hatte ihn leichter gemacht. Auf dem Tafelberg gab es keine Mörder, der Himmel war weit und blau und gehörte nur ihm. Der Ozean lag zu seinen Füßen, der Wind trug die Dämonen sanft davon. Und der Abstieg bürdete ihm jedes Pfund wieder auf, seine Schultern wogen am Abend so viel wie am Morgen, im Tal, ganz nahe am Leben und damit ganz nah am Tod. Am liebsten wäre er auf den Mount Everest gestiegen. Allein, ohne Gepäck und Sauerstoffmaske. Dort, vielleicht, hätten sich die Dämonen für immer von ihm gelöst. Aber ohne Gepäck und Sauerstoffgerät hätte der Weg zum höchsten Berg der Welt seinen sicheren Tod bedeutet. Also musste er die Dämonen weiter durch sein Leben tragen und mit ihnen kämpfen, Tag für Tag.

Rosa hatte ihn nicht zur Fähre begleitet. Ein Glas Miel de Palma hatte sie ihm eingepackt, der eingedickte Saft der Dattelpalmen, die hier im Valle zu Hunderten wuchsen. Dazu ein Kilo Gofio. Geröstetes Maismehl. »Damit du vielleicht ein paar Gramm zunimmst«, hatte Rosa gesagt und noch einmal Bremers hageren Leib unter ihren Händen gespürt. Der kleine Laib Ziegenkäse, den Rosa eigenhändig geschöpft und gesalzen hatte, durfte nicht fehlen. Doch das schönste Abschiedsgeschenk waren Rosas Tränen gewesen und der geflüsterte Liebesschwur am Abend zuvor. Dass sie ihn lieben werde, egal ob sie nun einen anderen oder er eine andere heiraten werde. Bremer fragte sich, womit er eine solche Liebe verdient hatte.

Bremer bestieg das Schnellboot. Es legte ab und brachte das Leben des Kommissars auf normale Geschwindigkeit. Wellen peitschten vorüber, man musste angeschnallt sitzen bleiben, in unglaublichem Tempo ging es nach Teneriffa, nur eine halbe Stunde dauerte der Ritt, ein Segelboot hätte mehrere Stunden gebraucht. Wale und Delphine, die hier ab und zu gesichtet wurden, mussten lernen, damit umzugehen, oder sie starben, zerfetzt in den Schrauben der Schiffe oder im tödlichen Wasserdruck der Turbinen. Die Vibrationen des Schiffes übertrugen sich auf Bremer, seine Zellen schwangen schneller, sein Blut stürzte sich durch die Adern; im Flugzeug mit achthundert Stundenkilometern pro Stunde wollte Bremers Herz seine Gedanken einholen, so hämmerte es ihm an die Brust.

Ensheim, der Flughafen, sein Auto hatte geduldig gewartet, ein gutes Gefühl, das Gaspedal durchzudrücken, Bremer hatte Glück, dass kein Radargerät seine Geschwindigkeit festhielt. Nach einigen Kilometern stoppte er, riss sich zusammen und fuhr gesittet über

Fechingen zurück nach Saarbrücken. Er liebte die lang gezogene Autobahnkurve, die ihn heimführte oder ihm die Möglichkeit bot, nach Frankreich zu fahren, Paris, Bretagne, das Tor zum Atlantik.

Als er dann die Tür seines Hauses öffnete, schlug ihm der Geruch entgegen, den er vermisst hatte. Zu Hause. Aber niemand begrüßte ihn. Niemand hatte ihm Blumen auf den Tisch gestellt, kein Zettel, kein Essen für den Reisenden, der doch bestimmt hungrig war. Stumm warf Bremer den Inhalt seiner Reisetasche bis auf einige Ausnahmen in die Waschmaschine. Im milden Klima Gomeras brauchte er nicht viel Kleider. Oder lag es an der sauberen Luft? Keine Autobahn, ein wenig Inselverkehr, dessen Abgase hinausgeweht wurden auf den Atlantik.

Bremer schnüffelte am Pulver für den Espresso. Genießbar, stellte er fest. Die Maschine funktionierte und drückte heißes Wasser durch das Pulver, löste heraus, was Bremer liebte. Heiß lief das Getränk durch seine Kehle, dann riss er die Blätter vom Kalender ab, bis der 27. August ihm sagte, dass er morgen wieder arbeiten würde. An einem Freitag. Nicht normal.

Noch spät in der Nacht saß Bremer in der Küche und grübelte, bis er schließlich am Tisch einschlief. Zwei Stunden später schreckte er aus seinem Alptraum hoch und schleppte sich ins Bett.

Bremer brauchte keinen Wecker. Jahrzehnte der Gewohnheit ließen ihn um Punkt halb sechs aufwachen. Er starrte an die Decke, blieb noch fünf Minuten liegen, obwohl er dringend Wasser lassen musste. Heute hast du die Chance, dein Leben zu verändern, dachte Bremer. Du könntest liegen bleiben, dann bei Juliane Sefrinck anrufen und einen Termin zur Therapiesitzung vereinbaren, ihr klar machen, dass du im Urlaub keine Nacht durchgeschlafen hast, und dann die Frührente beantragen. Ein Klacks.

Keiner würde ihm das krumm nehmen. Im Gegenteil. »Mutige Entscheidung!«, würden sie sagen, die meisten. Sascha. Was würde der sagen? Wahrscheinlich würde er sich beschweren. »Martin!«, würde er sagen. Mit Nachdruck. Bedeutungsschwanger. Und dann: »Martin, ich akzeptiere deine Entscheidung. Als dein Freund. Als leitender Oberstaatsanwalt aber sieht das schon anders aus. Du kannst mich nicht hängen lassen. Überleg's dir noch mal. Ja? Versprochen?«

Sein Stellvertreter, Kriminalhauptkommissar Fred Weber, wäre entsetzt. »Vergiss es!« Mehr würde er nicht herausbringen. So wie Bernd, das depressive Brot, es sagen würde: Mit der Betonung auf »iss es«, kehlig und rau, ohne Widerreden zu akzeptieren, endgültig.

Ganz zu schweigen von Susanne Holt. Die ihm das Leben gerettet hat als Praktikantin und als frisch gebackene Kriminalkommissarin bei ihm anfangen wollte in ein oder zwei Jahren. Und Pfister – und Zerb – und Meier! Sein bestes Team bei der Spurensicherung und im Labor. Alle drei fast immer gut gelaunt. Außer Zerb. Der muss noch den Tod seines Freundes verdauen.

Für Saskia wäre es ein Fest. Wahrscheinlich muss ich sie tatsächlich heiraten, wenn ich aufhöre zu arbeiten, dachte Bremer. Warum nicht? Also gut. Ich stehe jetzt auf, dusche mich, rasiere mich, frühstücke, ziehe mich an und fahre ins Präsidium, nachschauen, ob mein Schreibtisch noch da ist.

Fast wäre Bremer an seinem Arbeitsplatz vorbeigefahren. Wo ihn früher eine graue Betonfassade gegrüßt hatte, hing jetzt ein grüner Schleier aus Plastikfolie und bedeckte die Front des Gebäudes. Also wird es doch wahr gemacht, dachte er. Erneuerung der Fassade. Besser als nichts.

Er parkte seinen Wagen, holte tief Luft und ging los. Seine Uhr zeigte sechs Uhr fünfzehn.

DREI

»Ganz discht könne die jo wohl nimmer sin, odder, Heinz, wat määnscht du?«

»Tu mir einen Gefallen, Erwin. Red deutsch.«

»Warumcn dat dann?«

»Du klingst wie ein Kuhfladen, der zu lange in der Sonne gelegen hat. Du blubberst und wirfst Blasen. Dein Dialekt ist einfach scheiße. So redet doch kein Saarländer.«

»Watte nit saascht!«

»Bitte!« Heinz Biehl richtete sich auf und hielt Erwin Schohl seinen rechten Zeigefinger vor die Nase. »Du bist halt nicht zweisprachig aufgewachsen. Kann man nix machen. Deine Eltern haben sich geweigert, auch nur ein Wort Platt in den Mund zu nehmen. Die haben gedacht, sie wären was Besseres. Und die Saarländischkurse an der VHS haben dir auch nichts gebracht. Also. Red deutsch, oder du kannst hier allein weitermachen.«

Biehl deutete auf die Wände, die sich halbrund fünfzehn Meter über dem Füllort wölbten, wie eine Kathedrale, mächtig und Ehrfurcht gebietend für jeden, der zum ersten Mal den Förderkorb verließ und unter Tage mit engen Löchern rechnete, durch die kaum ein Mann hindurchpasste. Hier und da glänzte es schwarz. Aber nicht die Kohle schimmerte, fett und strotzend von gefangener Sonne, sondern der feuchte Schmutz glänzte; das Licht betrog die Augen. Kohle gab es hier nicht ein Gramm. Die Kathedrale war bis auf den letzten Millimeter ausbetoniert.

Schohl schüttelte traurig seinen kahlen Kopf, der mit Sommersprossen übersät war, und stellte einen Holzstuhl in eine Reihe mit zwanzig anderen. »So wird das nie was mit unserem Dialekt.« Langsam drehte er sich um, nahm von einem Handkarren einen weiteren Stuhl, peilte die Linie und setze ihn auf den Millimeter genau ab. Heinz Biehl war neben ihm hergegangen und stellte seinen Stuhl ebenfalls präzise wie ein Scharfschütze in die Reihe.

»Ist ja auch kein Wunder«, sagte er. »In Perl versteht man kein

Wort, das ein Neunkircher absondert, im Hochwald brauchst du einen Dolmetscher, und in Höchen nuscheln die sich einen zurecht, dass man das kalte Grausen kriegt. Von Schmelz-Außen will ich gar nicht erst reden.«

Sie schlenderten wieder zum Karren, nahmen die nächsten Stühle. Langsam wuchsen die Reihen zu einem Halbkreis, vierzig Stühle rechts vom Durchgang, vierzig Stühle links davon. Erwin Schohl stellte seinen Stuhl ab, richtete sich langsam auf, kratzte sich am Dreitagebart seines hageren Gesichts.

»Wir brauchen einen saarlandweit einheitlichen Dialekt, Heinz. Ganz klar. Da führt kein Weg dran vorbei. Basis dafür kann nur das Saarbrücker Platt sein. Ein Wörterbuch, eine Grammatik, und alle Bücher werden umgeschrieben. Mit ›Asterix‹ hat's doch auch geklappt.«

»Ach, Erwin. Das ist doch Stuss. Obwohl. Passen würde es ja, ganz im Sinne unserer Politiker: Alle reden vom Unsinn, wir Saarländer fangen schon mal damit an!« Er musste schmunzeln.

»Lass das nur nicht den Kiefer hören, der schmeißt dich achtkantig raus. Das ist doch endlich mal ein ›Immitsch‹, auf das wir stolz sein können. Wir packen schon mal an. Sind vorneweg. Von wegen das Saarland einfach platt machen und den Pfälzern schenken. Nee, dann geh ich auf die Barrikaden. Da kannste aber Gift drauf nehmen.«

»Immer langsam mit den jungen Pferden. So schnell geht das alles nicht. Da wird erst mal viel heiße Luft fabriziert. Außerdem brauchen die das Thema Rheinland-Pfalz und Saarland verheiraten fürs Sommerloch. Und was unseren sehr verehrten Ministerpräsidenten angeht: Der kann mir gestohlen bleiben und die ganzen anderen Schwätzer auch, egal welcher Couleur. Und weißt du, warum? – Erwin?«

Erwin Schohl war mit seinen Gedanken abgeschweift, überlegte, dass er auf nichts Einfluss hatte. Morgens sagte man ihm, was er zu tun hatte, das tat er, brav und folgsam wie ein gut dressiertes Pferd. Gerade als er in den Stall trottete, um ein Maul voll Hafer zu nehmen, rief jemand seinen Namen.

»Erwin! Was ist denn los? Schläfst du?«

»Noch nicht, aber bald«, antwortete Schohl langsam.

Die beiden standen wieder vor dem Karren, darauf zwei einsame

Stühle. Schohl hatte sich ein Stück Kautabak in den Mund geschoben und begann, genüsslich darauf rumzubeißen.

»Schau dich doch mal um. Was siehst du?«

»Na ja. Löcher im Berg. Strecken. Stollen. Das Gebirge.« Während des Sprechens schob Schohl den Brocken Kautabak von einer Ecke in die andere, eine Backe wurde dick, dann die andere. Mal redete Schohl rechts, mal links, zwischen jedem dritten Wort schmatzte er, und manchmal spuckte er einen Strahl braunen Speichel auf den Boden. »Und einen Haufen Beton und Eisen, damit uns das nicht auf den Kopf fällt. Nicht zu vergessen: jede Menge Kohle. Eins-a-Kohle fürs Kraftwerk. Die Kohle seh ich zwar nicht, aber ich weiß, sie ist da. Im Berg. Da juckt's einen in den Fingern, die Kohle da rauszuholen.«

»Was siehst du noch?«

Schohl drehte sich um seine Achse. Schaute nach oben, warf einen Blick auf den Aufzug. »Leitungen. Strom, Wasser, Telefon, Wettertüren, was halt so übrig ist. Wassersperren, die Hydraulik, steht alles noch voll unter Dampf, morgen könnten wir weitermachen. Die Materiallager sind noch voll bis zum Anschlag. Ein paar Maschinen. Ein Panzerförderer, 'ne Schrämwalze, obwohl, die sehe ich gar nicht, die stehen ja im Streb, ein ganzes Stück weg von hier, ein bisschen Kleinkram sehe ich noch.«

»Was noch?«

»Mensch, Heinz, jetzt nerv doch nicht. Die Holzbühne seh ich noch. Die Lautsprecher. Den ganzen Vorhangfirlefanz. Die Leinwand. Mikrofone hat's auch. Und den Holzboden, den die runtergeschafft haben. Damit getanzt werden kann.«

»Ich sehe nichts.«

»Na ja, wenn du meinst.« Schohl wollte sich gerade den Stuhl greifen, als Biehl ihn am Arm packte und an eine Stollenwand drückte.

»Siehst du das?«

Schohl machte sich los und klopfte sich den Staub von seinem blauen Arbeitsanzug. Das gestickte Brustschild wies ihn als Erwin Schohl, Servicemitarbeiter der Agentur »Megavent« aus. »Bist du bekloppt, oder was!«, rief er verärgert.

Sein Freund reagierte nicht, Worte schossen aus ihm heraus wie aus einem Geysir, der unter zu viel Druck gestanden hatte. »Zweihundertzwanzig Millionen Tonnen Kohle. Dreitausend Kameraden. Arbeit für vierhundert Jahre. Strom und warmes Wasser. Unabhängig von irgendwelchen übellaunigen Scheichs oder ausgeflippten Kommunisten. Das sehe ich nicht! Alles im Arsch! Verdammte Scheiße! Für die Kohle, die der verdammte Schacht IV gekostet hat, könnten wir zweitausend Jahre lang Urlaub machen. Abgetäuft auf elfhundertsechzig Meter. Das ist verdammt tief. Manchmal würde ich am liebsten einfach runterspringen.«

Tränen rutschten Heinz Biehl über die roten Wangen.

»Und jetzt stehe ich wie der letzte Depp hier und stelle Stühle in einer Reihe auf, damit sich morgen die ganzen Sesselfurzer einen runterholen können, weil der Laden hier dichtgemacht wird. Für immer. Ich bin Bergmann und kein Laufbursche!«

Er ließ die Arme hängen, zog die Nase hoch, pulte ein Taschentuch aus seinem Overall, der genauso ein Schildchen besaß wie der seines Freundes: »Heinz Biehl, Servicemitarbeiter«. Als wären die Tränen aus Salzsäure, so schlug er sie sich aus dem Gesicht, mit eckigen, kantigen Bewegungen. Die feinen Äderchen, die seine Nase säumten, traten blau und rot hervor.

Schohl wusste nicht, was er machen sollte. Er hatte seinen Kumpel noch nie heulen sehen. Obwohl, nein, das stimmte nicht. Als der junge Willy Birgen der Schrämwalze in die Quere gekommen war, weil der dumme Kerl nicht aufgepasst hatte und die Walze aus ihm halt genau das gemacht hatte, was sie immer machte, nämlich kleine Stücke, da hatte Heinz geheult wie ein Schlosshund. Später hatten sie herausgefunden, dass der Birgen sich hatte umbringen wollen, und das auf echte Bergmannsart. Einfach reingesprungen war der, hatte vorher den Notstop blockiert, alles genau vorbereitet und knallhart durchgezogen. In seinem Abschiedsbrief stand jedes Detail drin, damit nur kein Kollege irgendwie verdächtigt wurde. Da hatte Heinz geweint. Aber weder bei der letzten Schicht noch bei der Betriebsversammlung, als klar wurde, dass die Grube Göttelborn tot war, dass Schacht IV sterben würde, selbst da hatte er nur eine Miene gezeigt, hart wie verdammter Granit. Und jetzt stand er da, der harte Heinz, und flennte wie ein Bub, der sich das Knie aufgeschlagen hat.

Vorsichtig legte Schohl seinem Freund eine Hand auf die Schulter. »Glaubst du, mir geht das anders? Aber da ist nix zu löten. Immerhin sind wir nicht arbeitslos. Ist doch auch was. Da sind wir weit besser dran als die meisten Kollegen von unserer Schicht. Die kriegen zwar Knete vom Staat, aber sie sitzen daheim und drehen Däumchen. Oder saufen sich die Birne weg. Das wär doch das Allerletzte, oder?«

Biehl schniefte, schaute Schohl in die Augen, nickte kurz. »Du hast ja Recht, aber trotzdem …«

Schohl legte die andere Hand auf Heinz' freie Schulter. »Und keiner kommt mehr zwischen die Walze. Die Stühle beißen nicht. Es sterben viel weniger Leute.«

»Wir sterben nur langsamer. Das tut richtig weh.«

»Ist schon scheiße, dass die Grube dichtgemacht wird. Keine Frage. Ich komm mir manchmal vor wie kastriert.«

»Woher weißt du denn, wie sich das anfühlt?« Heinz Biehl verzog sein Gesicht zu einem Grinsen.

Schohl nahm die Hände von Heinz' Schultern und knuffte ihn in die Rippen. »Ganz der Alte. Immer auf die Kleinen, am besten mit 'nem Vorhammer, damit sie nur nicht größer werden.«

Volker Brutsch hatte die Szene aus einiger Entfernung mit verfolgt, gewartet, bis sich der alte Ex-Bergmann wieder gefangen hatte. Alt?, dachte Brutsch. Achtundvierzig, war das alt?

Jetzt trat er zu den beiden, reichte ihnen die Hand, beide griffen zu.

»Sieht gut aus. Wie mit dem Zirkel. Auf euch kann man sich echt verlassen. Habt ihr Lust auf einen Kaffee? Wir müssen sowieso nach oben, das Streichquartett ist da mit den Instrumenten. Die müssen nach unten und noch mal gecheckt werden.«

Beide nickten, was hätten sie auch sonst machen sollen. Eine Einladung vom Chef schlägt man nicht aus. Brutsch ging vor, und Schohl wunderte sich, dass der junge Mann selbst auf neunhundertvierunddreißig Metern im Kohlebergwerk darauf achtete, dass seine Arbeitsschuhe blank poliert glänzten, sein Arbeitsanzug keinen Fleck hatte und das Halstuch korrekt gebunden war wie ein Schlips.

Aber Brutsch ist in Ordnung, dachte Schohl. Nie ein lautes Wort. Immer freundlich, fast herzlich. Wer seine Arbeit machte, war bei Brutsch fein raus. Und wenn mal ein Fehler passierte, nahm

Brutsch es nicht persönlich, sondern biblisch, obwohl er schon lange nicht mehr in der Kirche gewesen war. Brutsch hatte freimütig erzählt, dass er Kirche und das ganze Gedöns für Unsinn halte, im Grunde seiner Seele aber schon irgendwie ein Christ sei. »Wer ohne Fehl ist, der werfe den ersten Stein«, sagte Brutsch immer. Insofern mochte Schohl seinen neuen Job. Als er noch auf Schicht unter Tage am Vortrieb gestanden und die schweren Maschinen gesteuert hatte, musste er immer in Deckung gehen, wenn Steiger Berthold längs kam. Der schrie schon, wenn er nur guten Tag sagte. Wenn dann noch irgendwas schief ging, war es aus und vorbei. Dann flogen die Brocken durch die Gegend, und dem einen oder anderen war der Berthold auch an den Hals gegangen. Das hatte ihm Abmahnungen eingebracht und zwei Prozesse wegen Körperverletzung, trotz aller Kameradschaft. Als er dann endlich rausflog, wurde die Grube kurz danach zugemacht, und Heinz Biehl war nach Göttelborn gekommen. Für ein und ein halbes Jahr. Um die Leiche zu fleddern.

Sie gingen zum Korb, stiegen die Bühne hoch, Brutsch putzte sich die Schuhe, und Biehl schlug an, rief den Korb. Fünf Minuten standen die drei Männer herum. Dann ging ein leichtes Vibrieren durch die Armierungen, die den Schacht in Form hielten wie ein Korsett eine aus dem Leim gegangene Dame. Die Seile waren angelaufen. Zehntausend Pferdestärken legten sich ins Zeug und ließen den Korb mit vierzig Stundenkilometern nach unten sausen und seinen Zwillingsbruder, das Gegengewicht, nach oben. Nebeneinander liefen die beiden Körbe im Schacht, der eine rauf, der andere runter. In der Mitte trafen sie sich für einen kurzen Moment, der Luftzug raste vorbei, und nach wenigen Minuten sah man den Feierabend oder den Arbeitsplatz. Unten an den Körben hingen die Skips, fünfzehn Meter hoch, Behälter für vierunddreißig Tonnen Material. Entweder Berge, unnützes Gestein aus den Stollen und Strecken, oder das schwarze Gold, das jedoch selten in reiner Form im Berg steckte.

Keiner musste mehr Angst haben vor Felsbrocken, die sich selbstständig machten, oder vor Schachteinbrüchen, bei denen die Männer beteten, der Korb möge leer sein, und wenn nicht, so hofften sie, dass die Schweißer ganze Arbeit geleistet hatten und der Käfig dem Druck des Berges standhalten würde. Nur fünf Minuten brauchte der Korb, abgestandene Luft drückte durch den Schacht, dann hielt er sanft wie eine Feder auf Sohle sechs. Die Gitter schwangen zur Seite, niemand stieg aus, nichts wurde auf- oder entladen. Undenkbar wäre das im Betrieb gewesen, der Steiger hätte Zeter und Mordio geschrien, was ist denn da schief gelaufen, hätte er gebrüllt, wollt ihr den Schichtrekord versauen? Eine komplette Leerfahrt? Wo ist der Anschläger? Ich mach euch fertig, ihr Mistkerle, Bergleute wollt ihr sein? Schwachköpfe seid ihr!

Die drei stiegen ein, jeder mit seinen Gedanken beschäftigt, die Seile spannten sich und rissen den Korb in die Höhe. Die Beschleunigung drückte den Männern die Sohlen an den Boden aus Riffelstahl. Die Luft pfiff vorbei, aber keiner nahm davon Notiz. Der Übergang zum Licht war wie der Sonnenaufgang am Äquator. Gerade war es noch dunkel, plötzlich setzt eine zarte Dämmerung ein, dann springt die Sonne über den Horizont, und der Tag ist da.

Auch für die Konstruktion des Fördergerüstes hatten die Männer keinen Gedanken übrig. Einundneunzig Meter erhob sich das Ungetüm aus Stahl über den Boden, damit er den »Eimer« überhaupt aus dem Schacht bekam. Als Kohle gefördert wurde, eine Ewigkeit schien das her zu sein, hatten die Männer pro Schicht sechstausend Tonnen Kohle aus dem Berg geholt. Der letzte war vor zwei Wochen gehoben worden, beschriftet, heillose Optimisten hatten draufgepinselt: »Der letzte Eimer. Auf Wiedersehen in Göttelborn!«

Wieder fragte sich Biehl, welcher Idiot auf die Idee gekommen war, die Schließung des Bergwerks auf über neunhundert Metern unter Tage regelrecht zu feiern. Wenn da mal nichts schief ging. Obwohl. Was sollte schon schief gehen. Das Bergwerk Göttelborn war eines der sichersten Bergwerke der Welt. Alle denkbaren Sicherheitsstandards waren umgesetzt.

Nach der Beerdigung des Bergwerks würden die Schächte verfüllt. Noch atmete das Bergwerk durch die Wetterschächte frische Luft ein und blies die verbrauchte wieder nach draußen, eine mächtige Lunge, die den Bergleuten das Leben sicherte und nie müde wurde, im Gegensatz zu Biehls Vater und Großvater, die schon mit Mitte dreißig am Kohlenstaub eingegangen waren. Ihr letzter Atemzug hatte zutage gefördert, was ihr Leben ausgemacht hatte: Blut und Kohlenstaub.

Wenn die Herz-Lungen-Maschine des Bergwerks abgestellt wird, dachte Heinz, dann laufen die Stollen voll mit Wasser, die Strebe brechen ein, und die alten Männer wandern durch den Berg, die Hohlräume, ohne die es kein Wunder von Lengede gegeben hätte. In jedem Schacht wird eine Plattform eingezogen über der ersten Sohle, Stahlbeton, die Anker der Armierungen sind schon tief in den Berg getrieben, alles ist vorbereitet, und dann wird der Schacht verfüllt, dicht gemacht, erwürgt, für alle Zeiten. Einen verfüllten Schacht macht niemand mehr auf, es gibt keinen Büchsenöffner auf der Welt, der groß genug wäre.

Biehl wurde aus seinen Gedanken gerissen, als Brutsch sich verabschiedete und noch fragte, ob die beiden morgen dabei sein würden. Sie nickten kurz und halfen dann den Musikern, ihre Instrumente sicher in den Berg zu befördern: ein Cello, eine Viola und zwei Violinen. Wertvoll, zerbrechlich. Die Musiker hatten mit viel Geld davon überzeugt werden müssen, dass den Instrumenten nichts passierte. Eine zusätzliche Versicherung für die Instrumente war teuer gewesen, aber selbst höhere Gewalt war mit in die Risiken eingeschlossen.

Pünktlich um siebzehn Uhr fuhren Heinz Biehl und Erwin Schohl wieder aus. Vorbei an den Ankern, die darauf warteten, den Pfropf festzuhalten, eine zwanzig Meter dicke Betonplatte, die Schacht IV für immer versiegeln würde.

Erwin Schohl fühlte, dass etwas anders war als sonst. Nur ein Gefühl. Nichts Konkretes.

Das Gefühl verdichtete sich zu einem Gedanken. Fahr morgen nicht ein. Geh nicht zu der Feier. Bleib zu Hause, mach krank.

Erwin Schohl kannte das. Mehr als einmal hatte ihn sein Gefühl vor Unfällen bewahrt. Und einmal war er mit dem Leben davongekommen, weil er zu Hause geblieben war. Weil er auf sein Gefühl gehört hatte. Bleib zu Hause. Niemandem hatte er damals davon erzählt, die Kollegen hätten ihn einen Feigling geschimpft. Fahr nicht ein!, schrie die Stimme in Schohls Kopf. Er drehte den Kopf seinem Freund zu.

»Morgen bleiben wir zu Hause.«

Biehl drehte ebenfalls seinen Kopf, obwohl er Schohl gut gehört hatte. In Jahrzehnten der Gewohnheit hatte sich die Bewegung eingeschliffen. Oft gab es vor Ort nur die Lampen an den

Helmen, die spärliches, eng eingegrenztes Licht gaben. Also mussten die Männer den Kopf drehen, um zu sehen. Das taten sie, wenn sie angesprochen wurden; wenn sie ein Geräusch hörten, ein Knacken vielleicht, verräterisch, es könnte ja ein Sargdeckel sein, ein Gesteinsbrocken, der einem den Garaus machen wollte, der von der Decke, dem Hangenden, hinabfuhr wie der Teufel persönlich, da half kein Sprung zur Seite. Oder ein Balken, dessen zugespitztes Ende splitterte. Hinweis darauf, dass der Berg dabei war, den Stollen zu erdrücken, und klare Aufforderung, mehr abzustützen. Das war schon lange vorbei, denn heute hielten Stahlträger, Spritzbeton und Armierungsmatten die Sargdeckel auf Distanz. Nur an den Übergängen von der Strecke zum Streb, da gab es Holz in Mengen.

Ein Höllenlärm herrschte beim Abbau. Die Panzerförderer mit ihren schweren Ketten rasselten schauriger als sämtliche Schlossgespenster aller Zeiten, wer ihnen in die Quere kam, wurde zerlegt wie ein Hühnchen. Die Hydraulik der tonnenschweren Schilde, die den Berg im Zaum hielten, kreischte und zischte wie Drachen, die jeden Moment einen Ritter samt Pferd verschlingen wollten, und die Kohlehobel rasten wie D-Züge vorbei; wer im Weg stand, hatte keine Chance.

Beim Auffahren war das schon anders. Wenn ein Stollen gegraben wurde, musste man hinhören. Auf die Maschinen, auf den Berg und die Kollegen. Auch das ist bald Geschichte, dachte Biehl. In der Mitarbeiterzeitung hatte er einen Artikel gelesen über die Zukunft des Bergbaus. Das vollautomatische Bergwerk war nur noch eine Frage der Zeit. Ihm war klar geworden, dass die meisten Bergleute über kurz oder lang sowieso überflüssig sein würden.

»Warum sollen wir morgen zu Hause bleiben?«, fragte Biehl.

»Es ist so ein Gefühl.«

»Was soll denn hier passieren? Wir holen uns höchstens einen Schnupfen.« Biehl lachte, aber sein Freund blieb ernst.

»Mach, was du willst, ich bleibe morgen zu Hause.«

Biehl zuckte mit den Schultern. »Wie du meinst. Aber heute Abend kommst du längs? Zum Skat? Im ›Casino‹? Wie immer?«

»Na klar doch«, antwortete Schohl, und schon flutete Licht in den Käfig.

Plaudernd grüßten sie den Pförtner, Schohl stieg in sein Auto, und Biehl sprang auf sein Fahrrad, trat in die Pedale und sauste die ansteigende Straße hoch wie ein Rennfahrer.

Mein Gott, dachte Schohl. Fit wie ein Turnschuh ist der Heinz. Ich genauso und tausend andere, die einfach aufs Altenteil abgeschoben werden. Was für eine Verschwendung. Das kann so nicht weitergehen. Ich muss etwas unternehmen. Und ich weiß auch schon was. Ich suche mir Kameraden, denen es genauso geht. Der Verein der alten Knacker.

Der Bergmann lachte laut, legte den ersten Gang ein und ließ das Auto sanft vom Parkplatz rollen.

VIER

Bremer kämpfte sich zwischen den Plastikplanen durch, wich einem abstürzenden Farbeimer aus, der in dem verzweigten Gerüstlabyrinth ein ohrenbetäubendes Fluchen auslöste. »Du gottverdammter Vollidiot, kannst du nicht aufpassen, du Penner, wie oft soll ich dir noch sagen, dass du den Eimer nicht hinter dich stellen sollst, du Depp! Noch so ein Scheiß, und du kannst dir deine Papiere abholen«, dröhnte es, Bremer zog den Kopf ein, machte einen Satz über herumliegende Hochdruckschläuche, drückte eine klemmende Holztür auf und stand endlich vor der gepanzerten Kabine von Hugo Baldoff, dem altgedienten Pförtner des Landeskriminalamtes. Baldoff kam heraus, ergriff mit beiden Händen Bremers Rechte und schüttelte sie kräftig.

»Schön, Sie wieder bei uns zu haben«, sagte er und verkniff sich eine Träne.

»Geht mir genauso«, murmelte Bremer und bereute die Entscheidung, seinen Dienst wieder aufgenommen zu haben. Eine solche Begrüßung von Baldoff verhieß nichts Gutes.

Er machte sich los, ließ den Pförtner stehen und eilte die vierundvierzig Stufen zu seinem Büro hinauf. Alles ruhig. Niemand auf dem Flur. Aber das hatte nichts zu sagen. Kriminalbeamte waren per se hinterhältig, das wusste Bremer nur zu gut, er war ja schließlich selbst einer. Ich weiß genau, was mich erwartet, wenn ich jetzt mein Büro betrete, dachte er. Also gehe ich erst mal in den Konferenzraum und warte eine halbe Stunde. Halt. Genau damit rechnen sie ja. Sie wissen, dass ich weiß, dass sie wissen, dass ich weiß, was sie wissen. Also doch das Büro. Nein. Weder noch. Ich gehe in den Bereitschaftsraum und stifte ein bisschen Unruhe. Das ist genial. Darauf kann niemand kommen, weil ich normalerweise nie morgens in den Bereitschaftsraum gehe.

Bremer ließ sein Büro links liegen und glaubte, verdächtige Geräusche hinter der Tür zu hören, aber da war nichts. Zügig durchquerte er den Flur, die Büroschilder flogen an ihm vorbei, am Ende des Flurs die Treppe runter, noch eine Treppe, dann rechts, wieder eine Treppe rauf, dann den Flur durch, noch drei Türen, er stieß die Tür des Bereitschaftsraumes auf und wusste im selben Moment, dass er verloren hatte. Ein Transparent war quer durch den Raum gespannt, in riesigen Buchstaben stand darauf geschrieben: »Willkommen zurück, Chef!«

Bremer wich nach hinten, aber der Rückweg wurde ihm von Fred Weber versperrt, der ihn aufforderte, keinen Widerstand zu leisten, es sei zu spät und Bremer in der Falle. Susanne Holt sprang hervor, drückte Bremer auf die rechte und linke Backe einen dicken Kuss. Immer mehr kamen hervorgequollen aus allen Ritzen und Ecken, Bremer schien es, als sei das ganze Präsidium anwesend. Zu guter Letzt drängten sich Sascha Bellorz und Haffner, der Polizeidirektor, durch den Pulk und begrüßten Bremer überschwänglich. Die bösen Buben hätten sich in seiner Abwesenheit zurückgehalten, hieß es, und wie es auf Gomera gewesen sei, wurde gefragt, er solle nur langsam machen und in aller Ruhe wieder einsteigen, das sagte Sascha, mit einem Unterton, der Bremer klar machte, dass er das Gegenteil erwartete.

Nach endlosen Begrüßungen, Händedrücken und guten Wünschen, mit denen Bremer nichts anfangen konnte, nahm Fred Weber ihn schließlich bei der Hand und bugsierte seinen Freund und Vorgesetzten in das neue Büro. Jegliche Resopalromantik war verschwunden. Der Blick auf die Stadtautobahn, die Saarwiesen und den Staden war der gleiche geblieben, alles andere erinnerte an das Großraumbüro einer Versicherung oder die Kreditabteilung einer Bank. Drei geschwungene graue Schreibtische standen im Raum, bereit, irgendwelche Sachbearbeiter aufzunehmen. Der Geruch von Farbe, Kunststoff und neuen Computern hing in der Luft.

Bremer steuerte auf ein Fenster zu, riss es auf, ließ die kühle Morgenluft und den Lärm der Autobahn hineindrängen.

»Bin ich degradiert?«, fragte Bremer seinen Stellvertreter. Der sagte nichts, sondern zeigte nur auf eine Tür, die so gut in dem wandfüllenden Aktenregal versteckt war, dass Bremer sie glatt übersehen hatte. Als Bremer zögerte, drückte Weber die Klinke herunter, ließ die Tür aufschwingen und machte eine einladende Geste wie ein mittelalterlicher Galan.

»Tretet ein, edler Herr und Meister, und sagt mir, ob Ihr zufrieden seid mit Eurem neuen Thronsaal.«

Zögernd betrat Bremer den Raum und staunte. Fast dreißig Quadratmeter. Kein grauer Schreibtisch. Holz. Vorsichtig fuhr er über die Oberfläche. Massiv. Ein LCD-Flachbildschirm, neunzehn Zoll. In Kinoqualität prangte darauf das Wappen der saarländischen Polizei.

»Angeschlossen an alle verfügbaren Systeme, national und international!«, rief Weber. »Aber der Hammer ist die Minibar!«

Bremer fuhr herum. »Die was?«

»Eine Minibar!« Weber hatte eine Tür in der Holzvertäfelung geöffnet, dahinter verbarg sich tatsächlich ein Kühlschrank mit Säften, Mineralwasser, frischem Obst und frischer Milch.

»Bevor du in die Luft gehst: Die Minibar, die Espressomaschine …«

»Sind denn hier alle wahnsinnig geworden?«, kreischte Bremer. »Was wird das hier? Ein Luxushotel? Wem soll ich in den Hintern kriechen? Warum …«

Weber hob beschwichtigend die Hände. »Langsam, langsam. Noch mal zum Mitschreiben, und lass mich bitte ausreden. Also. Die Minibar, die Espressomaschine und die Couch«, Weber zeigte auf ein lederbezogenes Möbelwunder, »haben die Kollegen bezahlt. Aus dem eigenen Geldbeutel. Die Staatsanwaltschaft, vertreten durch Sascha Bellorz, hat uns in nichts nachgestanden.«

»Das ist Bestechung!« Bremer schüttelte fassungslos den Kopf.

Weber kam näher. »So ist es. Wir erwarten von dir, dass du ab heute hier in deinem Büro bleibst, keine dummen Sachen machst und uns in Ruhe die Arbeit machen lässt, weil du eigentlich in die Reha gehörst und dich niemand ernsthaft braucht.«

Bevor Bremer platzen konnte, gab ein Apparat auf dem Schreibtisch eine elektronische Kakophonie von sich. Wäre nicht der Telefonhörer gewesen, hätte Bremer das Ding für die Steuerungseinheit eines Raumschiffs gehalten. Nach dem fünften Alarm drückte Weber mehrere Tasten und nahm ab.

»Büro des ersten Kriminalhauptkommissars Bremer, Weber am Apparat. Was kann ich für Sie tun?«

Aus dem Lautsprecher klang kristallklar Bellorz' Stimme, ein Nebelhorn, das so gar nicht zu seiner schmächtigen Gestalt passte, der man eher das Fiepen einer Maus zugetraut hätte.

»Hört Martin mit?« Weber bestätigte. »Ich sollte dich wieder nach Gomera schicken, Martin. Solange du weg warst, hatten wir Ruhe. Zumindest hatten wir kein Tötungsdelikt. Das hat sich gerade geändert. Tut mir Leid, aber die Schonzeit ist vorbei. Göttelborn, Kantstraße 15. Übrigens, wie gefällt dir dein neues Büro?«

»Ihr habt sie ja nicht mehr alle!«, bellte Bremer.

»Ach so, ja, da hast du natürlich Recht. Na gut, wir reden nachher.«

Weber legte auf, zog eine Schublade an dem Direktionsschreibtisch auf, reichte Bremer dessen Dienstausweis und die Waffe samt Holster. Den Ausweis steckte Bremer ein, dann musterte er die Waffe.

»Die neue. Hat lange gedauert. Ist sie so gut wie versprochen?«

»Feines Gerät. Präzise, leicht zu handhaben und vor allem nutzerfreundlich. Die haben das Ding ungesichert gegen die Wand geworfen, und kein Schuss hat sich gelöst.«

»Dann mal los«, sagte Bremer, zog im Gehen sein Leinensakko aus, legte das Holster an, zog das Sakko wieder an, zückte sein Handy, wählte Rudi Zerbs Nummer und erklärte ihm, dass er ihn sofort bräuchte, er solle im Hof warten und sein Köfferchen nicht vergessen. Dann fügte er noch hinzu, Zerb wisse ja, dass er ihn für den besten Spurensicherer und Leichenbeschauer jenseits der Saar halte, und Zerb brummte nur, dass Bremer immer noch der größte Schleimer diesseits der Prims sei. Bremer lachte, endlich mal einer, der richtig gut gelaunt ist, dachte er und wollte von Zerb noch wissen, ob er sich auch an dem Quatsch im Büro beteiligt hätte. Bremer dachte schon, er sei in einem Netzloch, da nuschelte Zerb, ein Bein von der Couch sei von ihm, und Bremer wisse ja, der Gruppendruck, da kann sich keiner raushalten, das müsse er verstehen und das nächste Mal würde er eher kündigen, als so einen Unsinn mitzumachen.

Mit einem kurzen »Trotzdem danke!« unterbrach Bremer den Redeschwall und die Verbindung, denn er konnte Zerb schon auf dem Hof am Wagen stehen sehen, seinen silbernen Koffer in der einen Hand, die andere Hand noch am Ohr.

Schweigend fuhren die drei nach Göttelborn, jeder damit beschäftigt, was sie dort wohl erwarten würde. Bremer fragte sich, ob er nach der Mordserie im Juni überhaupt noch in der Lage war, Gefühle zu entwickeln, oder ob ihn der Anblick einer Leiche umhauen würde. Sein Magen schmerzte leicht, nicht der dumpfe Schmerz der Angst, sondern ein heller, feiner Stich, als hätte er Glassplitter verschluckt, die ihn jetzt von innen aufschnitten.

Für Zerb gab es seit dem gewaltsamen Tod des evangelischen Pfarrers Volker Heinrichs kein Grauen mehr. Als er seinen Freund ans Kreuz genagelt fand, riss in seinem Inneren eine Verbindung. Seitdem konnte er keine Regung mehr empfinden für tote Körper. Nicht dass er vorher keine professionelle Distanz gehabt hätte, nein, aber jetzt waren seine Gefühle genauso tot wie die Körper, die er untersuchte.

Als der Zivilwagen von der Autobahn abfuhr, musste Weber an eine Katze denken, die er vor einer Woche nachts überfahren hatte. Zuerst wollte er weiter, aber dann hatte er angehalten, war zurückgelaufen und hatte das Tier schnell gefunden, die Nacht war klar gewesen, der Mond wies den Weg. Ein kleines, schwarzes Kätzchen mit einem weißen Fleck auf der Brust. Äußerlich unversehrt, aber aus der Schnauze sickerte Blut auf die Straße. Schon wollte Weber sich umdrehen und gehen, als die Katze die Augen öffnete, Weber ansah und einen krächzenden Laut von sich gab. Er kniete sich hin, kämpfte mit den Tränen und legte unendlich vorsichtig eine Hand auf den kleinen, weichen Körper. Für einen Moment schnurrte die Katze, dann zuckte sie und lag still, die toten Augen offen. Weber ging zurück zum Auto, holte den Klappspaten und vergrub das tote Tier ein paar Meter weiter auf einer Wiese. Der Abendwind säuselte leise, Weber blieb noch einige Minuten an dem Grab der unbekannten Katze stehen und wartete, dass ihn die Trauer überfluten würde. Nichts dergleichen geschah. Im Gegenteil. Er fühlte sich seltsam beschwingt und heiter. Als er weiterfuhr, beschloss er, am nächsten Tag einen Onkel im Krankenhaus zu besuchen, der dort seit einem halben Jahr im Koma lag.

Weber kannte sich aus in Göttelborn. Die Kantstraße war keine dreihundert Meter lang, das Aufgebot an Krankenwagen, Polizei und Gaffern nicht zu übersehen.

Weber ließ kurz das Blaulicht laufen. Sofort teilte sich die Menge und ließ das Fahrzeug durch. Die Absperrung zog sich von den Nachbarhäusern bis zur anderen Straßenseite und wieder zurück. Der Durchgangsverkehr war unterbrochen.

Die drei stiegen aus, sahen sich um. Kleine Häuser. Ähnlich gebaut. Bergmannshäuser.

Bremer winkte einen Streifenbeamten zu sich und befahl ihm, vom ersten Stock aus die Gaffer zu filmen. Sofort. Er wisse doch, dass der Täter oft am Tatort zurückbleibe. »Warum ist das noch nicht passiert?«, setzte der Kommissar nach. »Und ziehen Sie sich einen Overall über, bevor Sie den Tatort betreten.«

Der Beamte lief rot an, sprintete los, um den Befehl auszuführen.

»Landbullen«, grummelte Weber in seinen Bart.

Zerb dachte nur, dass die Stimmung genau richtig für eine Leichenschau war. Dann spürte er, dass er am liebsten losgeheult hätte. Einfach so. Ohne Grund. Aber das konnte er nicht zulassen, er schluckte ein paarmal, rieb sich die rot geränderten Augen, und schon war er wieder der Alte. Mürrisch stiefelte er Bremer hinterher. Fehlen nur noch Gartenzwerge, dachte er. Aber er täuschte sich. Der Vorgarten sah aus wie ein japanischer Ziergarten. Runde Beete, ein Brunnen, eine Minibrücke, viele Pflanzen, die er vorher noch nie gesehen hatte. Die Eingangstür glänzte in hellem Holz, verziert mit Schnitzereien.

Die drei zogen sich um, gingen weiter, wunderten sich über die kunstvollen Kacheln zu ihren Füßen und die Stofftapeten an den Wänden. Bilder moderner Maler teilten sich die Flächen mit Gemälden, die eindeutig von Laien stammten und allesamt Motive aus dem Bergbau zeigten.

Weber schüttelte seinen blonden Lockenkopf. »Wetten, dass hier ein Bergmann wohnt?«, fragte er.

»Wegen der Bilder?« Bremer war stehen geblieben und zeigte auf eines der Kunstwerke. Sanfte Hügel, rauchende Schlote, im Vordergrund ein Fördergerüst mit Bleistift auf ein postkartengroßes Stück Papier gezeichnet. Die Perspektiven stimmten nicht ganz, aber die Stimmung, grau in grau, wirkte auf den Betrachter unmittelbar deprimierend.

Zerb betrachtete sich das Bild genau. »Die Signatur fehlt«, stellte er knapp fest. Weber nahm den Faden wieder auf.

»Richtig. Wegen der Bilder. Alles andere sieht eher nach Lehrer aus. Außerdem haben wir es mit einer Toten zu tun.«

Weiter ging es eine schmale Treppe hinauf. Der Beamte, der den Weg wies, beeilte sich, Bremers Laune war ihm nicht entgangen. Vierzehn Stufen lackierter Buche mündeten im ersten Stock in eine Diele von sechs Quadratmetern. Hier setzte sich fort, was im Flur begonnen hatte. Moderne Künstler, Impressionismus und Expressionismus: Henri Matisse, Pablo Picasso, Max Ernst, Max Liebermann, Max Slevogt, bunt durchmischt mit Bergbaugemälden jeglicher Qualität und Machart. Darunter auch einige handwerklich hervorragende.

Von der Diele zweigten drei Räume ab. Der Polizeikommissar wies auf den mittleren Raum. Vor einem knallrot bezogenen Doppelbett lag eine nackte Frau auf dem Boden, etwa einen Meter und fünfundsechzig groß, schlank, fast schon mager, sehnig, muskulös, kurze schwarze Locken. Um den Kopf herum hatte sich eine Blutlache gebildet. Im Kopf steckte ein Hammer. Falsch. Das war kein Hammer. Es war ein Werkzeug, das jeder Saarländer kennen musste, schließlich war es Teil des saarländischen Wappens und der Wappen vieler Gemeinden: das Eisen, mit dem Generationen von Bergleuten die Kohle gebrochen hatten. Daneben lag der Schlägel, ein kurzstieliger Eisenhammer, ein Fäustel. Die meisten Bergleute vergangener Tage hatten den Schlägel in der Rechten geführt und ihn auf das Eisen krachen lassen, um die Kohle aus dem Flöz zu brechen. Entsprechend lief das Eisen vorn spitz und flach zu, um den Druck des Schlägels auf wenige Quadratmillimeter zu konzentrieren. Saß der Schlag richtig, fuhr der Schlägel ins Flöz und brach ein anständiges Stück heraus. Hauer nannte man die Bergleute, die das von morgens bis abends in engen, unsicheren Stollen tun mussten, oft für einen Hungerlohn, ständig bedroht vom Berg, der sich das Wühlen in seinen Eingeweiden mit vielen Toten bezahlen ließ – bis heute. Aber hier lag eine junge Frau, aus deren Schädel ein Stück herausgebrochen war, und es war sicherlich kein Stück Kohle.

Zerb seufzte, beugte sich hinunter und zückte sein Diktiergerät: »27. August, 9:43. Die Tote ist weiblich, circa dreißig Jahre alt, Bauchlage. Das Eisen ist an der höchsten Stelle des Schädels in die Pfeilnaht eingedrungen, fast ohne Widerstand durch die harte Kopfhaut, ebenso durch die Dura Mater.« Klick, das Diktiergerät schwieg. Langsam tastete Zerb den Schädel ab, fuhr mit einer Hand über den Scheitel hinab zum Genick, dann seitlich um die Ohren herum, an den Schläfen entlang.

Klick, das Diktiergerät lief wieder. »Die Schädelknochen sind an der Basis auseinander geknackt, als hätte der Täter eine Auster geöffnet.« Zerb hielt das Gerät an, spulte ein Stück zurück, ließ das

Band laufen und startete die Aufnahme vor der geknackten Auster neu. »Die Sutura coronalis zeigt einen deutlichen Spalt. Ebenso die Suturae lambdoidea und squamosa. Das Schädeldach ist parietal und lateral gesprengt. Die Kopfhaut ist entlang der Pfeilnaht etwa zehn Zentimeter eingerissen und in der Breite des Eisens auseinander gedrückt, sodass der Blick auf das Gehirn möglich ist. Der Täter muss das Eisen nach dem Eindringen nach links herumgedrückt haben. Es ist so tief eingedrungen, dass wahrscheinlich Hirnarterien und -venen verletzt wurden. Daher rührt die große Menge Blut. Ob die Todesursache Gehirnblutung war oder die Verletzung der tief liegenden Gehirnzentren bis hin zur Medulla oblongata, muss die Obduktion ergeben. Der Einschlagwinkel spricht für die sofortige Zerstörung der Medulla oblongata, was den sofortigen Tod zur Folge hat.« Klick.

Der Fotograf trat ein, grüßte kurz und begann zu fotografieren. Zerb bat ihn um einige Detailaufnahmen des Schädels.

»Kein Problem«, sagte der Fotograf, »seit ich digital fotografiere, kommt es nicht drauf an, ob ich zehn oder hundert Bilder mache. Übrigens«, er wandte sich an Zerb, »komm mal her.« Der Fotograf hielt Zerb die Kamera hin.

»Holla«, sagte der. »Spezialanfertigung?«

Der Fotograf nickte nur, und Bremers Gesicht war ein einziges Fragezeichen.

»Infrarot-Restwärmebild«, erklärte Zerb, »Thermographie. Ganz nett. Und in diesem Fall sehr aufschlussreich.«

»Ja was denn«, grätzte Bremer und wippte von einem Fuß auf den anderen, so wie er es immer tat, wenn seine Anspannung zum Weglaufen war, er aber nicht durfte, konnte oder wollte.

Mit hochgezogenen Brauen und dem gerecktem Zeigefinger seiner linken Pranke klärte Zerb die Unwissenden auf. »Nach dem Gerinnungsgrad der Blutlache zu urteilen, ist diese Frau seit fünf Stunden tot. Die Leichenflecke bestätigen das so weit. Aber die Temperaturverteilung stimmt nicht. Die Extremitäten sind wärmer als der Torso.«

Fast gleichzeitig rieben sich die vier Männer nachdenklich das Kinn, zogen die Mundwinkel nach unten.

Weber sprach als Erster. »Auf jeden Fall sehen wir schon mal sehr imposant und gescheit aus.«

Zwei Minuten lang standen die Männer und grübelten. Schließlich gab Weber zu bedenken, wenn der Schlag so heftig gewesen sei und große Blutgefäße im Hirn verletzt worden wären, warum war das Blut dann nicht rumgespritzt?

»Denk mal nach«, sagte Zerb.

Das tat Weber, aber er kam zu keinem Ergebnis. Wie ein Schullehrer hob Zerb wieder einen Zeigefinger.

»Das Eisen muss in der Medulla stecken! Blut spritzt nur, wenn das Herz noch pumpt, also noch Blutdruck das ist. Der Schlag war so heftig und schnell geführt, dass es die Gefäße so lange blockierte, bis das Herz stillstand und der Blutdruck absackte. Das beantwortet aber nicht die Frage nach den falschen Temperaturen.«

Die anderen drei sahen Weber an, der fleißig sein Kinn weiter rieb und dabei ein Geräusch verursachte wie grobes Schleifpapier auf hartem Holz. Im Hintergrund stand immer noch der Polizeikommissar, der jetzt seine Dienstmütze abnahm, sich die schwitzige Glatze trocken rieb und tief Luft holte.

»Die Sonne«, sagte er. »Oder.«

Vier Bartreibende drehten sich zu dem Mann hin, skeptisch dreinblickend alle vier, fast als wollten sie den Vorlauten einem peinlichen Verhör unterziehen. Der schwitzte noch mehr und vergaß, was er hatte sagen wollen. Vorsichtig half Bremer nach.

»Und?«, sagte er ohne Betonung, ohne eine besondere Bedeutung hineinzulegen.

»Na ja. Jetzt ist eine kleine Wolke davor, aber die Sonne hat vorhin kraftig durchs Fenster geschienen, richtig heiß, davon kann das doch kommen, oder.«

»Oder was?« Bremer knurrte. Er hasste unpräzise Aussagen. Am meisten hasste er Sätze, an die ein »oder« angehängt wurde, ohne Fragezeichen, damit man keinen klaren Standpunkt bezog, sondern alles wieder rückgängig machte, was man gesagt hatte, sich eine Tür offen hielt, falls es falsch war. Feiglinge reden so, dachte Bremer. Der Polizeikommissar lüpfte verwirrt die Brauen.

»Was oder was?«

Bremer unterbrach das Bartreiben. »Sonne oder nicht Sonne?«

»Ja doch, Sonne, das sagte ich doch, oder.«

Jetzt stemmte Bremer die Arme in die Hüften, trat einen Schritt vor. Weber entspannte sich, stellte sich bequem hin, Zerb streckte sich, dass die Knochen knackten, und der Fotograf hielt seine Kamera schussbereit. Er wusste, jetzt würde es eine Szene geben, die man dokumentieren musste, als Lehrvideo sozusagen. Ohne dass es jemand mitbekam, schaltete er sein Wunderding auf Video um, und schon wurden Bremer und der Glatzköpfige zu Filmhelden.

»Was oder?«, fragte Bremer.

Jetzt hat er ihn angeschossen, dachte Weber. Das Opfer reagierte entsprechend, hob die Stimme.

»Wie, was jetzt was oder was, oder.«

Genüsslich schmatzte Bremer einmal, spitzte seine schmalen Lippen und strich über das widerspenstige Haar in seiner Braue, das er seit Jahren bekämpfte, mit Zupfen, Schneiden, Brennen und Drohen. Alles hatte nichts genutzt. Es wuchs immer wieder nach, in Verbiegungen, die Bremer nicht für möglich gehalten hätte.

»Oder was sagten Sie?«

»Ich sagte, was ich sagte.«

Bremer verzog das Gesicht. Au Backe. Die absolut falsche Antwort, dachte Weber.

»Das sagten Sie nicht«, sagte Bremer.

»Doch. Genau das habe ich gesagt!«

Patzig. Der Polizeikommissar wurde patzig. Bremer wurde immer ruhiger. Wenn du dein Wild in die Enge getrieben hast, musst du ruhig sein, ganz ruhig und entspannt, damit du den Fangschuss präzise anbringen kannst. Damit das Wild nicht unnötig leidet. Aber für den Fangschuss war das Wild noch nicht reif. Es musste noch ein wenig gehetzt werden.

»Wann haben Sie Ihre letzte Ermahnung bekommen?«

Das Wild zuckte und wurde bleich, Bremers Stimme schien zu lächeln.

»Ich ... ich ... keine Ahnung«, stotterte das Opfer.

»Immerhin. Kein ›oder‹.«

»Oder – was?«

»Das ist mein Part, guter Mann, und Ihre letzte Abmahnung haben sie am 13. Mai dieses Jahres bekommen. Und wissen Sie auch noch, warum?«

»Das dürfen Sie nicht. Das ist vertraulich, nicht für die Öffentlichkeit.«

»Ich sehe hier keine Öffentlichkeit.«

Die drei anderen spitzten ihre Lippen und gaben zu verstehen, dass sie quasi nicht anwesend waren.

»Sie heißen Gottfried Müllermann und wurden ermahnt, weil Sie einem Kollegen nicht geholfen haben, der von mehreren Männern angegriffen wurde. Wäre nicht das Wunder geschehen, dass Passanten dazwischengingen, wäre Ihr Kollege womöglich schwer verletzt worden.«

»Ich ... konnte nicht ... die hätten ...«

»... fast Ihren Kollegen umgebracht. Und jetzt zum letzten Mal. Was oder?«

Der Fangschuss. Müllermann hatte keine Feuchtigkeit mehr in seinem Mund. Sein Hals schmerzte, und die Stimmbänder klebten zusammen wie geschweißt. Kein Wort ging über seine Lippen, aber in Gedanken zog er seine Dienstwaffe, hielt sie Bremer an den Kopf und drückte ab.

»Dass man Sie nicht rausgeschmissen hat, war ein bedauerlicher Irrtum. Aber ich kann Sie hier rausschmeißen. Sie übernehmen die Wache an der Absperrung und schicken Ihren Kollegen zu uns.«

Schwitzend und zitternd zog Müllermann ab.

Zerb grinste. »Ich hab mich schon gefragt, wann du ihn erledigst, Martin. Wieso ist der eigentlich nicht geflogen?«

»Er brachte ein psychologisches Gutachten bei, das ihn quasi freigesprochen hat. Stresssituation, Gefahr für das eigene Leben, Panikreaktion, untypisch, nur in dieser Situation, diensttauglich, bla, bla, bla. Und dann gute Verbindungen zur Inneren«, erklärte Weber.

Der Fotograf schaltete sich ein. »Hat nicht Bellorz den Fall bearbeitet?«

Bremer schüttelte den Kopf. »Der war krank damals, und als er wieder da war, war die Sache schon vom Tisch. Eine Kleinigkeit halt.« Er wandte sich Zerb zu. »Was sagst du zur Idee mit der Sonne?«

»Das war sehr gut beobachtet. Könnte sein. Zumindest die Beine liegen tatsächlich im Einfallswinkel. Aber die Arme nicht. Die Sonne hätte schon um die Ecke scheinen müssen. Vielleicht finden wir im Haus eine Decke. Nein, zwei. Eine für die Arme, blutverschmiert, und eine für die Beine, sauber.«

Langsam ging Bremer in die Knie und begutachtete die Leiche. »Anzeichen von Geschlechtsverkehr?«

Zerb ließ sich neben Bremer nieder, schob vorsichtig die Pobacken auseinander. »Der Anus ist unverletzt, keine Druckspuren, nichts.« Ebenso vorsichtig, als sei die Frau noch am Leben und Zerb ein Arzt, prüfte er die Scheide. »Auf den ersten Blick nichts. Entweder einige Zeit vorher oder mit Kondom. Zum Todeszeitpunkt jedenfalls ist nichts zu erkennen. Zumindest nichts, das mit Gewalt zu tun haben könnte. Mit großer Wahrscheinlichkeit keine Vergewaltigung. Aber hier ist noch was Interessantes.« Zerb schob die Schenkel ein wenig auseinander. »Narben. An der Schenkelinnenseite. Sind schon älter. Sieht aus wie Schnittverletzungen. Unregelmäßig. Gezackt.«

Bremer rieb sich die Augen. »Woher kommt so eine Verletzung?«

»Glas, Folter, Stacheldraht. Ein Sturz«, antwortete Zerb. »Wir werden sehen.«

»Warum ist sie nackt?«, fragte Weber.

Mit einem Ruck stand Bremer wieder auf. »Es ist Sommer. Es ist warm. Ich bin eine schöne Frau. Mein Körper gefällt mir. Ich habe gerade geduscht und mich tüchtig abgerubbelt. Der Kaffee ist fertig, schnell noch anziehen, frühstücken, dann zur Arbeit. Es klingelt. Ich schaue durch den Spion, draußen steht eine sehr vertraute Person, ich ziehe mir nichts an, bleibe nackt, gehe zurück ins Schlafzimmer, um mir etwas anzuziehen. Der Täter nimmt das Gezähe …«

»Das was?«, fragte der Fotograf.

»Gezähe. Das Werkzeug des Bergmanns. Schlägel und Eisen. So heißt das. Der Täter nimmt also das Gezähe und schlägt zu. Mit dem Schlägel. Ohne Vorwarnung. Kein Kampf. Nichts. Kaltblütig und geplant. Wie klingt das?«

»Wie aus dem Lehrbuch«, sagte Weber und schüttelte den Kopf. »Es kann auch anders gewesen sein.«

»Natürlich.« Bremer nickte, Zerb grübelte, der Fotograf sah sich nach lohnenden Motiven um.

Nach einigen Minuten meldete sich Zerb zu Wort. »Die Tatwaffe gibt uns einen sehr schönen Hinweis. Auf beiden Stielen ist der Name des Besitzers eingraviert. Ephraim Simmerling. Alter Vorname.« Zerb wandte sich dem Kollegen von Müllermann zu, der schon eine Weile an der Tür wartete, und nickte ihm zu.

»Die Tote heißt Wibke Fromm, geschiedene Simmerling, keine

Kinder, sechsunddreißig Jahre alt, Ergotherapeutin von Beruf«, spulte der Uniformierte ab.

»Was um Himmels willen ist eine Ergotherapeutin?«, fragte Weber. »Heißt das nicht Egotherapeutin, so was wie eine Beraterin für Ich-AGs?«

»Später«, signalisierte Bremer mit einer Handbewegung.

»Ihr Exmann heißt Edgar Simmerling und ist uns bestens bekannt.«

Bremer nahm den Beamten in Augenschein. »Wie heißen Sie?«

»Bernd Roloff.«

»Womit ist Edgar Simmerling bestens bekannt?«

»Wir hatten ihn regelmäßig zu Gast, wenn er betrunken irgendwo randalierte. Er ist vorbestraft wegen schwerer Körperverletzung und gilt allgemein als gewalttätig. Seine Frau hat sich deshalb vor einem Dreivierteljahr scheiden lassen. Simmerling ist ziemlich ausgerastet. Wir hatten alle Hände voll zu tun, ihn von Wibke fernzuhalten. Steht alles in der Akte, und die ist ganz schön dick. Ich lasse sie Ihnen gleich zustellen, Kollege Bremer. Ach ja, Simmerling ist Bergtechniker Maschinenbau auf der Grube Göttelborn. Er ist achtunddreißig Jahre alt.«

»Danke, Kollege. Gute Arbeit.«

Roloff wuchs einen Zentimeter, ein Hauch Rosa strich über seine Wangen, das aber nur Sekunden hielt und dem ungesunden Grau ohnmächtig wich.

»Wo wohnt Edgar Simmerling?«

»Hier im Ort, ein paar Straßen weiter, in der Beethovenstraße. Aber er ist nicht da. Sollen wir eine Fahndung rausgeben?«

»Gibt es Zeugen, die ihn heute hier gesehen haben?«

Roloff zückte sein Notizbuch, blätterte ein paar Seiten durch. »Nein, bis jetzt niemand. Seine Mutter weiß nichts, er hat keine anderen Verwandten, Kollegen haben wir bis jetzt noch keine befragen können. Wibke Fromms Eltern leben in Norddeutschland, in der Nähe von Hamburg.«

Wenigstens das bleibt mir erspart, dachten alle im Raum gleichzeitig.

»Was meint ihr?«, fragte Bremer die anderen.

»Also, einen Anfangsverdacht haben wir auf jeden Fall. Simmerling passt genau. Aufgestaute Eifersucht und peng«, sagte Zerb.

»Warum hat sie ihn reingelassen?«, wandte Weber ein. »Sie wusste doch, dass er kein Friedensengel war. Noch dazu splitterfasernackt. Das passt nicht.«

»Kollege Roloff, wann ist Simmerling das letzte Mal aufgefallen?«, fragte Bremer.

Die Antwort kam ohne Verzögerung. »Vor sechs Monaten.«

Weber nickte. »Das ist eine Menge Zeit, in der sich die beiden wieder angenähert haben könnten. Guter Gedanke, Martin. Wir geben eine Fahndung raus, aber wir suchen ihn als Zeugen, nicht als Tatverdächtigen, in Ordnung? Er soll nicht in Panik geraten. Also mit Samthandschuhen rangehen.«

Die anderen nickten, der Fotograf grüßte und ging, Roloff brachte die Fahndung in Gang, Zerb wartete auf das Team von der Spurensicherung. Martin Bremer entschied, dass hier nichts mehr zu tun war. Simmerling musste verhört werden, die Kollegen fragten sich weiter durch die Nachbarschaft, die ersten Hinweise würden noch im Laufe des Tages eingehen. Da es keinerlei Spuren von Gewaltanwendung gab, weder an der Leiche noch am Haus, war für Bremer klar, dass es sich um eine Beziehungstat handelte und der Täter aus dem Umfeld des Opfers stammen musste. Langweilig.

Langweilig?, dachte Bremer. Habe ich gerade gedacht, langweilig? Das habe ich. Ich stehe hier im Zimmer eines Menschen, der gerade getötet wurde. Ob es Mord war oder Totschlag oder ein Unfall oder vielleicht sogar Notwehr, das werden die Richter entscheiden. Ich bin dafür da, dass die Ermittlungen korrekt laufen und mein Freund und Oberstaatsanwalt alles hat, um dem Täter vor Gericht zu beweisen, dass er auch der Täter ist. Langweilig! Das ist ein Signal. Wenn ich denke, es ist langweilig oder es ist alles klar, dann muss ich von vorn anfangen, dann habe ich garantiert etwas übersehen.

Bremer spürte, wie sich sein Verstand aufhellte, seine Denkmaschine ansprang wie ein schwerer Dieselmotor, der im Winter eine Zeit lang braucht, um auf Touren zu kommen, dann aber mit unbändiger Kraft und absolut zuverlässig so lange rund läuft, bis die Arbeit erledigt ist.

Bremer schaute kurz in die anderen Räume. »Zerb! Weber!«, rief er aufgeregt. »Was haben wir übersehen?«

Weber kam von unten heraufgesprintet, drehte sich einmal um seine Achse, Zerb kniff seine Augen zusammen. Alle drei wussten es. Es fehlte etwas. Sie konnten nicht wissen, was; sie wussten nur, dass etwas fehlte. Das Schlafzimmer war fast leer bis auf die Möbel. In allen anderen Zimmern fanden sich Plüschtiere, Nippes, Souvenirs von Reisen, ein Haufen Kleinkram, Vasen, Glaskunst, auf jeder verfügbaren Fläche lag ein Deckchen, darauf entweder ein Kerzenständer mit Kerze oder ein Keramikgefäß oder eine Figur.

»Die Jungs von der Spurensicherung werden sich freuen«, sagte Zerb.

»Die Kleider fehlen«, sagte Weber. »In der Dusche sind keine, ich glaube auch nicht, dass sie vorher geduscht hat. Kein Wassertröpfchen weit und breit. Blitzblank gewienert alles. Die Handtücher hängen in Reih und Glied. Der Täter muss sie ausgezogen haben, nachdem er sie niedergeschlagen hat. Ich bin sicher, wir werden Faserspuren finden.«

Zerb legte sich neben die Leiche. »Die Faserspuren brauchen wir gar nicht. Kommt mal runter.«

Vorsichtig gesellten sich die beiden zu Zerb, der ihnen Platz machte, indem er auf die Knie ging und sein Hinterteil in die Luft streckte. Zerbs mächtiger, Bremers schmaler und Webers knackiger Po hingen in der Luft, als wollten die drei eine Choreographie einstudieren.

»Hier, seht mal.« Zerb zeigte auf die rechte Seite der Leiche. »Kaum etwas von ihrer Brust zu sehen.« Und jetzt die linke Seite. Die Hinterteile schafften sich mit akrobatischer Höchstleistung auf die andere Seite. Der Fotograf, der zurückgekommen war, weil er etwas vergessen hatte, konnte sein Glück nicht fassen. Er schoss eine ganze Serie, ohne ein Geräusch zu machen, und verdrückte sich dann ganz schnell, während Zerb seine Theorie erklärte.

»Die linke Brust ist ein Stück verschoben. Sie hat nicht viel angehabt. Ein T-Shirt vielleicht. Der Täter hat es ihr nicht über den Kopf gezogen, sonst wäre der Blutsee verwischt worden. Deswegen können wir das mit den Decken auch vergessen. Er hat das Shirt zerrissen oder zerschnitten und dann seitlich herausgezogen. Dabei haben sich die Brüste verschoben. Hosen, Rock oder Unterhose kann er ihr ganz normal ausgezogen haben.«

»Kann sie nicht so gefallen sein? Vielleicht hat sie sich im Sturz ein wenig gedreht?«, fragte Weber.

»Nein«, antwortete Zerb. »Unmöglich. Sie ist gefällt worden.

Keine Bewegung mehr. Wie ausgeschaltet. Sie ist auf die Knie gesackt und dann ganz gerade nach vorn. Wahrscheinlich ist die Nase gebrochen.«

Mühsam richtete sich Zerb auf und fasste sich an den Rücken. »Mein Gott, ich werde auch nicht jünger«, stöhnte er.

Als Antwort federte Weber hoch wie ein Känguru. Bremer schraubte sich elegant in den Stand und sagte: »Der Tatort ist also sehr wahrscheinlich manipuliert worden. Wir müssen wissen, ob Wibke Fromm ängstlich war oder nicht. Wem würde sie die Haustür öffnen? Einem netten jungen Mann, der nach einem Glas Wasser fragt? Einem Mann in Arbeitskleidung, der vorgibt, im Auftrag der Stadtwerke die Heizungen zu kontrollieren, jetzt natürlich, im Sommer, bevor die Heizperiode beginnt?«

Polizeimeister Roloff stand immer noch in der Tür, seine Augen glommen matt, als habe er schon ein Menschenleben hinter sich, dabei war er gerade mal fünfunddreißig Jahre alt. Wie ein Schuljunge räusperte er sich und redete ungefragt los.

»Ich habe Wibke Fromm gekannt.«

Die drei fuhren herum, gaben gleichzeitig ein flehendes »Und?« von sich.

Roloff fühlte sich ertappt und verhört zugleich. Sofort legte er die Beichte ab. »Ich habe mich auch gewundert, warum sie nackt jemandem die Tür aufmacht. Das passt nicht zu ihr. Es ist acht Jahre her, dass wir zusammen waren, aber wir haben immer wieder Kontakt gehabt, als Freunde oder besser als gute Bekannte.«

Roloffs Haltung begann zu bröckeln. Er schluckte, kämpfte mit den Tränen. Bremer führte ihn weg vom Tatort, hinunter ins Parterre und dann nach hinten auf die Terrasse, die ebenso angelegt war wie der Vorgarten. Sehr japanisch. Sie setzten sich auf eine Bank, ein künstlicher Bach plätscherte, Vögel zwitscherten, und wie gute Freunde plauderten sie über die Tote Wibke Fromm.

»Als sie Simmerling geheiratet hat, hab ich sie gewarnt, aber sie wollte nicht hören. Gott sei Dank war Wibke keine von den Frauen, die sich nicht lösen können von ihren gewalttätigen Männern. Sie liebte an Simmerling seine Männlichkeit, in jeder Beziehung. Er sieht auch wirklich gut aus. Ansonsten endet sein Horizont auf Sohle eins.« Roloff schlug die Hände vors Gesicht und unterdrückte die Tränen.

Bremer beugte sich zu ihm. »Weinen Sie, Roloff. Ein Mensch ist umgebracht worden, der Ihnen nahe stand. Weinen ist in Ordnung. Trauer ist in Ordnung.«

Die Schleusen öffneten sich, und Roloff weinte wie ein warmer Sommerregen. Stetig, leise, ergiebig und von kurzer Dauer. Dann redete er weiter.

»Sie war überhaupt nicht ängstlich. Im Gegenteil. Sie liebte das Risiko, ihr Hobby ist Freeclimbing. War Freeclimbing. Je schwieriger, desto besser. Vielleicht hat sie sich deswegen Simmerling ausgesucht. Sie hat versucht, ihn zu zähmen, zu bezwingen, wie einen Berg. Aber ein Berg ist nicht gewalttätig. Es ist ihr nicht gelungen. Das Werkzeug gehörte seinem Ur-Urgroßvater. Der Urgroßvater hat seinen Namen eingravieren lassen, der Großvater hat es seinem Sohn vermacht und der seinem und so weiter. Die Simmerlings sind in der achten Generation Bergleute. Edgar Simmerling ist der Letzte, unabänderlich. Er hat keine Kinder und wird auch nie welche haben, es sei denn, er adoptiert welche. Wibke hat mir das erzählt. Es war ein Grund mehr, sich zu trennen, und ein Grund mehr, sich zu streiten.«

»Hat Simmerling Wibke jemals angefasst?«

»Ob er sie verprügelt hat? Ja, einmal. Danach hat sie das Schloss ausgewechselt, während er auf Schicht war, seine Klamotten aus dem Fenster geworfen und mir Bescheid gesagt. Wir haben ihn erwartet. Als er die Tür mit einer Axt einschlagen wollte, haben wir ihn uns gegriffen. Er war so perplex, dass er überhaupt keinen Widerstand geleistet hat.«

»Schade.«

»Ja, schade. Ich hätte ihm gerne eins übergebraten.«

»Ihm richtig eins ausgewischt?«

»Edgar Simmerling war ein mieses Schwein. Eine Frau prügeln. Ein armseliger Feigling mit dicken Armen.«

Bremer zog die Augenbrauen hoch. Roloff lief rot an.

»Ich bin nicht auf Rache aus gewesen«, beeilte er sich zu erklären.

»Sie hassen Edgar Simmerling?«

Roloff hatte sich wieder gefasst, die Tränen abgewischt und blickte Bremer geradeaus in die Augen. »Zur Tatzeit war ich mit zwei Kollegen auf Streife. Außerdem bin ich seit sechs Jahren glücklich verheiratet und habe zwei Töchter.«

Roloffs Stimme hatte sich nicht verändert. Er nahm Bremer nicht übel, ihn zu verdächtigen. Im Gegenteil. Hätte Bremer es nicht getan, hätte Roloff an dessen Qualifikation gezweifelt. Beide wussten, dass hinter den Fassaden der Menschen das Unmögliche lauerte. Zum Beispiel, dass Roloff Wibke Fromm aus Eifersucht getötet haben könnte und die ganze Sache Simmerling anhängen wollte. Um den Mistkerl endlich aus dem Verkehr zu ziehen.

»Gut. Ich danke Ihnen. Bitte übermitteln Sie mir noch den entsprechenden Auszug aus dem Dienstbuch.«

Einen Moment saßen beide schweigend, hörten den Insekten und den Fröschen zu.

Roloff fühlte sich wie im Film, unwirklich, unwahr, Wibke tot, er selbst Zeuge, noch nie hatte er im Dienst eine Leiche gesehen.

Geduldig wartete Bremer noch einige Minuten, dann erhob er sich, drückte Roloff die Hand. Der nickte und machte sich wieder an die Arbeit. Bremer suchte Zerb und Weber, fand den einen im Gespräch vertieft mit den Kollegen von der Spurensicherung, den anderen im Keller. Weber durchsuchte gerade einen Karton, zuckte aber die Achseln, was so viel hieß, dass er nichts Erhellendes gefunden hatte, aber weitermachen würde. Bremer sagte, er würde sich den Ort mal ansehen, in einer Stunde sei er wieder zurück.

Vor dem Haus war immer noch Volksversammlung, die Schutzpolizisten hatten vergeblich versucht, die Leute nach Hause zu schicken. Das Wetter war gut, die Geschichte spannend, und alle warteten auf gesicherte Informationen. Bremer schlüpfte unter misstrauischen Blicken durch die Absperrung, einige tuschelten, als sie ihn erkannten, raunten seinen Namen wie ein schlechtes Omen.

»Wo der ist, gibt es immer eine Menge Leichen«, hörte Bremer, und es ließ ihn kalt.

»Der Schimanski von der Saar«, flüsterten andere, und Bremer musste grinsen. Das habe ich mir redlich verdient, dachte er. Mein letzter Fall hat mich fast das Leben gekostet, und ich war selbst schuld. Schimanski war gegen mich ein Musterbulle.

Als sei er auf Urlaub, schlenderte Bremer weiter. Zuerst wandte er sich nach Osten, ging die Hauptstraße bis zum Ende. Dann ging er jede Straße ab, begutachtete die Häuser, die Gärten, die Autos und die Geschäfte. Alles überragend stand der Gigant von Schacht IV wie für die Ewigkeit gebaut. Von jedem Haus aus war er zu sehen, ein Mahnmal und ein Denkmal zugleich.

Neugierig musterte Bremer die Straßenschilder. Von Ost nach West fortschreitend wurden aus bodenständigen, sinnfälligen Namen wie Schachtstraße, Hauptstraße, Am Forsthaus, Fichtenstraße oder Grubenstraße beliebige Namen, die mit dem Ursprung des Dorfes nichts mehr zu tun hatten: Kantstraße, Beethovenstraße, Goethestraße, Uhlandstraße. Uhland. Johann Ludwig. Schriftsteller der Spätromantik. Bremer murmelte ein Gedicht vor sich hin: »Die linden Lüfte sind erwacht, / Sie säuseln und weben Tag und Nacht, / Sie schaffen an allen Enden, / O frischer Duft, o neuer Klang! / Nun, armes Herze, sei nicht bang! / Nun muss sich alles, alles wenden. / Die Welt wird schöner mit jedem Tag, / Man weiß nicht, was noch werden mag, / Das Blühen will nicht enden. / Es blüht das fernste, tiefste Tal: / Nun, armes Herz, vergiss der Qual! / Nun muss sich alles, alles wenden.«

Nicht mein Fall, dachte Bremer. Nicht an der Grenze zum Schwulst, sondern weit, weit drüber.

Bremer ging die Goethestraße entlang, der war schon eher sein Fall, er liebte den Faust, hatte ihn schon fünfzigmal gelesen und in einem Dutzend Varianten auf der Bühne verfolgt.

Zurück in der Hauptstraße musterte Bremer die Gaststätte »Casino«, entschloss sich kurzerhand, einzutreten und etwas zu trinken. Mit den Händen in den Hüften platzierte er sich in der Mitte des Gastraumes und verkündete mit hochmütigem Gesichtsausruck, als sei er ein Adeliger und die Männer vor ihm Knechte: »Gott sei Dank wird diese verdammte Grube Göttelborn endlich zugemacht, und der Rest ist nur noch eine Frage der Zeit.«

War vorher angeregtes Gespräch zu hören, hier und da ein Lachen oder ein saftiger Fluch, herrschte jetzt absolute Ruhe. Geräusche, die sonst im Alltagsbetrieb untergingen, waren jetzt klar und deutlich zu vernehmen: die Kühlung des Kuchenregals, der Lüfter, das leise Gurgeln in den Schläuchen der Zapfanlage. Eine Fliege durchquerte gerade das »Casino«, und alle Blicke hefteten sich auf das Insekt, das sich beeilte, die gegenüberliegende rettende Wand zu erreichen. Als wäre das Verstummen der Fliege ein vereinbartes Zeichen gewesen, sprangen die meisten von ihren Stühlen auf, ohne einen Mucks, krempelten sich die Arme auf und marschierten wie die Front einer Infanterielinie auf Bremer zu. Der wich zurück, zog seinen Dienstausweis und rief, diesmal eher bittend als fordernd: »Kriminalhauptkommissar Bremer, Kripo Saarbrücken, ich ermittle in einem Mordfall und wollte nur mal sehen, wie viele Bergleute hier sind.«

Die Infanterie stockte. Ein kleiner dicker Mann trat vor, nahm den Ausweis aus Bremers vorgestreckter Hand, prüfte ihn mit flinken, klugen Augen und gab Entwarnung. Als sei nichts geschehen, kehrten die Männer zu ihren Plätzen zurück und nahmen auf, was sie vorhin unterbrochen hatten: Karten spielen, erzählen, fluchen, trinken.

Der kleine Dicke stellte sich vor und drückte Bremer die Hand, dass die Knochen knackten, Bremer hielt dagegen, und der Dicke war erstaunt über die Kraft in den Händen eines Beamten; Bremer allerdings hatte die Kraftprobe erwartet und freute sich über die Fehleinschätzung des Dicken.

»Becker Louis ist mein Name, nennen Sie mich einfach Lui, das machen alle, ich hab mich dran gewöhnt und hör auf keinen anderen Namen mehr. Setzen wir uns.« Lui zeigte auf einen Tisch, an dem drei weitere Männer saßen und Skat spielten. »Sie ermitteln im Mordfall Göttelborn?«

»Das hat sich aber schnell herumgesprochen«, wunderte sich Bremer.

»Alle reden davon, ist doch klar.« In den kleinen Augen blitzte der Schalk.

»Sie meinen etwas anderes, nicht wahr?«

»Ich meine den Mord an der Grube Göttelborn, an Göttelborn selbst und den Hoffnungen seiner Einwohner.« Lui lehnte sich zurück, wippte mit dem Stuhl. »Was zu trinken, Herr Kommissar? Nur zu, geht aufs Haus.«

»Wenn das so ist, dann nehme ich einen Orangensaft.«

Ohne den Blick von Bremer zu nehmen, rief Lui quer durch die Kneipe: »Einen Apfelsinensaft für den Herrn Kommissar, bitte.«

Der Saft kam, frisch gepresst, mit einem Strohhalm aus Plastik. Genüsslich saugte Bremer und musterte Lui. Einsfünfundsechzig, volles, braunes krauses Haar, Kugelkopf, feiste Wangen, runde Nase, tief liegende Augen, kleines, rundes Kinn, Ende fünfzig, mindestens fünfundzwanzig Kilo zu viel, ein blaues Hemd versuchte verzweifelt den Bauch zu bändigen, ohne großen Erfolg. Wie Pat und Patachon sahen die beiden aus, der lange, dürre Kommissar und der kleine, dicke Bergmann, nur die Kleider passten nicht zu den beiden Komikern. Bremer in seinem Leinensakko, das ihn eher wie einen südamerikanischen Gutsbesitzer wirken ließ, und Lui in seiner gebügelten Jeans und dem Feincordhemd.

»Es ist noch ein Mord dazugekommen.«

»Wibke Fromm.«

»Sie sind gut informiert.«

»Wissen ist Macht.«

»Macht korrumpiert.«

»Aber nur die Schwachen.«

Die anderen Gespräche versickerten, die Männer kamen zu Pat und Patachon herüber, die Gesichter ernst und fragend.

Lui rieb sich mit beiden Händen die Augen. Dann schaute er sich um, und die meisten Männer nickten nur stumm.

»Gut. Ich werde nicht lange drum herumreden, Sie werden das so oder so herausfinden. Wibke Fromm war nicht sehr beliebt in Göttelborn. Aber niemand hat ihr den Tod gewünscht, das können Sie mir glauben.«

»Was hat sie denn angestellt?«

Lui druckste herum. »Na ja. Sie war eine schöne Frau.«

Bremer entging nicht, dass Lui von Wibke Fromm bereits in der Vergangenheit sprach, als hätte er ausreichend Zeit gehabt, sich daran zu gewöhnen.

»Und in Göttelborn gibt es eine Menge stramme Männer ...«

»Wibke Fromm hat von fremden Früchten genascht?«

»Das auch.«

»Lui!«

»Okay, okay. Sie hat definitiv zwei Ehen gesprengt.«

»Wann?«

»Vor ihrer Ehe mit Simmerling.«

»Namen?« Bremer zog sein Notizbuch aus der Jackentasche und überlegte, ob es möglich sein konnte, dass Roloff davon nichts wusste.

»Frieling, Heimann. Aber die sind schon vor 'ner Weile hier weggezogen. Getrennt natürlich.«

»Nicht schön.«

»Nicht schön«, wiederholte Lui und betrachtete seine Fingernägel.

»Ist Edgar Simmerling hier?«

Kopfschütteln.

»War er heute hier?«

Kopfschütteln.

»Ist Wibke Fromm fremdgegangen, als sie mit Simmerling verheiratet war?«

Kopfschütteln.

»Woher wollen Sie das wissen?« Bremer fragte streng, hatte sich aufgerichtet und seine Nase dicht an Luis Gesicht gebracht. Lui zuckte zurück.

»Kann ich gar nicht wissen, da haben Sie Recht. Vielleicht ist sie ja nach Saarbrücken gefahren und hat sich dort einen Typen aufgerissen.«

Unnachgiebig bohrte Bremer weiter. »Und woher wollen Sie das wissen? Sie sind nicht der Mann, der irgendetwas behauptet, ohne zu wissen, wovon er redet. Also!«

Schweißperlen bildeten sich auf Luis Stirn. Hilfesuchend blickte er sich um, erntete aber nur stumme, vorwurfsvolle Blicke.

»Sie haben es schon bemerkt, Lui. Ich werde es so oder so rausfinden. Das ist kein Spruch aus dem Fernsehen. Ich habe bis jetzt jeden Mord in meinem Revier aufgeklärt, und glauben Sie mir, ich finde heraus, wer Wibke Fromm auf dem Gewissen hat. Sie waren es nicht, da bin ich mir sicher. Aber wenn Sie mir nicht alles sagen, was Sie wissen, kriege ich Sie dran wegen Begünstigung und einem Dutzend weiterer Vergehen. Das gilt übrigens für alle hier.«

Lui legte seine Handflächen vor sich auf die Tischkante und musterte sie, als hätte er sie noch nie im Leben gesehen. Aber er erinnerte sich. Das waren seine Hände, mit denen er ein Leben lang gegen den Berg gekämpft hatte. Wie ein Flickenteppich sahen sie aus. Narbe an Narbe vom ständigen Beschuss mit Stein- und Kohlesplittern, aber immerhin fehlte kein Finger. In seiner Seele sah es nicht besser aus. Hilflos hatte er mit ansehen müssen, wie der Bergmann Stück für Stück degradiert worden war, bis hin zum Bittsteller und Almosenempfänger. Und jetzt Göttelborn. »Ich selbst habe viele junge Leute angeworben«, begann Lui laut zu denken, und die Umstehenden nahmen eine Haltung ein wie bei einem Begräbnis.

»Schacht IV war für uns alle das Signal zum Aufbruch. Fünfhundertsiebzig Millionen Mark. Das höchste Fördergerüst Europas. Die modernste Fördertechnik. Die besten Sicherheitseinrichtungen. Da gab es nichts zu deuteln. Weiter geht's, dachten alle. Häuser wurden gebaut, Ehen geschlossen, die Schule ausgebaut, und die Stimmung war wie früher. Über Tarifverträge haben wir uns keine Sorgen gemacht. Kein Thema. Jeder hätte gerne noch mehr abgegeben, um den Mann neben sich zu halten. Niemand würde ins Bergfreie fallen, das hatten wir ja schon erkämpft, gegen Kohl und Konsorten, aber noch wichtiger war es, die Arbeitsplätze zu sichern. In den Schichtbüchern war keine Fehlschicht zu finden, alle klotzten ran, um noch effizienter zu arbeiten. Und dann der Dolchstoß.«

Lui hob die Augen, in denen Tränen schimmerten. »Ich war nah dran, vom Gerüst zu springen.«

Beifälliges Gemurmel wie in der Kirche.

Deutlich spürte Bremer die Verzweiflung und die Enttäuschung des Mannes. Aber er war die Antwort schuldig geblieben. Bremer heuchelte kein Mitgefühl.

»Woher wussten Sie, dass Wibke Fromm nicht fremdgegangen ist?«

Wie aus einem Traum kam Lui wieder zu sich und antwortete tonlos. »Wir haben sie überwacht, rund um die Uhr. Das waren wir Edgar schuldig. Er ist unser Freund. Wir sind Schichtarbeit gewöhnt, verstehen Sie?«

Der erste Kriminalhauptkommissar brauchte eine volle Minute, um zu begreifen, was er da gerade gehört hatte. Nacheinander betrachtete er die Gesichter der Männer, die offensichtlich alle nicht nur davon gewusst hatten, sondern sehr wahrscheinlich an der Aktion beteiligt gewesen waren. Keiner senkte den Blick. Vielmehr schienen sie sagen zu wollen: »So ist das hier. Wir halten zusammen. Davon können andere nur träumen. Wir schützen unsere Leute.«

Unwillkürlich musste Bremer lächeln. Ja, tatsächlich, diesen Corpsgeist wünschte er sich auch manchmal. Trotz der Gefahren, die darin steckten.

»Sie haben auch ihr Telefon abgehört, korrekt?«

Lui nickte, und Bremer konnte kein Bedauern in den Augen des Bergmanns entdecken.

»Wie?«, fragte der Kommissar. »Wie organisieren einfache Bergleute eine nahtlose Überwachung, für die man eine ganze Spezialabteilung der Kriminalpolizei bräuchte?«

Gelächter brach los. Manche schlugen sich auf die Schenkel, andere heulten vor Lachen, einige wischten sich Tränen aus den Augen. Lui schmunzelte und senkte seinen Blick.

»Darf ich den Grund Ihrer Heiterkeit erfahren?« Bremer war kurz davor, sich zu ärgern.

Das Lachen verebbte, hier und da schniefte einer, putzte sich die Nase oder hustete.

»Das dürfen Sie, kein Thema«, sagte Lui und verbiss sich einen Lachanfall. »Es gibt keine ›einfachen Bergleute‹ mehr. Wir alle hier haben mindestens eine Ausbildung zum Facharbeiter. Steinkohlebergbau ist genauso kompliziert wie die bemannte Raumfahrt. Er hier«, Lui zeigte auf einen schmächtigen Mann mit Oberlippenbart, »war Fernmeldetechniker, bevor er unter Tage ging. Ein Telefon anzuzapfen ist eine seiner leichtesten Übungen, vor allem, wenn man einen Verbündeten hat. Wir konnten jederzeit ins Haus, Edgar versorgte uns mit den nötigen Infos.«

»Das werden Sie sicherlich nicht unterschreiben.« Lui zog nur die Augenbrauen nach oben, und Bremer sprach es aus. »Sie wären schön blöd, denn das würde den Staatsanwalt brennend interessieren, und er würde Ihnen ein Verfahren an den Hals hängen. Die Post?«

Lui nickte. »Sicher. Wenn sie nicht da war oder die beiden unterwegs waren, haben wir die Metallkiste aufgemacht, in der sie ihre Post einsperrte. Ein Klacks, sie hat nie etwas gemerkt. Ihre E-Mails haben wir selbstverständlich auch gecheckt.«

»Big Kumpel is watching you.«

»Kumpel gibt es nur im Ruhrgebiet.«

»Aber sie war sauber?«

»Absolut.«

»Warum hat Simmerling sie verprügelt?«

»Sie wollte Kinder, er ist zeugungsunfähig, sie sagte, sie würde mit einem anderen Mann eins machen, er solle es dann annehmen. Da ist er ausgerastet.«

»Und sie hat sich scheiden lassen.«

»Ja.«

»Und Simmerling?«

»Das wissen Sie nicht?«

»Sagen Sie es mir.«

Lui schürzte die Lippen. »Sie hat das Schloss ausgewechselt, er hat seinen Schlüssel mit einer Axt verwechselt, und Ihre Kollegen von der Streife haben ihn hopsgenommen.«

Langsam schlürfte Bremer den Rest seines Saftes. Er würde Roloff noch mal peinlich befragen müssen. Waren Roloff die Aktionen der Bergmannsbruderschaft entgangen? Und die Frielings und Heimanns würde er sich zur Brust nehmen. Zwei Ehen gesprengt. So ein Unsinn. Die Ehen waren schon lange vorher kaputt gewesen, Wibke Fromm nur der letzte Anstoß, die Manifestierung der gescheiterten Beziehungen.

»Wie sind die anderen mit Simmerlings Gewalttätigkeit umgegangen?«

»Edgar hat sich nur gewehrt, wenn er angegriffen wurde oder dachte, er werde angegriffen. Er war nicht der Hellste, aber mit Muskeln war er gut ausgestattet. Wenn ihm einer dumm gekommen ist, hat er in seiner Sprache geantwortet. Aber er hat nie einen Kollegen angefasst.«

»Das wäre ihm sicher schlecht bekommen«, stellte Bremer mehr fest, als dass er fragte. »Hat Simmerling ein Handy?«

Lui kritzelte die Nummer auf einen Bierdeckel, und Bremer war sich sicher, dass sich niemand melden würde. Das Gespräch stockte, Bremer waren die Fragen ausgegangen, und niemand hatte etwas zu erzählen. Also zückte er sein Handy, bestellte eine Streife, die die Personalien aller Anwesenden aufnehmen sollte. Artig bedankte er sich für den Saft und die Auskünfte und schärfte den Männern ein, sie sollten Bescheid sagen, wenn Simmerling auftauchen würde, er werde als Zeuge gebraucht. Die Männer nickten, worauf Bremer sich mit einem markigen »Glück auf« verabschiedete, dem ein ebenso markiges »Petri Heil« von Lui und eine Gelächtersalve folgten.

Komische Leute, diese Bergleute, dachte Bremer.

Komische Leute, diese Kommissare, dachte Lui.

Kaum war Bremer durch die Tür verschwunden, drehte sich Lui zu seinen Leuten um.

»Wo ist Edgar?«, fragte er mit unterdrückter Wut. Alle schüttelten den Kopf. »Sucht ihn. Sagt ihm, ich will ihn sprechen. Dass wir ihn schützen werden, wie immer. Und sagt ihm, dass ich nicht glaube, dass er Wibke umgebracht hat.« Wenn doch, dachte Lui, dann gnade ihm Gott.

Der Besucherandrang war ungebrochen, der Kommissar schlüpfte unter der Absperrung durch, winkte Roloff zu sich und machte keine Umwege.

»Haben Sie gewusst, dass die Kollegen von Simmerling Wibke Fromm lückenlos überwacht haben?«

Die Antwort kam so spontan, so überrascht war Roloff, dass Bremer ihm glaubte. »Nein!«

»Wussten Sie, dass Wibke Fromm angeblich zwei Ehen zerstört hat?«

»Nein.«

»Aber ganz Göttelborn hat offenbar davon geredet. Sie waren doch mit Wibke eng befreundet. Wie kann Ihnen das verborgen geblieben sein?«

Roloff fuchtelte mit den Armen. »Das waren Gerüchte. Nichts Genaues. Wibke hat niemals darüber geredet, und mich hat es nicht wirklich interessiert. Mit wem sie geschlafen hat, nachdem wir zusammen waren, war mir völlig gleichgültig.«

»Und?«

»Angeblich soll Wibke mit Frank Heimann und dem Frieling was gehabt haben. Nachdem wir uns getrennt hatten, bevor sie Simmerling kennen lernte. Aber ich glaube nicht daran.«

»Warum?«

»Frank Heimann hat ausgesehen wie ein Fass, und Frieling war fünfundfünfzig, als die Gerüchte umgingen. Deswegen. Wibke konnte sich die besten Hengste aussuchen.«

»Na phantastisch«, grollte Bremer. »Kennen Sie Louis Becker?«

»Selbstverständlich.«

»Und?«

»Ein echter Bergmanns-Papi. Kümmert sich um alle, die irgendein Problem haben. Inhaber des ›Casino‹, gleich um die Ecke. Hat schon einigen geholfen. Mit Geld, Rat und einem Bett, mit einer Arbeitskolonne oder einfach nur mit zwei Stunden Zeit zum Reden.«

»Haben Simmerling und Louis etwas miteinander zu tun?«

Roloff zuckte die Achseln und schwieg. Bremer wurde ungeduldig.

»Hören Sie, Roloff, ich will einen Bericht von Ihnen über alles, und zwar wirklich alles, was in irgendeinem Zusammenhang mit Fromm und Simmerling steht. Dafür stelle ich Sie frei. Sie werden im Präsidium arbeiten, im Büro direkt neben meinem Zimmer. Begeben Sie sich direkt dorthin, gehen Sie nicht über Los!«

Roloff musste grinsen, und Bremer war froh, dass er seinen scharfen Ton etwas gebrochen hatte.

Zerb rief aus dem ersten Stock, Martin solle sich nach oben schaffen, es gebe Neuigkeiten. Das Haus war jetzt bevölkert mit Menschen in weißen Overalls. Die Spurensicherung drehte jedes Stück um, prüfte, fotografierte, katalogisierte. Ein Berg von Spurenträgern häufte sich an, dessen Auswertung viel zu lange dauern würde, das war Bremer jetzt schon klar. Wahrscheinlich war die ganze Arbeit doch umsonst. Eifersucht, Streit, irgendetwas in dieser Richtung war das Motiv. Alle Spuren deuteten darauf hin, oder fast alle, kein Platz für abwegige Phantasien eines gelangweilten Kommissars.

Zerb stand im Bad und hielt Bremer eine Pinzette unter die Nase. »Blond. James Blond!«

Bremer verzog das Gesicht, als hätte er auf eine Nacktschnecke gebissen.

»Ein blondes Haar. Wibke Fromm hat schwarze Haare. Überall. Das Haar sieht gut aus. Es hat sich zwischen den Locken des Opfers versteckt. Wenn ein Haar so tief verbuddelt ist, gab es ziemlich engen Kontakt.«

»Jetzt fehlt uns nur noch der Mensch zu dem Haar, und dann haben wir unseren Täter«, grummelte Bremer durch seine zusammengepressten Zähne.

»War das eine Frage?«

»Ja.«

»Dann nein. Das Haar kann schon lange dort festsitzen. Einen Tag, zwei Tage, je nachdem, wann sich Wibke Fromm zum letzten Mal gründlich die Haare gewaschen und gebürstet hat. Außerdem kann der Täter das Haar dort auch platziert haben, um eine falsche Spur zu legen. Vielleicht ist es auch ein Tierhaar. Besser sind da die Fingerabdrücke auf der Tatwaffe. Jede Menge. Du hast es eilig?«

»Ja«, sagte Bremer tonlos und ging wieder nach unten. Zerb blieb zurück mit einem Ziehen im Magen. Und dem Gefühl, als müsse gleich ein Erdbeben das verdammte Kaff einfach auslöschen. Aber bitte erst, wenn er fertig war.

Zehn Minuten später fuhren Weber, Zerb und Bremer wieder nach Saarbrücken, ebenso in ihre Gedanken vertieft wie auf der Hinfahrt. Das Fördergerüst wurde immer kleiner, verschwand schließlich hinter einem Hügel. Weber dachte an den Abend, an sein Treffen mit Lisa, seiner Schwester, die er seit sechs Jahren nicht mehr gesehen hatte. Jetzt trafen sie sich, um zu besprechen, was sie mit ihrer Mutter machen sollten, die vom Krebs aufgefressen wurde. Es war nur eine Frage der Zeit, bis sie pflegebedürftig würde. Weber graute davor, er würde Lisa davon überzeugen müssen, dass es am besten war, Mutter in einem guten Pflegeheim unterzubringen. Am Geld solle es nicht hängen, er würde ein paar hundert Euro entbehren können im Monat, damit ihr es gut ginge.

Zerb dachte über Wibke Fromm nach. Ob das Eisen wohl so tief im Gehirn steckte, wie er es vermutete? Wen würde er zur Obduktion dazu nehmen? Am besten Bitterling. Dessen Name nichts mit seinem Gemüt gemein hatte. Der immer einen Scherz auf den Lippen hatte. Der sein Leben unverschämt zufrieden lebte. Wahrscheinlich nahm Bitterling Drogen. Wie die meisten Ärzte. Aber nur allererste Sahne. Kaum Nebenwirkungen. Zerb musste an das lächerliche Gezerre um die Junkies denken. Die Schweizer hatten es bewiesen: Gebt das Zeug frei, und schon steigt die Qualität, der Preis sinkt drastisch, die Beschaffungskriminalität schrumpft enorm. Aber in Deutschland herrscht in solchen Dingen keine Vernunft. Da regiert verquere Moral. Schnaps kann man fuderweise verkaufen, ein Kilo Haschisch, und die Justiz schlägt gnadenlos zu. Beide Stoffe sind Drogen, der Missbrauch macht sie gefährlich, und überhaupt, das Heer der Tablettenabhängigen. Ich muss Bitterling fragen, ob er auch so grübelt wie ich, dachte Zerb. Am besten den Kopf abschalten. Wer viel denkt, hat viele Probleme. Zerb setzte seine Idee sofort in die Tat um, stellte das Denken ein und betrachtete die Welt, die am Auto vorbeiraste. Schon ging es ihm besser.

Bremer dachte an Saskia Pierer. Dass er mit ihr reden müsste. Dass er endlich klare Verhältnisse schaffen müsste. Dass sie noch nicht angerufen hatte. Weil er sie darum gebeten hatte. Trotzdem. Warum ruft sie nicht an?

Die Landschaft huschte an Bremer vorbei. Die Menschen. Die Häuser. Die Welt schien sich zu ducken, die Zeit schrumpfte und versteckte sich.

Das Präsidium, das Büro, Bremer hängte den Hörer aus, obwohl er eine Umleitung hätte programmieren können oder eine Mitteilung, dass er nicht zu sprechen sei. Aber Videorekorder und Telefonanlagen waren seine natürlichen Feinde. Dann grub er sich durch einen Berg an Unterlagen. Roloff saß inzwischen draußen und tippte mit stoischer Ruhe und zwei Fingern seinen Bericht in einen Computer.

Als Weber sich verabschiedete, war es neunzehn Uhr dreißig. Roloff ging eine halbe Stunde später. Bremer wollte nicht nach Hause. Er musste sich eingestehen, dass er einen Menschen vermisste. Vielleicht auch zwei.

Um zweiundzwanzig Uhr überquerte Bremer den St. Johanner Markt, die gute Stube Saarbrückens, umgeben von kleinen Geschäften, Kneipen und Restaurants. Er entschied sich für das »Oro«, das die Räume der »Hauck Weinstuben« übernommen hatte. Ihm war nach schick zumute und nach einem guten Glas Wein. Beides bekam er dort. Gegen ein Uhr in der Nacht fiel Bremer auf sein Bett und schlief ein.

FÜNF

Heiner Brand riss den Briefumschlag auf, las die ersten Zeilen, zerknüllte das Papier mit einer einzigen schnellen Bewegung seiner Faust, die groß genug war, um jeden einzuschüchtern, der ihm zu nahe kam. Fast jeden. Dann zerriss er den Brief in kleine Fetzen, säte die Fetzen auf den Küchenboden, trampelte darauf herum, sammelte sie wieder ein, warf sie in einen Aschenbecher, zündete sie an und genoss das leise Rascheln der Fetzen, die zu Asche zerfielen.

Ruckartig zog er Luft, wie ein Motor, der schlecht eingestellt ist und jeden Moment den Betrieb verweigert, um nie wieder anzulaufen. Immer schneller ging der Atem, bis Brand grelle weiße Lichter vor den Augen tanzen sah, sich auf den Boden sinken ließ und gleich darauf in Ohmacht versank.

Einige Minuten vergingen. Die Vormittagssonne schien durch die Holzfenster, das Glas war so sauber, dass man glaubte, die Rahmen seien leer. Hellbraune Kacheln waren am Boden verlegt, hier und da eine Fuge breiter als die andere, alles in allem aber saubere Heimwerkerarbeit. Ein Riss ging quer durch den Raum, die Kacheln, die im Weg waren, hatte der Riss gespalten. Schwarz und hässlich kroch der Riss über den Boden, verschwand hinter einem Schrank, kletterte die Wand hoch, dehnte sich aus, um vom ganzen Haus Besitz zu ergreifen. Er verschwand in der Decke, nur um im nächsten Stock weiterzuziehen, hoch hinauf bis zum Giebel, da verlor sich der Riss, weil nichts mehr da war, was er fressen konnte.

Als Heiner Brand 1983 das Haus kaufte, jubelte die ganze Familie. Seine Frau war schwanger, der Kredit kein Problem, zweiundzwanzig Jahre Laufzeit, milde Monatsraten, seine Arbeitsstelle krisensicher, schließlich war er Lehrer am Albert-Einstein-Gymnasium in Völklingen. Die Hütte lag im Sterben, die alte Dreckschleuder, der letzte Hochofen blies auf dem letzten Loch, und bis Fürstenhausen schaffte es der Dreck nicht. Die Waldrandlage garantierte frische Luft, und weil Heiner Brand ein schlauer Mann war, hatte er sich das Luftkataster angesehen. Selbst die Autobahn spielte hier keine Rolle mehr. Der Preis war in Ordnung gewesen, kein Schnäppchen, aber dafür ein solides Haus, sechs Zimmer, es sollte noch mehr Nachwuchs kommen, große Küche mit Ausgang zum weitläufigen Garten, Badezimmer mit Sicht nach draußen, voll unterkellert, Platz für Werkstatt, Partykeller und Fitnessraum. Brands Brüder hatten mitgeholfen, in vier Wochen war das Haus von oben bis unten renoviert, ein neues Bad, man gönnt sich ja sonst nichts. An das gelungene Einweihungsfest dachten alle Gäste gerne zurück.

Als Heiner Brand eines Tages in der Zeitung las, dass unter Fürstenhausen Kohle abgebaut werden sollte, dachte er an nichts Böses. Seine Tochter war inzwischen neun, sein Sohn sieben und das Nesthäkchen vier. Ein Sonnenkollektor versorgte das Haus die meiste Zeit im Jahr mit heißem Wasser, und den Strom produzierte Familie Brand auch selbst: Eine Photovoltaikanlage lieferte gut dreitausend Kilowattstunden im Jahr, mehr als genug. Dann hörte Heiner Brand von den ersten Schäden in Fürstenhausen. Die Häuser begannen zu tanzen. Risse, Schieflage in die eine Richtung, Schieflage in die andere Richtung, Bürgersteige platzten auf, Straßen warfen Buckel wie ein widerspenstiges Pferd. Von weitem hörte Brand von den Schwierigkeiten bei der Schadensregulierung. Ihn betraf es ja nicht, und gekonnt verschloss er die Augen. Bis der erste Riss begann, sein Haus und sein Leben aufzufressen.

Heiner Brand kam wieder zu sich. Mühsam zog er sich hoch, schleppte sich zum Küchentisch und ließ sich auf einen der alten Stühle fallen. Dumpf stierte er vor sich hin. Das Kaufangebot der Deutschen Steinkohle AG für sein Haus, sein Heim, seine Heimat, betrug nicht einmal die Hälfte des Kaufpreises. Zeitwert hieß das, und die DSK argumentierte, das Haus sei jetzt mehr als sechzig Jahre alt und habe die Hälfte seines Nutzwertes hinter sich. Aber Brand müsse ja nicht verkaufen, die anstehenden Reparaturen würde die DSK schnell und gründlich durchführen.

Brand wurde schlecht, er schleppte sich auf die Toilette und erbrach pure Magensäure. Sein Hals brannte, warme Milch mit Honig brachte Linderung, er trank einen ganzen Liter, der Magen zeigte Gnade und behielt die Flüssigkeit bei sich. Brand setzte sich wieder an den Tisch. Seit neun Wochen war er krankgeschrieben. Ausgebrannt, hieß es. Psychosomatisches Erschöpfungssyndrom, sagte der Arzt, Burn-out, typisch für Lehrer, fast die Hälfte leidet darunter, fast zwei Drittel werden frühverrentet, weil sie am Ende sind, fertig mit sich, der Welt und allem anderen. Aber Brand hatte seine Schule geliebt. Seine Schüler hatten ihn geliebt. Mit hundert wäre er noch in den Unterricht gegangen, es gab nichts, das ihn mehr erfüllte, als Lehrer zu sein. »Das«, hatte der Arzt gesagt, »nennt man Verdrängungsstrategie. Solange Sie nicht erkennen, dass Ihr Beruf Sie auffrisst, werden Sie keine Chance haben. Ich verschreibe Ihnen was, damit es Ihnen besser geht.«

Nach den ersten zwei Tabletten hatte Brand den Rest die Toilette heruntergespült, es aber später bereut, weil man Gift nicht in den Kanal werfen sollte.

Aber mit einem hatte der Arzt Recht gehabt. Wenn ich alles verdränge, dann komme ich nicht weiter. Seit zehn Jahren verdränge ich meine Wut. Mein Leben ist zerstört. Die Kinder weit weg, meine Frau bei einem anderen. Mein Haus bricht zusammen, genau wie ich unter der Last, die ich nicht tragen kann. Einmal noch werde ich kämpfen und dann ausruhen. Lange ausruhen.

Brand schnellte vom Stuhl hoch, dass ihm schwindelig wurde und er sich am Tisch festhalten musste. Der Energieschub war zu plötzlich gekommen, der Rest des Körpers hatte sich noch nicht darauf eingestellt.

Er sprang die Treppe hoch, jeder normale Mensch wäre gestürzt, aber Brand hatte sich mit den Jahren an die Schieflage gewöhnt, wie ein Seemann glich er die nach links hängenden Stufen aus. Die Tür seines Arbeitszimmers hatte er schon lange ausgebaut, denn sie klemmte immer, mal weil das Haus nach links hing, mal weil das Haus nach rechts hing. Wie besessen durchwühlte er Papierstapel, die sich auf dem Schreibtisch türmten, auf dem Boden, auf jeder freien Fläche. Schweiß tropfte von seiner Stirn, sein Atem ging flach, er fluchte vor sich hin, wo sich dieses verdammte, verschissene Stück Papier versteckt habe, der Teufel solle es holen, wenn ich es nicht gleich finde, fackel ich den ganzen Schuppen ab, dann ist auch Ruhe. Bevor er den Plan umsetzen konnte, fiel ihm das Dokument in die Hände.

Wie ein Sack plumpste er auf den Boden, brachte zwei Stapel Papiere zum Einsturz, lachte kurz und knarrend. Seine Augen leuchteten wie schon lange nicht mehr. Leise murmelte er die Wörter wie magische Sprüche, als habe er Merlins Zauberbuch in den Händen.

»Sehr geehrter Herr Fries. Hiermit lade ich Sie herzlich ein zur Feierstunde am Füllort Sohle sechs, Schacht IV Göttelborn.« Fries, ein ehemaliger Bergmann, einer von Tausenden, hatte ihm die Einladung hingeworfen mit den Worten, da solle er hingehen, sich anschauen, wie die Leute verarscht werden. »Die feiern, und wir Bergleute werden kaputtgemacht«, hatte Fries ohne Regung gesagt.

Brand sprang auf, fegte Papierberge vom Schreibtisch, grub die Tastatur seines Computers aus, tauchte hinter den Schreibtisch, Papier in einer Bugwelle vor sich her treibend, fand den Schalter, drückte ihn, und wie durch ein Wunder summte und schnurrte die Maschine, erwachte zum Leben und wartete auf die Befehle ihres Herrn und Meisters. Wie eine Furie ließ Brand seine Finger auf der Tastatur tanzen. Ihr werdet mich nicht so schnell vergessen, dachte er. So schnell nicht, das steht fest. Ei, was für ein Fest das wird. Wahrhaftig eine Feierstunde, ihr werdet sehen, wer Brand wirklich ist. Heute kann ich meinem Namen alle Ehre bereiten. Obacht, ihr Plünderer und Schleifer, Obacht, ihr Lügner und Schinder, der Brand kommt, und er wird nichts und niemanden verschonen!

SECHS

Seit zwei Stunden pflügte sich Bremer durch die Aktenordner, die das edle Holz seines Schreibtischs komplett bedeckten. Um halb zehn lärmte seine Telefonanlage. Die Rufnummer wurde angezeigt, und Bremer wusste, was jetzt kommen würde.

»In fünf Minuten bei mir? Hast du Zeit?«

Bellorz hatte eine seltsame Art, Befehle zu erteilen, dachte Bremer und schlug eine halbe Stunde heraus, um wenigstens die wichtigsten Dinge zu erledigen.

Bellorz kam gleich zur Sache. »Müllermann hat sich beschwert. Du hättest ihn vor versammelter Mannschaft fertig gemacht. Stimmt das?«

»Ja.«

»Das hab ich mir gedacht.«

»Und jetzt?«

»Wahrscheinlich erinnert sich niemand dran. Könnte das sein, Martin?«

»Das ist so sicher wie das Amen in der Kirche!«

»Müllermann hat Mist gebaut, aber er ist kein Verbrecher.«

»Sascha, Müllermann ist gefährlicher als ein Verbrecher. Er untergräbt das Vertrauen. Wenn ich mich nicht auf meinen Kollegen verlassen kann, ist Hängen im Schacht, verstehst du?«

»Trotzdem. Du kannst nicht deinen privaten Code Red durchziehen.«

»Du meinst inoffizielle Disziplinierungsmaßnahmen. Eine Frage der Ehre. Tom Cruise und Jack Nicholson.«

»Die meine ich.«

»Wird immer besser. Ich fasse das als Kompliment auf. Von Schimanski zu Nicholson. Aber hier geht es nicht um Ehre. Es geht um unseren Job. Den Job auf der Straße. Wieso hat Müllermann nicht die Waffe gezogen?«

»Er hat ausgesagt, dass er niemanden verletzen wollte.«

»Ich kenne die Protokolle. Lächerlich. Der Mann ist ungeeignet. Wer schützt ihn? Und jetzt sag nicht, dass es anders ist.«

Der Staatsanwalt setzte sich hinter seinen gigantischen Schreibtisch in seinen lederbezogenen Chefsessel und fixierte Bremer.

»Mir ist vollkommen klar, dass du mir das nicht sagen wirst, Sascha. Und dir muss klar sein, dass ich Müllermann erinnern werde, jedes Mal, wenn er mir über den Weg läuft. Du bist noch nie auf Streife gewesen. Du hast noch nie nachts um vier in irgendeiner dunklen Straße ein Auto kontrolliert und dein Kollege musste dich decken. Du hast noch nie die Gänsehaut gespürt, das Herz ist dir noch nie aus dem Hemd gesprungen, wenn einer aussteigt und du nicht weißt, was passiert. Wenn du dich dann nicht verlassen kannst, dann wird der Job zum Horror. Deswegen steht Müllermann bei mir auf der schwarzen Liste. Und die Hand, die ihn schützt, ebenfalls.«

Bellorz hatte aufmerksam zugehört. »Ich mache die Sache klar, denn es ist eine sehr starke Hand. Auch für dich eine Nummer zu groß. Aber tu mir einen Gefallen. Lass Müllermann ab jetzt in Ruhe. Und wenn du ihn dir unbedingt zur Brust nehmen musst, tu es unter vier Augen. In Göttelborn hat jemand zugehört, den du nicht wahrgenommen hast.«

Bremer erinnerte sich an die Situation, und siedend heiß fiel es ihm ein. Es musste Roloff gewesen sein. Als er Müllermann rausgeworfen hatte, war Roloff schnell zur Stelle gewesen. Zu schnell.

»Roloff«, sagte Bremer, aber Saschas Pokergesicht blieb undurchdringlich. »Warum wäscht mir Haffner nicht den Kopf? Das ist doch eigentlich seine Zuständigkeit.«

Bellorz faltete die Hände und stützte sein Kinn in die verschränkten Daumen. »Haffner hat mich gebeten, mit dir zu reden.«

Bremer staunte. »Hat er Angst vor mir?«

Bellorz warf sich nach hinten, dass der ganze Sessel wackelte, und breitete die Arme aus. »Wo denkst du hin! Haffner hat nur vor Gott und unserem Innenminister Schuster Angst. Und das auch nur ganz selten.«

»Also ist Schuster die Hand?«

»Das habe ich nicht gesagt, und du solltest es auch nicht glauben. Nein. Haffner hält dich für einen fähigen Mann, sonst wärst du nicht erster KHK. Wir brauchen uns nichts vorzumachen, und wie gesagt, ich fühle mich ein wenig mitschuldig. Obwohl ich krank war, hätte ich vielleicht eingreifen können, und Müllermann wäre nicht so leicht davongekommen. Also?«

»Ja, ja, schon gut. Ich werde den Kerl in Ruhe lassen.«

Bellorz lächelte milde. »Und jetzt zu Wibke Fromm. Was gibt es?«

»Einen sauberen Anfangsverdacht. Edgar Simmerling, Bergmann, gewalttätig, vorbestraft, Ex-Ehemann der Toten. Wir fahnden nach ihm, allerdings erst mal als Zeuge.«

»Sieht nach einer simplen Sache aus?«

Bremer verzog das Gesicht. »Ich muss den Bericht abwarten. Es gibt ein paar Ungereimtheiten. Aber wir haben die Tatwaffe und offenbar jede Menge Fingerabdrücke darauf.«

»Wann?«

»Zwei bis drei Stunden.«

»Echter Bremer-Einstieg!« Zufrieden grinste Bellorz und schob Bremer eine dicke Akte hin. »Ich habe hier noch eine schwere Körperverletzung. Familiendrama. Der Täter sitzt in Untersuchungshaft und schweigt vor sich hin. Gestern passiert. Das Opfer ist außer Lebensgefahr, aber das ist nicht unbedingt ein Glücksfall. Du wirst es sehen. Versuch den Mann zum Reden zu bringen, ja? Die Sache ist im Prinzip klar, aber ich hätte gerne ein Geständnis.«

»Auf die Gefahr, dass ich dich nerve. Wozu?«

»Ich denke, der hat im Affekt zugeschlagen. Wenn er ein Geständnis liefert, kann ich ihm ein paar gute Vorschläge machen. Aber es muss ein echtes Geständnis sein. Ich will keinen Deal. Nicht in diesem Fall.«

»Abgemacht. Ich tue, was ich kann. Ich bin dir was schuldig.«

»Ach was, Müllermann hat Glück gehabt, dass ich die Grippe hatte, ich hätte ihn das Fürchten gelehrt, das kannst du mir glauben!«

Bremer glaubte es und wusste, wie Menschen aussahen, die Bellorz ernsthaft in die Quere kamen. Im besten Fall wie Kartoffelpüree. Gelb, zermatscht und höchstens noch ein paar kleine feste Stückchen. Obwohl sie jetzt seit fünfzehn Jahren zusammenarbeiteten, duzten sie sich erst seit ein paar Monaten. Sie waren auf dem besten Weg, so etwas wie eine Freundschaft zu entwickeln. Beide hatten Hochachtung voreinander, sie brauchten sich gegenseitig und vertraten ähnliche Ansichten über die Berufe, die sie ausübten. Bellorz war hart, aber fair, das Gesetz war Mittel zum Zweck und durfte niemals zum Selbstzweck werden. Es galt, die Gesellschaft zu beschützen, der Gedanke an Rache war beiden fremd, solange es nicht um Persönliches ging. Bellorz wusste, warum er war, was er war, und seit heute wusste auch Bremer wieder, warum er Erster Kriminalhauptkommissar hieß. Roloff hatte ihn mit der Nase darauf gestoßen. Es ging nicht darum, irgendwen von einem Verbrechen abzuhalten. Wenn dem so war, umso besser, aber Vorbeugung fand woanders statt oder besser, sollte woanders stattfinden. Im Elternhaus, in der Schule, im Betrieb, in den sozialen Netzen, die immer brüchiger wurden. Nein, Bremer war dazu da, die zu fangen, die ein Verbrechen begangen hatten. Punkt, aus, Ende. Das ist gut so, dachte Bremer. Ich bin Spezialist, so wie Zerb einer ist und Bellorz und mein Steuerberater und mein Mechaniker. Wir wissen, dass selbst die Todesstrafe keine vorbeugende Wirkung hat. Warum also uns selbst belügen? Das Verbrechen ist Teil unserer Gesellschaft.

Der geläuterte Kommissar nahm die Akte, verabredete sich mit Bellorz für den nächsten Tag zum Mittagessen, verzog sich in sein Büro, nahm ein Mineralwasser aus der Minibar und legte sich auf die Couch, die unanständig bequem war. Nach dreieinhalb Stunden hatte er den Überblick über den versuchten Mord und den Hebel, um den Mann zum Reden zu bringen.

Er vereinbarte einen Termin zur Vernehmung des Familiendramas, rief Weber an, wo denn der Bericht der Spurensicherung bliebe, der sagte, der müsse auf seinem, also Bremers, Schreibtisch liegen.

Tatsächlich, da lag er unter der aktuellen Ausgabe der Saarbrücker Zeitung, die sich über den Mord in Göttelborn ausließ. Die Rede war von einer jungen Frau, von dem Gezähe, aber der Name von Wibke Fromm tauchte nicht auf. Wenigstens etwas, dachte Bremer, las den Namen des Autors und wunderte sich, dass er Reiner Zettler am Tatort nicht gesehen hatte. Wahrscheinlich haben wir uns verpasst, als ich im »Casino« war, dachte Bremer.

Reiner Zettler. Bremers Magen krampfte, als er an den Verrat seines Freundes dachte. Seit zwei Monaten hatten sie kein Wort miteinander gesprochen, und er dachte nicht daran, das zu ändern. Die Pressestelle hatte Anweisung, Zettler korrekt zu behandeln, nicht mehr und nicht weniger. Mit Insider-Informationen war es erst mal vorbei. Das machte Zettler nichts aus, und Bremer wusste das. Bremer musste daran denken, wie er und Reiner einmal gemeinsam eine Hehlerbande hatten auffliegen lassen. Zettler hatte gerade sein Volontariat bei der Saarbrücker Zeitung absolviert, war mit offenen Armen übernommen worden, eine Ewigkeit war das her, heutzutage versuchte die SZ, die einzige saarländische Tageszeitung, so schnell wie möglich so viele Redakteure wie möglich loszuwerden. Für Zettler kein Thema, der saß fest im Sattel, denn Chefredakteur Riemler wäre verrückt gewesen, seinen besten Polizeireporter rauszuschmeißen. Bremer selbst hatte damals gerade die Weihen zum Kriminalkommissar empfangen. Die Ermittlungen gegen die Bande waren im Sande verlaufen, aber Zettler hatte einen Tipp bekommen. Wäre nicht ein ganzer Trupp Schutzengel beim Einsatz mit dabei gewesen, weder Bremer noch Zettler wären mit heiler Haut davongekommen. Sie waren unbewaffnet einem der Hehler gefolgt, bis in die Höhle des Löwen. Zettler war über einen Eimer gestolpert und gestürzt. Sein Knöchel war verstaucht gewesen, der Schmerz unerträglich, eine Flucht unmöglich. Die aufgeschreckte Bande durchsuchte jeden Winkel, aber Bremer hatte sich und seinen Freund in einer Senkgrube versteckt. Der Gestank war furchtbar gewesen, aber immer noch besser, als erschossen zu werden. Die beiden Hobbydetektive warteten, bis sich die Lage beruhigt hatte. Zettler schickte Bremer gegen dessen Willen los, um Hilfe zu holen. Zwei Stunden später war die Bande festgesetzt und die Grünschnäbel geduscht. Für beide war es der Wink mit dem Zaunpfahl, den sie dringend benötigt hatten. Bis heute wusste Bremer nicht, woher Bellorz davon Wind bekommen hatte. Irgendwann hatte er Bremer darauf angesprochen und ihm versichert, wenn er so etwas noch mal hören würde, könnte ihn kein Polizeipräsident dieser Welt davon abhalten, Bremer in die Wüste zu schicken. Dann flüsterte er noch: »Herzlichen Glückwunsch, die Bande war mir ein echter Dorn im Auge.«

Als sich Bremer dabei ertappte, erneut Sympathien für Zettler zu entwickeln, brach er die sentimentalen Erinnerungen schnell ab und widmete sich dem Bericht der Spurensicherung. Kein Zweifel, das Gezähe war die Tatwaffe. Fingerabdrücke von einer einzigen Person. Von Edgar Simmerling, der ja schon erkennungsdienstlich behandelt worden war. Faserspuren, Blutspuren im Abfluss, Wibke Fromms Blut, ansonsten Fingerabdrücke von mindestens dreiundzwanzig verschiedenen Personen, außerdem Genmaterial von mindestens vierzehn Personen. Nur das Schlafzimmer war klinisch sauber. Interessant war, dass Simmerlings Fingerabdrücke nur auf der Tatwaffe und sonst nirgends waren. Die Zeugenbefragungen hatten nichts Weiteres ergeben. Jetzt hieß es einfach, Simmerling zu fangen, ihm ein Geständnis von den Lippen zu pflücken, und fertig. Also doch langweilig. Nichtsdestoweniger mussten die Ermittlungen zu Ende geführt werden. Na ja, und Simmerling lief noch frei herum. Das Bärenfell hing noch nicht an der Wand.

Weber hatte einen Vermerk gemacht, dass er die Fahndung entsprechend aktualisiert hatte und Simmerling jetzt als dringend Tatverdächtiger in einem Mordfall gesucht werde. Vielleicht war es ja auch Totschlag, aber darum würde sich Bellorz kümmern. Wichtig war, dass die Kollegen aufpassten, wenn ihnen Simmerling über den Weg lief.

Weber spazierte herein, die Tür stand offen, Bremer wollte nicht den Kontakt zu seinen Leuten verlieren.

»Keine Spur von Simmerling. Wir haben alles abgegrast. Er ist wie vom Erdboden verschluckt. Die Indizien sind erdrückend!«

Bremer hob die Akte. »Saubere Arbeit.«

Webers Miene hellte sich auf. »Ich habe schon befürchtet, dass du irgendeine Verschwörungstheorie entwickelst. Übrigens: Kommst du heute Abend zur Probe? Wir haben ein neues Stück.«

»Wann?«

Weber trat einen Schritt näher. »Um halb neun im ›Ostviertel‹.«

Einen Moment lang zögerte Bremer, aber dann gab er sich einen Ruck. »Abgemacht. Was für ein Stück?«

»Shakespeare. Romeo und Julia. In einer aktuellen Fassung.«

Schon bereute Bremer seine Zusage, und Weber beeilte sich zu erklären.

»Hast du mal die Fassung mit Leonardo di Caprio gesehen?«

Bremer schüttelte den Kopf.

»Da kämpfen die mit Pistolen, richtig fette Dinger, anstatt mit Säbeln. Keine Erinnerung?«

Bremer hob abwehrend die Hände, Weber machte eine wegwerfende Geste. »Macht nichts. Aber Romeo und Julia, die zwei Hübschen, kennst du? Na klar, kennst du. Also. Du spielst einen Bandenchef. Luisa von der Sitte spielt sich selbst. Ihr verliebt euch, und schon haben wir die schönste Tragödie der Welt!«

Abgesehen davon, dass Luisa eine wunderbare Frau und erstklassige Kollegin war, schwante Bremer Übles. »Wen spielst du?«

Weber warf sich in Positur. »Vor dir steht der frisch gebackene Direktor der Landespolizeidirektion, oder auch Montague, der Große. Was sagst du jetzt?«

»Das geht in Ordnung.«

»So, so. Meuterei. Sie enden noch alle am Galgen.« Haffner, der Direktor der Landespolizeidirektion, stand in der Tür und musterte die beiden.

»Dass Weber Sie verkörpert, sollte Ihnen schmeicheln.« Bremer grinste spitzbübisch, und Weber unterdrückte ein Lachen.

Haffner kniff die Augen zusammen und drohte mit dem ausgestreckten Zeigefinger. »Ich weiß nur eins. Wenn ihr die Premiere verpatzt und mich damit blamiert, dann könnt ihr in Perl Kartoffeldiebe fangen.«

Kokett knickste Weber vor Haffner. »Kein Bange, Meister, diesmal haben wir einen echten Regisseur engagiert. Der macht das sogar umsonst.«

»Ein Regisseur, der umsonst arbeitet? Warum?«

»Ganz einfach, Martin. Er wollte schon immer mal eine Herde Bullen rumkommandieren.«

Weber verzog sich, und Haffner hatte außer Dienstplänen und Budgetplanungen nichts zu bieten. Gegen vierzehn Uhr verließ Bremer das Präsidium und fuhr zur Goldenen Bremm hinaus, in den Lerchesflurweg zur Justizvollzugsanstalt, die im Volksmund nur »Die Lerch« hieß.

»Ich mag Gefängnisse nicht«, sagte der Kommissar laut, und ein Passant, der zufällig mithörte, beschleunigte seine Schritte. Vieles liegt im Argen, dachte Bremer, aber wenn ich ehrlich bin, habe ich keine Alternative zu bieten. Ob in dreihundert Jahren die Menschen sagen werden: Schaut euch die Barbaren an. Die haben ihre Probleme nicht in den Griff bekommen und produzierten Menschen, die man einsperren musste, so furchtbar waren die, überlegte er und betrachtete das graue stählerne Tor, das die Freiheit ausschloss, um die Freiheit anderer zu sichern. Was für ein Irrtum, dachte Bremer.

Die Formalitäten waren schnell erledigt, und schon saß Bremer dem Mann gegenüber, dem er ein Geständnis entlocken wollte und kaum wiedererkannte. Die Fotos in den Akten hatten einen jungen Mann, höchstens zweiunddreißig Jahre alt gezeigt, volles, glattes schwarzes Haar, ein sympathisches Lächeln, leuchtende, blaue Augen, die ihre Energie in die Kamera sprühten. Eine feine, schmale Nase gab dem Gesicht einen Hauch Aristokratie, die Oberlippe wölbte sich üppig, die Unterlippe strahlte mit ihrem eleganten Schwung Erotik aus. Der Mann, der vor Bremer saß, war zwar nicht älter als zweiunddreißig, aber er hatte nicht die Spur Energie, geschweige denn Erotik. Graue Strähnen zogen durch das Haar wie marodierende Banden, wenige zwar, aber die Wirkung war fürchterlich. Der Bart spross bunt gesprenkelt, die Gesichtshaut spannte sich wie das Fell einer Trommel über die Knochen. Die Lippen verkniffen, die Augen stumpf. Wie das Pferd, das Bremer bei einer Durchsuchung auf einem Bauernhof gefunden hatte. In einem Verschlag ohne Licht, ohne Kontakt, bis auf die Knochen abgemagert, fast verdurstet, zu schwach, um noch Angst zu haben. Nur dass das Pferd niemanden schwer verletzt hatte. Eine einsame Kreatur, im Stich gelassen von einem Widerling von Mensch.

Der Mann vor ihm hieß Berthold Koswet und hatte seinen Schwiegervater fast umgebracht. Mit einem Holzscheit hatte Koswet das Gesicht zermatscht, Arme und Beine gebrochen, ebenso fast alle Rippen.

»Es geht Ihnen schlecht«, begann Bremer. »Sie hassen sich für das, was Sie getan haben. Sie fragen sich, wie lange muss ich ins Gefängnis? Wird meine Frau das verstehen? Was sagen meine Kinder dazu?«

Koswet hob seinen Kopf, fixierte Bremer und brach in Tränen aus.

Bremer stand auf, klopfte ihm sanft auf die Schulter. »Ich komme morgen wieder. Um dieselbe Zeit. Dann reden wir und finden eine Lösung.« Ohne ein weiteres Wort verließ Bremer Koswet, der immer noch schluchzend am Tisch saß. Dem Schließer gab Bremer mit auf den Weg, Koswet wie ein rohes Ei zu behandeln, ihn nicht aus den Augen zu lassen.

»Koswet ist selbstmordgefährdet, wir sind ja nicht blöd«, knurrte der Schließer, und Bremer machte, dass er nach draußen kam.

Mit einem dumpfen Schlag schloss sich das Tor hinter Bremer, der immer wieder froh war, diese Mauern verlassen zu können. Hätte nicht ein Mörder in sein Leben eingegriffen, er wäre heute wohl ein gesuchter Verbrecher, geschult vom eigenen Vater, eingeweiht in alle Tricks und bekannt mit allen Größen der Unterwelt. Aber der Mörder hatte Bremers Vater auf seiner Liste gehabt, und Bremer hatte einen anständigen Ersatzvater und eine anständige Ausbildung bekommen.

Die Sonne heizte die Stadt auf, die Menschen, die Häuser, den Stau auf der Metzer Straße und den Stau auf der Stadtautobahn, die Saarbrücken zerschnitt wie eine hässliche Operationsnarbe, gebaut in Zeiten, als die Menschen an den ungebremsten Aufschwung glaubten und keiner Lust hatte, über die nächste Generation nachzudenken. Den Krieg noch in den Knochen, hieß es ran an den Speck, es gibt ein Leben nach dem Horror und vor dem Tod. Das Trauma des Krieges und das eigene schlechte Gewissen, beides wurde fest eingekapselt in Arbeit, Wohlstand, Familie und kleine Häuser.

Bremer zückte sein Handy und wählte Pierer, Saskia. Der Anrufbeantworter. Verdammt.

SIEBEN

Der Sicherheitsmann winkte den weißen Transporter heran, machte ein Zeichen, dass er stehen bleiben solle. Der Fahrer wunderte sich über die bewaffneten Wachen, fügte sich aber, weil ihm sein Chef schon signalisiert hatte, dass der Einsatzort heute unter besonderen Sicherheitsmaßnahmen stünde. Also hielt er an, ließ die Scheibe nach unten gleiten und hielt die Ausweise hin.

»Catering-Service. Wir bringen das Büfett. Wo soll's denn hin?«

Der Sicherheitsmann prüfte kurz die Ausweise. »Haben Sie die Durchfahrtgenehmigung?«

Missmutig wühlte der Fahrer in einer schwarzen Aktenmappe, fand aber schnell, was er suchte, reichte dem Sicherheitsmann einige Bögen knisterndes Papier. »Büfett und Getränke. Kalt und Warm. Vom Feinsten. Und noch eine Riesenportion Convenience Food. Vakuumverpackt. Auftrag von der Staatskanzlei. Gestempelt, genehmigt und abgehakt.«

Penibel prüfte der Mann die Papiere, dann ließ er die Catering-Mitarbeiter aussteigen und inspizierte die Ladung. Er konnte nichts Verdächtiges feststellen, gab die Papiere zurück und ließ den Transporter fahren, nachdem sein Kollege am Röntgengerät ihm grünes Licht gegeben hatte.

»Schacht IV, immer geradeaus, der große weiße Turm, nicht zu übersehen. Schritttempo bitte.«

Der Fahrer hob die Rechte an den Schirm seiner Kappe, legte den ersten Gang ein und ließ den Transporter im Schneckentempo auf das Grubengelände rollen.

»Weißt du, dass ich noch nie hier war?«, fragte er seinen Beifahrer. Der zuckte nur mit den Schultern, und der Fahrer dachte, dass ihn keine zehn Pferde in irgendeinen Schacht kriegen würden. Drei Kreuze würde er schlagen, wenn sie wieder vom Gelände waren. Wer sich freiwillig jeden Tag in tausend Metern Tiefe begraben ließ, musste vollkommen verrückt sein. Genauso verrückt wie die Staatskanzlei, die ein Büfett bestellte und dann, ein paar Tage vor der Veranstaltung, noch Feldrationen dazu, haltbar verpackt, für eine ganze Hundertschaft, die eine Woche lang ins Manöver musste. Als die Änderung der Bestellung kam, hieß es vom Chef nur, in einem Bergwerk könne ja alles Mögliche passieren und man dürfe die Vergrößerung eines Auftrages nie unnötig hinterfragen.

Der Sicherheitsmann sah dem Wagen hinterher. Keine Waffen, kein Sprengstoff, nichts. Trotzdem ließ ihn ein schlechtes Gefühl nicht los. Irgendetwas stimmte hier nicht, aber er wusste nicht, was. Nur ein Gefühl, ein verdammtes Ziehen in der Magengegend. Heute Morgen bei der Lagebesprechung waren sie noch mal alles durchgegangen: höchste Sicherheitsstufe. Suche nach Waffen und Sprengstoff. Genaue Personenkontrolle. Keiner betrat das Gelände ohne Ausweis. Die Instrumente der Musiker waren schon am Vortag kontrolliert worden, insgesamt zwölf Kollegen versahen heute Dienst. Rasselnd schob sich das Tor wieder zu.

Eine Feier auf Sohle sechs, dachte der Sicherheitsmann, auf so bekloppte Ideen können doch nur Politiker kommen. Dann verdrängte er die Gedanken und konzentrierte sich auf das nächste Fahrzeug, das auf ihn zukam. Insgesamt wurden siebenundachtzig Gäste erwartet. Unter anderem Presse, Politik und Wirtschaft. Zur Feier der Grubenschließung. Was für ein Schwachsinn, dachte der Sicherheitsmann, der noch vor drei Jahren als Elektriker unter Tage sein Geld verdient hatte.

Der Catering-Transporter rollte weiter, zur Rechten ein Förderband, stillgelegt, zur Linken Gebäude, leer geräumt, kein Mensch arbeitete mehr da. Dennoch herrschte Betriebsamkeit auf dem Gelände. Die Verfüllung wurde vorbereitet, und selbst heute gingen die Arbeiten weiter. Jeder Lebenstag des Bergwerks kostete Geld. Schnell schlugen die Männer ihre Ladung um, vom Transporter in den Aufzug, der Platz genug für die dreifache Menge bot. Dreiundneunzig Bergleute konnten damit auf einmal einfahren.

Nach neunzig Minuten stiegen sie wieder in den Transporter und fuhren los, ohne sich noch einmal umzusehen. Der Fahrer dachte an die bemitleidenswerten Kolleginnen und Kollegen, die heute Abend das Büfett bedienen würden. Bergwerk. Furchtbar. Schweißperlen bildeten sich an seinem Haaransatz, er gab Gas, und beinahe hätte er einen Arbeiter überfahren, der fluchend auf die Seite sprang, sich den Knöchel dabei verknackste und vor Schmerz aufheulte.

»Bist du wahnsinnig geworden!«, brüllte der Beifahrer. »Pass doch auf, du Trottel!«

Der Fahrer erschrak, der Transporter schlidderte quietschend über den Asphalt und kam nach einigen Metern zum Stehen.

Der Sicherheitsmann hörte Fluchen, Reifenquietschen, Schmerzensschreie. Wie von der Tarantel gestochen lief er los, zog im Laufen seine Waffe, entsicherte sie und gab eine Meldung durch.

»Alpha3 an alle. Angriff auf Person im Einfahrtbereich, Zone gelb. Keine genauen Erkenntnisse.«

Ich hab's gewusst, dachte der Wachmann. Ich hab's gewusst. Ich hab's gewusst. Irgendwas lag in der Luft. Jetzt heißt es aufpassen. Nur keinen Fehler machen.

Der Transporter stand quer auf der Straße, ein Mann lag am Boden, schien verletzt und schrie immer noch vor Schmerz. Da schlug die Beifahrertür auf, ein Mann sprang heraus, einen Kasten in der Hand.

O Gott, dachte der Sicherheitsmann. Sprengstoff, eine Bombe, ein Selbstmordattentäter. Ein Schläfer. Jetzt ist er wach.

»Stehen bleiben, fallen lassen, lassen Sie die Bombe fallen und rühren Sie sich nicht vom Fleck!«, brüllte er, dass sich seine Stimme überschlug.

Der andere machte ein fragendes Gesicht und brüllte zurück. »Das ist ein Verbandskasten, Sie Trottel, der Mann da …«, er zeigte auf den Verletzten, der immer noch vor Schmerz jammerte und sich den Fuß hielt, »… braucht Hilfe, sehen Sie das nicht?«

Der Wachmann glaubte nicht, was er sah und hörte. »Stehen bleiben, den Kasten fallen lassen und dann ganz langsam hinknien, oder ich schieße.«

Die Antwort kam mit einer Sekunde Verzögerung.

»Du hast sie ja nicht mehr alle.«

Der Beifahrer wandte sich dem Verletzten zu, der Sicherheitsmann wusste nicht, was er tun sollte. Schießen oder warten. Wenn ich schieße, und das ist tatsächlich ein Verbandskasten, dann bin ich dran. Wenn ich nicht schieße, und es ist eine Bombe, bin ich auch dran. Wenn ich schieße und die Bombe treffe, bin ich erst recht dran. Also steckte der Wachmann die Waffe wieder ein und war froh, dass es keine Bombe war, kein Terrorist und kein Wahnsinniger. Es war ein ganz banaler Unfall. Und der Fahrer? Der saß zusammengesunken hinter dem Lenkrad des Transporters und weinte.

Eine Viertelstunde später war der Unfallort geräumt und der Sicherheitsmann wieder an seinem Platz, davon überzeugt, dass heute nichts mehr passieren würde, glücklich darüber, dass seine Panik ihn nicht dazu verleitet hatte, zu schießen, und bereit, jeden, der nicht wie ein Terrorist aussah, durchzuwinken, solange er nur eine Einladung vorzeigen konnte. Das einzige Problem war: Wie zum Teufel sieht ein Terrorist aus? Lachend schüttelte der Wachmann den Kopf und ließ einen Mann passieren, der Terrorist war, aber nicht im Geringsten danach aussah. Später würde sich der Sicherheitsmann nicht mehr an den Mann erinnern können.

Die Gäste trudelten einer nach dem anderen ein. Für diesen Tag war die Schwarzweißkaue in zwei Bereiche getrennt worden: Männer und Frauen. Geschlechtertrennung war im Bergbau unter Tage nicht vorgesehen. Das Gesetz verbot die Arbeit von Frauen unter der Erde.

Drei Bergmannsfrauen hatten sich bereit erklärt, den weiblichen Gästen beim Umziehen zu helfen. Mit Vorhängen waren einzelne Kabinen abgetrennt, in denen sich Büromenschen zumindest äußerlich in Bergleute verwandelten. Einige witzelten, jetzt müsse man den Begriff Bergfrau einführen, aber sie ernteten nur mitleidige Blicke. Auf Spiegel zur Anprobe hatte man verzichtet, denn es war klar, dass in dem schweren Baumwollanzug jede Frau furchtbar aussah. Aber es führte kein Weg daran vorbei. Die Bergmannskluft war mit einer speziellen Imprägnierung versehen, die statische Aufladung verhinderte. Ein kleiner Funke unter Tage konnte eine Katastrophe auslösen. Sogar die Unterwäsche musste abgelegt und durch graue, vollkommen unerotische ersetzt werden. Die Schuhe waren klobig, schwer und mit Stahlkappen versehen.

»Nicht schlecht«, stellte eine Journalistin des Saarländischen Rundfunks fest. »Es gibt einige, denen ich mit den Dingern mal hinten reintreten müsste.«

Fast schick kamen die Helme daher. Mit aufsteckbarer Lampe und einem schwarzen Schalter. Geradezu der letzte Schrei: die Taschentücher aus Stoff und das Halstuch zum Schweißabwischen.

Natürlich konnte man das Halstuch auch als leichten Atemschutz nutzen oder als Halsschmuck. Besser als nichts.

Schienbeinschoner, Atemgerät – für alle Fälle, ganz nützlich, wenn der Nachbar Blähungen hat. Der Gürtel für die Batterien und das Gezähe – fertig ist der Bergmann.

»Dann brauchen wir wenigstens nicht so zu tun, als seien wir zivilisiert, und können uns die Cocktails über die Klamotten kippen.«

Die Journalistin lachte, und die Bergmannsfrauen dachten nur, dass die Sesselfurzer wirklich keine Ahnung vom Leben hatten.

Genau um siebzehn Uhr fünfundfünfzig passierte der letzte Gast auf der Liste das Werkstor der Grube Göttelborn. Zwanzig Minuten später schlug die Glocke zur letzten Seilfahrt.

Jetzt hieß es einfach abwarten, bis alles vorbei war, dachte der Wachmann und machte es sich mit zwei Kollegen beim Skat gemütlich.

ACHT

Edgar Simmerling war klar, dass er nicht nach Hause konnte. Dort warteten die Bullen und würden ihn einsacken wie einen tollen Hund. Dasselbe galt für das Haus seiner Mutter. Aber jetzt war es zu spät, und es galt unterzutauchen. Doch dafür brauchte er Geld, und sein Konto war überzogen bis zum Anschlag.

Die letzte Nacht im Auto war ziemlich unangenehm gewesen, ihm taten alle Kochen weh, und das Frühstück hatte aus einem Sandwich und einem miesen Kaffee in einem Plastikbecher bestanden. Automatenjunkfood. Es gab nur eine Möglichkeit. Eine Passage nach Uruguay. Sechshundert Euro, und er wäre in Freiheit. Ein Onkel von ihm, ein ehemaliger Bergmann, wohnte dort auf einer Farm mit Pferden und Land und genug Arbeit. Letztes Jahr war der Onkel zu Besuch gewesen und hatte Edgar angeboten, mitzugehen. Die Grube solle er vergessen. Kohle habe keine Zukunft, der Job sei hart und schlecht bezahlt, und als Bergmann gelte man heute in Deutschland nichts mehr. Aber Simmerling hatte abgelehnt, wollte seine Freunde nicht im Stich lassen. Jetzt jedoch hielt ihn nichts mehr hier, im Gegenteil, Simmerling sehnte sich nach einem Ortswechsel, wollte weit weg, um alles vergessen zu können. Der Anblick war furchtbar gewesen, wie in Trance war er aus dem Haus getaumelt, hatte sich ins Auto gesetzt und war einfach losgefahren. Immer weiter, ohne darauf zu achten, wohin. Mitten in der Nacht war er todmüde einfach in einen Waldweg abgebogen und war hinter dem Steuer eingeschlafen. Am nächsten Morgen hatte er sein letztes Geld bis auf ein paar Euro zum Telefonieren, für Benzin, Kaffee und Sandwich ausgegeben.

Als Simmerling erneut versuchte, sich zu erinnern, fiel er in ein schwarzes Loch. Nichts. Außer diesem Grauen. Im Flur hatte er gestanden, das wusste er noch. Dass Wibke tot war, das wusste er auch noch. Aber dann versank alles im Dunkeln. Blut war da gewesen, auch an seinen Händen. Er hatte versucht, es abzuwaschen, aber es ging nicht, er war aus dem Haus getaumelt, und plötzlich saß er im Auto. Tot, tot, tot. Wibke tot. Lui, ich muss Lui anrufen. Er muss mir helfen. Er wird mir helfen. Wie immer. Lui. Anrufen.

Simmerlings Augen schimmerten rot. Braune Augen in rotem Blutsee. Die Münzen fielen in den Schlitz, ein Wunder, dass er überhaupt ein Telefon gefunden hatte, das Münzen annahm. Lui meldete sich sofort. »Glück auf, bist du es, Edgar?«

Simmerling brach in Tränen aus.

»Du musst mir helfen«, jammerte er. »Ich muss weg. Wibke ist tot.«

Wütend versuchte Lui, gegen Simmerlings Weinkrampf anzureden. »Verdammt, Kerl, reiß dich zusammen. Du musst sofort ins Holzhaus kommen!«

Gotterbärmlich schluchzte Simmerling ins Telefon, dass Lui der Kragen platzte. »Jetzt halt verdammt noch mal die Luft an, oder du kannst sehen, wie du zurechtkommst, du alte Heulsuse. Hast du die Fromm umgebracht oder nicht?«

Mit einem lang gezogenen Jaulen schluchzte Simmerling weiter. »Das weiß ich doch nicht! Ich weiß gar nichts mehr. Nichts mehr. Keinen Schimmer. Am besten bring ich mich um.«

»Einen Scheißdreck wirst du, du tust, was ich dir sage, und bewegst deinen Arsch hierher, und zwar dalli, oder ich hol dich persönlich, ist das klar?«

Der Hörer tropfte inzwischen von Simmerlings Tränen. Der Weinkrampf endete abrupt, als er den Befehl hörte, den er mit einem kurzen »Geht klar!« bestätigte.

Simmerling stieg in sein Auto, wendete und fuhr zurück ins Saarland. In zwei Stunden würde er in Sicherheit sein.

Lui steckte den Hörer zurück in die Basisstation, griff seine Jacke und rief seiner Frau zu, er müsse los und es könne später werden. Mit dem Handy rief er drei Kollegen an und bestellte sie ebenfalls ins Holzhaus, Edgar würde kommen und man müsse herausfinden, ob er noch zu halten war oder nicht.

Das Holzhaus, das Lui ansteuerte, gehörte bei genauer Betrachtung der Deutsche Steinkohle AG. Kein Nagel, kein Stück Holz und kein Stahlträger hatten jemals einen Baustoffhandel gesehen. Das gesamte Material stammte aus dem Fundus der Grube. Nur die Arbeitszeit, die hatten die Bergleute selbst aufgebracht. Wenn mehr als fünf Bergleute auf einem Haufen waren, brauchte man keinen Handwerker mehr. Und die Maschinen lagen auf der Grube herum, besser ein Haus damit gebaut, als dass die wertvollen Teile kaputtgingen. Am Wochenende, nach Feierabend, im Urlaub hatten sie ein schmuckes Häuschen hingestellt, idyllisch auf einer Lichtung im Gauwäldchen gelegen, keine drei Kilometer von Göttelborn entfernt. Das Grundstück hatten sie gepachtet, für einen lächerlichen Betrag. Seit mehr als zwanzig Jahren diente das Holzhaus als Rückzug, wenn die Bergleute ungestört sein wollten. Frauen hatten hier nichts zu suchen, und keine hatte bisher die heilige Männerruhe gestört. Eineinhalb Geschosse hatten die Bergleute errichtet aus Bohlen, fein zugerichtet, einhundertfünfzig Millimeter stark, für die Ewigkeit gebaut. Der Erker, die Terrasse, das spitze Dach, eingedeckt mit Ziegeln, die von der Renovierung einiger Gebäude der Grube über Tage übrig geblieben waren, die Innenausstattung einfach, aber geschmackvoll. Was aus Holz zu machen gewesen war, war aus Holz gemacht worden.

Das Erdgeschoss war ein einziger Raum mit einer Küchenecke und einem kleinen Tresen. Nur die Zapfanlage stammte nicht von der Grube. Die hatte Lui der Brauerei abgeschwätzt, als er das »Casino« übernahm. So war das im Saarland. Einer kannte einen, der einen kannte.

Peinliche Sauberkeit herrschte hier, auch ohne Frauen. Die Männer schrubbten die Dielen um die Wette, wie auf einem Segelschiff, jeder musste alles machen. Schmutz gab es während der Arbeit genug, da war jede Fluse, jede Wollmaus zu viel. Die Schuhe wurden am Eingang ausgezogen, auch Gäste mussten das tun.

Lui parkte auf dem roten Braschenplatz hinter dem Holzhaus. Langsam stieg er aus, schaute sich um, aber niemand war zu sehen. Anstatt ins Haus ging er mitten hinein in das Wäldchen, zählte Schritte, bückte sich dann, grub mit den Händen im Waldboden und fand schnell, was er suchte. In mehreren Schichten Plastikfolie wasserdicht eingewickelt, wartete eine Pistole auf ihn. Eine Luger P 08, ziemlich alt, aber bestens gepflegt. Zwanzig Schuss Munition lagen dabei, es fehlte keine Patrone. Lui hatte aus der Waffe noch nie geschossen.

Er verließ den Wald, ging um das Haus herum, schloss die mit Schnitzereien verzierte Tür auf, zog seine Schuhe aus und schaute sich um. In letzter Zeit war er nicht oft hier gewesen. Schade eigentlich, aber das konnte man ja ändern. Im Kühlschrank fand sich Orangensaft, im Schrank blitzsaubere Gläser, Lui goss sich ein und leerte das Glas mit einem Zug. Die Braschen knirschten. Türen schlugen, Gespräch drang durch die offene Haustür. Die drei Männer zogen ihre Schuhe aus, drückten Lui die Hand und setzten sich nebeneinander auf die schwarze Ledercouch.

»Und?«, fragte der Blonde.

»Ich habe mit ihm telefoniert, er ist ziemlich schlecht drauf. Sagt, er erinnert sich an nichts. Heulen und Jammern und Zähneknirschen, nicht schön.«

»War er's, Lui?«

»Keine Ahnung, Klaus. Der Kommissar hat gesagt, sie suchen ihn als Zeugen.«

Draußen knirschten wieder die Braschen, eine Autotür flog zu, und wenige Augenblicke später kam Simmerling hineingestürzt, vergaß, seine Schuhe auszuziehen, fiel vor Lui auf die Knie und fing sofort an zu jammern.

»Ich brauch ein Ticket nach Montevideo, du musst mir das Geld geben, ich bin doch pleite, die sperren mich ein!«

Lui verzog das Gesicht und donnerte wie der rächende Gott: »Simmerling, du Arschloch. Zieh erst mal deine Schuhe aus. Geh dich duschen, du stinkst wie ein Schwein. Und hör auf zu jammern, oder du kannst gucken, wie du klarkommst!«

Wie vom Blitz getroffen schwieg Simmerling. Dann raffte er sich auf und befolgte Luis Befehle. Die Schuhe, duschen, rasieren, Zähne putzen in Rekordzeit. Nach zehn Minuten stand er wieder vor seinem Ersatzpapa.

»Setz dich.« Simmerling gehorchte. »Und jetzt eins nach dem anderen, Edgar. Ich will wissen: Hast du Wibke Fromm umgebracht?«

Simmerling zögerte, atmete mehrmals heftig ein und aus. Er schloss die Augen und versuchte, sich zu erinnern. Da war der Anruf gewesen. Er solle zu Wibke kommen. Die Stimme. Er kannte sie. Aber er konnte sie keinem Gesicht zuordnen. Immer wieder verschwammen die Erinnerungen. Es war zum Verrücktwerden. Natürlich war er gleich losgefahren. Er klingelte, Wibke war an der Tür, was das solle, hatte sie gefragt. Ob er jetzt endgültig verrückt geworden sei, hatte sie durch die geschlossene Tür gerufen. Sie wisse nichts von einem Anruf. Er hatte nur geschluckt, seine Wut unterdrückt, war wieder weggegangen und hatte an sich selbst gezweifelt. Hatte sich gefragt, ob er sich den Anruf vielleicht nur eingebildet hatte, weil er Wibke sehen wollte, musste. Ohne sie hielt er es nicht aus. Er konnte kaum noch schlafen, seit Monaten, seit er bei Wibke rausgeflogen war. Hundertmal hatte er geschworen, Wibke nicht mehr anzufassen, eine Therapie hatte er angefangen, und die Ärztin sagte, er mache gute Fortschritte. Eine Viertelstunde lang war er durch den Ort geirrt, dann stand er wieder vor ihrer Tür. Ohne es zu wollen. Die Tür war angelehnt. Er ging hinein, rief, keine Antwort, er ging in den ersten Stock, die Tür war offen.

»Verdammt!«, rief Simmerling. »Gestern, da wusste ich noch ... weg. Total weg. Nichts. Nichts mehr. Ich weiß gar nicht mehr, wie ich ins Auto gekommen bin.« Seine Stimme zitterte. »So war es. Ich schwöre.« Lahm hob er seine rechte Hand und spreizte Daumen, Zeigefinger und Mittelfinger ab.

Die anderen wechselten Blicke, wie sie Richter und Staatsanwälte wechseln, wenn sie von der Schuld des Angeklagten überzeugt sind, aber nichts beweisen können.

Lui rieb sich nachdenklich das Kinn. Dann rückte er auf die Kante der Couch und fixierte Simmerling, dem der Schweiß ausgebrochen war. »Dir ist klar, dass du nicht aus Deutschland rauskommst? Mit dem Flugzeug schon gar nicht.«

Simmerlings Augen flackerten nervös, er kratzte sich am Hinterkopf, schnaufte ein paarmal. »Dann halt zuerst nach Frankreich. Und dann mit irgendeinem Dampfer, wo keiner fragt und keiner einen Ausweis sehen will.«

»So viel Geld haben wir nicht. Einen Kapitän bestechen ist ganz schön teuer.«

»Dann falsche Papiere. Das hast du doch schon mal gemacht.« Simmerlings Stimme wurde fester, härter. Lui spürte das und hörte auch den Vorwurf heraus. Aber die Sache damals war etwas ganz anderes gewesen.

»Du weißt genau, worum es damals ging«, sagte Lui lauter, als er es wollte. »Und du weißt, dass wir dir immer geholfen haben.«

Haben, echote es in Simmerlings Hirn. Geholfen haben. Das war's also. Selbst meine Freunde lassen mich im Stich. Er atmete tief durch, Lui redete weiter.

»Aber wir würden dir nicht helfen, wenn wir deine Flucht decken. Wenn du es nicht warst, findet die Polizei das raus. Der Anruf – den kann man beweisen, der muss irgendwo aufgezeichnet sein. Deine Fingerabdrücke werden nicht auf der Tatwaffe sein. Also – was soll's? Du hast nichts zu befürchten. Und wenn du es warst – dann kannst du meinetwegen im Knast verrotten.«

Jetzt lag die Wahrheit auf dem Tisch. Simmerling verschluckte seine Tränen, die Enttäuschung traf ihn unvorbereitet. Alle hatten ihn verlassen. Alle dachten, er sei ein Mörder. Und wenn ich ehrlich bin, weiß ich selbst nicht, ob ich einer bin. Aber in den Knast gehe ich nicht. So oder so.

Simmerling sprang auf. »Ihr Verräter«, krachte es aus seiner Kehle wie eine Explosion. »Ihr fetten, zufriedenen, Arschlöcher. Ihr wollt mich ans Messer liefern!«

Klaus und die anderen beiden waren ebenfalls aufgestanden. Mulmig war ihnen zumute, denn sie wussten, dass Simmerling in der Wut nicht zu bändigen war. Warum hatte Lui nur drei Leute bestellt? Für Simmerling brauchte man mindestens zehn, es wären auch zwanzig gekommen, kein Problem.

Wie abgeschnitten schwieg Simmerling und starrte ungläubig auf die Luger, die Lui plötzlich in der Hand hatte, dann starrte er Lui an.

»Edgar, du wirst nirgendwo hingehen. Es ist zu deinem Besten. Du stellst dich. Wenn sich herausstellen sollte, dass du es warst, legst du ein Geständnis ab, und du kommst mit ein paar Jahren davon. Mit einem guten Psychiater kriegst du locker verminderte Schuldfähigkeit. Totschlag im Affekt. Du bist noch jung, das sitzt du mit einer Arschbacke ab. Und wenn du rauskommst, sind wir für dich da. Ehrenwort.«

Das Wort »Jahre« sprengte Simmerlings Fassung. Für Jahre im Gefängnis. Er hatte sechs Monate gesessen und tatsächlich nur überlebt, weil die Jungs für ihn da gewesen waren. Dieselben, die ihn jetzt verrieten, im Stich ließen, ans Messer lieferten. Jahre. Nein. Unmöglich. Lieber sterben. Panik überfiel ihn, ohne dass er es wahrnehmen konnte. Sein Verstand kippte einfach zur Seite, und der ungehemmte Fluchtreflex schlug durch.

Damit hatte Lui gerechnet. Aber nicht mit der Geschwindigkeit von Simmerlings Reflexen. Die Waffe flog Lui aus der Hand, bevor er überhaupt die Bewegung erkannt hatte. Die anderen drei warfen sich auf Simmerling, der sie abschüttelte wie lästige Fliegen. Die Möbel gerieten durcheinander, wie Kegel purzelten die drei durch den Raum. Simmerling sprintete los. Aber Lui reagierte wie ein routinierter Kämpfer, ließ sich fallen und packte die Luger, bevor Simmerling zur Tür hinaus war. Er lief los, Simmerling war schneller, aber Lui war ihm mit einer Waffe auf den Fersen, die schneller war als jedes Lebewesen.

Mit zwei Schüssen erledigte Lui die zwei Vorderreifen an Simmerlings Auto. Der fluchte, bog in den Wald ab und musste schmerzhaft feststellen, dass seine Schuhe immer noch im Holzhaus standen.

»Edgar, verdammt noch mal, bleib stehen, du hast keine Chance! Ich will dich nicht verletzen. Komm zurück!«

Doch Simmerling flüchtete weiter. Lui legte an, stemmte seine Beine in den Boden, zielte sorgfältig und drückte ab. Schreiend fiel Simmerling, überschlug sich und blieb heulend vor Schmerz kurz auf dem Bauch liegen. Dann drehte er sich mühsam um und bestaunte das Ausschussloch an seinem rechten Oberschenkel, aus dem das Blut herausquoll wie aus einer Quelle. Er lachte kurz auf, sank in sich zusammen und wurde ohnmächtig.

Lui rannte zu ihm hin, legte die Waffe fünf Meter von Simmerling entfernt auf den Boden, band das Bein ab und brachte den Verletzten in eine stabile Seitenlage.

Die anderen drei kamen dazu, Klaus musste sich übergeben. Lui rief Krankenwagen und Polizei. Wie immer gewann die Polizei das Rennen. Die Beamten eröffneten Simmerling stolz, dass er verhaftet sei und es ihm freistünde, einen Rechtsanwalt anzurufen oder zu schweigen. Der Notarzt verscheuchte die fleißigen Beamten mit einem saftigen Fluch.

Bremer stand vor dem Gefängnis. Seit einer Viertelstunde versuchte er Saskia Pierer zu erreichen, aber immer wieder hörte er nur die Stimme, die ihre Abwesenheit erklärte. Er überlegte, ob er sein Handy auf die Straße werfen sollte. Er hob die Hand, und als hätte das Handy seine drohende Exekution gespürt, spielte es die ersten

Takte der D-Moll-Toccata für Orgel. Bremer gab sich geschlagen, vor allem weil er die Nummer von Weber erkannte. Der war bester Laune, weil er Bremer sagen konnte, dass Simmerling verhaftet sei, leicht verletzt, angeschossen, aber ansonsten okay. Außerdem habe man noch vier Bergleute mitgenommen, darunter ein gewisser Louis Becker, der vorgab, Bremer zu kennen.

»Der hat übrigens geschossen, weil Simmerling sich seiner Verantwortung entziehen wollte, wie er es ausdrückte«, erzählte Weber vergnügt.

»Den Becker Lui kenne ich allerdings. Er ist so was wie ein Schutzengel für Bergleute. Ist Simmerling vernehmungsfähig?«

»Kein Problem. Er wird im Städtischen verarztet, und dann gehört er uns. Simmerling ist so gut wie erledigt.«

»Das hoffe ich.«

»Hoffen? Höre ich da eine Spur von Unsicherheit? Martin, die Indizien sind mehr als erdrückend. In Simmerlings Wohnung haben wir ein Hemd gefunden mit Blut dran. Blut von Wibke Fromm. Ich habe mit seiner Therapeutin gesprochen, er macht so ein Anti-Gewalt-Training. Die hat gesagt, im Moment könne er seine Aggressionen ganz gut unterdrücken. Aber genau das sei das Problem. Er unterdrückt. Die Aggression steckt immer noch in ihm und wehe, wenn sie ausbricht. Brauchst du noch mehr? Alles da. Motiv, Gelegenheit und Mittel. Ob's Mord war oder Totschlag, werden wir sehen. Bingo! Volltreffer, versenkt.«

»Ich will mit ihm reden, sobald es geht. Sagst du mir Bescheid? Ach ja, setz mir diesen Becker in mein Büro, den knöpfe ich mir als Erstes vor.«

Eine halbe Stunde später saßen sich Lui und Bremer gegenüber, zwischen ihnen der Schreibtisch, vor ihnen Tassen mit frischem Kaffee, der verführerisch duftete. Alles mutete an wie ein Kaffeekränzchen unter Freunden. Bremer deutete auf eine Plastiktüte. Die Luger schimmerte matt metallisch, und der hölzerne Griff zeigte aufwendige Schnitzereien.

»Ein seltenes Stück«, begann Bremer.

Lui klopfte auf die Schreibtischplatte. »In der Tat. Etwas deplatziert für einen Kommissar. Passt eher in das Büro eines Bergwerkdirektors.«

»Danke für das Kompliment. Woher haben Sie das Prachtstück?«

»Von meinem Großvater. Er hat sie 1914 mit in den Krieg genommen und später stolz erzählt, wie viele Franzosen er damit umgebracht hat. Aber ich glaube, er hat gelogen. Er war Sanitätsoffizier, und da musste man schon ein bisschen angeben, damit die Daheimgebliebenen stolz sein konnten. In Wirklichkeit hat er vielen Soldaten das Leben gerettet. Auch französischen. Das ist dokumentiert.«

»Und die Schnitzereien?«

»Auch von Großvater. Er hat den Griff glatt anfertigen lassen und dann selbst Hand angelegt. Er war Zimmermann auf der Grube Göttelborn. Wo sonst.«

»Und trotzdem ist er in den Krieg gezogen?«

»Für ihn war das keine Frage. Er hat gesagt, der Krieg sei nicht so gefährlich wie der Berg.«

Bremer nahm die Luger aus der Plastiktüte und drehte sie in seinen Händen. »Bestens in Schuss. Eine Selbstladepistole 08, gefertigt 1913, Kaliber 9, Parabellum. Kniegelenkauswurf. Das hat sie unverwechselbar und einmalig gemacht, zum Mythos, zum Liebhaberstück. Nicht sehr zuverlässig, reagiert empfindlich auf Schmutz, verträgt nur spezielle Munition, ein bisschen zu viel Pulver drin, und man erlebt eine böse Überraschung. Heute gibt es weit bessere Waffen. Immerhin war sie recht treffsicher, Millionen sind davon gebaut worden für den Ersten und Zweiten Weltkrieg.«

»Wenn du den Frieden willst, rüste dich für den Krieg.«

Bremer zog erstaunt die Brauen hoch. »Korrekt übersetzt. Daher kommt der Name der Pistole und der Munition. Ist uns bis heute erhalten geblieben. Si vis pacem, para bellum – willst du den Frieden, rüste dich für den Krieg. Erstaunlich.«

»Sie wundern sich, Herr Bremer?«

»Allerdings. Ein Bergmann mit Waffenschein und Luger P 08 und Lateinkenntnissen und noch dazu Ermittler und Vollzugsbeamter in einem, das ist allerhand.«

»Man tut, was man kann.«

»Die Waffe muss noch ein wenig hier bleiben. Gegen Sie und Ihre Freunde werden Ermittlungen eingeleitet. Sie können aber davon ausgehen, dass dabei nichts rauskommt.«

»Notwehr?«

»Notwehr? Nein, das ganz sicher nicht. Sie haben Simmerling vorläufig festgenommen. Als er sich der Festnahme entziehen wollte, haben Sie ihn mit Waffengewalt gestoppt. §127 Strafprozessordnung. Nicht strafbar. Die Details wird Ihnen gerne Staatsanwalt Bellorz erläutern.«

»Und die Überwachungsaktion? Kein Verfahren?«

»Sie können sich gerne selbst anzeigen. Dann werden wir Ermittlungen gegen Sie und Ihre Detektive einleiten. Verstöße gegen die Paragraphen 201, 202, 202a, 203 Strafgesetzbuch, um nur einige zu nennen. Strafen bis zu drei Jahren oder empfindliche Geldstrafen. Das sind keine Kavaliersdelikte. Bis jetzt können wir Ihnen nichts beweisen. Aber das kann sich ändern. Haben Sie wenigstens ein schlechtes Gewissen?«

Lui wog die Luger in der Hand. »Nein. Sehen Sie, Herr Kommissar, Edgar war immer ein guter Kerl. Mit Problemen, klar, aber wer hat die nicht. Wibke Fromm war vor der Heirat mit Edgar ein richtiges Flittchen. Wir haben ihr ja nichts getan. Sie hat nichts gemerkt, es ist ihr nichts abhanden gekommen. Im Gegenteil. Wir haben es geschafft, Edgars Eifersucht auszuschalten. Ist das nichts? Wir haben echte Kriminalitätsprävention betrieben. Bergleute müssen zusammenhalten. Unter Tage ist kein Spaziergang. Wenn Sie sich da nicht tausendprozentig auf Ihren Kollegen verlassen können, sind Sie schnell verletzt, verstümmelt oder tot. So ist das.«

Steif saß Bremer in seinem Chefsessel und hörte, was der Mann da sagte, aber so richtig wollte er es nicht glauben. Er holte tief Luft und schoss eine Breitseite ab.

»Erstens hat Edgar Simmerling Wibke Fromm grün und blau geschlagen, weil sie Kinder wollte und er zeugungsunfähig ist. Verletzter männlicher Stolz. Wissen Sie was, Herr Becker. Das ist einfach zum Kotzen.«

Lui zuckte zusammen. Sein runder Kopf lief rot an.

»Zweitens. Die Freiheit in diesem Land ist zum guten Teil darauf aufgebaut, dass Leute wie Sie in ihre Schranken gewiesen werden. Wir sind hier nicht im Wilden Westen, wo sich jeder seine eigenen Gesetze macht. Sie können sicher sein: Wenn mir irgendetwas über den Weg läuft, das mir Indizien für Ihre Überwachungsaktion bringt, dann sind Sie dran. Vielleicht sagt Simmerling ja gegen Sie aus. Oder ein anderer Kollege. Den einen oder anderen werde ich mir noch gründlich vorknöpfen.«

Becker wollte widersprechen, blies die Backen auf, aber Bremer schnitt ihm das Wort ab. Sein Flüsterton passte so gar nicht zu den harschen Worten.

»Drittens. Wibke Fromm als Flittchen zu bezeichnen ist nicht nur unverschämt, sondern blind und unglaublich dumm. Diese junge Frau hat das Recht gehabt, mit jedem ins Bett zu gehen, mit dem sie wollte. Wenn irgendwelche Ehemänner darunter waren, sollten Sie mal die Männer fragen, was mit denen los ist. Warum die Ehen so kaputt sind, dass sie fremdgehen müssen. Fragen Sie, warum diese Männer erbärmliche Feiglinge sind! Zum Abschluss der Predigt noch ein Viertens. Natürlich müssen Sie sich auf Ihre Kollegen verlassen können. Wem erzählen Sie das? Das ist mein täglich Brot. Aber Kadavergehorsam, eine Seilschaft, eine Bande? Ihre Aktion könnte sogar als organisierte Kriminalität ausgelegt werden. Wie eine Sekte. Das ist es. Eine Sekte. Viel glauben, egal was kommt, nur nicht denken, sondern machen, was der Steiger sagt. Ich wünsche noch einen schönen Tag.«

Bremer nahm eine Akte, schlug sie auf und begann zu lesen. Louis Becker schnappte wie ein Fisch auf dem Trockenen nach Luft, wischte sich den Schweiß von der Stirn und verließ Bremers Thronsaal wortlos. Ohne das geringste Gefühl von Reue oder Mitleid starrte Bremer dem Mann hinterher. Dann rief er im Krankenhaus an, wann Simmerling vernehmungsfähig sei. Er sei so weit, hieß es, und ein Anwalt sei auch schon da.

Zehn Minuten später standen Bremer und Weber an Simmerlings Krankenbett, gemeinsam mit Rolf Mattern, dem mit Abstand erfolgreichsten Fachanwalt für Strafrecht im ganzen Saarland. Die drei hatten sich höflich gegrüßt, und Mattern war gleich zur Sache gekommen. »Mein Mandant wird zunächst die Aussage verweigern. So lange, bis ich Akteneinsicht hatte.«

Bremer nickte nur. »Kein Problem, Sie erhalten volle Akteneinsicht. Sie können gerne mit zum Präsidium kommen. Ansonsten kann ich Sie auch jetzt kurz auf den Stand der Dinge bringen.«

Mattern nickte, Weber machte weiter. »Auf der Tatwaffe sind die Fingerabdrücke Ihres Mandanten. Auf einem Hemd, das wir in der Wohnung Ihres Mandanten gefunden haben, sind Blutspuren von Wibke Fromm.«

Weber wandte sich Bremer zu. »Das ist jetzt für dich auch neu. Wir haben einen Zeugen, der gesehen hat, wie Ihr Mandant zur Tatzeit den Tatort fluchtartig verlassen hat. Motiv: Eifersucht. Gelegenheit: Haben wir gehört. Mittel: das Gezähe des Urgroßvaters, im Besitz Ihres Mandanten.«

Mattern kratzte sich am Kopf und schaute sich Simmerling an, der ganz ruhig zugehört und nur ab und zu den Kopf geschüttelt hatte. »Darf ich kurz mit meinem Mandanten allein reden?«

Die beiden Kommissare verließen den Raum und gesellten sich zu dem Polizeiobermeister, der vor der Tür Wache schob.

Mattern setzte sich ans Bett. »Und?«

Simmerling seufzte und erzählte Mattern genau das, was er Louis Becker erzählt hatte. Nicht mehr und nicht weniger.

Mattern seufzte. »Ich muss Ihnen raten, sehr kooperativ zu sein. Mit an Sicherheit grenzender Wahrscheinlichkeit haben Sie die Tat vollkommen verdrängt. Das ist verständlich. Wenn wir es richtig anstellen, kommt ein minderschwerer Fall von Totschlag dabei heraus. Vielleicht drei, vier Jahre. Begleitende Therapie, gute Sozialprognose, weil sich Ihre Kollegen kümmern werden. Was sagen Sie?«

Simmerling rollte eine Träne über die Wange. »Ich habe sie geliebt. Ja, ich hab sie einmal hart angefasst, aber das hätte ich nie wieder getan. Ich weiß zwar nix Richtiges mehr von dem Tag, aber ich weiß, dass ich sie nicht umbringen könnte. Niemals. Egal, was passiert.«

Mattern seufzte wieder und erhob sich. »Wollen Sie auf unschuldig plädieren?«

Das Wort kam klar, fest und ohne Zögern. »Ja!«

Zum dritten Mal seufzte Mattern. »Ich rate Ihnen davon ab, aber Sie entscheiden. Wollen Sie mit den Polizisten reden?«

Wieder klar, deutlich und fest. »Ja! Und zwar mit Kommissar Bremer allein.«

Diesmal seufzte Mattern nicht. »Wie Sie wollen. Es ist Ihr Leben, und bezahlt werde ich von Ihren Kollegen.«

Mattern bat Bremer ins Krankenzimmer, weihte ihn kurz ein und machte sich auf den Weg in seine Kanzlei am St. Johanner Markt.

»Muss ich den Anwalt da behalten?«, fragte Simmerling.

Ein leichtes Lächeln überflog Bremers Gesicht. Er setzte sich und klärte Simmerling auf. »Nein, müssen Sie nicht. Warum wollen Sie einen anderen?«

»Der glaubt, ich habe Wibke umgebracht.« Wieder liefen Tränen Simmerlings Wange hinunter. Mit dem Ärmel wischte er sie weg und zog herzhaft die Nase hoch.

Bremer kramte in seinen Taschen und bot ihm ein Taschentuch an. Lautstark prustete Simmerling in das Taschentuch, aber es hielt, und Bremer entkam einer Dusche.

»Ich glaube auch nicht an Ihre Unschuld. Aber solange Sie nicht rechtskräftig verurteilt sind, gelten Sie als unschuldig. Niemand darf Sie bis dahin als Täter bezeichnen, nur als Verdächtigen oder in diesem Fall als dringend Verdächtigen.«

Mit großen Kinderaugen glotzte Simmerling den Kommissar an, der wie ein gütiger Vater milde lächelte.

»Wollen Sie wissen, ob Sie es waren oder nicht?«

»Logisch. Vor allem will ich wissen, *wer* es getan hat.«

»Sie lieben Wibke Fromm?«

Wie ein Fohlen schnaufte Simmerling kurz.

»Sie verstehen mich. Ich liebe Wibke immer noch. Egal, ob sie tot ist oder nicht. Ich werde sie immer lieben. Da kommt keine andere Frau ran. Niemals.«

»Wibke war eine ganz besondere Frau?«

»Das können Sie laut sagen. Stark war sie, wie ein Pferd. Und zärtlich wie kein anderer Mensch und wild im Bett. Und lustig, hat immer Witze erzählt. Und schön war sie. Ich werde nie wieder mit ihr …« Simmerling versagte die Stimme, und Bremer legte ganz langsam und vorsichtig eine Hand auf Simmerlings muskelbepackten, harten Oberarm.

Weinend redete Simmerling weiter. »Die Flitterwochen haben wir auf Mallorca gemacht. Zwei Wochen wie im Paradies. Alle Männer haben Wibke hinterhergeglotzt, und sie hat ihnen die kalte Schulter gezeigt. Ich war ihre Nummer eins. Immer. Wir haben's rausgekriegt, die Kumpels und ich. Was vorher war, ist doch scheißegal. Dass die mal mit dem Bullen was hatte – jeder macht Fehler.«

Simmerling stockte, schaute auf und lief rot an. »Das dürfen Sie jetzt aber nicht falsch verstehen. Die Polizei ist wichtig und so. Und

Sie sind bestimmt ein toller Kommissar, aber der Roloff, das Muttersöhnchen, der hat doch schon immer schlecht über mich geredet, bis es dann passiert ist. Der hat nur drauf gewartet.«

Bremer nahm seine Hand wieder weg. Die Tränen waren versiegt. »Das tut Ihnen bis heute Leid, nicht wahr?«

»Und wie. So idiotisch. Ich kann halt keine Kinder kriegen.«

Ich auch nicht, dachte Bremer. Kinder kriegen nur Frauen, aber das merken Männer erst, wenn sie im Kreißsaal stehen. Oder umkippen. Ich habe zwei Anläufe gebraucht, bis ich es kapiert habe. Dirk und Lara.

»Das kann einen dann schon wütend machen«, sagte Bremer.

»So wütend war ich schon lange nicht mehr. Es war ganz anders als mit den Jungs, die ich mal ein bisschen zurechtgewiesen habe. Wenn die mich von der Seite angemacht haben, gab's halt einen drauf.«

»Wibke hat Sie verletzt. In der Seele, meine ich.«

»Und wie, Herr Kommissar. Sie war ganz lieb und hat gesagt, dann würde sie sich von einem anderen eins machen lassen oder zwei, gute Gene würde sie aussuchen, und dann würden wir sie zusammen aufziehen.«

»Das war für Sie nicht akzeptabel.«

»Nur der Gedanke, dass ein anderer seine Schmierpfoten an meine Wibke legt, hat mich wahnsinnig gemacht. Dann habe ich ihr eine getunkt. Ich wollte gar nicht so fest, aber sie ist quer durch den Raum geflogen, über die Couch drüber, auf den Glastisch, und der ist kaputtgegangen, und deswegen hat sie so furchtbar geblutet, und die Narben an ihren Schenkeln, die sind daher.«

Simmerling wippte mit dem Oberkörper wie ein vernachlässigtes, ungeliebtes Kind.

»Ich habe sie nur einmal geschlagen. Dann bin ich raus, weil ich Angst vor mir selbst bekommen habe. Als ich zurückwollte, war die Tür zu, und meine Sachen lagen auf der Straße. Aber sie war doch meine Frau. Ich wollte ihr nur sagen, dass das nie wieder passieren würde. Ich musste doch da rein. Egal, wie. Und dann kamen die Bullen. Roloff und seine Spießgesellen. Die haben auf der Lauer gelegen. Scheiße.«

»Das sind klare Erinnerungen.«

»Ja, als wäre es gestern gewesen. Das werd ich auch nie vergessen, das können Sie mir glauben.«

»Und was war gestern?«

Simmerling hielt inne, wurde steif, begann hektisch zu atmen, die Tränen kamen wieder.

»Ich weiß es doch nicht. Ich kann mich nicht erinnern. Keiner glaubt mir.« Er ließ den Kopf hängen.

Bremer betrachtete das Häufchen Elend und wehrte sich gegen aufkeimende Zweifel.

Laut und deutlich sagte er: »Herr Simmerling, hören Sie mir zu. Ich verspreche Ihnen, dass ich alles unternehmen werde, um den Fall zu lösen. Wenn Sie unschuldig sind, werden wir das herausfinden. Weder die Polizei noch der Staatsanwalt noch die Richter stecken einen Menschen leichtfertig ins Gefängnis.«

Simmerling verschluckte sich ein paarmal. Wie ein Welpe schaute er auf und nahm Bremers Hand. »Ich verlasse mich auf Sie.«

Bremer zog die Augenbrauen zusammen, und Simmerling erschrak. »Hab ich was Falsches gesagt?«

»Nein. Aber Sie müssen mir eins versprechen. Wenn wir beweisen können, dass Sie der Täter sind, dann müssen Sie das akzeptieren, auch wenn Sie sich an nichts erinnern können. Sie können dann immer noch mit Ihrem Anwalt die beste Strategie ausklügeln, damit Sie so milde wie möglich bestraft werden. Ist das in Ordnung?«

Sanft drückte Simmerling Bremers Hand. »Ja. Damit muss ich dann leben, wenn es so ist. Danke, Herr Kommissar.«

»Versuchen Sie, sich zu erinnern. Und noch ein Tipp. Bleiben Sie bei Mattern. Er ist der beste Strafverteidiger, den Sie im Saarland für Geld bekommen können. Er ist wie ein Bullterrier. Er lässt nicht los.«

Bremer und Weber zogen ab, der Schutzpolizist bezog wieder Stellung, und Simmerling bat um ein Schlafmittel. Vielleicht träume ich ja, was passiert ist, dachte er. Und wenn ich Wibke umgebracht habe, dann will ich auch nicht mehr leben.

Die Krankenschwester flog herein, stellte die Dose mit Tabletten auf den Nachttisch, rauschte wieder hinaus, und Simmerling schluckte alles bis auf die Schlaftablette. Sein Bein ließ ihn in Frieden, so wie es der Arzt angekündigt hatte. »Sie werden die nächsten zwei Wochen weder Ski fahren noch Fußball spielen können, aber dann ist alles wieder in Ordnung. Bis auf die Narbe und den Schreck wird nichts zurückbleiben.«

Seltsame Ruhe hüllte Simmerling in losen Schlaf, wie ein Knoten, der sich beim geringsten Zug öffnen würde.

Vor der Tür fand der Wachwechsel statt. Müllermann übernahm und hielt lange durch, aber gegen zwei Uhr in der Nacht schlief er in seinem Stuhl über dem Gedanken ein, wann er endlich seine Überstunden abfeiern sollte und dass Bremer ein Schinder sondergleichen sei.

Gegen vier Uhr schreckte Simmerling hoch. Alles war wieder da. Jede Sekunde. Jedes Bild. Tränen schossen aus den Augen, das Herz setzte für einen Moment aus, Simmerling dachte schon, das sei jetzt der Herzinfarkt, aber der Muskel zuckte weiter, hatte nur einen kleinen Schluckauf gehabt, war nur kurz gestolpert, als die Erinnerungen eingebrochen waren wie ein Sargdeckel im Streb: zu schnell, um sich schützen zu können, zu mächtig, um ihn abwehren zu können, und gleichzeitig so wirklich, dass es nicht mehr zu leugnen war. Jetzt wusste Simmerling, wer seine Frau getötet hatte. Und dafür gab es nur eine Strafe. Den Tod.

Simmerling zog sich die Infusionsnadel aus der Hand, es blutete kräftig nach, aber das störte ihn nicht. Nicht die Spur eines Schmerzes spürte er, als er sein Bein belastete, sein Gehirn produzierte solche Mengen an körpereigenem Morphium, dass er nicht gemerkt hätte, wenn ihm das Bein abgerissen worden wäre. Schnell zog er sich an, und Müllermann hatte gut daran getan, einzuschlafen, denn er wäre von dem Panzer, der aus der Tür trat, einfach zermalmt worden. Niemand kam Simmerling in die Quere, und sein Glück blieb ihm treu, als er in der Saarbahn nach Heusweiler nicht kontrolliert wurde. Nicht einen Cent hatte er in der Tasche, keine Papiere, keinen Schlüssel, nichts. Unablässig pumpte sein Herz einen hochexplosiven Cocktail durch seine Adern. Was Simmerling nicht wusste: Sein Körper verbrannte die letzten Reserven.

An der Station Trierer Straße in Heusweiler stieg Simmerling aus, lief noch ein paar Straßen weiter, klingelte an einer Tür, forderte eine Schuld ein, bekam hundert Euro und ein Handy, bestellte sich ein Taxi, fuhr nach Göttelborn und ließ sich an der Hauptstraße absetzen. Nach einigen Minuten stand er vor der Tür des Hauses, in dem der Mörder von Wibke Fromm wohnte. Simmerling hob die Hand und wollte klingeln. Seine Knie gaben nach, er sank auf der Treppe zusammen, alle Kraft war wie weggeblasen. So geht es nicht, dachte Simmerling. Ich bin zu schwach, um ihn alle zu machen. Ich muss mich erst erholen. Er wird mir nicht davonlaufen. Und die Polizei wird ihn sowieso nicht kriegen. Er ist ein toter Mann.

Simmerling schleppte sich davon, tauchte in der Dunkelheit unter, die schwarz wie ein Kohlestreb alles verdeckte. Wie eine liebende Mutter nahm die warme Nacht den Verletzten auf.

NEUN

Sechsundachtzig waren ihm gefolgt, tief ins sterbende Bergwerk, und Volker Brutsch war glücklich. Zum einen, weil er überhaupt in der Lage war, glücklich zu sein im Gegensatz zu vielen Zeitgenossen, die er deswegen bemitleidete; und zum anderen, weil alles wie am Schnürchen lief und Barens zwar nicht glücklich, aber zufrieden war. Das bedeutete, dass die Staatskanzlei ihn bei der nächsten Gelegenheit sicher wieder buchen würde, und das wiederum hieß üppiges Budget und sicheres Geld.

Die Gäste waren mit einem alkoholfreien Cocktail begrüßt worden, auf dem ganzen Grubengelände galt striktes Alkoholverbot, schließlich waren noch Arbeiten im Gange: Das Bergwerk wurde ausgeraubt, das hieß nichts anderes, als dass alles, was brauchbar und mit vertretbarem Aufwand abzubauen war, abmontiert wurde, um in einem anderen Bergwerk seinen Dienst zu versehen. Millionenwerte mussten im Bergwerk bleiben, weil es teurer gewesen wäre, die Sachen einzupacken und anderswo wieder auszupacken.

Das Alkoholverbot war eingeführt worden, weil es zu viele hässliche Unfälle gegeben hatte, der Arbeitsausfall signifikant wurde und soziale Verwahrlosung bei manchen Bergleuten letztlich teuer geworden war. Wer früher auf der Grube schuftete, hielt nicht nur die knochenbrechende Arbeit aus, die Leber musste genauso rackern. So manche Seele fraß die Angst auf, der Alkohol konservierte und verbannte sie. Dass die Bergarbeiter jetzt plötzlich Abstinenzler seien, hatte Brutsch noch nie geglaubt. Wenn es im Schnitt fünf Prozent Alkoholabhängige in Deutschland gibt, hatte Brutsch über den Daumen gepeilt, dann müsste es bei fünftausend Bergarbeitern zweihundertfünfzig davon geben. Biehl und Schohl hatten ihn darin bestätigt. »Jaha«, hatte Schohl gelacht. »Da gibt's einige, die halten's nicht ohne aus. Da heißt es mehr Schluck auf als Glück auf. Ist ja auch Mist, wenn der Kollege neben dir den Zittermann kriegt. Da haben sich richtige Feierpartien gebildet, Arbeitsgruppen, die der Alkohol zusammenhält. Die sind aber inzwischen ausgeräuchert. Heißt es offiziell. Alkis sind erfinderisch. Was meinen Sie, wie viele Thermoskannen mit doppeltem Boden schon kassiert wurden. Offiziell, klar, striktes Alkoholverbot. Aber kontrollieren Sie mal zweieinhalbtausend Bergleute. Das kostet Produktionszeit. Die husten Ihnen was. Und das können die, das geb ich Ihnen schriftlich.« Noch mal hatte Schohl sein dünnes, heiseres Lachen gelacht.

Heute wurde allerdings eine Ausnahme gemacht: Nach den unvermeidlichen Reden und Ansprachen standen vier Magnumflaschen bereit, exquisiter Champagner der Spitzenklasse. Überhaupt war alles spitze hier unten. Der Füllort war so groß, dass es kein Problem gewesen war, eine Lounge einzurichten mit Sesseln und Tischen. Die hässlichen Stahlstützen waren zum Teil mit Stoff verkleidet worden, zusätzliche Beleuchtung tauchte alles in warmes Licht. Das Bergamt war fast Amok gelaufen und hatte Barens für verrückt erklärt. »Alles muss funkenfrei sein. Und zwar wirklich alles: jeder Fetzen Stoff, jede Lampe, jedes Taschentuch, Geschirr, Besteck«, hatte der Oberbergrat geknurrt.

Als sich Barens nach den Kosten erkundigte, war er einer Ohnmacht nahe gewesen. Funkenfrei. Aufwendige Technologie. Die komplette Elektroinstallation unter Tage war in Kästen versteckt, aus denen kein Funke nach außen dringen konnte.

Das war *ein* Grund, warum der Steinkohlebergbau in Deutschland so teuer war. Sicherheit, Sicherheit und noch mal Sicherheit. Allein die Bergpolizeiverordnungen brachten jeden normalen Menschen zur Verzweiflung.

Schon sah Barens die Veranstaltung den Bach runtergehen, als der Deus ex Machina auftauchte. Der Retter hieß Helmut Dongers und war Hersteller von funkenfreiem Werkzeug, funkenfreier Elektrotechnik und funkenfreien Maschinen. Der Sponsorenvertrag war schnell abgeschlossen, Dongers bekam reichlich PR und Barens eine komplette Ausstattung funkenfrei mit Zertifikat. Das beeindruckte sogar die Staatskanzlei, und Brutsch gratulierte Barens zu dem guten Geschäft, das einige zehntausend Euro wert war. Dongers übernahm sogar die Prüfung der Musikinstrumente. Übrig blieb das Streichquartett, bei dem höchstens die Musik Funken schlagen konnte.

Leider war Brutsch mit der Idee, hier unten dauerhaft das »Café Kohl« einzurichten, abgeblitzt. Zu teuer, hieß es, zu unsicher, hieß es, außerdem gegen jedwede Nutzungsbestimmung. Zu teuer – Unsinn. Er hätte Eintrittsgelder in beliebiger Höhe fordern können, aus der ganzen Welt wären die Schönen und die Reichen eingeflogen, nur um hier einen Kir-Anthrazit zu schlürfen, der teurer gewesen wäre als eine Woche Mallorca. Schade, aber da war nichts zu machen.

Nach allen Seiten lächelnd spazierte Brutsch durch die Menschenmenge. Jeder Gast trug ein Namensschild. Da saßen Fred Kollmann, Fraktionsvorsitzender der Grünen im Landtag, und Daniel Walter, der Landesvorsitzende der Freien Demokraten, in trauter Eintracht und rechneten sich aus, wann der Bergbau an der Saar endlich eingemottet würde. Brutsch kannte sie gut, aus Zeiten, in denen er mit beiden den außerparlamentarischen Widerstand geprobt hatte.

Die Grubenwehr war mit fünf Leuten vertreten, darunter auch ein Fahrsteiger.

Abseits standen die Bergleute. Insgesamt zehn ehemalige Göttelborner waren gekommen und einige Kameraden aus Ensdorf und vom Bergwerk Warndt/Luisenthal. Biehl war dabei, aber Schohl fehlte, der hatte sich krankgemeldet, und Brutsch akzeptierte das widerspruchslos, weil er wusste, dass Schohl es nicht fertig brachte, gute Miene zum bösen Spiel zu machen. Außerdem war das der erste Fehltag von Schohl überhaupt, seit er vor zwei Jahren angefangen hatte. Die Bergleute zu bekommen war ein echter Glücksfall gewesen. Die Jungs waren zuverlässig, selbstständig und dankbar dafür, dass Brutsch sie achtete. Als Brutsch gemerkt hatte, dass Schohl und Biehl denken konnten und richtig rangingen an die Arbeit, hatte er ihnen bald die Leitung für einige Projekte übertragen. Eine gewinnbringende Entscheidung. Die beiden mischten die faulen Säcke in der Firma anständig auf, fast ein bisschen zu hart, sodass Brutsch beschlossen hatte, beide in die Fortbildung zu schicken, um sie auf mehr Verantwortung vorzubereiten. Sie wussten es noch nicht, und Brutsch freute sich darauf, den beiden die Beförderung mitzuteilen.

Zufrieden mit sich und der Welt trat Brutsch zu einer kleinen Gruppe, in deren Mitte gerade Friedhelm Beist, Landtagabgeordneter der SPD stand, und mit seiner tiefen, warmen Stimme den saarländischen Bergbau verteidigte.

»Es geht ja nicht nur um die nächsten paar Jahre«, dozierte er, »wir müssen uns die Situation in zehn oder zwanzig Jahren vor Augen führen. Das Öl wird wesentlich schneller zu Ende gehen, als wir glauben, und die letzten Fässer werden teuer werden, sehr teuer. Und womit werden die großen Schiffe angetrieben, mit denen die Billigkohle aus Australien und den USA nach Europa verschifft wird? Womit wird der Strom für die Güterzüge erzeugt, die die Kohle aus China und Russland nach Deutschland bringen? Letztendlich hängt alles an Gas, Öl und Kohle. Die nächste Generation wird uns verfluchen, weil wir ihre Energiereserven verschüttet haben. Die Gruben und Zechen einfach wieder auffahren in dreißig Jahren – das ist so gut wie nicht zu machen.«

Ein Vertreter der FDP, Wolf Gruber, der die ganze Zeit süffisant gegrinst hatte, meldete sich zu Wort.

»Da zeigt sich mal wieder, dass die SPD und der Kohlebergbau gleichermaßen Auslaufmodelle sind. Wenn wir in dreißig Jahren die SPD *und* fossile Energieträger immer noch brauchen, dann haben unsere Kinder und Enkel Recht, wenn sie uns zum Teufel wünschen.«

Die meisten lachten, und Helge Satonak von den Grünen packte noch eins drauf. »Auf jeden Fall bleiben der nächsten Generation ein paar hundert Millionen Euro an Folgekosten erhalten, Bergbaustopp hin oder her, die Ewigkeitskosten nicht eingerechnet. Ein nettes Erbe. Und die Bergleute haben keine Probleme mit Hartz vier bis zehn. Die sind anständig abgesichert, da kann ein Angestellter nur von träumen. Oder ein Fließbandarbeiter in der Autoindustrie. Wenn da einer Pleite geht, heißt es ab in die Arbeitslosigkeit.«

Das Gefecht ging weiter, Brutsch kannte alle Argumente pro und contra auswendig und ging weiter zur Gruppe der Bergbaugeschädigten, all jene eben, denen durch den Bergbau das Haus oder das Grundstück beschädigt wurde oder die durch die bergbaubedingten Erdbeben nicht mehr ruhig schlafen konnten. Die grüßten Brutsch freundlich, denn sie wussten, dass er insgeheim auf ihrer Seite stand. Er hatte schon öfter als einmal eine Demonstration oder eine Aktion gegen den Bergbau mit Geld und Geräten unterstützt und wollte dafür nur Diskretion.

Am Ende der Halle entdeckte Brutsch Reiner Zettler, der seit den Sektenmorden – obwohl, es war ja gar keine Sekte gewesen – im Saarland einen zweifelhaften Ruf genoss. Keiner wusste so genau, was damals an der Dillinger Hütte vorgefallen war und wie Zettler, Gerichts- und Polizeireporter Nummer eins der Saarbrücker Zeitung, in den Fall verwickelt gewesen war. Neben Zettler saß Lasse Tchechnach, Wirtschaftsredakteur der Saarbrücker Zeitung, erklärter Bergbaugegner und gleichzeitig scharfer Kritiker der Bergbaugeschädigten. Der Saarländische Rundfunk war ebenfalls vertreten. Angela Meiers, ihre Kolleginnen Fritje Manson und Siri Endres. Wirtschaftsredakteurinnen ohne Parteibuch.

Brutsch ließ sich neben Zettler in einen Sessel gleiten. »Und?«

»Es muss.«

»Ich hab gehört, ihr bekommt einen neuen Chefredakteur?«

»Wer erzählt denn so was?«

»Du weißt doch – Informantenschutz.«

Der Journalist zuckte die Achseln. »Irgendwann – spätestens wenn Riemler in Rente geht.«

»Ach komm, die SZ geht doch im Steilflug abwärts, das pfeifen die Spatzen von den Dächern. Und geschlachtet wird Riemler, er ist als Chefredakteur verantwortlich, oder nicht?«

Tchechnach mischte sich ein. »Wir sind aber immer noch besser als die meisten anderen. Wir schreiben schwarze Zahlen.«

»Das reicht dem Konzern doch nie und nimmer«, legte Brutsch nach. »Holzbrinck ist immer noch hungrig und hält ständig Ausschau nach ein paar Leckerbissen. Stimmt's oder hab ich Recht? Und Riemler ist erledigt, oder?«

Die beiden Journalisten feixten und hielten sich dann Mund, Augen und Ohren zu. Da gab es keine Informationen zu holen, das war Brutsch klar, also verabschiedete er sich höflich und warf einen Blick auf die Uhr. Noch zehn Minuten bis zur ersten Rede. Das Streichquartett spielte im Hintergrund leicht verdauliche Kost, sphärische Klänge wehten rauchzart durch den Strecken und holten Brutsch wieder in die Realität zurück. Wir sind hier über neunhundert Meter tief unter der Erde, sechste Sohle, und nur ein einziges Loch führt nach oben, ans Licht, an die Luft, zurück ins Leben. Ein kalter Schauer lief ihm über den Rücken. Nur nicht schwach werden, dachte er.

Was Brutsch vergaß, war das zweite Loch: der Wetterschacht in

Lummerschied, durch den die verbrauchte Luft, das Methan und das Kohlenmonoxyd, herausgesaugt wurde aus dem Berg.

Ein Blick auf die funkenfreie Uhr: Es war genau fünf Minuten vor sieben. Auf der Bühne stand ein Rednerpult aus Plexiglas, darauf das Logo der »iks«, der Industriekultur Saar, das Wappen des Saarlandes, die Insignien der Staatskanzlei und einiger Sponsoren, darunter besonders fett: »Dongers – Spezialwerkzeuge und Maschinen für den Bergbau«. Brutsch schlenderte zur Bühne. Die Redner standen bereit. Er reichte jedem höflich und korrekt die Hand. Der Zeiger klickte auf neunzehn Uhr, die Stuhlreihen waren besetzt.

Barens stieg die drei Stufen zur Bühne hoch und nahm das drahtlose Mikrofon.

Er ließ seinen Blick über die Menschen schweifen, die ihre Gespräche eingestellt hatten und gespannt warteten. Also begann er.

»Meine sehr verehrten Damen und Herren. Ich begrüße Sie herzlich im Namen der Staatskanzlei des Saarlandes zur Feierstunde anlässlich der Schließung des Bergwerks Göttelborn. Ministerpräsident Helge Kiefer musste leider einen Termin in Berlin wahrnehmen. Er lässt sie alle recht herzlich grüßen.«

Tchechnach lehnte sich zu Zettler und flüsterte ihm ins Ohr. »Da siehst du, was der MP von der saarländischen Kohle hält. Nichts. Den Berliner Termin hätte er locker verschieben können.«

Zettler nickte nur.

»Einige Hinweise zum Ablauf. Gleich wird Wilfried Handerson, Bezirksleiter der Industriegewerkschaft Bergbau, Chemie und Energie, Bezirk Saarbrücken, zu Ihnen sprechen. Danach darf ich Herrn Karl-Heinz Fremdgen, den Leiter der Industriekultur Saar, begrüßen, der einen Ausblick geben wird auf die Zukunft des Standortes Göttelborn. Herr Albert Masson, energiepolitischer Sprecher der SPD im Landtag, wird seinen Standpunkt darlegen, warum der Bergbau an der Saar nicht sterben darf. Abschließend werde ich für die Landesregierung zur saarländischen Kohlepolitik Stellung nehmen. Gemeinsam werden wir uns im Anschluss den Fragen des Publikums stellen. Danach werden sicherlich die Mägen knurren.«

Leises Lachen.

»Das ist kein Problem. Für das leibliche Wohl ist bestens gesorgt. Ich übergebe nun das Wort an Herrn Wilfried Handerson, Bezirksleiter der Industriegewerkschaft Bergbau, Chemie und Energie, Bezirk Saarbrücken. Vielen Dank.«

Nach kurzem Applaus stand Handerson, ein großer, schwerer Mann, am Pult. Fast zwanzig Sekunden lang, eine kleine Ewigkeit, ließ er den Blick durch den Füllort schweifen. Ohne Brille hätte er niemanden erkannt, alle hatten dieselben Kleider an, die persönlichen Eigenheiten, die Kleidung ausdrückte, waren verschwunden. Er holte tief Luft und nahm einen Stapel Papier in die Hand.

»Meine sehr verehrten Damen und Herren.«

Pause. Wieder schweifte der Blick umher, die Papiere waren inzwischen zu einer Rolle verdreht, mit der Handerson herumfuchtelte.

»Das ist die Rede, die ich für heute Abend vorbereitet habe.« Mit einer schnellen Bewegung schleuderte er das Manuskript von der Bühne. »Papier ist geduldig, ich bin es nicht mehr. Warum habe ich eingewilligt, heute Abend hierher zu kommen? Weil ich diese Feier für eine originelle Idee halte? Nein. Diese Veranstaltung passt in das Konzept der Landesregierung: schönreden, beruhigen, Illusionen nachhängen. Mit dem Versprechen, den Bergbau unter bewohntem Gebiet nicht zuzulassen, was einem sofortigen Abbaustopp an der Saar gleichkäme, hat Kiefer die Wahl gewonnen, um dann die Seiten zu wechseln. Die saarländische Regierung hat uns alle hinters Licht geführt. Warum sind fast keine Bergleute hier? Weil es ein Affront ist, eine Feier anzusetzen, wenn es doch um ein Begräbnis geht. Wir alle wissen: Wer einmal im Grab liegt, der kommt nicht mehr zurück. Die Kollegen, die Gewerkschaft und die Angehörigen haben bereits Abschied genommen von Göttelborn. Angemessen. In aller Ruhe, in aller Stille, in tiefer Trauer. Der letzte Korb war gleichzeitig der erste, der erste der letzte. Das haben wir noch nie erlebt. Schacht IV hat kaum Kohle gefördert, wir sind über die Testphase nicht hinausgekommen, eine lächerliche Menge für die Kapazität der Anlage und die Höhe der Investitionen: rund zweihundertdreißig Millionen Euro summa summarum.«

Wieder eine lange Pause, hart an der Grenze des Erträglichen.

»Ich bin heute Abend hier, weil es für mich keinen Grund gibt, mit dem Kampf aufzuhören. Im Gegenteil. Der Kampf beginnt erst.«

Alle hielten die Luft an. Tchechnach lehnte sich wieder zu Zettler und flüsterte, diesmal noch leiser, sodass Zettler ihn fast nicht verstehen konnte. »Ich glaube, Handerson will die Frührente. Der redet sich ja um Kopf und Kragen. War nicht Burgfrieden vereinbart? Die machen Hackfleisch aus dem Kerl. Der Deal war doch klar. Keine betriebsbedingten Kündigungen, und dafür herrscht Ruhe an der Front. Unfassbar.«

Tchechnach schüttelte den Kopf, Zettler nickte nur bedächtig, und Handerson redete weiter.

»Einiges haben wir erreicht. Adolf Schmidt hat es immer wieder gepredigt ...« Er hielt einen Moment inne, schaute in fragende Augen.

»Für alle, die sich nicht auskennen. Adolf Schmidt war IGBCE-Vorsitzender von 1969 bis 1985, und er hat einen Grundsatz geprägt, der für mich und seine Nachfolger Lebensmaxime und politische Leitlinie ist: Kein Bergmann fällt ins Bergfreie. Die Weichen für die sozialverträgliche Rückführung der Steinkohleproduktion sind gestellt. Wir haben unsere Hausaufgaben gemacht, und es bedarf nur einiger formaler Dinge, um die Sache perfekt zu machen. Bin ich im Grunde meiner Seele darüber glücklich? Abermals nein. Regierungen wechseln schnell, und wir zerstören eine Industrie, ohne die wir ein Agrarstaat wären.

Abgesehen von der Zerschlagung der deutschen Bergbautechnologie, weltweit führend, die mit dem Bergbau sterben wird, legen wir zukünftigen Generationen mit der Zerstörung des Steinkohlebergbaus ein gewaltiges Kuckucksei ins Nest. Selten hat die Politik, letztlich die Politik aller Parteien, eine Fehlentscheidung von solcher Tragweite getroffen. Das Volk sieht da wesentlich klarer. Noch immer sind mehr als sechzig Prozent der Bevölkerung für den Erhalt der Steinkohle, auch wenn es Geld kostet. Da herrscht der gesunde Menschenverstand.«

Tchechnach brachte seinen nächsten Kommentar. »Natürlich. St. Florian lässt grüßen. Ich hab auch nichts gegen die Erweiterung des Münchener Flughafens, solange ich nur weit genug weg wohne.«

Handerson sank in sich zusammen, stierte wie in Trance auf das Rednerpult. Ihm war klar geworden, dass sich sein Leben ab heute grundlegend ändern würde. Vielleicht nicht zum Schlechten. Langsam richtete er sich wieder auf, sah in hämische Augen voller Genugtuung, saugte die Blicke in sich auf, die ihm Recht gaben und ihm Mut zusprachen.

»Eine Bitte noch, bevor ich schließe: Machen Sie nicht den Bergmann verantwortlich. Weder für Schäden an Häusern noch für die Kosten des Bergbaus. Der Bergmann ist nicht für Fehlinvestitionen verantwortlich, dafür sind die Unternehmen, die Politik verantwortlich, sei sie schwarz, gelb oder rot-grün. Vielen Dank.«

Die Hälfte des Publikums applaudierte lautstark, mindestens eine Minute lang. Handerson blieb noch einen Moment stehen, dann wandte er sich mit erhobenem Kopf nach rechts und stieg wieder herab von der Bühne. Masson, der SPD-Mann, schüttelte ihm die Hand, Barens verzog das Gesicht, der Versuch eines Lächelns, der aber gründlich misslang.

Ein kleiner, untersetzter Mann bestieg die Bühne, der Leiter der Industriekultur Saar, der das Grubengelände wiederbeleben sollte. Sorgfältig ordnete er ein paar Seiten Papier vor sich, und Reiner Zettler, der Fremdgen noch nie hatte sprechen hören, rutschte ein wenig tiefer in seinen Stuhl, um es sich bequemer zu machen und den Redeschwall über sich ergehen zu lassen. Die funkenfreie Unterhose passte nicht richtig, ständig hatte Zettler das Bedürfnis zu zupfen, um irgendeine Falte gerade zu ziehen, im Schritt zwickte es, die reine Folter.

Fremdgen ließ, ebenso wie sein Vorredner, den Blick schweifen, nahm Kontakt auf, nickte hier und da einem Bekannten zu.

»Es gibt Leute, die nennen mich einen Leichenfledderer«, begann er.

Schlagartig war Zettler wieder wach. Mit ihm der Rest der Versammlung. Hatte Handerson schon für Erstaunen gesorgt, Fremdgen legte noch ein paar Kohlen mehr auf.

Phantastisch, dachte Zettler. Da hast du ja den richtigen Riecher gehabt. Das kann ja noch heiter werden. Kerzengerade saß er in seinem Stuhl.

»Es gibt für mich ebenfalls einen wichtigen Grund, warum ich heute Abend hier heruntergekommen bin. In die Grube. Auch ich kämpfe. Für die Zukunft, ich kämpfe für – die strengen Christen unter Ihnen mögen mir das Bild verzeihen –, für die Wiederauferstehung eines Toten. Sie alle wissen, um wen es sich handelt. Der

Industriestandort Göttelborn, die Bergleute, die hier tagaus, tagein einer immer noch gefährlichen und kräftezehrenden Arbeit nachgegangen sind. Die Menschen, die sich hier angesiedelt haben, sind es wert, zu kämpfen, sind es wert, neue Wege zu gehen. *Mir* ist es das wert. Und da ist eine Verunglimpfung als Leichenfledderer noch das kleinste Problem.«

Gebannt lauschten die Gäste, ließen in ihrer Aufmerksamkeit nicht nach, auch jetzt nicht, als Fremdgen einen tiefen Schluck aus seinem Glas nahm. Mit jedem Wort, mit jedem Satz und jedem Bild war der kleine Mann gewachsen, füllte die ganze Bühne aus, strahlte ins Publikum, erreichte die Herzen.

»Glauben Sie mir: Mir wäre es lieber, wenn hier noch Kohle gefördert würde. Wenn das Saarland nach wie vor eine wichtige Rolle spielen würde bei der Energiesicherung Deutschlands. Aber dem ist nicht so. Das ist Realität, die ich akzeptieren muss. Der deutsche Kohlebergbau ist noch nicht tot, aber er liegt im Sterbebett. Ich wende mich dem Leben zu und sage: Göttelborn hat alles für einen grundlegenden Strukturwandel, der dem ganzen Saarland nutzen wird. Die Landesregierung ist gewillt, in die Zukunft zu investieren. Wir werden Arbeitsplätze schaffen in den modernen Bereichen unserer Dienstleistungs- und Forschungsgesellschaft. Das alles braucht Zeit. Genauso wenig, wie ein Bergwerk über Nacht entsteht, kann der Strukturwandel über Nacht glücken.

Lassen Sie uns die nächsten Jahre Göttelborn gemeinsam mit Leben füllen. Und Leben heißt Arbeit, Kultur und Freude. Vielen Dank.«

Nachdem Fremdgen wieder auf seine Normalgröße geschrumpft und der Applaus verebbt war, stieg Masson in den Ring, ein süffisantes Lächeln auf den Lippen.

»Einen wunderschönen guten Abend, meine sehr verehrten Damen und Herren. Ich werde nicht aus der Reihe tanzen und ebenfalls die Frage beantworten, warum ich heute Abend hier bin. Wenn ich so in die Runde schaue, sehe ich kaum jemanden, dem mein Standpunkt nicht bekannt ist. Deshalb in aller Kürze: Wir brauchen den Bergbau, und der Bergbau braucht uns. Heute Abend bin ich hier, weil ich Realist bin. Die Gesetze werden in Berlin gemacht, nicht in Saarbrücken. Der Bergbau an der Saar schrumpft, gegen den Willen der Saar-SPD. Ich mache keinen Hehl daraus, dass mir die Entscheidungen meiner Genossen ganz und gar nicht gefallen. Aber so ist das Geschäft nun mal. Heute Abend bin ich hier, da ich jede Gelegenheit nutze, für den Bergbau und für den Strukturwandel einzutreten. *Für* den Bergbau heißt ja nicht *gegen* den Strukturwandel. Die SPD ist eine moderne Partei. Den Wandel des Saarlandes vom Stahl- und Montanstandort hin zu einer Hightech- und Dienstleistungsinsel hat eine SPD-Landesregierung initiiert und vorangetrieben. Aber wir haben es nie fertig gebracht, unsere Bergleute zu verraten und ans Messer zu liefern. 1997 standen wir gemeinsam mit unseren Männern auf der Straße, sind nach Bonn gefahren und haben mit den Kollegen, Kameraden und Kumpeln aus dem Ruhrgebiet Kohl das Fürchten gelehrt. Heute Abend bin ich hier, um für Solidarität mit unseren Bergleuten zu werben, um klar zu machen, dass wir nicht einfach einen ehrbaren Berufsstand sterben lassen dürfen. Wir müssen alle Bergleute, die ihren Beruf verloren haben, unterstützen, indem wir sie und ihre Leistung respektieren. Die Landesregierung unter Helge Kiefer predigt Wasser, trinkt Wasser und hat nichts als Wasser anzubieten. Der Wein ist schon längst aus den neuen Schläuchen ausgelaufen. Ich hoffe inständig, dass die Industriekultur Saar nicht wieder eine Totgeburt einer profilierungssüchtigen Landesregierung wird, die erneut Unsummen Geld verschwendet ohne erkennbaren Nutzen. Heute Abend bin ich übrigens auch hier, weil ich unerwartet von Heinz Barens eingeladen wurde. Mitten im Wahlkampf.«

Masson drehte sich zu Barens um. »Mein lieber Herr Barens, ich bin geneigt, Ihnen lautere Motive zu unterstellen. Der Ministerpräsident hat uns mit seiner Abwesenheit ja gezeigt, was er von dem Projekt hält. Vielen Dank.«

Gelächter krachte wie Schrot durch den Füllort. Wieder applaudierte eine Hälfte des Publikums, die andere schwieg höflich, obwohl so mancher vor Wut kochte, die Fäuste in der Tasche ballte und sich wünschte, mal richtig reinzuschlagen.

Heinz Barens ließ das alles kalt. Sollte er nur reden, der Masson. Die SPD hatte nicht den Hauch einer Chance, gegen Kiefer zu gewinnen. Und warum? Weil die CDU die bessere Politik machte. Weil die CDU Erfolge vorzuweisen hatte. Weil die Menschen sagten, sie seien für den Bergbau, aber insgeheim froh waren, wenn der letzte Schacht verfüllt war. Wie ein Feldherr bestieg Barens die Bühne.

»Meine sehr verehrten Damen und Herren.« Kurze Pause. »Dieser Ort ist ungewöhnlich für eine Veranstaltung. Eigentlich sollten hier Schrämwalzen Kohle aus dem Berg brechen. Eigentlich dürfte niemand von uns hier sitzen, geschweige denn Reden zuhören müssen.« Einige amüsierte Gesichter.

»Es ist ungewöhnlich, dass ich meinem politischen Gegner ein Forum gebe, aber, bei allem Respekt, mein lieber Herr Masson, die CDU kann sich das leisten.«

Masson gefror das Lächeln. Du Mistkerl, dachte er. Du hast natürlich Recht. Ein Wunder müsste geschehen, damit die SPD die Landtagswahlen am nächsten Sonntag gewinnen kann. Kiefer hatte brillant gepokert, die Zahlen sprachen für ihn, er schlachtete alles aus, was die SPD angeschoben hatte, aber spätestens Anfang des nächsten Jahres würde die kalte Dusche kommen. Dann müsste Kiefer die Karten auf den Tisch legen in Form eines Sparkurses, der den Menschen die Lust an der CDU gründlich austreiben würde. Aber niemand hörte auf ihn, auf Masson. »Das muss unser Wahlkampfthema sein«, hatte er immer wieder gepredigt. »Wir müssen der CDU das Versprechen abpressen, dass es nach der Wahl keine drastischen Sparmaßnahmen geben wird.« Keine Chance. Die Strategie war eine andere. Diese Wahl sei eh nicht zu gewinnen, der SPD-Kandidat noch nicht reif. Also lassen wir die CDU ins Messer laufen, sollen die doch machen, was gemacht werden muss, am Sparkurs kommt keiner vorbei, und in fünf Jahren sieht die Welt ganz anders aus. Masson hatte mit dem Gedanken gespielt, die Partei zu verlassen, aber letztlich hatte seine Vernunft gesiegt.

Barens sonnte sich in seiner Macht. »Ich stehe hier mit einem weinenden und einem lachenden Auge. Ich bin traurig darüber, dass der ehrenwerte Stand des Bergmannes in Verruf gekommen ist. Ich gebe Ihnen vollkommen Recht, Herr Handerson: Nicht der Bergmann ist schuld. Verantwortung tragen Politik und Unternehmen.«

Tchechnach flüsterte wieder, Zettler hörte zu.

»Irgendetwas muss in der Luft sein. So hab ich Barens noch nie reden gehört. Natürlich trägt die Politik die Verantwortung. Und die Unternehmen. Aber das auszusprechen, ist was ganz anderes. Bin gespannt, wie er die Kurve kriegt.«

Barens genoss es. Die Reaktionen im Publikum waren vorhersehbar. »Eine Verantwortung, der die CDU Saar und die Landesregierung gerecht werden. Der Steinkohlebergbau hat keine Zukunft, aber wir werden die Bergwerke und die Kollegen nicht im Stich lassen und so lange unterstützen, wie es irgend möglich ist. Das ist eine klare realistische Politik für die Menschen im Land. Wir müssen dafür sorgen, dass die betroffenen Menschen abgesichert sind und neue Chancen erhalten, im Berufsleben zu bleiben, im ersten Arbeitsmarkt. Die Angebote an Umschulungen sind vielfältig, und viele haben erfolgreich daran teilgenommen. Nicht umsonst heißt es: Der Bergmann kann alles. Vor allem kann er lernen, das muss er in seinem Beruf ja auch ständig. Täglich. Die technische Entwicklung im Bergbau ist so rasant, dass ein Schachthauer, der vor acht Jahren gelernt hat, heute keine Chance hätte, eine Strecke aufzufahren.«

»Was für ein Gesülze«, flüsterte Tchechnach; Zettler ging nicht darauf ein.

»Unsere Bergleute haben bewiesen, dass für sie das Wort Solidarität keine leere Floskel ist. RAG und DSK haben ebenfalls bewiesen, dass sie bereit sind, Verantwortung zu tragen.

Aber: Die Milliardensubventionen können wir uns nicht mehr leisten. Ich bin mir sicher, dass die Kokspreise wieder sinken werden, neue Werkstoffe sind in der Entwicklung, die in naher Zukunft in der Lage sein könnten, Stahl in vielen Bereichen zu ersetzen. Nur ein Beispiel: Textilbeton. Die erste Fußgängerbrücke aus Textilbeton ist auf der sächsischen Landesgartenschau eingeweiht worden und hat alle Erwartungen weit übertroffen. Glasfaser statt Stahl. Leichter, billiger, zukunftsweisend – so wie der Standort Göttelborn. Hier wird ein Samenkorn gelegt, das einen starken Baum hervorbringen wird, mit reicher Ernte für das ganze Saarland. Ich danke Ihnen, meine Herren, für die offenen Worte. Seien Sie versichert, dass die Landesregierung jederzeit bereit ist, mit all jenen in Dialog zu treten, die das Saarland voranbringen wollen.«

Die andere Hälfte applaudierte, ebenfalls gut eine Minute, der Wettbewerb war also ausgeglichen, zumindest hier gab es keine Sieger. Barens blieb stehen, nahm eine Magnumflasche Champagner und leitete das Fest ein.

»Für Ihre Geduld möchte ich mich mit einem Glas Champagner bedanken. Stoßen Sie mit mir an, über alle Parteigrenzen hinweg, auf unser Saarland, für das wir eintreten als aufrechte Saarländer, auf welche Weise auch immer.«

Jetzt applaudierten alle. Gegen Lokalpatriotismus konnte niemand ankommen, und Barens war überzeugt von dem, was er sagte.

Der Politiker schüttelte die Magnumflasche ein wenig. Druck erzeugen, damit kriegt man auch den widerspenstigsten Korken aus der Flasche und den störrischsten Kollegen in die Marschrichtung.

Dann drehte er den Korken vorsichtig hin und her. Immer weiter drückte sich der Korken aus dem Hals, bis er nur noch einen Millimeter davon entfernt war, herauszuplatzen und den Champagner freizugeben. Noch einmal ließ Barens seinen Blick über die Versammlung schweifen, dachte an den Erfolg seiner Politik und gab dem Korken den letzten Kick, so wie er es mit seinen Parteigenossen getan hatte, um seine Kohlepolitik im Saarland durchzusetzen. Der Korken flog mit einem lauten Knall aus der Flasche, und bevor die Zuschauer applaudieren konnten, antwortete der Berg mit einem dumpfen Grollen, das direkt aus Schacht IV heranrollte.

Der Champagner schäumte aus der Flasche. Die zum Applaus gehobenen Hände erstarrten. Alle horchten einen Moment. Wie in einer Viehherde, die von einem Rudel Löwen eingekreist wird, breitete sich Unruhe aus. Alle, die noch nicht aufgestanden waren, sprangen auf. Einige spürten den Impuls zu laufen, aber vor und hinter ihnen machte niemand Anstalten zu fliehen. Die Stühle standen im Weg, die Menschen rückten ein wenig hin und her, stießen an ihren Nachbarn, der die Bewegung nicht aufnahm. An den Rändern der Herde hatten sich einige schon abgesondert, sich Platz gemacht, um schnell entkommen zu können, falls Gefahr drohte. Aber noch schnaubten die Menschen ängstlich und scharrten auf der Stelle. Der Geruch veränderte sich. Angstschweiß mischte sich unter Parfüm und Rasierwasser. Eine halbe, unendliche Sekunde lang passierte nichts. Dann übernahmen uralte Instinkte die Kontrolle. Die Menschen witterten die Gefahr. Als die halbe Sekunde zu Ende ging, reagierten die alten, eingeschliffenen Bergleute.

»Schlagwetter!«, schrie der Bergtechniker Alfons Maurer und begann zu laufen.

Sofort setzte sich die ganze Herde in Bewegung. Sogar jene, die gar nicht wussten, was das Wort zu bedeuten hat. Auch das gab es im Saarland: Menschen, die noch nie das Wort Schlagwetter gehört hatten. Es war nicht nötig, das Wort zu kennen, zu wissen, dass eine bestimmte Mischung aus Sauerstoff und Methan durch einen winzigen Funken explodierte. Ein vernichtendes Inferno aber gab es, wenn die Druckwelle Kohlenstaub aufwirbelte und sich das Luft-Kohlenstaub-Gemenge entzündete. Zweihundertneunundneunzig Opfer hatte die Kohlenstaubexplosion von Luisenthal 1962 gefordert.

Endlich brach Panik aus. Siebenundachtzig Menschen stürzten weg von Schacht IV, aus dem das Grollen immer näher kam. Stühle stürzten um, wurden weggeschleudert, anderen in die Füße, die stolperten, sich wieder aufrafften, keuchten, Todesangst machte sich breit, nur nicht tottrampeln lassen, Kreischen von Metall und dumpfe Schläge, der ganze Raum pulste, die Kathedrale schien zu wanken, die Wände wollten einstürzen, die Kuppel, war da nicht ein Riss, nein, die Nerven spielten verrückt, der Füllort stand fest, aber die Panik steigerte sich, peitschte die Menge, aufstehen, weiter, weiter, die Vernunft ausgeschaltet, rennen, nur noch rennen, weg von der Gefahr. Gleich musste die heiße Welle einschlagen, wie ein Tsunami würde sie alles zerstören, was ihr in den Weg kam.

Vom Füllort führten zwei Strecken in den Berg, und beide waren mit Wettertüren ausgerüstet, die jetzt im Weg waren. Staus bildeten sich, von hinten drängten die Flüchtenden, die Türen gaben nach, manche fielen hindurch, sprangen auf, hetzten weiter.

Einigen spukten Kinoszenen durch den Kopf. Wie Menschen durch die Luft flogen, Autos umhergewirbelt wurden wie Spielzeug, grässliche Verstümmelungen, oder Kaprun, die verbrannten Menschen, bis zur Unkenntlichkeit, im Tunnel gefangen, Hitze, die Knochen zu Staub zerfallen ließ. Das Ende. Jetzt schon. Ich will nicht sterben. Nur noch ein bisschen Zeit. Bitte, bitte, bitte, gerade jetzt ist das Leben so wunderbar. Wo bleibt der Schmerz, wo bleibt der Tod? Warum sterbe ich nicht?

Die Flucht verlangsamte sich. Den meisten ging schon nach dreißig, vierzig Metern die Puste aus. Und wenn der Leibhaftige ihnen auf den Fersen gewesen wäre, sie hätten keinen Schritt mehr gehen können. Prustend blieben sie stehen, rieben sich die Seiten, die furchtbar schmerzten, und bereuten bitter, dass sie zwanzig Kilo und mehr zu viel auf den Rippen hatten. Andere hatten sich umgesehen und festgestellt, dass ihnen keine Flammenwand und auch kein Staubsturm folgte. Es gab keine weitere Explosion. Nur ein Grollen und Quietschen zog noch durch den Schacht, ein Geräusch, als würden riesige Kieselsteine in einem gigantischen Metallzylinder von einem Riesen hin und her geschüttelt.

Schließlich hörte auch das Grollen auf, nur ein leises Pfeifen war noch zu hören. Wie ein Schlussakkord bebten die Stollen von einem Schlag, der so mächtig schien, als könne er den ganzen Berg versetzen, alle schrien gleichzeitig auf, Männer wie Frauen. Selbst den hartgesottenen Bergleuten stand die Todesangst im Gesicht, der Atem ging schwer, die Augen fiebrig, zitternd am ganzen Körper.

Ruhe. Nichts weiter geschah. Die Bergleute konnten als Erste wieder klar denken, es war an der Zeit, vorsichtig nachzuschauen, was geschehen war. Die Schnellsten waren knapp hundert Meter in den Stollen hineingerannt. Bei einer Schlagwetterexplosion wären es die rettenden Meter gewesen, um der Feuerwalze zu entkommen. In regelmäßigen Abständen waren unter dem First Wassergefäße aufgehängt, die bei einer Schlagwetterexplosion ihren Inhalt freigaben und die Flammenwalze löschten. Denn zuerst kam die Druckwelle und fegte die Wasserbehälter herunter, dann kam die alles vernichtende Feuerwalze und brach sich im Wasser.

Die fünfzehn Sekunden der Panik verflogen, fünfzehn Sekunden, die bei den meisten für immer aus dem Gedächtnis getilgt waren. Kaum einer konnte später sagen, was in diesen Sekunden passiert war; wie er geflohen war; wie er zurückgekommen war in die Halle.

Erstaunlicherweise war niemand ernsthaft verletzt, ein paar Prellungen hatte es gegeben, auch der eine oder andere Kratzer blutete ein wenig, aber der Schock ließ keinen Schmerz zu. Die kritische Menschenmasse war noch nicht erreicht. Der Druck der Leiber an den Türen war nicht groß genug gewesen, um zu töten, die Gestrauchelten hatten genug Platz gehabt, um wieder auf die Beine zu kommen.

Schwer atmend standen die Leute herum, manche stützten ihre Hände auf die Knie und japsten. Keiner wusste, was tun, bis eine Gruppe von zehn Männern zügig und entschlossen in Richtung Füllort marschierte.

Sie diskutierten aufgeregt, und es war nicht zu überhören, dass es Bergleute sein mussten, denn sie warfen mit Begriffen um sich, die ein Normalsterblicher nicht verstand. Reiner Zettler schloss sich ihnen an, und schon nach wenigen Minuten konnten sie das Ergebnis sehen: Die Druckwelle hatte keinen Schaden angerichtet: Die Tische standen, die Schnittchen waren mit etwas Staub bedeckt, die Stühle waren in der panischen Flucht umgeworfen worden. Nichts Ernstes, das Licht brannte unbeeindruckt, der Strom war also nicht ausgefallen. Einer der Männer nahm einen schweren schwarzen Telefonhörer und lauschte. Nichts. Die Telefonverbindung war tot.

»Seltsam«, sagte ein schlaksiger Kerl, den die anderen Eddi nannten.

»Sehr seltsam«, bestätigten die anderen, und Zettler begriff nichts.

Eddi erklärte. »Strom- und Telefonleitung laufen nebeneinander her. Die ganzen neunhundertsechsunddreißig Meter bis hierhin. Bricht der Schacht ein, müssten eigentlich beide Leitungen oder keine zerstört worden sein. Was meinst du, Kalle?«

Zettler betrachtete Eddi, der ein bohnendickes Geschwür auf seiner kleinen Nase herumtrug. Zu Kalle, der eigentlich Karl-Heinz Bohlen hieß, musste Zettler aufblicken. Der Mann war mindestens einen Kopf größer als er, also etwa zwei Meter groß.

Bedächtig wiegte der Hüne seinen fast kahlen Kopf. »Ein Schachteinbruch ist nicht kalkulierbar. Der Zufall kann die Stromleitung verschont haben. Vielleicht ist sie beschädigt, und wir haben nur eine Gnadenfrist.«

»Dann können wir uns gar nicht bemerkbar machen?«, fragte Zettler.

Die Bergleute lachten. »Oben laufen schon längst die Rettungsarbeiten. Bei dem Schaden hat es oben eine schöne Fahne rausgehauen, und die Seismographen haben Polka getanzt. Die Jungs in der Steuerzentrale sind von den Stühlen gefallen, davon können Sie ausgehen. Aber wir sollten uns den Schacht mal genauer ansehen. Ich bin mir nicht sicher, ob der Schacht wirklich eingebrochen ist. Schächte brechen heutzutage nicht einfach so ein.«

Schlagartig waren die Männer todernst, als sie sich der Lage bewusst wurden. Zettler spürte die Angst der Bergleute, die nicht wussten, was passiert war. Sie wussten nur, dass etwas Ungewöhnliches passiert war. »Schächte brechen heutzutage nicht einfach so ein«, echote es in Zettlers Kopf.

Schweigend gingen die Männer zu den Überresten der Aufzugbühne. Auch dort brannte Licht. Und so konnten sie deutlich sehen, dass von dem Förderkorb nichts mehr übrig war. Flach gequetscht wie eine Konservendose lugten die kümmerlichen Reste unter Gestein und Betonteilen hervor. Armdicke Stahlträger waren geknickt wie dünne Äste. In der Halle lagen Brocken, die im Schacht keinen Platz mehr gefunden hatten. Die Männer warfen einen kurzen Blick auf das Chaos, zogen die Luft durch die Nase ein, dann wandten sie sich zum Gehen. Kalle kam Zettlers Frage zuvor.

»Der Schacht muss weit oben eingebrochen sein, auf vielen Metern gleichzeitig.«

»Ein Erdbeben?«, fragte Zettler.

Die Kollegen seufzten, der Angstschweiß glitzerte, bei manchen hatte der Schweiß wie ein Bach helle Spuren auf den verstaubten Gesichtern hinterlassen.

»Giulio«, sagte Eddi und deutete auf einen kleinen, stämmigen Italiener. Der ließ sich nicht lange bitten, griff Zettler am Arm und zog ihn ein Stück beiseite. »Ein Erdbeben, das den Schacht zerstören kann, würde das ganze Saarland in Schutt und Asche legen. Und wir wären schon längst tot, weil kein Stollen mehr da wäre. Wir wären zerrieben wir Parmesan auf Pasta. Klar?«

Zettler nickte nur und begriff, dass er sich in einer Welt befand, die ihre eigenen Regeln hatte. Aber er konnte immerhin noch logisch denken. Wenn es kein Erdbeben war und Schächte von sich aus nicht einbrachen, dann …

Giulio kam Zettler zuvor. »Richtig. Das war nicht der Berg. Das macht ein Berg nicht. Da war Menschenhand im Spiel. Aber wie und was, das kann ich nicht sagen. Ein Schuss kann es nicht gewesen sein.«

Zettler hob fragend die Schultern.

»Ach ja«, sagte Giulio mitleidig. »Du bist ja kein Bergmann. Eine Sprengung? Unmöglich. Du kannst den Schacht nicht sprengen. So viel Sprengstoff kriegst du nicht unter, das würde Tage, vielleicht Wochen dauern, um die Löcher zu bohren, die Ladungen zu legen, zu verbinden, mit Zündkabeln. Und das unbeobachtet? Nein. Schon allein deswegen nicht, weil du den Korb anhalten musst, um zu bohren. Vollkommen ausgeschlossen. Außerdem wären wir alle tot.

Ein Teil der Druckwelle geht nach oben, aber hier unten wäre genug angekommen, um uns zu zerstäuben.«

Zwei Männer stiegen hinauf auf die demolierte Bühne, vorsichtig jeden Schritt genau kalkulierend, wie auf dünnem Eis, das jederzeit brechen kann. Zehn, fünfzehn Meter kletterten sie, dann verschwanden sie in einer Lücke. Nach einigen Minuten tauchten sie wieder auf, Gesichter ernst wie bei einer Beerdigung.

»Die Körbe sind abgestürzt!«, riefen sie. »Und eingeschlagen wie eine Bombe. Alles kraus und klein. Da geht nichts mehr. Nach ein paar Metern ist Hangen im Schacht.«

Sie waren herangekommen, und die Gesichter schimmerten weiß. »Das Seil liegt obendrauf. Da kommt keine Maus durch. Die Verbauung hat einen Schlag im oberen Bereich bekommen. Alles instabil. Ganz große Scheiße.«

»Droht Einbruch?«, fragte Eddi.

»Schwer zu sagen. Zwei Träger haben eine leichte Biegung, der Beton hat Risse, ein, zwei Meter lang, die verlaufen aber in der Decke.«

Sie gingen zurück in die Halle und inspizierten dabei jede Stütze, jede Strebe, jeden Winkel. Zettler ahnte, was sie suchten. Risse. Verschiebungen. Anzeichen für eine nahende Katastrophe.

Aus den Stollen kamen immer mehr Leute zurück in die Kathedrale, an den Füllort. Langsam und sichernd. Die Geschäftigkeit der Bergleute, die Sicherheit und Ruhe ihrer Bewegung färbte ab. Die Panik zog sich zurück, aber sie blieb in Lauerstellung und würde beim geringsten Anlass wieder ausbrechen. Die Angst blieb, alle waren kalkweiß im Gesicht, viele zitterten, manche fühlte sich seltsam klar und wach. Vorsichtig sahen sie sich um, einige nahmen sich etwas zu essen, andere tranken, teils aufgeregt, teils flüsternd wurde diskutiert.

Barens kam zu den Bergleuten herüber, sein Hemd hing aus der Hose, er war weiß wie die Wand, aber seine Stimme funktionierte bestens.

»Was zum Teufel ist hier los?«, rief er wutentbrannt.

Die Bergleute warfen sich vielsagende Blicke zu. Eddi kniff die Augen zusammen.

»Bevor wir hier weiterreden, sollten Sie Ihren Ton korrigieren.«

Barens schluckte, schaute in grimmige Gesichter und fragte ein zweites Mal, diesmal lammfromm. »Könnte mich jemand aufklären? Gibt es schon gesicherte Informationen?«

Eddi nickte zufrieden und antwortete: »Ihr gesamter Sicherheitsapparat hat versagt.«

Barens schluckte wieder, wurde noch weißer, schluckte noch einmal, musste aufstoßen, riss sich zusammen.

»Wie kommen Sie darauf?«, fragte er harmlos, aber seine Stimme drohte sich in ein Falsett zu flüchten.

»Die Körbe von Schacht IV sind abgestürzt. Und nicht von Geisterhand.«

Barens prallte zurück, als ob die Bergleute ihm mit der flachen Schüppe vor die Stirn geschlagen hätten.

»Da ... das ... unmöglich ... abgestürzt ...«, stotterte er und sah seine Felle davonschwimmen in einem reißenden Fluss. Sein Versprechen kam ihm in den Sinn. Wie er den Ministerpräsidenten weich gekocht hatte. Dass die Feier unter Tage zwar unüblich sei, aber damit doch ein Zeichen gesetzt werden könnte für den Aufbruch Göttelborns und des ganzen Saarlandes in eine neue Zukunft. Dass nichts, aber auch gar nichts schief gehen könne.

Barens schüttelte den Kopf. Wenn ich lebend hier herauskomme, dachte er, bin ich erledigt. So oder so. Selbstmitleid überflutete den Politiker, er ließ Kopf und Schultern hängen, die Bergleute ließen ihn stehen und wandten sich Wichtigerem zu.

Zettler blieb ihnen auf den Fersen. Kalle stieg auf die Bühne, testete das Mikrofon und bat mit seiner ruhigen, weichen Stimme, die im Unterton aber unmissverständlich klar machte, wer jetzt hier der Chef war, man möge ihm zuhören, er habe wichtige Informationen. Inzwischen waren alle wieder in der Kathedrale eingetroffen. Die Gespräche verstummten.

»Mein Name ist Karl-Heinz Bohlen. Ich bin Sicherheits- und Fahrsteiger, Mitglied der Grubenwehr und kenne die Grube wie meine Westentasche. Ich und neun meiner Kollegen, die hier ebenfalls zu Hause sind, haben den Schacht inspiziert. Der Förderkorb ist abgestürzt. Wir können vorerst nicht ausfahren. Vorerst. Die Rettungsmaßnahmen sind bereits im Gange, der Steuerzentrale ist der Absturz nicht entgangen. Wir werden nicht lange hier bleiben müssen. Vielleicht wissen Sie ja, dass jedes Bergwerk mehr als einen

Schacht hat. Obwohl die meisten Strecken versiegelt sind, gibt es noch den ausziehenden Schacht Lummerschied, über den die Rettungsmannschaften hinein- und wir wieder hinauskommen werden. Bis Lummerschied sind es etwa dreieinhalb Kilometer unter Tage. Drei Kollegen werden sich auf den Weg dahin machen. Alle anderen bleiben vorerst hier, das ist im Moment der sicherste Ort. Wir haben Strom, wir haben zu essen und zu trinken, wir werden es also ein paar Stunden aushalten.

Leider ist die Telefonverbindung unterbrochen, aber das werden wir schnell erledigt haben. In Absprache mit meinen Kollegen übernehme ich die Krisenleitung, denn ich bin zurzeit der ranghöchste Bergmann vor Ort. Ich bitte Sie im Interesse aller, die Anweisungen des Krisenstabes zu befolgen.

Für Luft wird die Steuerzentrale sorgen, der Schacht ist zwar blockiert, aber nicht luftdicht verstopft. Sie alle spüren ja den Luftzug, und den gibt es nur, wenn mindestens zwei Schächte Luft durchlassen. Unsere Situation ist nicht angenehm, aber wir haben keinen Grund zur Panik. Bitte versuchen Sie alle, Ruhe zu bewahren. Gibt es Fragen?«

Ein junger Mann, weiß wie Wand, hob die zittrige Hand. Kalle nickte ihm freundlich zu. Die Stimme stand der Hand in nichts nach.

»Wie ist das passiert? Ich bin zwar kein Bergmann, aber man hat mir gesagt, wir seien hier absolut sicher, und es könne unmöglich irgendetwas einstürzen oder abstürzen. War das eine Explosion?«

Unruhe ließ Füße scharren. Aber der Leiter des Krisenstabes hatte damit gerechnet.

»Der Förderkorb ist abgestürzt, wie oder warum, keine Ahnung. Eins aber ist sicher. Es war keine Explosion im Schacht. Wir haben bereits die Strecken und die Halle durchsucht. Keine Gefahr. Hier ist nichts, was explodieren könnte, außer ein paar Sektflaschen vielleicht.«

Kalle war von sich selbst überrascht. Seine Mundwinkel zuckten, und dann musste er lachen. Seine Leidensgenossen stimmten mit ein. Das Gelächter drang durch die Stollen und Strebe, hallte wider in Blindschächten und prallte an die eine oder andere Ortsbrust, der Punkt, an dem ein Grubenbau zu Ende ist und weiter ausgebaut werden soll.

Der Berg scherte sich nicht darum. Er war damit beschäftigt, die Zerrungen und Dehnungen und Spannungen zu verdauen, die der tonnenschwere Korb ausgelöst hatte, der mit der Wucht einer Bombe eingeschlagen war. Es war nur eine Frage der Zeit, wann der Berg kräftig aufstoßen würde mit einer Kraft, der nichts entgegenzusetzen war. Die Menschen aber waren erleichtert, da sie glaubten, es nicht mit dem Ungeheuer Berg zu tun zu haben, sondern mit einem technischen Fehler, einem Fehler eines menschlichen Wesens. Dabei vergaßen sie, dass ihresgleichen weitaus größere Ungeheuer waren, als es ein Berg jemals sein könnte. Denn der Berg kannte keine Rache.

Mitten hinein in das Lachen brach ein Schrei. Tief, kehlig, wie von einem verendenden Tier, dann ein dumpfer Aufschlag.

Die Menschen wichen zurück und gaben den Blick frei auf Heinz Barens, der sich mit Schaum vor dem Mund auf dem Boden wälzte. Seine Gliedmaßen zuckten wie unter Strom, Knochen knackten, die Muskeln zogen sich unkontrolliert mit all ihrer Kraft zusammen. Niemand traute sich näher, weil Barens trat und schlug, unmenschlich schnell, ein Treffer hätte jeden schwer verletzen können, wie ein Vorschlaghammer krachte eine Faust auf den Boden und zerschmetterte sich selbst. Eine Minute tobte der Kampf, eine Ewigkeit, zuletzt erschütterte Barens die Menschenherde mit einem letzten Schrei, der allen ins Mark fuhr. Dann war es vorbei.

Verrenkt und zerstört lag er da auf der sechsten Sohle, als sei er aus dem zwölften Stock gesprungen. Nur Atmen war zu hören und die Wetter, die immer noch durch die Schächte zogen, wenn auch gehemmt. So leise wie das Atmen waren die Wetter. Aber niemandem fiel das auf. Auch nicht den Bergleuten, deren Instinkte überlagert waren von der Angst und dem Grauen und dem Druck, auch jetzt wissen zu müssen, was zu tun sei. Die Erlösung kam fast augenblicklich.

»Lassen Sie mich durch, ich bin Arzt.« Ein schlanker, groß gewachsener Mann, der geradewegs aus einer Werbung für teure Autos entsprungen schien, kniete sich neben Barens, führte ein paar Rituale aus und stellte fest, was alle längst wussten. »Der Mann ist tot.«

Zettler drängte sich nach vorn. »Und?«

Der Arzt zögerte nicht mit der Antwort. »Gift.«

Die Herde zuckte zusammen, geriet wieder in leichte Bewegung. Gift. Was für Gift? Der Arzt sah die Frage voraus.

»Ein sehr starkes Nervengift, das injiziert worden sein muss. Oral hätten wir andere Symptome. Wahrscheinlich etwas Ähnliches wie Sarin. Sarin erhöht den Ausstoß von Acetylcholin, es kommt zu heftigen Krämpfen, der Tod tritt durch Lähmung des Atemzentrums ein. Treten Sie bitte alle zurück von dem Toten!«

Wie ein Schwarm Mücken huschten die Menschen ans andere Ende der Kathedrale. Nur Zettler blieb.

»Könnte es nicht auch eine Hirnblutung sein? Dabei treten ebenfalls Krampfzustände auf.«

»Barens war kerngesund. Ich bin sein Hausarzt. Wesringdorf, mein Name. Dieter Wesringdorf. Außerdem haben wir starke Schleimbildung, der Schaum am Mund, die Nase, starke Sekretbildung. Es war ein Nervengift.«

Zettler schluckte, stellte sich ebenfalls vor und fragte erschüttert: »Mord? Mit Sarin? Haben Sie keine Angst, sich zu kontaminieren?«

»Wenn es so ist, wie ich denke, nein.« Der Arzt begann Barens vorsichtig auszuziehen. »Gleich haben wir es.«

Eine Lampe flackerte, in den Trümmern des Förderkorbes knackte es leise, die Menschen hielten den Atem an. Ihre Nerven waren nicht mehr bis zum Reißen gespannt, ihre Nerven waren schon längst gerissen, sonst hätte erneute Panik alles ins Chaos gestürzt. Der Druck der Ereignisse war so stark, dass der Schock lähmte.

Einige setzten sich auf den Boden, andere stellten sich Stühle zurecht, das Büfett wurde wieder besucht, einige tranken, als wären sie seit Tagen ohne Wasser in der Wüste unterwegs. Leise Gespräche flackerten auf, ums Wetter ging es, um den FC Saarbrücken, ob er den Klassenerhalt in der Zweiten Liga schaffen würde. Nur Barens war kein Thema. Barens' Tod wurde ausgeblendet.

Wesringdorf stand auf, wischte sich den Schweiß von der Stirn und verkündete wie Kassandra: »Es war eine Injektion, und ich bin mir sicher, dass es kein Selbstmord war. Unter uns ist ein Mörder.«

ZEHN

Bremer hatte den Nachmittag im Büro verbracht, in aller Ruhe Akten studiert, die laufenden Ermittlungen koordiniert und war pünktlich um siebzehn Uhr in den Feierabend gegangen. Ein seltsames Gefühl, aber nicht unangenehm. Die Sonne schien sich den Platz am Himmel gegen die Wolken erkämpft zu haben. Der St. Johanner Markt platzte aus allen Nähten, an den Tischen der Cafés, Restaurants und Kneipen war fast kein Platz mehr frei, es schien, als sei die ganze Stadt hier.

Bremer eroberte sich am Odeon einen Stuhl, bestellte einen Espresso und nahm sich die Süddeutsche Zeitung vor. Gerade als er einen interessanten Artikel gefunden hatte, hörte er eine bekannte Stimme.

»Weißt du, was ich machen sollte?«

Bremer ließ die Zeitung sinken, und zwei Tische weiter stand Claude Jaté mit einem Bild. Ein Frauengesicht, viel rot, Großformat.

Der Angesprochene zuckte die Achseln, und Claude Jaté redete weiter. »Nach Paris gehen. Hier will ja keiner meine Bilder kaufen. Ich muss von irgendetwas leben, oder?«

Claude erntete nur ein Schulterzucken und kam zu Bremer an den Tisch, präsentierte wortlos das Bild. Ohne zu wissen, warum, faszinierte Bremer das Gesicht. Obwohl Jaté dieses Gesicht schon dutzende Male auf die Leinwand gebracht hatte, war es doch immer wieder anders. Alle Gesichter vorher hatten Bremer kalt gelassen.

Jaté lächelte. »Das gefällt unserem Marlowe, nicht wahr?«

Der Kommissar nickte. »Es ist das Gesicht schlechthin.«

»Nur 450 Euro. Mit Rahmen. Ich brauch dringend Kohle, die Geschäfte laufen nicht so gut im Moment. Das Gesicht schlechthin gibt es nur einmal.«

»Das ist eine ganze Menge.«

Jaté machte ein beleidigtes Gesicht. »Commissario! Wie lange kennen wir uns? Fast zwanzig Jahre.«

Bremer nickte.

»Und wie viele Bilder hast du mir in den zwanzig Jahren abgekauft?«

»Keins«, sagte Bremer.

»Keins. Korrekt. Wenn du heute das Bild kaufst, weil ich es nun mal für dich gemalt habe und für niemanden sonst, dann sind das genau 22,50 Euro pro Jahr. Ich bitte dich. Das ist ein lächerlicher Preis. Was meinst du, was allein die Farben kosten?«

An den Nachbartischen waren die Gespräche schon längst eingeschlafen, alle verfolgten gespannt das Verkaufsgespräch, hier und da wurden kleine Wetten besiegelt, zwei Pils, wenn er es kauft, hältst du dagegen?

»So viel Geld habe ich nicht dabei.«

Jaté war enttäuscht von dem leichten Sieg. »Mon Commissaire, wie heißt es so schön? Kommen Sie sofort mit erhobenen Füßen heraus! Sie sind umstellt. Meine Rating-Agentur führt Sie mit einem Triple A.«

Die Zuhörer hatten sich längst auf die Seite des Malers geschlagen, und Bremer dachte sich, es ist tatsächlich eine Schande, dass ich noch keinen Jaté habe. Wer weiß, vielleicht ist das Bild in ein paar Jahren ein Vermögen wert. Posthum.

Er hielt Jaté die Hand hin, klatschend schlug der Maler ein und stellte das Bild an Bremers Stuhl. Der bestellte noch zwei Espresso, um das Geschäft zu besiegeln.

Jaté zog weiter, Bremer las die Zeitung und machte sich auf den Nachhauseweg.

Er duschte ausgiebig, rieb sich den ganzen Körper mit einer harten Wurzelbürste ab, legte seinen Trainingsanzug an, weiße Hose, weiße Jacke, wechselte in seinen privaten Dojo, ließ sich auf seinem Sitzkissen nieder und begann mit einer Entspannungsmeditation. Die Beine locker über Kreuz, kein Lotossitz, das schnürte ihm immer das Blut ab, die Hände mit dem Rücken nach oben auf den Knien, das Becken entspannt, der Rücken gerade, die Wirbelsäule aufgerichtet. Gedanken wirbelten, die Tote, Täter und Verdächtige, das Büro, Weber, das Theaterstück, immer mehr Gedanken stürmten auf Bremer ein, bis er den Stöpsel zog und eine Welle nach der anderen abgesaugt wurde, wohin auch immer. Immer weniger dachte Bremer. Als das Denken aufhörte, öffnete sich das Unterbewusstsein, ohne dass der Kommissar etwas davon merkte, und verband sich mit dem ausgeschalteten Bewusstsein. Spannungen glichen sich aus, Bilder, Gefühle, Gerüche, Berührungen strömten sanft und stetig in Bereiche, die Bremer erreichen konnte, wenn er wieder auftauchen würde aus der Versenkung, aus der Leere. Eine halbe Stunde verging, dann drängten die ersten Gedankenfetzen wieder, die Türen schlossen sich, die Verbindung wurde sanft getrennt.

Bremer begann wieder zu denken und hörte die Türklingel. Es war tatsächlich eine Klingel. Eine elektrische Schelle, glänzendes Metall, auf das ein kleiner Hammer schlug wie wild, viele Male pro Sekunde. Hektisch. Die Klingel klingelte hektisch. Und ungeduldig. Langsam schritt Bremer zur Tür, noch gefangen in der friedlichen Welt der Meditation, in der es keine Mörder gab und keine toten Frauen mit einem Kilogramm Eisen im Kopf. Bremer öffnete die Tür und wollte gerade fragen, was denn los sei, da erkannte er den jungen Mann, der vor ihm stand. Ausgewaschene Jeans, die um den schlaksigen Körper herumschlabberten, mindestens zwei Nummern zu groß, volles schwarzes Haar, eine blaue Sporttasche in der einen Hand und eine Plastiktüte in der anderen Hand, graue Augen wie die seines Vaters.

»Ach du jemine«, sagte Bremer.

Der junge Mann seufzte, stellte die Sporttasche ab und streckte die Hand aus. »Hallo, Dad. Darf ich reinkommen?«

Blut schoss Bremer in den Kopf, schnell griff er zu, drückte die Hand seines Sohnes kräftig und herzlich. »Sicher, sicher, entschuldige, klar, komm doch rein.«

Dirk Francis, Martin Bremers Sohn, folgte der einladenden Geste, überschritt die Schwelle, schaute sich um und pfiff anerkennend durch die Zähne.

»Boah! Die Hütte hier ist ja wohl endgeil. Hast du ein Zimmer frei für einen Reisenden?«

Bremer hatte sich immer noch nicht von der Überraschung erholt und nickte nur. Bevor er den Weg beschreiben konnte, schellte die Schelle wieder. Nervig, nervös und fordernd diesmal. Bremer öffnete, und vor ihm standen zwei Männer, die er sofort einem eindeutigen Milieu zuordnete. Lederjacke trotz Hitze, Goldkettchen, Tätowierungen, dicke Arme. Vor Bremer standen zwei Eintreiber, und der Kommissar musste nicht lange überlegen, wen sie besuchen wollten. Deswegen sagte er nur: »Dirk Francis ist nicht zu sprechen.«

Der Größere kaute auf irgendetwas herum, der Kleinere musterte Bremer von oben bis unten und nickte dann Richtung Flur. »Der is aber da drin. Wir haben gesehen, wie er da rein is. Wir brauchen nicht lange. Nur ein paar Minuten. Er soll rauskommen.«

Bremer rührte sich nicht. »Er ist nicht zu sprechen, und Sie gehen jetzt am besten.«

Der Größere grinste. »Sie ham wohl nicht kapiert. Der Bengel soll rauskommen, oder wir holen ihn, klar?« Die beiden klemmten die Arme untereinander, damit es so aussah, als hätten sie mächtige Muskelpakete.

Bremer rieb sich die Augen und überlegte, was er machen sollte. Der Größere nahm ihm die Entscheidung ab. Wie ein Walross versuchte er, an Bremer vorbei in den Flur zu stürmen.

Wenn's denn sein muss, dachte Bremer, machte einen Schritt zur Seite, griff einen Arm des Größeren, nahm ihn in den Kreuzfesselgriff und schaffte ihn mit einem Tritt in den Hintern wieder nach draußen, genau dahin, wo sein Kumpel stand. Die beiden plumpsten wie Säcke die drei Stufen der Treppe hinunter und fluchten dabei gotterbärmlich. Bremer kam direkt hinterher, trat dem Kleineren ein Messer aus der Hand und platzierte den rechten Fuß unter dem rechten Rippenbogen. Das war der erste Streich, doch der zweite folgte sogleich: Der Größere kam an wie ein wütender Stier, und Bremer bedauerte, dass seine Gegner solche Luschen waren. Er drehte sich zur Seite, der Angriff des Stieres ging ins Leere; als er fast an Bremer vorbei war, zog Bremer dem Angreifer das rechte Bein weg, der Aufschlag war heftig und schmerzhaft.

Der Kleinere lag immer noch wie ein Maikäfer luftpumpend im Kies, der Größere war wieder aufgestanden, taumelte blind herum hielt sich das blutende Gesicht. Bremer schnappte sich den Kerl, platzierte ihn neben seinem Kumpel.

»Wisst ihr, warum ich euch nicht gleich umgebracht habe?«

Ängstlich schüttelten beide den Kopf.

»Ich bin Kriminalhauptkommissar Martin Bremer. Ich darf keine Leute einfach so umbringen, nur weil sie lästig sind wie die Fliegen. Was ich aber darf, ist Leute verprügeln, wenn sie mir oder meinem Sohn ans Leder wollen. Und jetzt bitte genau zuhören. Erstens: Was wollt ihr von meinem Sohn? Zweitens: Wenn ihr mir nicht die Wahrheit sagt, loche ich euch ein, und zwar für eine ganz schön lange Zeit.«

Der Kleinere hatte aufgehört zu pumpen, hielt sich aber die Seite, als würde sie gleich herausfallen. »Ihr Sohnemann schuldet meinem Boss 'ne Menge Kohle. Man sollte nur zocken, wenn man auch verlieren kann.«

»Wer ist dein Boss?«

»Franco Kowacz.«

»Du Idiot«, näselte der andere. »Der macht uns fertig, wenn er erfährt, dass du gequatscht hast. Da gehe ich lieber in den Bau.« Es klang, als wäre seine Nase von einem mächtigen Schnupfen vollkommen verstopft.

»Wie viel?«

»Fünfunddreißigtausend Neue.«

»Fünfunddreißigtausend Euro?«

Die beiden nickten gequält. Bremer stemmte die Arme in die Seiten. »Also gut. Richtet eurem Boss folgendes aus: Schöne Grüße von Kriminalhauptkommissar Bremer. Wenn ich mitkriegen sollte, dass meinem Sohn auch nur ein Haar gekrümmt wird, mache ich ihn fertig. Und mir ist es egal, von wem ihm das Haar gekrümmt wird, okay? Und sagt ihm, das Geld kann er vergessen. Noch eins. Wenn ich meinen Sohn an irgendeinem illegalen Spieltisch erwische, dann mache ich ihn auch fertig, den Kowacz. Kapiert?«

Beide standen jetzt wieder, nickten, Blut tropfte auf den Kies, Bremer wedelte mit der Hand, als wolle er Fliegen verscheuchen, und die beiden Möchtegerngorillas trollten sich.

Dirk stand ein Stück weiter im Flur und applaudierte. »Echt cool, wie du die beiden fertig gemacht hast. Danke. Nur das mit dem Spielverbot, das kannst du echt nicht bringen. Jetzt bin ich arbeitslos.«

Bremer kochte, und er wusste, jedes Wort, das er jetzt sagen würde, wäre falsch. Die Entspannung der Meditation war unwiederbringlich dahin. Dafür stürzten Erinnerungen auf Bremer ein. Wie Dirk gezeugt worden war. Wie seine Mutter nach fünf Jahren kam und ihn präsentierte. Wie Bremer es abgelehnt hatte, den Papa zu spielen. Wie Dirk ihn angeschaut und geweint hatte. Wie Bremer sich umgedreht hatte und gegangen war. Dirk und seine Mutter verließen das Saarland und zogen nach Berlin. Vor fast sieben Jahren war das gewesen, Dirk war gerade dreizehn geworden. Jeden Monat überwies Bremer eine stattliche Summe an Dirks Mutter, einmal im Jahr schrieb Bremer einen Brief zum Geburtstag seines Sohnes, legte einen Scheck bei und fertig. Eine Reaktion kam erst, als Dirk achtzehn wurde. Eine Einladung zum Geburtstag. Bremer nahm an und verbrachte zwei vollkommen unmögliche Tage in Berlin. Er kannte diesen jungen Mann, der sein Sohn sein sollte, nicht.

»Du bist wohl von allen guten Geistern verlassen?«, flüsterte der Kommissar, aber sein Sohn zuckte nur die Schultern.

»Hat doch geklappt. Aber warum hast du die beiden nicht kassiert? War ein kleines Willkommensgeschenk von mir.«

Mühsam unterdrückte Bremer einen Wutausbruch. Dirk kam auf ihn zu, knuffte ihn in die Seite.

»Mensch, Papa, jetzt sei doch nicht so tierisch ernst. Die beiden Nieten waren doch ein Späßchen für dich. Gib's zu.«

Bremer nahm seinen Sohn an den Schultern, hielt ihn fest und starrte ihm in die Augen. »Das war absolut kein Späßchen. Das war nackte Gewalt, für Mist, den du gebaut hast. Fünfunddreißigtausend Euro? Bist du jetzt ein Zocker?«

»Ich hab Pech gehabt. Die Partie war der Hammer. Zweimal ein Royal Flush. In derselben Partie. Eins in Karo und eins in Kreuz. Die Wahrscheinlichkeit, dass zwei solche Blätter aufeinander treffen, ist eins zu sechs Millionen.«

»Und du hast Karo gehabt? Und verloren?«

»Logisch. Sag ich doch. Normalerweise machst du mit dem Blatt alle fertig, wenn sie mal angebissen haben. Zwei Royal Flush in einer Partie – undenkbar. Gezinkt, was sonst! Der Pott war gigantisch. Hundertvierzigtausend Euro! Steuerfrei.«

Bremer ließ seinen Sohn los. »Ich fass es nicht. Mein Sohn ein Zocker.«

Dirk verzog das Gesicht. »Jetzt mach hier mal nicht auf Vaterherz. Vom Pokern lebt sich's gut. Pech gibt's immer im Leben. Musst du doch wissen. Schau mich an. Ich war halt Pech für dich.«

Der Treffer saß genau in der Magengrube. Dirk wiegte den Kopf, klopfte seinem Erzeuger auf die Schulter.

»Hey, schon gut, war nicht so gemeint. Ich geb ja zu, du hast mir echt aus der Klemme geholfen. Tausend Dank noch mal.« Ohne Übergang wechselte Dirk das Thema. »Hunger? Bestimmt, so dürr, wie du bist. Du bist ja noch klappriger als ich. Wo ist die Küche?«

Bremer zeigte auf eine Tür, Dirk erkundete die Küche und kam aus dem Schwärmen nicht mehr heraus.

»Wann sollen wir essen? Um acht?«

»Ich bin heute Abend nicht da.«

»Date?«

»Theaterprobe.«

»Okay! Super! Ich komme mit.«

»Nein.«

»Wieso nein?«

»Ich gehe da allein hin.«

»Das ist kein Argument.«

»Das ist das beste Argument, das es gibt.«

»Ach komm, sei nicht so. Ich werd auch nicht lachen.«

»Vergiss es. Ich bin so gegen elf zurück. Ach ja, bevor ich es vergesse: Keine Kumpels hier, keine Pokerpartien, und mein Zimmer ist tabu, oder du fliegst raus!«

Bremers ausgestreckter Zeigefinger wies auf seinen Sohn. Der hob die Hände, als wäre eine Waffe auf ihn gerichtet.

»Kein Problem, ich brauch eh ein bisschen Urlaub. Hast du Internet?«

»Habe ich. In deinem Zimmer steht ein Laptop. Breitbandverbindung. Regel: Du kannst surfen, so viel du willst, alles, was Geld kostet, ist gesperrt. Ach so. Dein Zimmer ist im ersten Stock, gleich rechts. Alles andere kannst du dir ja in Ruhe ansehen.«

Dirk nickte zustimmend, Bremer zog sich schnell um, die Meditationskluft war nicht geeignet zum Theaterspielen. In der Tür drehte er sich noch einmal.

»Bis später. Und lass den bösen Wolf nicht rein, okay?«

Dirk grüßte kurz und wünschte einen angenehmen Abend. Der Kommissar verließ das Haus mit einem flauen Gefühl im Magen. Im Auto wählte er Saskia Pierers Nummer. Nichts. Nur die Mailbox. Wie immer hinterließ er keine Nachricht, stopfte das Handy wieder in die Tasche und fuhr fluchend los.

Wie kann das sein, dachte Bremer? Saskia und ich, das war Liebe auf den ersten Blick. Besseren Sex habe ich noch nie gehabt. Ich wollte sie heiraten, auf der Stelle. Sie hat mich lebendig gemacht, und ich erreiche sie nicht, um klar Schiff zu machen. Schicksal? Vorsehung? Bin ich feige? Beim nächsten Mal versuche ich es auf der Dienststelle. Vielleicht ist sie in Urlaub. Oder sie ist krank. Sie liegt im Koma, und ich weiß nichts davon. Bremer schielte auf die Uhr. Acht. Er schaltete das Radio ein. Die Nachrichten hatten gerade begonnen, der Sprecher setzte an.

»Göttelborn. Im Bergwerk Göttelborn-Reden ist es zu einem Unfall gekommen. Wie ein Sprecher der DSK mitteilte, ist das Förderseil gerissen. Die Förderkörbe sind über tausend Meter tief in Schacht IV gestürzt. In den Körben befanden sich keine Menschen. Allerdings sind am so genannten Füllort in über neunhundert Metern Tiefe siebenundachtzig Menschen eingeschlossen. Die Rettungsmaßnahmen sind in vollem Gange. Die Eingeschlossenen schweben nach Angaben der Werksleitung nicht in Gefahr. Sie sollen über den Schacht Lummerschied in kurzer Zeit gerettet werden.«

Papier raschelte, der Sprecher unterbrach, dann setzte er fort, bemüht, seine Stimme unter Kontrolle zu halten.

»Soeben erhalten wir eine Eilmeldung. Elektrische Anlage und Zufahrt zum Schacht in Lummerschied sind gesprengt worden. Alle Zugänge zum Bergwerk sind damit zerstört. Wir schalten jetzt um nach Göttelborn zu unserem Mitarbeiter Jens Koschka. Herr Koschka, wie sieht die Lage vor Ort aus?«

»Guten Abend. Das gesamte Gelände ist abgesperrt, bewaffnete Sicherheitsleute lassen niemanden hinein, ich sehe Streifenwagen und Fahrzeuge der Grubenwehr. Es steht fest, dass in über neunhundert Metern Tiefe siebenundachtzig Menschen eingeschlossen sind. Die Telefonverbindung ist abgerissen, wir können also nicht sagen, ob den Eingeschlossenen etwas zugestoßen ist. Klar ist, dass um 19:37 Uhr die riesigen Seilscheiben auf dem über neunzig Meter hohen Fördergerüst gesprengt worden sind. Ein Bergmann sagte mir, dass der Schacht mindestens vier Tage blockiert sein wird. Es handelt sich wahrscheinlich um Sabotage, vielleicht um einen terroristischen Anschlag. Zumal der Zugang über den Schacht Lummerschied ebenfalls durch die Sprengung der Fördermaschine, der Zufahrt und der gesamten elektrischen Anlage für einige Tage blockiert sein wird. Die Frage ist: Wer hat das getan und warum?

Bis jetzt liegt kein Hinweis vor. Das war Jens Koschka für SR 1 aus Göttelborn.«

»Vielen Dank, Herr Koschka. Im Anschluss an die Nachrichten bringen wir eine Sondersendung zur Situation in Göttelborn: Terror im Saarland – hat uns El Qaida erreicht? Und jetzt weiter mit den Nachrichten des Tages.«

»Dieser Sender ist der pure Terror«, schimpfte Bremer, schaltete das Radio leise, setzte das Blaulicht aufs Dach und raste los in Richtung Göttelborn. Warum war er nicht informiert worden? Schon spielte sein Handy die D-Moll-Toccata. Bellorz.

»Wir treffen uns in zwanzig Minuten in Göttelborn, schon gehört, was da los ist?«

»Gerade in den Nachrichten. Aber warum hören wir erst jetzt davon?«

»Irgendeine Übermittlungspanne, keine Ahnung, darum kümmern wir uns später. Weber ist auch schon unterwegs. Bis gleich.«

Wenige Kilometer vor Göttelborn geriet Bremer in einen Stau. Willig machten die Autofahrer dem Blaulicht und der Sirene Platz. Bremer konnte es nicht fassen. Aus allen Himmelsrichtungen strömten die Menschen, bis zum Bergwerk standen die Gaffer, aber Polizei und Werkschutz schirmten das Gelände hermetisch ab. Die ersten Kamerateams waren vor Ort, und Bremer verfluchte den Saarländischen Rundfunk, der voreilig einen Terroranschlag zelebriert hatte.

Mühsam schob sich Bremers Wagen durch die Menge, die Absperrung wurde geöffnet, der Wagen samt Kommissar verschluckt. Auf dem Gelände sah es nicht besser aus. Einsatzfahrzeuge der Polizei, Rettungswagen, Krankenwagen. Ein Blick zum Fördergerüst zeigte Bremer das Ausmaß der Zerstörung. Die Seilscheiben waren verschwunden. Die Explosion hatte die Speichen bei voller Drehzahl von der Achse abgetrennt, die Rotation hatte die Stahlräder bis auf die Lager abgefräst. Umherfliegende Trümmer waren in den Turm eingeschlagen, waren bis zu zweihundert Meter weit geflogen und hatten wie durch ein Wunder niemanden verletzt. Eine Speiche steckte im Dach der Leitzentrale, Männer in weißen Arbeitsanzügen waren dabei, es zu begutachten. Spurensicherung, dachte Bremer. Nichts durfte verändert werden. Er sprang aus dem Wagen, ließ sich mit vorgehaltenem Dienstausweis den Weg zur Leitzentrale zeigen, platzte in den Raum und unterbrach die leise geführten Gespräche.

»Entschuldigen Sie bitte die Störung. Ich bin Kriminalhauptkommissar Martin Bremer. Wer leitet die Rettungsarbeiten?«

Ein groß gewachsener, knochiger Mann trat vor, hielt Bremer die Hand hin und stellte sich vor. »Glück auf, Reinhard Fellmann, Technischer Direktor. Angenehm.«

Die Hände drückten sich herzhaft, und Bremer gewann den Eindruck, dass er mit diesem Mann gut zusammenarbeiten könnte. Für Höflichkeiten war keine Zeit, Bremer kam sofort zur Sache. »Sie müssen sofort die Aufräumarbeiten dort draußen einstellen, sofern es nicht die Bergung möglicher Opfer betrifft. Sie zerstören unter Umständen wichtige Spuren.«

Fellmann zögerte nicht, nahm ein Walkie-Talkie und gab die Anordnung durch.

Bremer entspannte sich. »Wie ist die Lage?«

Fellmann wies auf zwei Bürosessel. »Haben Sie das Fördergerüst gesehen?« Bremer nickte. »Nachrichten gehört?« Bremer nickte. »Das ist die Lage.«

»Was tun Sie, um die Leute zu retten?«

»Nachdenken.«

»Über welches Problem?«

»Ein Korb ist abgestürzt bis auf Sohle sechs, hat sich wahrscheinlich am Füllort verkantet, vielleicht ist er auch in den Sumpf eingeschlagen. Am Füllort Sohle sechs findet zurzeit ein Empfang der Staatskanzlei statt. Fand statt. Der zweite Korb hat sich in etwa sechshundert Metern Tiefe verkantet, die Spurlatten, also die Führungsschienen, herausgerissen und den Schacht komplett blockiert. Wir müssten mit dem Schweißbrenner ran, und das ist äußerst gefährlich.«

»Warum?«

»Das Bergwerk wird zwar bald versiegelt, aber wir haben immer noch Methanausgasungen, zwei Strebe sind noch offen. Die Methankonzentration war bis zum …« Fellmann überlegte einen Moment. »Wie soll ich sagen? Bis zum Anschlag? Zur Sabotage? Zum Angriff?«

»Anschlag ist das richtige Wort. Die Motive werden sich später ergeben, und dann können wir alles sauber einordnen.«

»Gut. Bis zum Anschlag war die Methankonzentration extrem niedrig, sie hätten auf Sohle sechs ein Lagerfeuer machen können, es wäre nichts passiert. Die Bewetterung«, Fellmann sah Bremers fragendes Gesicht, »die Belüftung der noch offenen, äh, Stollen und Schächte, kleinen Moment, ich muss übersetzen, damit Sie verstehen.«

Heftig rieb sich Fellmann mit beiden Händen Stirn und Augen. »Also. Die Belüftung war ausgelegt für, sagen wir, einhundert Prozent. Bis heute waren aber nur noch fünf Prozent zu belüften. Das Methan hat sich also dermaßen verdünnt, dass es keine Gefahr einer Explosion gegeben hat. Das ist jetzt anders. Der Schacht Lummerschied ist, nein war der so genannte ausziehende Schacht, das heißt, da wurde die Luft mit einem riesigen Ventilator angesaugt, Unterdruck entsteht, frische Luft zieht nach. Grob über den Daumen. Der Ventilator ist aber kaputt, die gesamte Elektrik ist kaputt, der Förderturm beschädigt, die Zufahrt blockiert. Der absolute GAU. Gott sei Dank funktionieren die Methanmessgeräte noch. Die Konzentration steigt langsam, aber ständig. Die Bewetterung, Verzeihung, die Belüftung ist fast zum Erliegen gekommen. Jetzt kommt es auf das Wetter an, das über Tage. Je heißer es wird, desto weniger Luft kommt über die Schwerkraft in den Schacht. Über kurz oder lang wird die Luft da unten dünn und heiß. Bis wir bei Korb eins sind und das Material installiert haben, ist die Methankonzentration schon zu hoch. Wir brauchen einen stationären Belüfter, der im Bereich des Schweißens das Methan abzieht, quasi ein nichtexplosives Luftpolster um den Korb aufbaut. Das Gerät ist geordert, aber es wird nicht vor übermorgen hier sein. Trotzdem eine lebensgefährliche Angelegenheit, die nur von Freiwilligen gemacht wird. Ob wir dann den Schacht überhaupt frei bekommen, steht in den Sternen. Die Notwinde ist ebenfalls unterwegs, wir rechnen in zwölf Stunden mit ihrem Eintreffen.«

»Wer ist so verrückt, mit dem Schweißbrenner ein Pulverfass auseinander zu schneiden?«, fragte Bremer.

Die umstehenden Männer lachten. »Ich würde selbst gehen, wenn ich dürfte«, sagte Fellmann. »Die Liste der Freiwilligen ist so lang, dass wir vier Schächte räumen könnten. Wir werden nur die Besten aussuchen.«

Bremer kam sich wie ein Tölpel vor. »Verzeihen Sie, meine Herren, aber ich habe von der Materie keinen blassen Schimmer. Meine Aufgabe ist eine andere. Ich muss herausfinden, wer hinter dem Anschlag steckt.«

Fellmann klopfte Bremer freundschaftlich auf die Schulter. »Kein Problem, Herr Kommissar, das sind wir gewöhnt. Stellen Sie Ihre Fragen.«

Verwundert über die schnelle Vertraulichkeit, stockte Bremer einen Moment. Er schaute sich die Monitore an, mindestens dreißig standen davon an mehreren Arbeitsplätzen, gruppiert zu vieren oder fünfen, über die seltsame Symbole flitzten. Endlose Tabellen mit Zahlen rollten von unten nach oben, Schalter, Knöpfe, Symbole von Schächten und Strecken, Kennlinien für irgendwelche Zustände irgendwelcher Maschinen, das erkannte Bremer.

»Gibt es eine Möglichkeit, Verbindung zu den Eingeschlossenen zu bekommen?«

Fellmann nickte. »Das ist nur eine Frage der Zeit. Zwei Leitungen sind noch intakt. Da unten sind Bergleute, die werden das schnell finden.«

»Wissen wir, wer da unten feststeckt?«

»Selbstverständlich. Niemand geht unter Tage, ohne dass wir davon wissen. Wir haben eine Liste mit Namen, Adressen, Beruf und Telefonnummern. Zum Teil sind auch E-Mail-Adressen dabei. Wo ist die Liste?«

Ein junger Mann drückte Bremer einen Stapel Papier in die Hand. Bremer dankte.

»Herr Fellmann, was ich nicht verstehe: Wie ist es möglich, in einem Bergwerk eine solche Zerstörung anzurichten? Die Sprengladungen? Woher kommt der Sprengstoff? Wer kann so etwas unbemerkt installieren? Werden die Seilscheiben denn nicht kontrolliert?«

»Eins nach dem anderen. Wir können davon ausgehen, dass es mehrere Täter waren. Und sie kennen sich aus auf der Grube. Das waren Bergleute, so schwer es mir fällt, das zu sagen. Ein Außenstehender hat einfach nicht das Wissen, um genau die neuralgischen Punkte zu treffen. Die Seilscheiben werden turnusmäßig gewartet und geprüft. Allerdings steht da kein Mann mehr mit einer Ölkanne. Die Lager, Zug, Dehnung, alles ist hier auf den Monitoren zu sehen. Das letzte Mal war vor sechs Wochen ein Mechaniker oben. Aber es war alles in Ordnung.«

»Sechs Wochen? In sechs Wochen kann jeder dort oben gewesen sein.«

»Das ist so nicht korrekt. Das Fördergerüst ist nicht ständig zugängig. Man braucht einen Schlüssel und muss sich eintragen, wenn man hochwill.

»Gut. Ich brauche die Namen.«

»Kein Problem«, sagte Fellmann.

»Aber ich mache mir ehrlich gesagt keine Hoffnungen, dass dabei etwas herauskommt.«

Fellmann runzelte die Stirn und drehte seinen Stuhl hin und her. »Warum?«

»Wer in der Lage ist, Seilscheiben zu sprengen, der lässt sich nicht von einem simplen Schlüssel aufhalten. Sie können davon ausgehen, dass die Täter ein Duplikat hatten. – Wie viele Leute arbeiten hier noch?«

»Vierhundertsiebenundsechzig.«

Bremer stöhnte. »Vierhundertsiebenundsechzig!«

Fellmann pulte an seinem Stuhl herum. »Es *müssen* Bergleute gewesen sein. Niemand sonst kann unbemerkt an Grubenbauten ran.«

»Das hört sich ja an, als wäre es Ihnen recht, dass Bergleute in den Anschlag verwickelt sind?«

Fellmann reagierte prompt. »Quatsch. Verzeihung. Natürlich nicht, ich meine, so ein Bergwerk ist halt etwas ganz Besonderes, da kennt sich sonst einfach niemand aus, das meine ich. Grundsätzlich glaube ich, dass Bergleute ehrenwert und gesetzestreu sind …«

Bremer unterbrach Fellmanns Plädoyer. »Das Gelände ist kein militärisches Sperrgebiet. Die Zäune sind leicht zu überwinden, es gibt keine Patrouillen, keine Hunde, nichts. Es müssen also nicht aktive Bergleute gewesen sein. Es müssen Leute gewesen sein, die sich hier auskennen, keine Frage. Aber denken Sie an die Anschläge auf das World Trade Center in New York. Das waren keine ausgebildeten Piloten. Die konnten gerade mal ein Flugzeug in der Luft halten und eine Kurve fliegen. Das hat gereicht.«

Inzwischen hatte Fellmann ein Stückchen Holz aus der Lehne gepult und ließ nicht locker. »Es gibt einen deutlichen Hinweis darauf, dass es doch Bergleute waren.

»Und?«

»Hätten Terroristen nicht ein aktives Bergwerk gewählt, mit ein paar tausend Mann unter Tage, damit es richtig viele Opfer gibt?«

»Das ist ein Argument. Allerdings ist die Logik von Terroristen nicht immer zu durchschauen. Und wir wissen noch nicht, um welche Art von Anschlag es sich handelt.«

Ein Holzstückchen fiel auf den Boden.

Fellmann schüttelte den Kopf. »Ein Bergmann könnte niemals ein aktives Bergwerk zerstören. Das geht einfach nicht, das wäre Selbstmord, das ist in den Genen so verankert«, sagte er, und er sagte es so, dass es für Bremer keinen Zweifel daran gab, dass Fellmann das glaubte.

»Wie Sie meinen. Ich werde also alle Bergleute in Schutzhaft nehmen und Ihnen erklären, dass der Technische Direktor davon überzeugt ist, dass einer von ihnen ein Terrorist oder Schwerverbrecher ist.«

Fellmann schwieg und pulte weiter, Bremer sah kurz die Liste durch und stockte bei einem Namen. Zettler. Reiner Zettler war da unten. Schmerz zuckte durch Bremers Magen. Verdammt, Zettler war ihm nicht egal. Im Gegenteil. Er hätte sich sofort auf die Freiwilligenliste setzen lassen. Er verdrängte seinen Hilfsreflex und schürzte die Lippen.

»Gemischte Versammlung. Von allem ein bisschen. Alle Parteien vertreten, Bergbaugegner dabei, Medien, die Bergbaugeschädigten, achtzehn Bergmänner, ein schöner Querschnitt, aber nicht die erste Garde, kein Argument für Terroristen. Nur die dritte Reihe, und zu wenig noch dazu.« Bevor Fellmann antworten konnte, gab es Neuigkeiten.

»Wir haben wieder Sichtkontakt!«, rief ein Mann aufgeregt.

Fellmann schob die Leute beiseite, die den Blick auf den Monitor versperrten. Die Zerstörung war gigantisch. Der kreisrunde Schacht maß im Durchmesser neun Meter. Aber vom Förderkorb war nichts zu sehen. Wie Gedärme lag das Stahlseil in sich verschlungen mitten im Schacht. Fellmann zeigte auf eine Stelle, die aussah, als hätte eine überdimensionale Feile darüber geraspelt.

»Hier ist Korb eins langgeschrammt, hat die Spurlatten beschädigt, ist aber nicht entgleist. Er war nicht schnell genug. Korb zwei ist dann ungebremst nach unten, die Reibungshitze hat die Führungen am Korb weich werden lassen, und dann hat es gekracht. Zuerst ist er im Schacht hin und her wie ein Tennisball. Wahrscheinlich durch den Querzug des Unterseils. Dabei hat er sich komprimiert, zum Teil die Spurlatten herausgerissen und die Schachtwände beschädigt. Das Ausmaß kennen wir noch nicht, aber es kann sein, dass die Betonschale ernsthaft angeknackst ist. Bei der Geschwindigkeit entwickelt das Ding eine Energie wie eine Tausend-Kilo-Sprengladung. Mehrmals. Ich glaube nicht, dass wir das Seil bergen können, geschweige denn den Korb. Die Fördermaschine läuft zwar noch, aber das hilft uns gar nichts. Die Seilscheiben sind zerstört, der Schacht blockiert, ganz große Scheiße! Wir müssen es in Lummerschied versuchen.«

Bremer hatte nur verstanden, dass da unten ein sechs Kilometer langes armdickes Stahlseil lag und dass an ein Durchkommen nicht zu denken war. Jedenfalls nicht so schnell.

»Martin, schon da?«

Bremer schreckte hoch, Bellorz stand vor ihm.

»Wie man sieht, ja.«

»Wie ist die Lage?«

»Siebenundachtzig Personen sind unten eingeschlossen. Hier ist die Liste.«

Bellorz nahm die Papiere und blätterte sie durch. »Nicht schlecht. Wann werden sie gerettet?«

»Das dauert mindestens drei Tage, wahrscheinlich noch länger.«

Bellorz pfiff durch Zähne. »Das Wunder von Göttelborn? Bin mal gespannt. Kontakt?«

»Ja!«, schrie einer der Männer. »Wir haben Kontakt. Leitung drei. Es ist ein Bergmann. Karl-Heinz Bohlen. Fahrsteiger. Grubenwehr. Moment, ich geb dich weiter.«

Fellmann nahm den schwarzen Bakelit-Hörer. Die Männer drängten sich um den Technischen Direktor, versuchten mitzuhören, aber ohne Erfolg. Fellmann nickte immer wieder, brummte, seufzte, trat auf der Stelle, blickte ein paarmal hektisch umher, bis er schließlich den Hörer Bremer in die Hand drückte. Erstaunt griff der Kommissar zu, meldete sich.

»Guten Abend. Mein Name ist Martin Bremer. Ich bin Hauptkommissar bei der Kriminalpolizei. Wie kann ich Ihnen helfen?«

Die Stimme auf der anderen Seite der Leitung klang aufgeregt, aber nicht panisch. »Wir haben einen Mord hier. Was sollen wir tun?«

»Wer?«

»Barens. Heinz Barens. Staatskanzlei.«

»Wie?«

»Gift. Ein Arzt ist bei uns und hat es festgestellt. Eine Injektion. Es muss während der Panik passiert sein, als die Förderkörbe abgestürzt sind und alle auf der Flucht waren. Der Mann hat eine Minute gekämpft, dann war es vorbei.«

»Irgendein Verdacht?«

»Nichts.«

»Haben Sie da unten was zu schreiben?«

»Ja.«

Bellorz fuchtelte mit den Armen, deutete an, dass er mithören wollte. Ein zweiter Hörer wurde ihm gereicht, das Gespräch aufgeschaltet.

»Fertigen Sie eine Skizze des unmittelbaren Tatortes an. Zeichnen Sie die Lage der Leiche ein. Alle, die in der Nähe waren, sollen Ihnen ihre Position mitteilen. Zeichnen Sie die Positionen ein. Achten Sie darauf, dass niemand allein irgendwohin geht. Dann geben Sie mir die Daten durch. Kann ich den Arzt kurz sprechen?«

Die Stimme von Bohlen entfernte sich, eine andere meldete sich.

»Hier spricht Dieter Wesringdorf.«

»Sind Sie sich sicher, dass es ein Fremdverschulden war, Herr Wesringdorf?«

»Absolut. Ich habe die Einstichstelle gefunden, die Symptome sind eindeutig. Ein starkes Nervengift, spastische Muskelkontraktionen, Sekretbildung, Tod durch Atemlähmung.«

»Wie lange dauert es von der Injektion bis zu den ersten sichtbaren Symptomen?«

»Eine Minute, vielleicht zwei, je nach Konstitution. Der Täter hatte also Zeit genug, sich zu verdrücken. In dem Chaos hat niemand etwas gemerkt. Barens wird den Stich nicht gespürt haben.«

»Waren Sie zum Tatzeitpunkt in der Nähe? Haben Sie etwas Verdächtiges gesehen?«

Der Arzt räusperte sich. »Ich muss zu meiner Schande gestehen, dass ich ziemlich weit gerannt bin, als der Förderkorb abgestürzt ist. Ich bin erst in die Halle zurückgekommen, als Barens schon tot war. Die Beschreibungen der Zeugen waren aber so genau, dass ich kein Problem hatte, die richtigen Schlussfolgerungen zu ziehen.«

»Ich danke Ihnen. Bitte geben Sie mir noch mal Herrn Bohlen.«

»Hier Bohlen.«

»Wie viele Menschen haben Barens' Tod beobachtet?«

»Fast alle. Es gab nur ein paar Nachzügler, die länger in den Stollen geblieben sind.«

»Vorerst wäre das alles. Wann haben Sie den Plan fertig?«

»Geben Sie mir zwei Stunden, ich muss ja mit allen reden.«

»Bevor ich es vergesse. Sie haben die Befugnis, Personen zu befragen. Wer nicht zur Kooperation bereit ist, macht sich verdächtig, außerdem wäre das Behinderung der Justiz. Weitere Anweisungen folgen.«

»Geht klar.«

»Bitte rufen Sie jetzt Reiner Zettler. Er muss unter den Gästen sein.«

Bohlen hielt den Hörer zur Seite und rief, man solle Reiner Zettler ans Telefon holen. »Das dauert einen Moment, wir sind gut hundert Meter vom Füllort weg.«

»Herr Bohlen, Sie sollten noch wissen, dass Sie mindestens drei Tage dort unten aushalten müssen.«

»Wieso das? Sind die Rettungskräfte noch nicht unterwegs, von Lummerschied aus?«

»Der Schacht Lummerschied ist dicht. Die elektrische Anlage ist zerstört und die Zufahrt blockiert.«

Bohlen hielt die Luft an, atmete langsam aus, als wolle er die Luft zurückhalten, aufheben, damit sie ihm nicht zu schnell ausgeht.

»Das ist doch geplant. Da steckt doch Methode dahinter. Wir stecken in der Falle. Da läuft ein Killer frei rum. Verdammt. Das ist zum Kotzen!«

»Richtig. Das ist eine sehr schwierige Situation. Außer Barens kann jeder der Mörder sein.«

Bohlen atmete hörbar schneller. »Und es muss nicht das letzte Opfer gewesen sein. Wir sind hier eingesperrt, weil jemand Leute umbringen will. Sehe ich das richtig?«

»Das ist möglich. Bis jetzt ist es nur einer.«

»Mein einziger Trost ist, dass ich ein paar Leute ausschließen kann.«

»Wen und warum?«

»Meine Jungs, neun Bergleute, die unmittelbar bei mir waren.

Von denen kann es keiner gewesen sein. Die anderen hatte ich nicht im Blick.«

»Gut. Sehr gut. Sie übernehmen die Leitung da unten. Als Bergmann kennen Sie sich aus, und Sie und Ihre Leute sind nicht tatverdächtig.«

Bellorz verzog das Gesicht, wollte damit sagen, dass dort unten außer Barens jeder verdächtig sei. Bremer winkte ab.

»Wir werden ab jetzt ständigen telefonischen Kontakt halten. Entweder ich oder einer meiner Leute wird hier sein. Ich werde die einzelnen Personen als Zeugen vernehmen. Sie sorgen dafür, dass die Leute am Telefon sind und niemand sonst in Hörweite. Können Sie einen Verschlag um das Telefon herum aufbauen?«

»Kein Problem.«

»Die Leute sollen zusammenbleiben und sich gegenseitig schützen. Es müssen immer, ich wiederhole, immer, mindestens vier Personen zusammen sein. Auch beim Pinkeln, egal ob Männlein oder Weiblein. Es handelt sich um einen Notstand, machen Sie das den Leuten klar. Wer sich unkooperativ verhält, kann sich unter Umständen strafbar machen.«

Wieder verzog Bellorz das Gesicht. »Heikle Sache, Martin«, hieß das. Er deutete mit einer Hand zuerst auf Bremer, dann auf sich selbst, schüttelte den Kopf und zeigte zur Decke. Das hieß: »Keiner von uns kann einen Notstand verhängen, das kann nur die Regierung, dazu müsste schon das halbe Saarland unter Wasser stehen, oder der FCS steigt ab.«

Bremer freute sich, dass er und sein Staatsanwalt inzwischen ohne Worte auskamen. Praktische Sache, zeitsparend, auch bei Lärm oder über größere Distanzen hin einzusetzen.

»Eins noch: Wir haben keine gesetzliche Handhabe. Sie müssen sich also geschickt durchsetzen.«

»Ich habe vorsorglich die Leitung eines sofort gebildeten Krisenstabes übernommen, und niemand hat etwas dagegen gehabt. Ich muss zugeben, ich habe etwas geblufft, mich auf Gesetze bezogen, die es so gar nicht gibt.«

»Nicht schlecht, aber bluffen Sie nicht zu viel, wenn das auffällt, gibt es Ärger, weil die Leute das Vertrauen verlieren. Haben Sie ausreichend Lebensmittel?«

»Ja. Die Catering-Firma hat massenhaft Konserven, Wasser, Schokolade, alles Mögliche hier runtergeschafft. Das reicht mindestens eine Woche. Da sieht man mal wieder, wie mit Steuergeldern umgegangen wird.«

»Gut. Geben Sie den Leuten eine Beschäftigung. Und wenn es nur Hin-und-Her-Räumen von irgendwelchem Zeug ist. Stellen Sie sich vor, Sie sind auf einer Party, die nicht so recht in Gang kommt. Machen Sie den Entertainer.«

Im Hintergrund hörte Bremer Zettlers Stimme.

»Herr Zettler ist da, wollen Sie ihn sprechen?«

»Ja, bitte.« Im Hörer raschelte es, dann meldete sich Zettler mit ruhiger, gefasster Stimme.

»Hallo, Martin.«

»Hallo, Reiner.« Bremer machte eine Handbewegung, mit der er alle Mithörer verscheuchte. Nur Bellorz blieb dran.

»Reiner, hör genau zu. Ich habe es Bohlen gerade gesagt. Ihr seid mindestens drei Tage da unten eingesperrt. Es gibt noch einen zweiten Schacht, aber der ist ebenfalls sabotiert worden. Du bist zwar ein Schuft und ein Verräter, aber kein Mörder, und vor allem hast du kriminalistischen Instinkt.«

Zettler wurde heiß. »Immerhin redest du mit mir.«

»Weil ich muss.«

»Besser als nichts. Hört jemand mit?«

»Ja. Bellorz. Der würde dir am liebsten immer noch das Fell über die Ohren ziehen.«

Der Staatsanwalt verdrehte die Augen, deutete an, dass dem nicht so sei, und Bremer solle jetzt zur Sache kommen.

Der Kommissar begriff. »Also. Wie sieht's da unten aus?«

»Explosiv. Ein Funke, und die Lunte brennt. Dass der Tatort von Barens quasi nicht mehr existiert, ist dir klar?«

»Ja.«

Zettler holte tief Luft, aber Bremer redete weiter. »Such dir drei Leute, von denen du so gut wie sicher bist, dass sie nicht der Mörder sind. Bildet eine Gruppe. Bleibt immer zusammen. Ich habe das Bohlen schon erklärt, aber ich glaube nicht, dass sich das durchsetzen lässt auf Dauer. Aber nur so könnt ihr euch wirksam schützen.«

Zettler brummte zustimmend.

»Das wäre erst mal alles. Viel Glück.«

»Danke. Martin ...«

»Nicht jetzt. Vielleicht später. Wenn wir wieder frei atmen können. In Ordnung?«

Reiner Zettler zögerte einen Moment. Dann stimmte er zu und reichte Bohlen den Apparat.

»Wir organisieren uns. Beruhigen die Leute, verbreiten Hoffnung.«

»Ich sehe schon, die Dinge liegen in den richtigen Händen. Das ist beruhigend.«

Bohlen wuchs um zwei Zentimeter, und Bremer hatte es ernst gemeint. Ich werde meine Leute mal für ein paar Wochen ins Bergwerk schicken, dann spuren die genauso gut, dachte Bremer.

Fellmann übernahm das Telefon, Bremer und Bellorz verließen die Leitzentrale, um die nächsten Schritte abzusprechen. In wenigen Minuten war die Vorgehensweise klar: Bellorz verabschiedete sich nach Saarbrücken, um mit dem Innenminister zu sprechen, Bremer blieb vor Ort, orderte Einsatzkräfte und baute in der Leitzentrale ein Büro auf: Zugang zu INPOL, Spurensicherung, sichere Telefonleitungen.

Die Zeit lief, die nächste Schicht rückte in der Leitzentrale an, Fellmann ging, Bremer blieb, die Nacht sickerte davon. Der Apparat lief an, Bremer ertappte sich bei dem Gefühl, dass die Langeweile vorbei sei, und beschimpfte sich selbst für das Kribbeln im Bauch, als sei er verliebt und gespannt darauf, was sich alles entwickeln würde. Bohlen gab die Positionen der Leute durch, Bremer studierte die Liste der Eingeschlossenen und wählte einen Namen. Zehn Minuten dauerte es, bis der Mann am Telefon stand.

»Mein Name ist Friedrich Meier, und ich finde, das ist ganz schön unverschämt, uns zu verhören, wo wir hier festsitzen, und Sie sollten sich lieber darum kümmern, uns hier herauszuholen und die Verbrecher zu fangen, die das angestellt haben, und ...«

»Stopp«, sagte Bremer ruhig, aber Meier redete ohne Unterlass weiter, bis Bremer in den Hörer schrie, wenn Meier jetzt nicht die Klappe halten würde, könne er etwas erleben. Meier schwieg schlagartig, als hätte ihn ein Stromschlag getroffen.

»Herr Meier. Ich brauche Ihre Hilfe, um genau das zu erreichen, was Sie wünschen. Bitte beantworten Sie meine Fragen. Wo waren Sie, als Barens starb?«

Meier hatte sich beruhigt. »Zuerst am Eingang zur Kathedrale.«

»Kathedrale?«

»So nennen wir den, wie heißt der Ort noch gleich …?«

»Füllort?«

»Genau. Der heißt jetzt ›die Kathedrale‹.«

»An welchem Eingang? Es gibt drei.«

Meier schwieg einen Moment. Bremer strich den Grubenriss glatt, auf dem jede Strecke, jeder Streb, jede Kammer und jeder Querschlag eingezeichnet war.

»Ja. Genau. Sie haben sicher einen Plan?«

»Sie schalten schnell.«

»Ich bin in den Stollen geflüchtet, der nach Lummerschied geht. Ein Wunder, dass ich noch lebe. Noch.« Meiers Stimme wurde immer leiser.

»Die Rettungsarbeiten laufen auch Hochtouren. Wir werden Sie da unten rausholen, das steht fest«, versicherte Bremer.

Meier schnaufte, und Bremer fragte weiter. »Sie standen also am Eingang. War Barens da schon tot?«

»Nein. Es ging gerade los, und ich bin näher ran. Stand dann so in der dritten Reihe. Ich bin ja relativ spät gekommen, weil ich ziemlich weit in den Stollen rein bin. Gute Kondition. Ich laufe regelmäßig.«

»Wer hat vor Ihnen gestanden?«

»Von denen kenne ich keinen. Ich bin nur hierher gekommen, weil ich von der Staatskanzlei eine Einladung bekommen habe.«

»Wie haben die Leute ausgesehen?«

»Die hatten allesamt dieselben Kleider an wie ich.«

»Größe?«

»Direkt vor mir stand ein großer Mann. Deswegen konnte ich kaum was sehen. Eine Glatze! Der hatte eine Glatze. Jetzt fällt es mir wieder ein. Die Haare. Neben mir – Moment. Das war eine Frau. Jung. Hübsch. Vollkommen ruhig. Sogar interessiert. Blond. Kurze Haare. Rechts. Sie stand rechts. Links von mir stand niemand.«

Bremer hielt kurz den Hörer zu und winkte Weber zu sich. »Wann kommen die Bilder, Fred?«

»Bilder? Was für Bilder?«

»Die Bilder von den Eingeschlossenen da unten, von wem denn sonst.«

»Ups! Wird sofort erledigt.«

»Halt drauf!«

Weber flog davon, Bremer widmete sich wieder Meier. »Sehr gut beobachtet, Herr Meier. Was sind Sie von Beruf?«

»Briefträger. Allerdings nicht mehr lange. Noch zwei Jahre, dann ist Schluss. Gott sei Dank.«

»Ist Ihnen sonst irgendetwas Ungewöhnliches aufgefallen?«

»Ja.«

Bremer wartete einen Moment. Dann fragte er sanft wie ein Lämmchen, was das denn gewesen sei.

»Mir ist einer aufgefallen.« Pause.

Bremers Nerven vibrierten. »Was ist Ihnen denn aufgefallen an dem?«

»Der hat sich komisch verhalten. Ich meine, bei der Flucht, da hat ja jeder geschaut, dass er wegkommt. Aber einer hat es gar nicht so eilig gehabt. Der hat mir sogar an diesen komischen Toren Platz gemacht. Ist zur Seite, hat sich umgedreht und geschaut, als ob er etwas suchen würde.«

Bremers Puls beschleunigte sich. »Können Sie den Mann beschreiben?«

»Nein.«

»Ungefähre Größe?«

»Tut mir Leid. Keine Erinnerung an Einzelheiten. Nur dass es ein Mann war. Glaube ich zumindest. Kein Gesicht. Keine Haarfarbe, nichts. Wenn ich die Augen schließe, sehe ich nur den Rücken, der geht zur Seite, der Mann, ja es war ein Mann, da bin ich sicher, dreht sich und scheint etwas zu suchen. Das ist alles.«

»Und auf dem Rückweg?«

»Nichts. Na ja. Wir sind ja ganz langsam zurück. Vorsichtig. Ich hab gedacht, mir springt das Herz aus der Brust, es hat richtig wehgetan. Mir wird ganz anders, wenn ich dran denke.« Meier holte tief Luft. »Ich habe Angst. Kann ich ja ruhig zugeben. Eine Mordsangst. So hab ich noch nie Angst gehabt.«

»Das ist völlig normal, Herr Meier, und es ist gut so. Ihre Angst bewahrt Sie vor Leichtsinnigkeiten.«

»Wenn Sie das sagen.«

»Vielen Dank, Herr Meier, Sie haben mir sehr geholfen. Eins noch: Gehen Sie niemals allein irgendwohin. Gehen Sie immer mit mindestens zwei, besser noch drei Personen.«

»Darauf können Sie Gift nehmen.«

»Machen Sie das auch den anderen klar. Immer wieder. Bitte holen Sie jetzt Herrn Tchechnach an den Apparat.« Bremer hakte Meier ab und trug zwei Punkte in seinen Plan ein, Friedrich grüßte, rief nach Tchechnach. Der war in Reichweite, hatte schon gewartet, wollte unbedingt mit Bremer reden, legte sofort los.

»Ich habe einen Verdacht. Als wir in die Kathedrale zurückgegangen sind, war Barens schon da. Als wäre er gar nicht geflohen. Das kam mir seltsam vor. Sie müssen wissen, dass ich den Bergbau sehr kritisch sehe. Ginge es nach mir, würden alle Gruben dichtgemacht, und die Bergleute müssten wie alle anderen sehen, wie sie klarkommen. Wenn eine Firma zugemacht wird, weil sie nicht rentabel ist, sitzen die Leute auf der Straße. So ist das. Arbeitslos. Peng. Warum sollen Bergleute anders behandelt werden, Herr Kommissar?«

»Das ist eine Diskussion, die wir später führen sollten. Sie sprachen von einem Verdacht.«

»Also. Barens' Position in der Staatskanzlei steht und fällt mit der Kohlepolitik. Diese Veranstaltung hier hat er nur mit Mühe durchgekriegt. Aus zuverlässiger Quelle weiß ich, dass er nach dem Fiasko hier erledigt ist.« Tchechnach stockte einen Moment. »Erledigt gewesen wäre. Er ist ja tot. Wie auch immer.« Er räusperte sich. »Ich denke, es war Selbstmord.«

»Der Arzt hat gesagt, Barens sei Gift injiziert worden. Mit einer Kanüle.«

»Lassen Sie Ihre Phantasie spielen, Herr Kommissar.«

»Sie hatten die Idee, Herr Tchechnach.«

»Barens weiß, dass er ein gefährliches Spiel spielt, und bereitet sich vor. Er war instabil, das ist bekannt. Er hat schon lange Alkoholprobleme. Aber er hat funktioniert. Bis heute. Totalausfall. Er gibt sich die Injektion selbst, schmeißt die Nadel weg, die wird man irgendwann finden und fertig.«

»Interessante Theorie. Wo waren Sie, als Barens starb?«

»Sie glauben nicht an einen Selbstmord?«

»Was ich glaube, tut nichts zur Sache. Ich sammle Fakten, dann ziehe ich Schlüsse, und dann verhafte ich den Täter. Oder ich stelle fest, dass es keinen Täter gibt. Wo waren Sie?«

»Als Barens starb oder besser, als Barens anfing zu sterben, hatte ich eine Flasche Mineralwasser in der Hand. Ich stand am Büfett, gut sechs Meter von Barens weg. Bohlen redete, machte einen Witz, alle lachten. Dann der Schrei und Barens' Todeskampf.«

»Irgendeine besondere Beobachtung?«

»Herr Kommissar. In diesem Chaos kann jeder Barens die Spritze gesetzt haben. Sie spüren nichts, Sie sehen nichts, Sie denken nichts. Sie rennen um ihr Leben. Wenn es Mord war, dann muss es bei der Flucht passiert sein.«

»Vielen Dank, Herr Tchechnach. Ihre Theorie werde ich nicht aus den Augen lassen. Bitte holen Sie jetzt David Steinmetz an den Apparat.« Bremer machte zwei Punkte, kaute an seinem Dauerschreiber und dachte, dass Barens nicht bei der Flucht vergiftet worden sein konnte. Es musste passiert sein, als alle schon längst wieder an den Füllort zurückgekehrt waren. Das Gift wirkte in ein bis zwei Minuten.

David Steinmetz war froh, mit Bremer reden zu können. Von seinen Ängsten erzählte er, dass er aber sicher sei, seine Kameraden würden ihn da rausholen, und was für ein furchtbarer Mensch das sein müsse, der Barens getötet habe. »Das werd ich nie vergessen, so ein Ungeheuer«, sagte Steinmetz gerade, als Weber angefegt kam mit einer Mappe voll Fotos.

»Etwas mehr als die Hälfte, die anderen brauchen noch ein wenig, keiner ist in der Kartei, wir müssen Freunde, Angehörige und Arbeitgeber abklappern. In einer Stunde hast du alle.«

»Dann hab ich sie jetzt nicht alle.«

»Richtig«, sagte Weber verblüfft, zischte wieder ab und überhörte den müden Versuch seines Chefs, witzig zu sein. David Steinmetz überhörte das Wortspiel ebenfalls und redete weiter. »Mein Vater ist auch Bergmann, der ist bestimmt schon da, und er ist Ingenieur, und der weiß genau, wie man den Schacht wieder frei kriegt, und das Essen ist erstaunlich gut, und was für ein Glück, dass wir genug Wasser haben, das wäre nämlich das Schlimmste, wenn der Durst kommt, ich hab das mal in einem Urlaub erlebt, bei einer Wanderung, wo es viel zu heiß war, und wir hatten uns verlaufen und bekamen einen Tag nichts zu trinken, nur einen Tag, und ich war völlig fix und fertig gewesen, und ich halte jetzt die Klappe.«

»Schon gut«, sagte Bremer väterlich und betrachtete das Bild des jungen Mannes. Ein strahlendes Lächeln über das ganze Gesicht, gerade mal achtzehn Jahre alt. An wen erinnert mich das Bild? Ein wenig an Richard Gere. David Steinmetz könnte der Sohn von Richard Gere sein. Ungewöhnlich. Ob sein Vater aussieht wie Richard Gere?

»Wo waren Sie, als Barens starb?«

»Bei Eddi und Giulio, Kameraden von mir. Wir sind fast gleichzeitig abgehauen und dann recht schnell wieder zurück, um uns die Bescherung anzuschauen. Dann kam Barens wie ein Bulle, hat uns angemacht, aber Kalle hat ihm gezeigt, wo es langgeht. Dann sind wir zur Bühne, Kalle hat geredet, und dann ist Barens gestorben. Ich hab auf der Bühne gestanden, dann sind wir direkt runter zu Barens, aber da war es schon so gut wie vorbei.«

»Ist Ihnen jemand aufgefallen, der sich seltsam benommen hat?«

»Da hab ich gar nicht drauf geachtet. Der Barens hat so geschrien und gezappelt, das war grauenhaft. Und trotzdem konnte ich nicht weggucken. Mein Gott.«

»Glauben Sie an Gott?«

»Ja. Mein Vater und ich gehen auch regelmäßig in die Kirche.«

»Vielen Dank, Herr Steinmetz. Ich denke, Sie werden Recht behalten. Ihre Kameraden holen Sie da raus. Versuchen Sie, die anderen davon zu überzeugen. Hoffnung ist wichtig.«

»Klar, mach ich, Herr Kommissar. Wir sind ‘ne starke Truppe hier unten, da passiert so schnell nix.«

Bremer rieb sich die Stirn und machte zwei Punkte. Fellmann trat hinzu.

»Probleme, Herr Kommissar?«

»Ja. In der Tat. Eine Vernehmung per Telefon ist einfach Mist. Ich kriege ja kaum was mit. Keine Geste, keinen Gesichtsausdruck, keinen Geruch. Wenn ich die Menschen nicht vor mir habe, bin ich blind. Nur Worte und Stimme, das ist zu wenig.«

»Sie riechen, was Leute meinen?«

»Ja. Meistens. Angstschweiß. Da können mir die Leute sagen, was sie wollen. Angstschweiß riecht. Aggression. Es gibt viele starke Emotionen, die man riechen kann.«

»Können Sie mir das beibringen? Vielleicht kann ich dann meine Ehe retten.«

»Oh, das ist ganz einfach«, erklärte Bremer. »Duschen Sie zweimal am Tag und benutzen Sie ein starkes Parfüm, das unterdrückt fremde Gerüche sofort.«

Beide lachten. Ein Polizeimeister brachte die restlichen Fotos und ließ ausrichten, Weber sei noch in Saarbrücken. Bremer ließ den Nächsten rufen, vollzog das Ritual: »Wie geht es Ihnen? Wo waren Sie? Haben Sie etwas Besonderes bemerkt?«

»Dongers, Helmut. Ja. Allerdings. Ich habe diesen Zettler und diesen Tchechnach beobachtet. Die beiden von der Saarbrücker Zeitung. Dieser Zettler, der macht einen auf harmlos, aber ich glaube, der hat es faustdick hinter den Ohren. Der fragt ständig rum, hat seine Nase überall drin, schnüffelt rum. Und sein Spezi, der andere Schreiberling, der ist die ganze Zeit Vorträge am Halten, warum der Bergbau gestoppt werden muss. Die beiden könnten das alles angezettelt haben, glauben Sie nicht?«

Bremer verzog das Gesicht. »Sie sind Zulieferer für den Bergbau, nicht wahr?«

»Zweihundertfünfundvierzig Arbeitsplätze. Die könnt ihr euch in die Haare schmieren, wenn die Gruben zugemacht werden.«

»Haben Sie Zettler oder Tchechnach in der Nähe von Barens gesehen?«

»Nein. Ich bin los, und nach fünfzig Metern bleibt mir die Puste weg. Verdammt, ich bin einfach zu fett. Zu viel Büro, zu wenig Frauen, aber ich kann einfach nicht an einem Eisbecher vorbeigehen, ohne ihn leer zu machen. Oder eine Pommes rot-weiß. Ich brauch das. Bin ich halt zu fett. Na und? Andere sind arbeitslos, ich bin zu fett. Dann lieber zu fett.«

»Gibt es da unten Eisbecher oder Pommes rot-weiß?«

Dongers zögerte. »Gibt es nicht. Warum?«

»Nur so. Als Barens starb, wo waren Sie?«

»Vor der Bühne. Ich hab mich umgedreht, und da zappelt der auch schon wie ein Verrückter und gibt den Löffel ab. So was hab ich noch nicht gesehen.«

Zwei Farbpunkte, der Nächste. Nach drei Stunden hatte Bremer Nummer dreiunddreißig in den Grubenriss eingetragen. Grün für die Position bei Beginn der Flucht, rot für die Position während Barens' Todeskampf. Er verglich seine Skizze mit den Eintragungen von Bohlen. Übereinstimmung: Vier Personen. Morgen würden die meisten wieder etwas anderes sagen. Aber es half nichts. Bremer nahm den Hörer und begrüßte Hanna Lorenz, Mitarbeiterin beim Catering-Service.

»Ja, mir ist etwas aufgefallen. Als ich loslief, musste ich kurz Halt machen, weil vor mir Barens gestolpert war. Ein Mann half ihm auf, Barens bedankte sich, und wir stolperten weiter. Der Mann, der ihm half, wartete einen Moment und steckte etwas in die Tasche. Was das war, kann ich nicht sagen.«

»Haben Sie den Mann erkannt?«

»Tut mir Leid.«

»Haarfarbe?«

»Nichts, alles weg. Unglaublich. Das war die letzte Erinnerung, bis ich wieder in der Kathedrale stand.«

»Vielen Dank.«

Zwei Farbpunkte, der Nächste.

»Holger Fremdgen, ich arbeite in der Staatskanzlei, bin verantwortlich für den Webcontent. Als ich losrannte, stand ein Mann am Büfett. Der rannte nicht. Das ist alles. Barens habe ich erst gesehen, als er im Sterben lag. Furchtbar. Einfach grauenhaft. War das wirklich Sarin?«

»Das wird die Obduktion ergeben. Vielen Dank für Ihre Hilfe.«

Zwei Farbpunkte, der Nächste.

»Heimerstadt, Ottmar, Bergmann.« Heimerstadt flüsterte. »Ich schäme mich, Herr Kommissar. Gelaufen bin ich wie ein Hase. Jetzt bin ich seit dreißig Jahren auf der Grube und bin ab wie der Wind. Ohne mich umzusehen. Ich musste immer an die Kameraden von Luisenthal denken. Wie die ausgesehen haben. Die Verletzten. Da haben manche Lebende ihre toten Kameraden beneidet.«

»Sie müssen sich nicht schämen.«

»Wenn Sie das sagen. Aber ich tu es trotzdem. Aber ich hab was gesehen. Ein Mann, der nicht abgehauen ist. Zuerst. Als würde er auf jemanden warten. Da hab ich gedacht, Mann, der hat Nerven.«

»Haben Sie ihn erkannt?«

»Nein. Er stand doch mit dem Rücken zu mir.«

»Haare?«

»Ojemine!«

»Vielen Dank.«

Zwei Farbpunkte, der Nächste.

»Birgit Flöhrer, SR 3. Mir ist ein Mann aufgefallen, der vollkommen unbeteiligt dabeistand, als Barens starb. Klein, schmal, irgendwie durchsichtig. Der zeigte keine Regung. Als Barens tot war, ging er zum Büfett und nahm sich ein paar Häppchen und eine Flasche Wasser. Ich war von der Gefühllosigkeit dieses Mannes so fasziniert, dass ich ihn eine Zeit lang beobachtet habe. Er heißt Brand. Er sitzt die ganze Zeit nur rum und stiert vor sich hin.«

»Vielen Dank, Frau Flöhrer.«

Zwei Farbpunkte, der Nächste.

»Hanna Müller. Sekretärin. Ähhh, nein. Nichts.«

Zwei Farbpunkte, der Nächste.

»Guten Tag, mein Name ist Lukas Frieling.«

»Guten Tag. Wie geht es Ihnen?«

»Den Umständen entsprechend gut, danke der Nachfrage. Aber Sie wollen doch sicher wissen, wo ich zur Tatzeit war? Ob ich den Täter gesehen habe?«

»Ja.«

»An die Flucht habe ich keinerlei Erinnerungen. Ich weiß nicht mehr, wie ich aus der Halle weggekommen bin, und ich weiß nicht mehr, wie ich wieder hingekommen bin. Barens' Tod habe ich nur gehört. Ich stand außerhalb der gaffenden Masse und habe mich schließlich abgewendet.«

»Ihnen ist nichts aufgefallen?«

»Mir ist einiges aufgefallen, aber nichts, das mit dem Tod von Barens zu tun hat.«

»Trotzdem. Bitte erzählen Sie es mir. Sie wissen ja, das kleinste Detail ...«

»Mir ist aufgefallen, dass die Leute gelassener reagiert haben, als ich erwartet hätte. Sehr schnell ist Ruhe eingekehrt. Das ist alles.«

Bremer spürte Frielings Widerstand. Da war nichts zu holen. Im Moment zumindest. Er blätterte in seinen Unterlagen. Seine Leute hatten gute Arbeit geleistet. Hatten die unüberschaubare Menge an Informationen gefiltert und für ihn aufbereitet wie ein schmackhaftes Menü. Lukas Frieling war der Bruder von Berthold Frieling, einer der verflossenen Liebhaber von Wibke Fromm. »Haben Sie noch regelmäßigen Kontakt mit Ihrem Bruder Berthold?«

»Wieso ...? – Nein. Seit der Sache mit dieser Wibke Fromm reden wir nicht mehr miteinander.«

»Warum?«

»Sehen Sie, Herr Kommissar, jeder soll mit seinem Leben machen, was er will. Berthold hat seine Midlifecrisis gekriegt, ist mit einer jungen Frau ins Bett, Wibke Fromm eben, er dachte, sie wollte mehr, und hat sich von seiner Frau getrennt. Für mich ist das der Gipfel der Unmoral. Mein Bruder ist auf eine Weise verdorben, dass ich keinen Kontakt mehr mit ihm haben möchte.«

»Und Wibke Fromm? Hatten Sie zu ihr Kontakt?«

»Warum sollte ich?«

»Sagen Sie es mir.«

»Das hatte nichts mit der Frau zu tun. Das hätte jede beliebige Frau sein können. Mein Bruder hat die Entscheidung getroffen. Er ist nicht gezwungen worden, er ist nicht unter Drogen gesetzt worden. Wibke Fromm wollte ihren Spaß und fertig. Sie war nicht verheiratet, hatte keinen Freund, das geht für mich in Ordnung.«

»Was glauben Sie, wer hätte einen Grund, Wibke Fromm zu töten?«

»Edgar Simmerling. Ganz klar. Sie hat ihn rausgeschmissen, sich scheiden lassen, er ist unbeherrscht und nicht gerade das hellste Licht.«

»Was ist mit ihrer Schwägerin?«

»Johanna? Ja, vielleicht. Sie ist manchmal etwas kurzsichtig. Anfänglich hat sie Wibke Fromm für ihre gescheiterte Ehe verantwortlich gemacht. Aber das ließ schnell nach. Außerdem ist sie seit vier Monaten in Lettland. Riga.«

»Und Sie selbst?«

»Ich hege keinen Groll gegen Wibke Fromm. Ich habe nichts mit ihr zu tun, sie war nie meine Geliebte, hat mir nichts getan. Nein, ich habe definitiv kein Motiv. Außerdem habe ich ein wasserdichtes Alibi. Das haben Sie doch bestimmt schon überprüft, oder?«

»Das haben wir, in der Tat.«

»Noch Fragen?«

»Nein. Vielen Dank. Wenn Ihnen noch etwas einfallen sollte …«

»Werde ich, ganz sicher.«

Zwei Farbpunkte. Der Nächste.

»Volker Brutsch von der Agentur ›Megavent‹. Mir fehlen drei Minuten. Alles weg.«

Zwei Farbpunkte, der Nächste.

»Giulio hier. Giulio Passane, Herr Kommissar. Das ging alles so schnell. Keine Chance. Aber als der Barens hin war, da ist mir was aufgefallen. Da war einer, der hat gegrinst. Der war froh, dass der Barens hin war. Das war diese miese Scherbe Haltern. Den würd ich mir mal genau angucken. Mit dem stimmt was nicht, das ist so sicher wie das Amen in der Kirche. Der ist ständig am Stänkern. Gegen jeden und alles.«

Zwei Farbpunkte und eine Frage: Warum sollte Haltern, ein erklärter Bergbaugegner, seinen besten Verbündeten umbringen? Der Nächste.

»Daniel Walter. FDP. Landesvorsitzender. Mitglied im Landtag. Das ist mir alles vollkommen unbegreiflich. Barens war mein politischer Gegner, aber sein Tod ist eine Katastrophe. Wir haben uns oft in den Haaren gehabt und mit harten Bandagen haben wir gekämpft. Aber Barens war ein Demokrat. Und ein Fuchs. Gegen ihn zu gewinnen war eine Ehre, gegen ihn zu verlieren keine Schande. Sie werden die Täter zur Verantwortung ziehen, nicht wahr?«

Zwei Farbpunkte, der Nächste.

»Siri Endres. Aktueller Bericht. Bitte entschuldigen Sie, wenn ich immer wieder heulen muss, aber sonst halte ich das nicht aus. Ich dachte, ich muss sterben. Auf einmal habe ich alles klar und deutlich gesehen. Jedes Detail. Wie in Zeitlupe läuft alles vor meinen Augen ab. Heinz, also Herr Barens, hält die Sektflasche, dreht den Korken, und dann dieses Geräusch, das ich nie wieder vergessen werde. Zuerst dumpf wie die Schritte eines betrunkenen Riesen. Bumm – bumm-bumm – bumm-bumm-bumm – bumm. Dann das Kreischen. Hunderttausend jaulende Hunde, denen das Fell über die Ohren gezogen wird. Dann der Schrei: Schlagwetter. Der Moment, bis das Herz anfängt zu trommeln, bis unter die Schädeldecke. Barens auf der Bühne. Er lässt die Flasche fallen, das pure Entsetzen in seinem Gesicht. Er rennt los, springt von der Bühne, vor ihm ein Pulk panische Menschen, er zögert, stolpert, fällt hin, ein Mann hilft ihm auf, Barens rennt ohne ein Dankeschön weiter, der Mann hinterher. Dann reißt mich der Strom der Menschen mit. Immer lauter werden die Schritte des Riesen, das Jaulen der Hunde tut in den Ohren weh, der Boden vibriert, den Letzten beißen die Hunde, denke ich, und renne schneller. Rechts sehe ich weniger Leute, geradeaus gibt es einen Stau an diesen gelben Schleusen, Wettertüren heißen sie, glaube ich. Rechts komme ich sofort durch, jetzt der

Sprint, der Stollen fliegt an mir vorüber, ich überhole einige, die schnaufend stehen geblieben sind, das Licht brennt immer noch, was tun, wenn es ausgeht? Hinlegen? Ich fummele an meiner Lampe rum, und sie geht tatsächlich an. Aber das Licht bleibt. Der Sprint hat mich erschöpft. Ich bleibe stehen, schaue mich um, gehe hinter einer Maschine in Deckung und bete. Seit zwanzig Jahren habe ich nicht mehr gebetet. Nichts passiert. Die Geräusche verstummen. Kein Feuer. Kein Schreien, nur schweres Atmen. Ich gehe langsam zurück in die Kathedrale. Der Anführer der Bergleute steht auf der Bühne und redet. Ich stehe neben Barens. Er fängt an zu schreien. Entschuldigen Sie, dass ich weine. Er wirft sich auf den Boden. Die Krämpfe, der Schmerz, seine Verzweiflung ...«

»Wir können später weitermachen.«

»Nein. Es geht schon wieder. Es dauerte eine Ewigkeit. Ich konnte mich nicht mehr bewegen. Dann kam der Arzt, ich verzog mich in einen Winkel und flennte.«

»Sie standen Heinz Barens sehr nah?«

»Er war ein väterlicher Freund. Hat mir viel geholfen. Mir manche Tür geöffnet. Obwohl wir oft nicht einer Meinung waren. Ehrlich gesagt, wir haben uns manchmal gezankt wie die Bürstenbinder.«

»Der Mann, der Heinz Barens aufgeholfen hat. Können Sie ihn beschreiben?«

»Ungefähr einsachtzig groß, die Haare unterm Helm versteckt, der Kragen hochgeschlagen. Die Hände. Langgliedrig, schöne Hände, würde ich sagen, aber das ist Geschmackssache.«

»Würden Sie die Hände wiedererkennen?«

»Daran habe ich auch schon gedacht. Bis jetzt Fehlanzeige.«

»Hören Sie mir jetzt genau zu. Es kann sein, dass Sie den Täter beobachtet haben. Sie dürfen auf keinen Fall irgendetwas davon erzählen. Niemandem. Ist das klar?«

»Mein Gott, Sie glauben wirklich ...«

»Ich möchte kein Risiko eingehen. Bleiben Sie auf keinen Fall mit einer Person allein. Egal wer. Es sei denn, Sie selbst sind die Mörderin.«

Siri Endres lachte nervös. »Ich werde mir zwei Bodyguards zulegen.«

»Haben Sie mit ...«

»Habe ich nicht. Mit keiner Menschenseele.«

»Vielen Dank. Wir werden Sie als Zeugin brauchen, wenn Sie wieder oben sind. Um die Hände zu identifizieren.«

»Wenn ich das kann.«

»Wir werden es versuchen.« Zwei Farbpunkte.

Bremer legte auf und schalt sich selbst einen Zweifler. Eine Spur. Mehrere Zeugen. Die Hände. Der hilfsbereite Mann. Der könnte es sein. Was ist nur los, dachte Bremer. Du weißt doch, dass man erst aufgeben darf, wenn man alle Möglichkeiten in Betracht gezogen hat, wenn der letzte Zeuge befragt und die letzte Sekunde rekonstruiert ist. Er gähnte, versuchte die Uhrzeit zu entziffern, aber die Zeiger verschwammen vor seinen Augen. Noch mal gähnen. Zweimal, dreimal, die Augen tränten. Endlich erkannte er die Zeit. Halb sieben. Die Nacht war vorbei, die Sonne schon lange aufgegangen, er hatte es nicht gemerkt. Sechsundachtzig Vernehmungen. Im Fünfminutentakt. Ein paar Konturen gab es im Nebel. Die Hände. Der Hilfsbereite. Zuversicht durchflutete den Kommissar. Ein aufmerksamer Bergmann stellte ihm eine Tasse dampfenden Kaffee hin. Bremer nickte dankbar. Der Bergmann nickte zurück und machte sich an die Arbeit. Ich hätte Bergmann werden sollen, dachte Bremer. Die Jungs hier gefallen mir. Kernig. Unter der harten Schale verbergen sich warme Menschen. Ich muss schlafen. Jetzt kriege ich schon Gefühlshalluzinationen. Bremers Selbstschau wurde durch die D-Moll-Toccata unterbrochen. Weber, aufgeregt, hektisch.

»Verdammt, Martin, Simmerling ist abgehauen. Die Wachablösung ist eingepennt. Übrigens dein spezieller Freund Gottfried Müllermann.«

Bremer schloss die Augen und schwor, Müllermann ein für alle Mal aus dem Polizeidienst zu entfernen.

»Die Fahndung läuft natürlich. Aber er ist spurlos verschwunden.«

»Müllermann? Spurlos verschwunden? Phantastisch. Ihr könnt die Fahndung einstellen.«

Weber lachte kurz. »Müllermann hat einen Termin bei Haffner, und der war gar nicht gut gelaunt. Ich halte dich auf dem Laufenden.«

»Moment«, rief Bremer in sein Handy. »Ich brauche Hände.«

»Du solltest während der Arbeit keine Drogen nehmen.«

»Fotos von den Händen der eingeschlossenen Männer. Unser Täter hat Hände.«

»Jetzt überraschst du mich wirklich.«

»Jemand hat vielleicht den Täter gesehen und kann eventuell die Hände wiedererkennen.«

»Das klingt gut. Ich werde sehen, was sich machen lässt. Übrigens, Martin, du musst schlafen. Du klingst, als hättest du eine Flasche Whiskey gegurgelt.«

»Und du?«

»Zwei Stunden. Ich bin fit wie ein Turnschuh. Schlaf jetzt.«

»Zu Befehl.«

Bremer ließ sich eine Liege bringen, legte sich hin, Schwindelgefühl packte ihn, Watte saugte seine Gedanken auf. Er atmete ruhig und gleichmäßig, bis sich die Watte auflöste. Ich habe mit dem Mörder gesprochen, dachte der Kommissar. Oder der Mörderin. Das ist unglaublich. Der Mörder. Die Mörderin. Sie sind dort unten und drehen mir eine lange Nase. Am Ende muss ich alle laufen lassen. Auch den Mörder. Oder die Mörderin. Ich habe mit dem Mörder gesprochen. Oder mit der Mörderin. Ich muss sie laufen lassen. Oder ihn. Bremer schlief ein.

Auf der sechsten Sohle träumte der Mörder gerade von einer grünen Wiese, einer schönen Frau und unendlich viel Zeit.

ELF

Reiner Zettler hatte sich zwei Stühle zusammengestellt, trank noch einen Schluck Wasser und versuchte zu schlafen. Um ihn herum hatten sich einige ebenfalls Stühle oder Sessel zusammengestellt als provisorisches Nachtlager. Die Dekorationsstoffe dienten als Decken und Kopfkissen. Nach und nach kehrte Ruhe ein. Manche schliefen vor Erschöpfung ein, andere stierten vor sich hin und konnten ihre Situation nicht fassen. Bis tief in die Nacht geisterten die Gespräche durch den Füllort, gemurmelt wie magische Formeln. Einige hatten gebetet, voll Inbrunst. Wenn die Not groß ist, wird Gott zu Hilfe gerufen, dachte der Mörder, dann wird er ausgepackt wie Medizin, aber das funktioniert nicht.

Neben Zettler hatten es sich Birgit Flöhrer und Siri Endres bequem gemacht. Sie unterhielten sich leise, und Zettler dämmerte in einen unruhigen Schlaf hinüber.

»Hörst du das?«, fragte Siri Endres.

»Ist es das, was ich denke?«

»Das ist es. Grillen. Wie am Mittelmeer. Sie müssen in den Stollen leben. Das ist ja schon fast romantisch. Eigentlich wollte ich morgen in den Schwarzwald fahren, Birgit.«

»Mit oder ohne?«

»Ohne. Ich brauche ein bisschen Distanz …«

Ein panischer Schrei unterbrach das Gespräch. Zettler zuckte heftig, die Stühle fielen um, er landete direkt neben den beiden Frauen, die aufsprangen wie von der Tarantel gestochen. Ein junger Mann rannte durch die Kathedrale wie von Hunden gehetzt, schlug immer wieder um sich, fiel, rappelte sich auf, rannte weiter, immer im Kreis. Alle waren sofort wach, sprangen auf die Beine, bereit zur Flucht, aber kein Donner, kein Grollen, nichts war zu hören außer dem jungen Mann, der weiter im Kreis rannte, schrie, wild um sich schlug, im Kielwasser eine verschreckte Ratte, die um ihr Leben lief.

Siri Endres hatte sich schnell wieder gefangen. »Eine Ratte. Es ist nur eine Ratte. Kein Grund zur Panik«, rief sie. Schon bereute sie den Satz, denn der junge Mann bewies ihr das Gegenteil. Also trieb sie die Ratte weg von dem armen Kerl, hinein in einen Stollen.

Zettler hatte inzwischen geschaltet, fing den jungen Mann vorsichtig ein und beruhigte ihn. Bohlen entschuldigte sich, dass er vergessen hatte, darauf hinzuweisen: Natürlich gab es hier Ratten. Dafür gab es allerdings keine Mäuse. Und normalerweise sah man auch nichts von ihnen, es sei denn, man ließ Nahrungsmittel unbeaufsichtigt. Bald kehrte wieder Ruhe ein, und die meisten wunderten sich, dass ein *Mann* eine Rattenphobie hatte.

Der Mörder wachte um 6:34 Uhr auf, knetete seine Hände, schaute sich um, kehrte in die Realität zurück und fühlte sich gut wie schon lange nicht mehr. Alles lief wie am Schnürchen. Heute ist Sonntag, Tag zwei, dachte er und überlegte kurz, wen er heute umbringen würde. Barens war eine Meisterleistung gewesen, der perfekte Mord. Der Mörder beschloss, einen dieser arroganten Schnösel von den Grünen zu erledigen. Satonak. Der Fettsack geiferte schon, wenn er nur guten Tag sagte. Eine überflüssige Kreatur und wie geschaffen für einen einwandfreien, spurenfreien Mord. Der Mann war aufsässig, widerspenstig und neugierig. Anweisungen des Krisenstabes zu befolgen war für Satonak eine körperliche Qual. Auf eigene Faust erkundete er immer wieder die offenen Strecken und Strebe, suchte die Einsamkeit.

Geduldig wartete der Mörder, bis alle wach waren, bis das Frühstück vorbei war, bis Aufgaben verteilt waren und sich die Stimmung entspannte. Die meisten waren durchaus vernünftig, bewegten sich in Gruppen zu vier Personen, auch wenn sie in den WC-Stollen gingen. Ein Weg von vierhundert Metern. Ein Blindstollen war zum Klosett erklärt worden, dort gab es noch offenes Gestein, wenigstens einen Teil der Fäkalien konnte man abdecken, aber der Gestank war trotzdem mörderisch, er staute sich im Stollen, da die Bewetterung nicht richtig lief und die Luft nicht abtransportiert wurde. Sechsundachtzig Menschen. Fast zwei Zentner Fäkalien zuzüglich eines kleinen Sees aus Urin. Lange würde das nicht gehen. Irgendwann würde die Sauerstoffkonzentration nicht mehr zum Atmen reichen, und die Leute würden reihenweise umfallen. Ein Sauerstoffmessgerät stand am Eingang zum Klosettstollen, den

Besuchern war eingeschärft worden, den Messwert zu prüfen und ab einem kritischen Wert nicht mehr hineinzugehen.

Gute Organisation, dachte der Mörder. Bergleute können halt alles. Aus den Augenwinkeln sah er Satonak losziehen. Allein. Niemand achtete auf ihn, alle waren mit sich selbst beschäftigt. Nach zweihundert Metern zweigte ein weiterer Stollen ab, die Beleuchtung war schlecht. Der Mörder wusste, wo Satonak hinwollte. Gestern Abend hatte er angekündigt, sich einen der Panzerförderer anzusehen, die noch in einem der Strebe montiert waren. Zwei armdicke Ketten mit Querverbindungen transportierten die aus dem Flöz gebrochene Kohle zum Förderband. Großspurig hatte Satonak getönt, er wolle auf dem Panzerförderer einen Spaziergang machen, das habe er schon immer mal tun wollen, und wenn das Ding lief, sei das ja unmöglich. Aufgeplustert hatte er sich, rund, schwitzend und stinkend hatte er sich auf die Schenkel geklopft und gelacht.

Der Mörder ließ sich Zeit. Er brauchte nur zu hören. Satonaks Schritte entfernten sich langsam, der Mörder zählte mit. Noch dreißig, zehn, neun acht, null. Der Ton veränderte sich. Die Kette des Förderers rasselte kurz, als Satonak hinaufstieg, das Gewicht des Dicken ließ die Glieder mit jedem Schritt an den Stahlboden klacken. In einer Kurve lag die Kette aufgebockt, und Satonak konnte nicht widerstehen. Er klemmte sich drunter, betastete die mächtigen Glieder, bestaunte die Führung, freute sich wie ein kleines Kind.

Genussvoll schloss der Mörder kurz die Augen, zog einen kleinen Kasten aus der Tasche, kontrollierte die Funktion und drückte einen roten Knopf. Ein Infrarotsignal huschte durch den Stollen. Der Panzerförderer setzte sich in Gang, zog die Kette stramm, warf die Böcke um und erschlug Satonak. Keinen Schrei, nur einen dumpfen, kehligen Laut gab der Mann von sich, eher überrascht als schmerzvoll, der vom Rasseln der Maschine einfach geschluckt wurde. Knochen brachen wie dürres Holz, die dicke Kleidung schälte sich vom Mann, dann die Haut, Schicht für Schicht zerlegte das Ungetüm das zerbrechliche Wesen. Mit der Kraft von vielen hundert PS zog sich die Kette die fette Beute in den Leib, zog ihn mit sich. Immer weiter fraß sich die Kette vor. Der Widerstand des Körpers fachte den Ehrgeiz des Panzerförderers nur an. Die volle

Kraft entwickelte sich und zerteilte den Körper des Mannes in kleine Stücke, so lange, bis die Kette ohne Widerstand lief. Am Ende des Strebs spuckte die Kette die Reste auf den Boden, denn das Förderband war schon geraubt und tat Dienst im Bergwerk Ensdorf, das den tiefsten Steinkohleschacht der Welt zu bieten hatte. Fetzen klebten an der Kette, eine Darmschlinge hatte sich verhakt und drehte eine weitere Runde, vermischte sich mit Blut und Dreck, bis nicht mehr zu erkennen war, dass vor wenigen Minuten hier ein Mensch die Kette bestiegen hatte. Zum Schluss blieb nur noch ein blutiger Haufen übrig. Die Kette lief weiter, ohne Gefühl, ohne Gewissen. Sie würde hier unten liegen für alle Ewigkeiten, mit der Zeit eingeschlossen vom Berg, der jeden Hohlraum wieder füllen würde, mit tödlicher Sicherheit.

Der Mörder war in die Halle zurückgekehrt, noch bevor die Kette ihre Arbeit begonnen hatte, sein Puls war zu keiner Zeit nennenswert erhöht, niemand hatte ihn gehen oder kommen sehen. Zu viele Kammern und Nischen gab es hier unten, die er alle kannte.

Zufrieden holte sich der Mörder einen Kaffee, die Ausstattung war wirklich hervorragend. Eine funkenfreie Kaffeemaschine! Pumpernickel gab es und Lyoner und Marmelade, ein Frühstücksbüfett wie im besten Hotel. Der Mörder ließ es sich schmecken. Man gönnt sich ja sonst nichts.

David Steinmetz, einer der Männer von der Grubenwehr, schlug Alarm, aber die Bergleute hatten sofort Bescheid gewusst. Der Panzerförderer war angelaufen, das Geräusch mahlenden Metalls war nicht zu überhören. Die anderen hielten inne, horchten auf, sicherten, drohte neue Gefahr? Drei Bergleute liefen los, um der Sache auf den Grund zu gehen. Eine Viertelstunde später waren sie zurück, todernste Gesichter, leichenblass. Sie tuschelten mit Bohlen, auch er konnte sein Entsetzen nicht verbergen. Schnell kamen sie überein und verkündeten: Ein Unfall sei geschehen, wer fehlt? Satonak, das war bald klar. Tot sei er, er muss wohl den Panzerförderer in Betrieb genommen haben, und dann ist er hineingefallen und die Kette hat ihn getötet. Der Stollen wurde abgesperrt, wieder erfasste Unruhe die Menschen. War das Bergwerk nicht stillgelegt? Warum funktionierte dann alles? Und brachte Menschen um? Warum konnte einer, der noch nie in einem Bergwerk gewesen war, eine Maschine in Betrieb nehmen? Die Fragen bohrten, und die Bergleute versprachen, sobald Bohlen sich die Sache angeschaut hätte, würde er Rede und Antwort stehen.

Wesringdorf machte sich mit Bohlen auf, den Schauplatz zu besichtigen. Was auch immer die beiden erwartet hatten, war nichts im Vergleich zu dem, was sie sahen. Wesringdorf wurde schwindelig, Bohlen musste sich sofort übergeben. Sie wandten sich ab, stolperten zurück in den Stollen und rangen nach Atem, Wesringhaus ließ sich auf den Boden sinken, Bohlen stemmte die Arme in die Hüften und beugte sich weit nach vorn, um die Reste seines Mageninhaltes auch noch loszuwerden.

»Das ist ja nicht wahr«, stöhnte Wesringhaus. »Das ist ja nur noch Hackfleisch. Was für mörderische Maschinen habt ihr denn hier unten?«

Bohlen spuckte noch ein paarmal auf den Boden, wischte sich mit seinem Taschentuch den Mund ab und erwiderte stockend: »Das kann nicht sein. Die Maschine hätte nicht anlaufen dürfen. Unmöglich.«

Langsam erholte sich Wesringdorf, schaute mit schräg gelegtem Kopf zu Bohlen hoch. »Denken Sie dasselbe wie ich?«

»Hundertpro. Da waren's nur noch acht. Das sollten wir für uns behalten. Sonst drehen uns die Leute durch.«

Wesringdorf nickte, stemmte sich langsam hoch und stützte Bohlen, der beim Aufrichten aus dem Gleichgewicht gekommen war. »Wir decken alles ab, die Polizei soll sich damit beschäftigen.«

»Wir müssen Kommissar Bremer informieren.«

»Das mache ich, kümmern Sie sich darum, dass niemand mehr allein irgendwohin geht. Reden Sie den Leuten ins Gewissen. Machen Sie ihnen klar, dass ein Bergwerk ein anderer Planet ist, auch wenn es«, Wesringdorf nickte in Richtung Streb, »fast tot ist.«

Wesringdorf ging zurück, vermied jeden Augenkontakt in der Halle und steuerte das Telefon an.

Bremer war von Fellmann geweckt worden mit Kaffee und belegten Brötchen. Die zwei Stunden Schlaf hatten Wunder gewirkt. Der Kommissar fühlte sich frisch, sein Kopf war klar, der Kaffee duftete, und das Brötchen war anständig belegt. Beim ersten Murren des Telefons nahm Bremer ab und hörte ungläubig zu. Minutiös, wenn auch stockend beschrieb der Arzt das Unfassbare. Maschinen unterscheiden nicht, dachte Bremer. Menschen schon. Zwei Tote, wahrscheinlich zwei Morde. Bremer bedankte sich und setzte eine Konferenz an. Polizei, Staatsanwaltschaft, Grubenwehr, Bergwerksdirektor und die Kenner des Bergwerks.

Eine halbe Stunde später saßen alle im Direktionsgebäude an einem massiven Konferenztisch aus Kirschholz, vor sich Sprudel, Kaffee, belegte Brötchen. Bremer fing an und handelte sich einen bösen Blick von Bergwerksdirektor Frank Wedel ein.

»Wir haben unter Tage zwei Tote. Beide Male wahrscheinlich Mord. Wann können wir da runter?«

Die Bergleute reagierten nicht. Wie am Pokertisch verzog keiner eine Miene. Wedel ließ Bremer ein wenig schmoren.

»Da Sie die Leitung der Sitzung ungefragt übernommen haben, dachte ich, Sie wissen schon Bescheid und brauchen uns nicht mehr.«

Bellorz verschluckte sich an seinem Kaffee, die anderen senkten ihre Blicke, gingen in Deckung, und Bremer schoss das Blut in den Kopf.

»Ich bitte um Verzeihung«, säuselte der Kommissar. »Ich vergaß, Ihnen mitzuteilen, dass die Leitung der Ermittlungen Staatsanwalt Bellorz und mir unterliegt. Dass Sie alle uns untergeordnet sind, dass Sie alle, auch der Herr Bergwerksdirektor, uns zuarbeiten werden. Dass Sie alle, jeder Einzelne, verantwortlich gemacht werden, wenn wir Zeit verlieren und irgendetwas passiert, was wir vielleicht hätten verhindern können. Wettpinkeln können wir veranstalten, wenn die Leute da unten raus sind und der Mörder hinter Gittern sitzt.«

Bremer unterzog jeden Einzelnen einem Blickduell, und keiner hielt stand. Auch Wedel senkte den Blick und gab damit zu verstehen, dass die Rangfolge geklärt sei. Fellmann meldete sich zu Wort, entspannte die Situation.

»Wir haben ja schon darüber geredet. Jetzt ist es sicher. Schacht IV ist unrettbar verloren. Da das Bergwerk geschlossen wird, bleiben die Körbe und das Seil unten. Schacht IV ist nur noch Schrott. Die Seile haben auf der gesamten Länge des Schachtes alles kurz und klein geschlagen. Spurlatten, Bühnen, alle Installationen sind zerstört. Perfekte Sabotage. Im unteren Bereich, am Übergang von den Sohlen vier, fünf und sechs zu den Strecken, ist sogar die Verbauung angekratzt. Wir haben Risse im Beton festgestellt. Anker sind gebrochen. Hier und da sind Stücke der Matten herausgerissen. Es besteht die Gefahr, dass zwischen Sohle sechs und Sohle vier der Schacht einbricht. Die Gewalt, mit der die Körbe und das Seil eingeschlagen sind, ist unglaublich. Im modernen Bergbau hat es so etwas noch nicht gegeben. Damit hat niemand gerechnet.«

Sepp Fleitner, ein zierlicher Mann mit feinen Gesichtszügen, hob die Hand, und Bremer nickte ihm zu.

»Mir macht das Wetter Sorgen.«

Bremer nickte erneut, deutete an, dass er wisse, was Wetter seien. »Das ist schön für Sie«, sagte Fleitner. »Mir geht es aber um die ganz normale Wetterlage über Tage. Sehen Sie, die Lüfter in Lummerschied sind ausgefallen. Die Wetterlage ist von einem stabilen Hochdruckgebiet geprägt, das die nächsten Tage anhalten wird. Das heißt, die natürliche Bewetterung ist spärlich. Wir bekommen da unten Probleme, innerhalb von drei bis vier Tagen. Methan vor allem.«

»Können wir die Lüfter nicht mit einem Notstromaggregat versorgen?«, fragte Fellmann.

Fleitner wiegte den Kopf. »Im Prinzip ja. Aber ich komme gerade von Lummerschied. Verdammt, das war einer, der sich genau ausgekannt hat. Die Leitungen sind so zerstört, dass wir komplett neu ziehen müssen. Zwei Tage vorneweg. Das Aggregat ist geordert, aber es kommt von Aachen, im Saarland haben wir keins, das stark genug ist. Der Tieflader ist unterwegs, er wird gegen Abend eintreffen. Dann steht er aber erst mal rum, weil die Einfahrt blockiert ist.«

»Wie blockiert?«, fragte Bellorz.

»Der Täter muss einen ganzen Güterzug Sprengstoff geerbt haben. Es fehlen zehn Meter Straße. Die Sprengung war punktgenau. Nur die Straße. Kein Grashalm, der weiter als drei Meter weg steht, ist geknickt.«

Bellorz wedelte mit seinem linken Zeigefinger. »Also haben wir es mit absolut ausgebufften Spezialisten zu tun. Die kennen das Bergwerk wie ihre Westentasche, sind Sprengvirtuosen, und wahrscheinlich spielen sie hervorragend Geige.«

Die Bergleute konnten ihre Verwunderung nicht verbergen, und Bellorz winkte ab. »Vergessen Sie die Geige. War nur ein Scherz.«

Da niemand lachte, übernahm Bremer. »Das sind wichtige Anhaltspunkte. Ich brauche eine Liste aller Bergleute, die so etwas ausführen könnten. Alle. Meine Leute werden Ihnen bei der Auswertung helfen.«

Wedel und Fellmann machten sich Notizen. »Wir haben Sprengmeister und Assistenten, aber die Liste wird Ihnen nichts nützen, weil viele Bergleute, die keine extra Ausbildung haben, sich mit Sprengstoff auskennen. Und darüber gibt es keine Liste.«

Die D-Moll-Toccata. Bremer lauschte einen Moment, bedankte sich und gab die Informationen weiter. »Das war mein Stellvertreter, Kriminalhauptkommissar Weber. Wesringdorf, der Arzt, hat sich wieder gemeldet. Er hat etwas entdeckt. Ein Kreuz. Sie haben bei jedem Toten ein Kreuz gefunden. Barens hat es auf der Stirn. Entweder wurde es nachträglich angebracht, oder sie haben es bisher übersehen. Am Panzerförderer ist es auf den Boden in den Staub gezeichnet worden, mangels Körper. Die meisten hier kennen es. Das Lothringer Kreuz.«

»Das Zeichen der französischen Exilregierung im Zweiten Weltkrieg«, sagte Wedel ruhig. »Das Zeichen des Widerstandes gegen die Willkürherrschaft der Nazis und die französischen Verräter.«

Einen Moment schwiegen die Männer, hingen ihren Gedanken nach.

Der Moment der Ruhe war vorbei, der Kommissar gab die Parolen aus. »Ich brauche Ihre Hilfe. Wir müssen alle Bergleute befragen. Wer hat bei einem Kollegen irgendetwas Ungewöhnliches bemerkt? Ist irgendein Kollege durch seltsames Verhalten bei der Schicht aufgefallen? Wir werden für die Vernehmungen zwanzig Beamte abstellen.«

Lautes Husten unterbrach Bremer. Bellorz. Das hieß: »Martin, woher willst du die zwanzig nehmen?«

Ungerührt machte Bremer weiter. »Wir müssen davon ausgehen, dass wir den oder die Täter unter den Bergleuten zu suchen haben.«

Bedächtig nickte Wedel und legte seine Hände vor sich auf den Schreibtisch. »Ich kann es nicht glauben. Sehen Sie, Herr Bremer, Bergleute haben immer noch Ehre im Leib. Sie sind oft raubauzig und ungehobelt und haben Ecken und Kanten – aber Menschen umbringen, noch dazu so bestialisch. Es fällt mir schwer, das zu glauben.«

»Es ist ein Verdacht«, stellte Bremer fest. »Mittel, die Gelegenheit – kein Normalsterblicher kann ein Bergwerk so lahm legen. Im ersten Moment schienen die Spuren elefantenbreit zu sein: Wo kommt der Sprengstoff her? Wer hat sich an den Seilscheiben zu schaffen gemacht? Wer hat Lummerschied sabotiert? Man sollte meinen, die Täter hätten zigmal entdeckt werden müssen. Aber nichts dergleichen. Bis jetzt haben wir ein perfektes Verbrechen vor Augen. Nicht der Hauch einer heißen Spur. Vor allem fehlt das Motiv! Meine Herren.«

Die Versammlung löste sich auf, jeder ging an seine Aufgaben, Bellorz nahm Bremer zur Seite und flüsterte: »Hör mal, Martin. Die zwanzig Leute kriegen wir wahrscheinlich, aber tu mir einen Gefallen: Sprich mit mir, bevor du Ressourcen verplanst, die wir noch nicht haben. Haffner könnte sonst sauer werden, okay?«

»Das mit Haffner regelst du schon, oder?«

Der Staatsanwalt knuffte Bremer in die Seite. »Du wirst aufmüpfig. Ich wünsche dir, dass du irgendwann mal Polizeidirektor wirst und so einen ertragen musst, wie du einer bist.«

»Den würde ich sofort rausschmeißen, da kannst du wetten.«

ZWÖLF

Wie bei der Eröffnung der Feier saßen alle auf den Stühlen vor der Bühne. Rechts und links der Bühne hatten sich Bohlens Bergleute aufgebaut, es entstand der Eindruck, als sei er mit seiner Leibgarde angerückt.

»Helge Satonak ist einem bedauerlichen Unfall zum Opfer gefallen. Er hat eine Fördermaschine in Gang gesetzt, ist von der Maschine erfasst und getötet worden«, sagte Bohlen ohne erkennbare Erregung.

Überall Gemurmel, ungläubige Gesichter, Lasse Tchechnach stand auf und stellte die Frage, die alle beschäftigte: »Warum gibt es in einem Bergwerk, das bald geschlossen wird, Maschinen, die von einem Laien in Betrieb gesetzt werden können?«

Bohlen musste nicht lange überlegen. Der Zufall war ihm zu Hilfe gekommen und Kommissar Bremer. »Erstens war Satonak kein Laie. Er hat eine Ausbildung als Maschinenführer im Ruhrgebiet gemacht und dort fünf Jahre unter Tage gearbeitet. Zweitens: Diese Maschine wird bei den Arbeiten noch gebraucht. Sie war gegen zufällige Inbetriebnahme sorgfältig geschützt. Satonak muss alle Sicherungen entfernt haben, nur so konnte er den Panzerförderer in Betrieb setzen. Es ist tragisch, aber er hat unsere Anweisungen nicht befolgt. Ich wiederhole: Bleiben Sie mindestens zu viert, lassen Sie die Finger von den Gerätschaften hier unten. Das hier ist eine vollkommen andere Welt. Satonak ist Opfer seiner Neugier geworden. Die Rettungsarbeiten sind in vollem Gange, es ist nur eine Frage der Zeit, bis wir hier herausgeholt werden.«

Bohlen ließ den Blick über die Versammlung schweifen. Die eine Hälfte kümmerte sich um die andere Hälfte. Die Frauen zeigten starke Nerven, die Journalistinnen trösteten einen Mann, der nicht mehr aufhören konnte zu weinen. Andere stierten vor sich hin, zuckten manchmal, als wären sie geschlagen worden. Bei der Essensausgabe mussten die Portionen absolut gleich sein, sonst gab es Streit. Und wenn es zu langsam ging, drückten die Leute von hinten, und vorn ging ein Gezeter los wie bei den Marktweibern. Ständig waren seine Männer auf der Hut, nur ja kein falsches Wort zu sagen. Die Politiker waren kein Vorbild. Der FDP-Mann und der SPD-Mann hatten sich so in die Haare bekommen, dass sie von sechs Mann getrennt werden mussten. Später hatten sie sich zwar entschuldigt, aber mit steinernen Mienen. Eine Kleinigkeit noch, und Bohlen würde die Kontrolle verlieren.

»Um die Sicherheit aller zu gewährleisten, bilden wir jetzt fünf Gruppen, die von je einem meiner Männer geleitet werden. Niemand darf die Gruppe allein verlassen, ansonsten macht er sich verdächtig. Noch mal: Nur wer sich unklug verhält, begibt sich in Gefahr und gefährdet damit alle anderen.«

Ein junger Mann meldete sich. »Wieso gehen wir nicht einfach zum Schacht Lummerschied?«

Bohlen hatte die Frage befürchtet, und er hatte keine andere Antwort als eine weitere Lüge. »Leider ist der Schacht Lummerschied im Moment wegen Wartungsarbeiten nicht befahrbar. Die Arbeiten sind aber bald abgeschlossen. Dann wird von dort Hilfe kommen.«

Tchechnach sprang auf, sein Kopf glühte hochrot. »Jetzt reicht es aber. Was soll das? Ich war vor drei Tagen in Lummerschied, und da war keine Rede von Wartungsarbeiten. Sie lügen. Was ist in Lummerschied los?«

Ein anderer Mann sprang auf. »Mein Name ist Rolf Haltern. Ich vertrete die Saarländische Gemeinschaft der Bergbaugeschädigten an der Saar. Unser Vorsitzender und sein Stellvertreter sind leider nicht hier. Ist ja auch egal. Da haben wir einen weiteren Beweis: Die Taktik der Bergleute ist immer dieselbe. Lügen, nichts als Lügen. Ich bin zwar kein Bergmann, aber mir ist es trotzdem aufgefallen, ich kenne mich ein bisschen aus. Der Wind hat sich fast gelegt, die Lüftung ist ausgefallen.«

Der Schreck fuhr allen in die Glieder, ein junger Mann fing an zu weinen. Haltern bohrte weiter. »Verstehen Sie mich nicht falsch. Ich will keine Unruhe schüren, und ich akzeptiere Sie als Fachmann hier unten. Aber Sie müssen uns die Wahrheit sagen.«

Bohlen kämpfte, aber er verlor. Tief in ihm rumorten Generationen von Steigern. »Lass dich nicht weich machen!«, schrien sie. »Du bist der Chef, du sagst, was Sache ist, lass dich nicht entmachten, das ist gefährlich, die haben doch keine Ahnung, was in einem Bergwerk abgeht ...«

Laut sagte Bohlen: »Herr Haltern, ich weiß nicht, warum Sie sich quer legen, aber ich bleibe dabei. Diese Diskussion bringt ja nichts. Wir müssen die anstehenden Probleme lösen.«

Haltern winkte ab. »So ein Unsinn! Das einzige Problem, das wir haben, ist, wie wir hier lebend herauskommen. Soll ich Ihnen sagen, was mit Lummerschied ist? Dasselbe wie hier. Sabotiert. Die Lüfter sind ausgefallen, deswegen geht kein Wind mehr. Es sind noch zwei Flöze offen. Haben Sie schon mal auf Ihr Methanmessgerät geschaut? Na los, sagen Sie den Leuten, wie schnell der Methangehalt steigt. Und wie viele Stunden sie noch zu leben haben.«

Bohlen begann zu schwitzen. Die Methanwerte stiegen, aber sie stiegen langsam. Im Moment unter zwei Prozent. Keine Gefahr. Blieben die Lüfter aus, würde schon bald die kritische Konzentration von mehr als sechs Prozent erreicht sein.

»Herr Haltern, Sie verbreiten Unruhe. Ich fordere Sie auf, das zu unterlassen. Bitte setzen Sie sich wieder.«

Lachen schlug Bohlen entgegen. »Sie glauben wohl, Sie sind hier der König? Vergessen Sie das ganz schnell. Ich werde Ihnen sagen, was wir tun. Ich und meine Leute und alle, die noch einen Funken Verstand haben, machen eine eigene Firma auf. Wir werden telefonieren, wann wir wollen, wir werden uns frei bewegen und alle Maßnahmen gemeinsam mit Ihnen absprechen. Wenn Sie das nicht wollen, ist es auch egal.«

Das war offene Meuterei. Bohlens Kameraden rückten enger an die Bühne heran.

»Sie machen einen großen Fehler. Ohne unsere Erfahrung bringen Sie Ihre Leute in erhebliche Gefahr.«

Haltern rissen die Nerven. »Jetzt reicht's!«, schrie er, dass die meisten zusammenzuckten. »Immer dieselbe Scheiße! Wenn man es wagt, den Herren von der Kohle zu widersprechen, kommen gleich die Drohungen. Friss oder stirb. Aber nicht mit uns. Sie können uns mal. Wer geht mit mir?«

Sechzehn Personen erhoben sich und scharten sich um Haltern, der seinen Stuhl verlassen hatte und in den Füllort hinausgetreten war. Die anderen verfolgten das Schauspiel mit ziehenden Mägen und offenen Mündern.

»Wir sind im ehemaligen Sprengstofflager. In zehn Minuten kommen wir zum Telefonieren«, bellte Haltern und zog ab.

»Wer will noch gehen?« Bohlens Stimme hatte ihren Halt verloren und taumelte durch den Raum. Die meisten senkten ihre Köpfe. Lieber einen schwachen als gar keinen Führer, dachten sie. Außerdem kennen sich Bergleute nun mal aus im Bergwerk. Fünf standen auf und eilten den Rebellen hinterher. Einundzwanzig. Abzüglich der zwei Toten herrschte Bohlen jetzt noch über dreiundsechzig Personen.

Um ein wenig Autorität zurückzugewinnen, wiederholte Bohlen seine Anweisungen und aktualisierte die Zahlen. »Vier Gruppen zu je dreizehn und eine Gruppe mit zwölf. Wir treffen uns alle zwei Stunden, um zu besprechen, was ansteht. Drei Mahlzeiten am Tag.«

Reiner Zettler ging zum Telefon, um dem Kommissar über die Ereignisse zu berichten, und bat, die Rettungsarbeiten voranzutreiben, weil sie sonst nur noch Leichen finden würden. Nicht wegen des Methans. Auch nicht wegen des Essens. Es war schlimmer.

Sogar der Mörder machte sich Sorgen. Aber es half nichts, dachte er. Ich muss meinen Plan weiter ausführen, und dazu muss noch mindestens ein Mensch sterben, vielleicht zwei. Aber so, dass ein Unfall auf keinen Fall infrage kommt. Zettler. Ideal. Ein sympathischer Mann, eine Führungsnatur. Sein Tod ist der Schlüssel, um die Tür zur Hölle weit aufzustoßen. Oder sollte ich eine Frau umbringen? Der Mörder blieb einen Moment stehen. Die Mädels vom Funk, überlegte er. Selbstbewusst, stolz, leichte Beute. Nein. Keine Frauen. Du hast dir geschworen, keine Frauen anzufassen, und dabei bleibt es.

Er nahm Zettler wieder in Augenschein, der unterwegs zum Telefon war, und beobachtete ihn einen Moment. Die Schrämwalze und ein Schildballett, das ist ein angemessener Tod für einen Journalisten.

Zettler flüsterte leise in den Hörer. »Martin, die Sache hier unten kriegt langsam, aber sicher eine üble Schieflage. Ein selbst ernannter Führer namens Haltern hat sich mit einundzwanzig Leuten abgesetzt und kocht sein eigenes Süppchen. Wir haben ein echtes Autoritätsproblem.«

»Das ist nicht gut. Was weißt du über diesen Haltern?«

»Er ist Mitglied bei der SGBB. Da die Vorsitzenden nicht da sind, spielt er sich jetzt als Vertreter der SGBB auf. Der Mann ist intelligent und gefährlich.

»Wie kam es zum Zerwürfnis?«

»Haltern hasst Bergleute. Bohlen hat sich unklug verhalten. Er hat nicht die Wahrheit gesagt. Haltern hat das rausgekriegt.«

»Kannst du mit Haltern reden?«

Zettlers Stimme schien sich verstecken zu wollen, so leise redete er. »Das ist keine gute Idee. Der Mann wartet nur darauf, auszuflippen und den dicken Mann zu spielen.«

»Dann schärf Bohlen ein, er soll keine Märchen erzählen. Sonst noch was?«

»Gibt es einen Verdächtigen?«

»Nein. Ich werde eine Psychologin ordern. Krisenmanagement ist angesagt.«

»Kannst du mir nicht einen 45er Colt runterschicken?«

»Das sieht dir ähnlich.«

»Martin!«, sagte Zettler mit einer Stimme, die Bremer aufhorchen ließ. »Martin, ich habe Angst. Ernsthaft. Ich habe eine Angst, die mich fast wahnsinnig werden lässt. Ich habe Alpträume. Mein Magen rebelliert, ich habe Durchfall, und ich weiß nicht, ob ich lebend hier rauskommen werde. Immer öfter ist mir nach Heulen zumute. Der Druck steigt.«

»Lass ihn ab«, sagte Bremer sanft. »Es hilft. Mir hat es auch geholfen. Weine. Tobe. Schreie. Aber allein, sonst reißt du die anderen mit.«

»Allein ist gefährlich hier unten.«

»Du kannst dich schützen. Wenn du ausklinkst, kannst du nichts mehr tun. Du musst bei Verstand bleiben. Ich brauche dich.«

»Bis jetzt habe ich noch nichts rausgefunden.«

»Geduld. Du wirst im richtigen Moment an der richtigen Stelle sein. Ich weiß das.«

Zettler schloss die Augen und genoss die Wärme in der Stimme seines Freundes. Er mag mich immer noch, dachte er. Ich werde ihn nicht enttäuschen. Und dann werden wir wieder bei mir am Kamin sitzen, ein Glas besten Rotwein trinken und Gespräche führen, die nur wir beide führen können. Allein dafür lohnt es sich zu überleben.

»Sei so gut und hol mir diesen Haltern ans Telefon.«

»In Ordnung«, sagte Zettler.

Bremer wartete auf Haltern, nutzte die Wartezeit, um einen Kaffee zu trinken.

»Rolf Haltern hier. Guten Tag, Herr Bremer«, drang Halterns Stimme schließlich weich und vollkommen entspannt an sein Ohr.

»Guten Tag, Herr Haltern. Wie geht es Ihnen?«

»Danke der Nachfrage. Jetzt wieder ganz gut. Es ist nicht gerade angenehm hier unten, aber nachdem die Fronten geklärt sind, ist es gut auszuhalten.«

»Welche Fronten?

»Die Bergbaufuzzis in der Kathedrale und wir im Ghetto.«

»Was ist das Ghetto?«

»Das ehemalige Sprengstofflager. Gleich um die Ecke. Fast um die Ecke. Zweihundertfünfzig Meter weg vom Schacht. Eine gute Entfernung, falls da noch was runterkommen sollte. Man weiß ja nie. Da haben wir Stellung bezogen. Ist gemütlich. Und keiner erzählt Märchen. Wie ist das mit Ihnen? Pro oder contra Bergbau?«

»Herr Haltern, ich bin nicht hier, um mit Ihnen über den Sinn oder Unsinn des Bergbaus zu plaudern. Ich gebe Ihnen einen Rat. In ein oder zwei Tagen werden Sie wieder an der Erdoberfläche sein. Dann werden Sie nach dem beurteilt, was Sie da unten gemacht haben. Also reißen Sie sich zusammen. Brechen Sie keinen Streit vom Zaun.«

»Sie waren doch gar nicht hier unten dabei«, polterte Haltern los. »Ich bin seit dreißig Jahren selbständig. Ich brauche keine Staatsrente und kein Hartz irgendwas und liege niemandem auf der Tasche. Diese großkotzigen Bergleute sollen mich nur in Ruhe lassen und mich nicht anlügen, dann bin ich zahm wie ein Schmusekätzchen. Aber ich lasse mich nicht verarschen. Eins meiner Häuser ist kaputt, und ich kriege nichts mehr dafür. Und jetzt hänge ich hier unten in diesem gottverdammten Loch fest, weil irgendein durchgeknallter Bergmann den Laden in die Luft jagt und Leute killt. Verdammte Scheiße noch mal.«

»Herr Haltern. Sie können die Probleme des Bergbaus nicht da unten lösen. Sie bringen sich nur selbst in Gefahr.«

»Ich kann auf mich aufpassen. Gibt's noch irgendwas?«

»Im Moment ist das alles.«

Ohne Gruß hängte Haltern ein und dachte nur, dass die Scheißbullen auch nicht besser waren als die Scheißbergleute.

DREIZEHN

Simmerling fühlte sich hundeelend. Die Schmerzen in seinem Bein hatten ihn aufgeweckt. Stöhnend richtete er seinen Oberkörper auf. Sonnenstrahlen fielen durch die Ritzen des ausgebleichten Holzschuppens, der schon seit vielen Jahren vor sich hin gammelte. Simmerling entging das Lichtspiel: Wie ein Pfauenrad fächerte sich das Licht auf. Insekten schwirrten umher, die Luft roch würzig, und der Tag versprach sommerlich zu werden, ein Tag zum Baden, ein Tag, um schöne Kinder zu zeugen.

Langsam sortierte Simmerling seine Gedanken. In meinem Bein ist ein Loch, dachte Simmerling und betrachtete ängstlich den dunklen roten Fleck auf seiner weißen Arzthose, die er im Krankenhaus hatte mitgehen lassen. Ebenso wie den Kittel und das Stethoskop.

Ich werde von den Bullen gejagt. Wegen Mord. Meine Kameraden haben mich verraten. Wibke ist tot.

Simmerling schaffte es, nicht in Tränen auszubrechen. So ein Gefühl wie jetzt hatte er noch nie gehabt. Da waren die Schmerzen, die aber nachließen. Da war der Abgrund, auf den er zutaumelte. Ein Leben lang im Gefängnis. Für nichts. Da war der Hass auf das Schwein, das Wibke umgebracht hatte. Der Hass. Hass! Hass! Hass! Die Schmerzen waren fast verschwunden. Nur ein Pochen war übrig. Vorsichtig stand Simmerling auf und belastete sein verletztes Bein. Es ging. Er humpelte. Immerhin. Vorsichtig setzte er sich wieder.

Ich brauche einen Plan, dachte Simmerling. Wenn ich mit den Kameraden eine Strecke auffahre, dann machen wir auch einen Plan. Was brauche ich? Hilfe. Wer hilft mir? Niemand. Halt. Es gibt jemanden.

Er zückte das Handy, wählte eine Nummer. Das Freizeichen riss an Simmerlings Nerven. Viermal, fünfmal, sechsmal. Kein Anrufbeantworter. Fünfzehnmal. Endlich. Eine Stimme, außer Atem, hell, fröhlich.

»Hallo, wer ist denn da, ich war gerade im Garten.«

Simmerling atmete schwer, brachte kein Wort heraus.

»Hallo? Ich höre Sie atmen. Wenn Sie das wieder sind, dann können Sie sich Ihr Telefon in den Arsch schieben, Sie perverses Arschloch.«

»Nicht auflegen. Ich bin's.«

Schweigen. »Edgar?«

»Ja.«

»Du lebst noch? Na, das ist aber ein Ding! Du klingst so komisch. Ist was?«

»Ich brauche dich, Tamara.«

»Spuck's aus.«

»Du weißt es nicht?«

»Was weiß ich nicht?«

»Wibke ist tot. Ermordet.«

Schweigen. »Wer? Warum? Wann? Das kann doch nicht sein ...«

»Am Freitag. Ich weiß, wer es war, aber alle denken, ich wäre es gewesen. Ich bin verletzt. Abgehauen. Du musst mir helfen. Wir müssen das Schwein fertig machen. Glaubst du mir?«

Schweigen. »Du bist sicher, dass du es nicht selbst warst?«

»Tamara! Du kennst mich. Manchmal bin ich ein Idiot, aber ich kann echt keinen umbringen.«

»Das klang aber grade anders.«

»Das Schwein kommt sonst davon. Ich bin erledigt. So oder so.«

»Ich bin raus aus dem Geschäft. Weißt du doch. Beihilfe ist ein ganz schön dickes Ding.«

»Du weißt von nix. Ich brauch 'ne Karre, mein Spielzeug, Tabletten und Geld. Den Rest mach ich allein. Dann bist du längst wieder daheim. Und das Alibi ist doch kein Problem, oder?«

»Oh Mann, ich weiß nicht. Bei dir is das immer so 'ne Sache. Du ziehst das Pech an wie Scheiße die Fliegen.«

»Du hast gesagt, wenn ich mal richtig in der Kacke stecke, dann hilfst du mir. Außerdem ist Wibke deine Schwester.«

»Jetzt übertreib mal nicht. Ich hab Wibke kaum gekannt. Als die zur Welt kam, war ich schon zweimal geschieden.«

»Ihr habt denselben Vater.«

»Munkelt man. Also weißt du, mit Familienbande hat das echt nix zu tun. Du hast mir aus der ganz dicken Scheiße geholfen, das hab ich nicht vergessen. Ich helfe dir. Dieses eine Mal. Und dann vergisst du einfach, dass ich existiere, so wie ich Wibke schon fast vergessen hatte. Okidoki?«

»Kein Thema. Nur dieses eine Mal. Du bist echt in Ordnung.«

»Ich bin vollkommen bekloppt, das is alles. Gaunerehre, so eine Scheiße. Also. Ich bring dir deinen ganzen Kram mit. Mein Gott, das Zeug schleppe ich schon ewig mit mir rum. Und weißt du was?«

»Sag's mir!«

»Wenn das hier klargeht, gehe ich zurück nach Kolumbien, dat steht fest.«

»Beeil dich, Tamara.«

»Bin schon unterwegs.«

VIERZEHN

Bremer hatte die Verbindung mit Haltern unterbrochen und den Hörer noch eine Zeit lang betrachtet. Dieser Haltern ist ein riesengroßer Idiot, dachte Bremer. Und gefährlich. Aber ich verwette meinen Kopf, dass er nicht der Mörder ist. Er ist zu laut. Zu unbeherrscht, das passt nicht.

Bremer legte den Hörer auf die Gabel zurück und wurde das Gefühl nicht los, bis an die Unterlippe in Treibsand zu stecken. Um ihn herum herrschte rege Betriebsamkeit, aufgeteilt in Gruppen und Partien wurden die Bergleute vernommen, bis jetzt ohne Ergebnis.

Er verließ den Leitstand, die Sonne stand schon hoch, und es versprach ein heißer Tag zu werden. Bremer brauchte eine Pause, er musste nachdenken. Mit der Linken beschattete er die Augen und blinzelte vorsichtig in die Sonne. Er beneidete den Stern. Klare Aufgabe, die Ressourcen standen zur Verfügung, und ansonsten machte sich die Sonne keine Gedanken. Aber da war etwas, das ihn mit der Sonne verband. Wir beide hängen im luftleeren Raum, dachte Bremer. Nichts kann ich greifen. Also noch mal der Reihe nach. Das Bergwerk wird so sabotiert, dass die Rettung der Eingeschlossenen nach drei bis vier Tagen wahrscheinlich ist. Der Täter hat sich vermutlich mit eingeschlossen und bringt zwei Menschen um. Nur ein Sachkundiger kann das organisiert haben, aber wir haben die achtzehn Bergleute durchleuchtet und nichts gefunden. Das Lothringer Kreuz weist auf eine politisch motivierte Tat hin. Beide Opfer waren Bergbaugegner. Also ein Bergmann? Weil die Bergwerke dichtgemacht werden? Untypisch für Bergleute, das haben alle bestätigt. Wenn es Bergleute sind, müssen sie verrückt sein, dann haben sie einen massiven Bergschaden im Kopf. Möglich. Aber nicht zwingend. Oder der Mörder ist ein Trittbrettfahrer. Nutzt die Gunst der Stunde. Wir müssen uns die anderen dort unten vornehmen.

Was verbindet Barens und Satonak noch? Bremer zückte sein

Handy und fragte, wie weit Weber sei. Gab es Haken? Gab es dunkle Geheimnisse? Welche Leichen hatten die Eingeschlossenen in ihren Kellern? Eiskalt lief es ihm über den Rücken. Seine Gefangenschaft im Bunker vor zwei Monaten wurde wieder lebendig. Ich muss dringend mit Sefrinck reden, sonst stehe ich das nicht durch, dachte der Kommissar und vereinbarte gleich einen Termin für den frühen Abend. Weber rief an. Ob Bremer nicht ins Büro kommen könnte? Für eine oder zwei Stunden? Für das Wichtigste in Kürze?

Zwanzig Minuten später saß der Kommissar in seinem Büro, vor sich Aktenberge. Weber kam rein, setzte sich erschöpft auf die Schreibtischkante.

»Also. Barens. Er ist geschieden, die Frau lebt in Hamburg, seine beiden Töchter in Berlin. Die Hamburger Kollegen haben die Todesnachricht überbracht, und die Reaktion war die pure Freude.«

Bremer hatte sein Kinn in seine beiden Hände gebettet und lauschte.

»Nach einer Weile ist sie dann herausgerückt mit der Geschichte.« Weber rieb sich die roten Augen. »Missbrauch. Ihr Mann habe die beiden Töchter missbraucht.«

Bremers Kinn sackte ab. »Und die Frau hat zugeguckt?«

»Hat sie. Einige Jahre lang. Dann sind die Töchter abgehauen, und sie hat sich scheiden lassen.«

»Ohne zu mucksen. Ohne Anzeige.«

Weber schüttelte den Kopf, stand auf, ging zur Kaffeemaschine, produzierte zwei gesundheitsschädliche Tassen Espresso, stellte eine vor Bremer hin, die andere leerte er in einem Zug. Bremer musterte abwesend die Tasse, schnüffelte, schaufelte drei Löffel Zucker rein und schlürfte die heiße süße Sünde. Weber setzte sich wieder auf die Kante und trommelte mit den Fingern auf die Schreibtischplatte.

»Die Töchter haben gesagt, sie wollten ihren Vater nicht anzeigen, weil alles schon schlimm genug gewesen sei. Sie seien darüber hinweg, gute Therapie, die Fakten sprechen für sich, beide sind verheiratet und haben Kinder.«

»Wie hat Barens sie missbraucht?«

»Darüber haben sich alle Beteiligten ausgeschwiegen. Aber es ist noch ein Name gefallen. Siri Endres. Hast du sie schon vernommen?«

»Allerdings. Was hat sie damit zu tun?«

»Sie war so etwas wie eine Freundin der Familie. Sie hat dafür gesorgt, dass es nicht zu einem Prozess kam.«

»Wie?« Bremers Herz klopfte schneller.

»Sie hat Barens' Frau davon überzeugt, stillzuhalten.« Weber roch Lunte, aber Bremer war noch nicht so weit, die Karten auf den Tisch zu legen.

»Satonak?«, fragte Bremer.

»Moment«, sagte Weber, sprang von der Kante, ging rüber zu seinem Schreibtisch und kam mit einem eng beschriebenen Blatt Papier zurück. Murmelnd ging er den Text durch, der Finger lief von Zeile zu Zeile, dann stockte er. »Satonak wurde mal wegen sexueller Belästigung angezeigt. Ist aber eingestellt worden.«

Weber zerknüllte das Blatt und warf es in Richtung Papierkorb. Der Wurf ging daneben, und Weber fluchte.

»Nicht so eilig«, rief Bremer, hob den Papierball auf und strich ihn glatt. »Nimm dir noch mal Satonak vor. Such nach Verbindungen zu Siri Endres. Barens hat sie protegiert.«

»Erpressung?« Weber war schon fast die Tür hinaus.

»Warum nicht? Wer sagt uns, dass die Saboteure und die Mörder ein und dieselbe Person sein müssen? Barens hat keine Lust mehr, sich erpressen zu lassen, und Siri Endres ergreift die Gelegenheit. Sie hat den Giftanschlag geplant. Die Grube ist der perfekte Tatort.«

»Nicht schlecht«, rief Weber, er flitzte los und prallte fast mit Zerb zusammen.

»Stopp, Polizei«, rief der und hielt Weber am Arm fest. »Ich hab da was.«

Müde winkte ihn Bremer herein.

»Der Obduktionsbericht. Wibke Fromm war schwanger. Ende vierter Monat.«

»Auch noch ein Ungeborenes«, sinnierte Weber und schüttelte den Kopf.

»Irgendwo gibt es einen Papa«, stellte Zerb fest.

»Dafür hast du jahrelang studiert?« Weber feixte.

Zerb zuckte die Achseln, warf den Bericht auf den Tisch und

ging. Bremer sah Zerb hinterher und fragte sich, wie lange das noch gut gehen würde. Fast jeden Tag zwölf und mehr Stunden. Irgendwann würde Zerb sich selbst obduzieren müssen, weil kein anderer Zeit dafür hätte.

Weber lachte gekünstelt. »Im Moment haben wir wirklich die Serie. Ein Mist nach dem anderen. Warum hat sich noch kein Vater gemeldet, Martin?«

»Entweder ist der Vater der Täter, irgendein Ehemann, dem das Kind nicht passt, oder der Vater weiß nichts von seinem Glück und das Kind war Ergebnis eines One-Night-Stands. Damit sind wir wieder ganz am Anfang.«

Bremer musste an Rosa denken. War das auch ein One-Night-Stand gewesen? Sie hatten noch zwei Stunden am Strand gelegen, ohne ein Wort zu reden. Die Nacht hatte sich gesenkt, die Menschen lachten, sangen, tranken, Trommeln pulsten über die Bucht, der Mond glitzerte verführerisch-kitschig im Atlantik, Rosa streichelte Bremer ohne Unterlass, ihre Hände hatten die Magie einer Künstlerin, wie eine Bildhauerin fuhr sie mit ihren feingliedrigen Fingern über jeden Quadratzentimeter Bremer. Das war es. Deswegen wollte er nicht mit Rosa schlafen. Die Unschuld. Die Jungfräulichkeit und Klarheit dieser Berührungen. Die harten Muskeln im Nacken und am Rücken, vor allem im Lendenbereich, hatten sich entspannt, und Bremer war in eine Welt voller Watte hinübergedämmert.

»Was sollen wir tun?« Weber rieb sich noch mal die Augen, diesmal als wolle er sie polieren wie einen Silberlöffel. »Unsere Leute, bis auf den letzten Mann, sind gerade dabei, den Bergleuten die Würmer aus der Nase zu ziehen. Als hätten die ein Schweigegelübde abgelegt. Wirklich mühsam. Da sind einige dabei, die geben nur Brummlaute von sich. Einen kurzen für ›Nein‹, einen langen für ›Ja‹.«

Die Watte stob auseinander, Bremer musste denken, antworten. Eine Minute lang schwiegen beide, dann war Bremer wieder im Hier und Jetzt.

»Wie gesagt. Du knöpfst dir Satonak noch mal vor, dann übernimmst du in Göttelborn. Ich nehme mir die Ergotherapieschule vor. Vielleicht wissen die mehr über Wibke Fromm. Und gib ein Bild von Fromm an die Presse, sag ihnen, sie war schwanger, mit der Aufforderung, es sollen sich bitte alle melden, die sie vor ihrem Tod noch gesehen haben, vielleicht ist ja der Erzeuger dabei.«

Weber verzog das Gesicht. »Warum fährst du dahin? Das ist doch Zeitverschwendung.«

»Das Kribbeln im Bauch. Außerdem geht es doch schneller. Bis ich die alle vorgeladen habe …«

Weber winkte ab. »Ja, ja, schon gut. Um sieben in Göttelborn?«

»So machen wir es.«

Weber grüßte, und Bremer fiel siedend heiß ein, dass er auf der Lerch noch einen Termin hatte. Das Geständnis. Vorher musste er aber die Kleider wechseln, sich rasieren und duschen.

Sein Sohn war nicht da, ein Zettel lag auf dem Küchentisch, dass er am Abend wieder zu Hause sei und dass das Bad einfach genial sei, der pure Luxus.

Bremer kritzelte auf den Zettel, dass er selbst erst morgen wieder zu Hause sein würde und Dirk zum Mittagessen einladen wolle. »Ruf mich an, ruf mich auf meinem Handy an« schrieb er darunter, genoss dann die heiße Dusche und die scharfen Rasierklingen, die ihm die Patina seines Berufes vom Gesicht schabten und ihn um mindestens zwei Jahre jünger aussehen ließen.

Dunkle Hose, dunkles Hemd, dunkles Sakko, dunkle Schuhe. Helligkeit passte im Moment nicht in Bremers Leben, über seiner Seele zogen sich dunkle Wolken zusammen. Seine Gedanken kreisten um Wibke Fromm, Edgar Simmerling und die Lage in Göttelborn. Was für eine Katastrophe, dachte Bremer. Ein Verhafteter, der aus dem Krankenhaus flieht, die Polizei schläft, weil sie übermüdet ist und zu blöde, die Tür abzusperren. Ich mache Fehler. Ich muss aufpassen. Kein Fehler mehr. Nur keine Fehler mehr.

Schon stand Bremer vor dem Gefängnis, wurde eingelassen, die Gänge, das Rasseln der Schlüssel, die Gitter, die Menschen, die ihre Freiheit eingebüßt hatten und trotzdem überlebten, irgendwie. Da saß er wieder. Der Mann, der wie ein Tier über seinen Schwiegervater hergefallen war. Berthold Koswet. Noch immer ein Schatten seiner selbst, die Hände zitterten, die Augen flohen von rechts nach links, der Blick verwackelt wie bei einer schlechten Filmaufnahme.

Bremer setzte sich. »Ihr Schwiegervater kommt durch, aber er ist für den Rest seines Lebens entstellt. Ich möchte Ihre Wut verstehen.«

Koswet nagte an seiner Unterlippe. »Ich auch.«

»Sie wissen nicht, woher das kam, diese Wut, diese Gewalt.«

»Das ist richtig. Ich habe noch nie jemanden geschlagen. Das ist … ich begreife es nicht.«

»Sie sind ein friedlicher Mensch, und dann knallt es raus aus Ihnen wie ein Vulkan, Druck entsteht, und dann: peng. Alles wird mitgerissen, alles, was dem Vulkan in den Weg kommt, wird zerstört.«

»So war es. Ich habe es nicht mehr ausgehalten. Eigentlich wollte ich ihn nicht schlagen. Er sollte einfach nur weg sein. Nicht mehr existieren. Er sollte nicht leiden. So wie seine Tochter gelitten hatte. Das wollte ich ja gar nicht. Weg sollte er sein, einfach nur weg.«

»Die Leiden der Tochter, das hat Ihnen so zugesetzt, das haben Sie nicht ertragen?«

»Er hat immer wieder auf sie eingehackt. Wie undankbar sie sei und dass sie eine schlechte Tochter sei, und dann hat sie manchmal die ganze Nacht durchgeweint, und mir hat es das Herz abgeschnürt. Wenn ich dann gesagt hab, Lisa, ich geh zu deinem Vater und stell ihn zur Rede, dass er dich in Ruhe lässt, hat sie immer nur gesagt, das geht nicht, er ist doch mein Vater und er ist ja nicht böse. Aber genau das war er. Ein egoistisches Schwein.«

Koswet wurde lauter. »Ein Arschloch, das nur sich und sonst niemanden sieht. Dem es niemand recht machen kann. Alle hat er vergrault, bis auf meine Frau, und ich wollte doch nur, dass wir wieder leben können. Jeden Tag ist sie hingefahren. Jeden verdammten Tag. Und wenn sie zurückgekommen ist, war sie vollkommen durch den Wind. Verschreckt wie ein kleines Mädchen. Dieses Schwein hat sich einen Spaß daraus gemacht. Seine Frau hat er ins Grab gebracht, aber mit Lisa macht er das nicht.« Koswet war aufgesprungen, und Bremer signalisierte dem Wachmann, nicht einzugreifen.

Koswet warf seinen Stuhl an die Wand und brüllte. »Ich würde es immer wieder tun, immer wieder! Verdammt nur, dass ich ihn nicht umgebracht habe, das Schwein, die Drecksau.«

Schwer atmend stand Koswet in der Zelle, Tränen liefen ihm über die Backen, er keuchte vor Anstrengung. Dann nahm er den Stuhl, setzte sich wieder, sank in sich zusammen und murmelte nur noch leise unverständliches Zeug vor sich hin.

Bremer stand auf, nahm die Aufzeichnung aus dem Bandgerät und verabschiedete sich. Morgen wieder. Um dieselbe Zeit.

Koswet knabberte an seinen Fingernägeln und stierte vor sich hin.

Bremer stand wieder vor dem Gefängnis, der Verkehr rauschte, und Saskias Mailbox erzählte dasselbe wie immer. Sie war bestimmt in Urlaub. Beim BKA sollte es so was ja noch geben. Oder sie wollte nicht mit ihm reden. Das sollte allerdings nicht vorkommen.

Bremer seufzte und betrachtete ein Werbeplakat, auf dem es um den besten Catering-Service ging, den es auf der Welt gab. Er wurde unruhig, lief vor dem Plakat hin und her, dass die Leute schon anfingen zu glotzen, die Gedankenfetzen rutschten von oben nach unten, bis er schließlich aufschrie, zum Auto sprintete, die Lampe aufsetzte und mit Blaulicht zurück ins Präsidium fuhr.

Wie Artisten flogen seine Finger über die Tasten, als er die Nummer der Staatskanzlei wählte. Sofort wurde er mit dem zuständigen Mann verbunden, der ihm die Liste ohne Verzögerung faxte. Er verglich die Liste mit der Liste aus dem Bergwerk. Unglaublich. Dann rief er die Catering-Firma an und fragte, wann die Bestellung für Göttelborn geändert worden sei. Und wer sie geändert habe. Einen Tag vor der Veranstaltung, hieß es, schriftlich, per Eilboten kam die Änderung. Man hätte sich zwar gewundert, aber die Zeit war knapp, und die Unterschrift stimmte. Bremer ließ die Schriftstücke sofort ins Labor bringen, und der Schriftsachverständige bestätigte, was Bremer schon wusste: Die Nachbestellung war gefälscht. Die Unterschrift war von Barens. Nur dass sie eingescannt und dann aufgedruckt worden war. Verdammt clever. Wenig Zeit, ein schöner zusätzlicher Auftrag, wer wird da gleich die Pferde scheu machen? Lebensmittel für eine Woche, für über achtzig Menschen, wenn man sich am Riemen riss. Ein bisschen viel für eine Abendveranstaltung.

»So einfach ist das also!« Innenminister Schuster klatschte die Akte auf den Tisch. »Unterschrift einscannen, aufdrucken, und schon tanzen die Puppen! Würde mich interessieren, ob ich mit einer gefälschten Unterschrift einen richterlichen Beschluss bekäme, um unseren allseits geschätzten Oberstaatsanwalt abzuhören!«

Schuster, Polizeidirektor Haffner, Bellorz und Bremer saßen in

Schusters Büro und grübelten über die Frage nach, ob sie den Staatsschutz einschalten sollten. Angeklopft hatte er schon. Volkmann, Leiter und oberster Staatschützer des Saarlandes, hatte in einer Aktennotiz an Haffner laut darüber nachgedacht, dass die Vorgänge in Göttelborn politisch motiviert sein könnten.

Bellorz neigte den Kopf. »Ich befürchte, die Kollegen am Kopfhörer würden umkommen vor Langeweile. Man würde Sie wegen fahrlässiger Tötung anklagen, wenigstens aber wegen Folter.«

Schuster lachte meckernd, wurde aber sofort wieder ernst.

»Da ist kein arabischer Selbstmordattentäter am Werk«, sagte Bremer, dem der Sinn für Humor abhanden gekommen war.

Bellorz räusperte sich. »Wir haben das Lothringer Kreuz, Hinweis auf eine Widerstandsbewegung, wir haben perfekte Sabotage, wir haben präzise Planung und Ausführung, die meiner Meinung nach nicht von einer Person ausgeführt worden sein kann«, sagte er. »Aber wir haben keine Forderung, kein Bekennerschreiben und damit immer noch kein Motiv.«

Bremer musterte Schuster, dessen Kiefer malten. Der Bauch des Innenministers war noch gewaltiger, als Bremer ihn in Erinnerung hatte. Das Hemd spannte über dem Ballon-Bauch und drohte die Knöpfe jeden Moment abzusprengen. Schuster redete nicht drum herum, sondern kam gleich zur Sache. In breitem, schwerfälligen rollendem Schmelzer Dialekt, den kein Fremder verstanden hätte, fragte er: »Gibt es Kompetenzprobleme?«

»Noch nicht. Tatsache ist, dass wir in der Grube zwei Morde haben. Das ist eindeutig Polizeisache. Andererseits könnten wir noch ein wenig Verstärkung gebrauchen. Vielleicht gibt es ja einen Kompromiss«, sagte Haffner harmlos und faltete seine Hände wie zum Gebet.

»Ihr Kompromiss ist mir klar«, erwiderte Schuster und schnaufte wie ein Pferd. »Bellorz und Bremer leiten, der Rest leidet.« Schuster freute sich über sein Wortspiel, Bellorz und Bremer lächelten nur gequält. Schuster unterließ sein Grinsen.

»Meinetwegen. Ich rede mit Volkmann. Im Moment ist es im Saarland an der Polit-Front recht ruhig. Die Linken genießen den Sommer, und die Rechten scheinen irgendwo im Trainingslager zu schwitzen. Meine Herren.« Schuster unterstrich das Ende des Gesprächs mit einem Kopfnicken.

Die drei erhoben sich fast gleichzeitig, Schuster blieb sitzen und hatte schon eine andere Akte in der Hand.

»Wie steht es mit den Medien?«, setzte er nach.

Haffner dreht sich zum Schreibtisch. »Ein kleines Wunder. Bis jetzt sind keine vertraulichen Details über Göttelborn durchgesickert.

Schuster hob die Augenbrauen. »Was haben Sie gemacht?«

Haffner räusperte sich kurz. »Den regionalen Medien habe ich intime Details über Ihre Küche versprochen, insbesondere über Ihre Art, Hühnchen zu tranchieren, den überregionalen ein Exklusivinterview mit den Tätern.«

»Aha«, sagte Schuster. »Wenn ich gewusst hätte, dass Sie ein echter Witzbold sind, hätte ich Sie zu meinem Pressesprecher gemacht.«

Haffner wandte sich zum Gehen, Bremer und Bellorz bissen sich auf die Zunge, um nicht lauthals zu lachen.

Bellorz war allerdings nur kurz zum Lachen zumute.

»Der Hauptverdächtige in einem Mordfall auf der Flucht, panisch, verletzt, da kann alles Mögliche passieren. Nur gut, dass im Moment Göttelborn die Medien beschäftigt, dann können wir die Geschichte vielleicht vertuschen. – Übrigens, den Müllermann, den kaufe ich mir, Haffner hat mir grünes Licht gegeben, der kriegt eine Packung, die er so schnell nicht vergessen wird. So eine …« Bellorz verschluckte den Fluch. »Martin, so was können wir uns nicht leisten. Das ist wirklich amateurhaft.«

Bremer scharrte mit den Füßen auf dem Bürgersteig und lief rot an.

»Keine Frage. Aber die Verantwortung trage ich. Gegen einen anständigen Rüffel für Müllermann habe ich nichts einzuwenden.«

»Du kannst nun wirklich nichts dafür. Das wäre ja noch schöner, wenn der erste KHK den Grünen jetzt auch noch den Hintern abwischen muss. Nein, nein. Das nächste Mal schweißen wir die Tür zu und setzen zwei Mann hin. Oder wir verzichten auf einen Stuhl. Dann werden die Jungs unsanft wach, wenn sie auf dem Boden aufschlagen.« Bellorz grinste und klopfte Bremer sanft auf die Schulter.

Der seufzte und nahm wieder normale Gesichtsfarbe an. »Wir haben ja nicht nur die Morde, eine Bank nach der anderen wird ausgeraubt, Wohnungseinbrüche, jede Menge Körperverletzungen, es reißt nicht ab. Müllermann hätte nicht einschlafen dürfen. Und ein Schloss hätte auch Wunder gewirkt.«

»Du weißt, wie Ärzte auf Schlösser reagieren. Schlösser gehen nur auf der medizinischen Abteilung auf der Lerch.« Bellorz kratzte sich am Kopf.

»Da konnten wir ihn nicht hinbringen.«

»Natürlich nicht. Ein Notfall. Kein richterlicher Beschluss.«

»Wir kämpfen gegen Windmühlen.«

Bellorz kniff die Lippen zusammen. »Wie sollen wir effektive Arbeit machen, wenn wir nicht genug Leute haben? Und die Leute, die wir haben, zum Teil nicht einmal in der Lage sind, auf einen Fußlahmen aufzupassen?«

»Das ist der Punkt. Alle schreien nach Sicherheit, aber uns fehlen die Mittel. Du weißt, ich kann Müllermann nicht leiden. Für mich ist er nach wie vor ein Feigling und als Polizist untragbar. Aber ich habe mir sein Dienstbuch angesehen, Sascha. Eine Schande. Als er im Krankenhaus ankam, hatte er schon vierzehn Stunden Dienst hinter sich. Kein Wunder, dass er eingeschlafen ist.«

Mit der rechten Hand kratzte sich Bellorz am Hinterkopf. »Du plädierst auf mildernde Umstände? Ich fasse es nicht.«

»Nicht direkt. Mach ihm einen Einlauf, dass es kracht, aber zerbrich ihn nicht. Er soll halt nur da eingesetzt werden, wo er nicht viel falsch machen kann. Wir sitzen im Glashaus, weißt du?«

»Wegen der Steine?«

»Wegen der Steine.«

»Okay.«

»Okay.«

Bellorz enterte sein Büro am Landgericht, und Bremer fuhr nach Brebach. Im ehemaligen Schlafhaus der Halbergerhütte war das Lehrinstitut für Gesundheitsberufe untergebracht. Der Parkplatz kostete fünfzig Cent, Bremer fand ganz vorn einen Platz.

Er hatte sich nicht angekündigt und rechnete damit, unverrichteter Dinge wieder abzuziehen. Im Eingangsbereich standen zwei junge Frauen, rauchten und unterhielten sich. Bremer konnte nicht über seinen Schatten springen, zeigte auf das überdimensionale Schild, »Im Eingangsbereich bitte nicht rauchen«, erntete beleidigte Mienen, aber die beiden trollten sich und rauchten auf dem Parkplatz weiter. Jetzt musst du schon Hausmeister spielen, sagte Bremer zu sich selbst. Fang lieber einen Mörder.

Die Wegweiser waren klar und deutlich, und schon stand Bremer im Sekretariat, zückte seinen Ausweis und fragte nach Wolfgang Trautmann, dem Leiter des Instituts. Die Sekretärin lachte und fragte, ob Trautmann jetzt endlich jemanden erledigt hätte, es sei ja an der Zeit, so wie die Chefs ihn traktieren würden. Bremer versicherte, deswegen sei er nicht hier, er habe auch keinen Termin, er würde auch wann anders wiederkommen. Aber Trautmann rief Bremer aus dem Nebenraum herein, drückte ihm kräftig die Hand und bat ihn, sich zu setzen. Bevor Bremer dem Angebot nachkam, schloss er die Tür, und Trautmanns Laune verschlechterte sich deutlich.

Als Bremer ihm dann von Wibke Fromms Tod berichtete, zog tiefe Trauer über Trautmanns schmales Gesicht. Ja, natürlich erinnere er sich an Frau Fromm. Eine der Besten ihres Jahrgangs. Intelligent, fleißig, so gut wie keine Fehlzeiten, wären nur alle so. Und ein Gefühl für die Patienten – phantastisch.

»Ich habe einige Stunden in der Klasse unterrichtet, das waren die Ergo-Vierer, also der vierte Jahrgang, jetzt sind wir bei dreizehn. Das ist furchtbar. Wibke Fromm. Sie hat sich schnell selbstständig gemacht, allein gearbeitet. Tot. Das verstehe ich nicht.«

Bremer misstraute solcher Euphorie, aber der Mann vor ihm schien es ernst zu meinen. Trautmann griff zum Telefon, wählte.

»Franka, gut, dass du da bist. Kommst du bitte mal zu mir. Ja, es ist wichtig. Bis gleich, danke.«

Es klopfte an der Tür, ein junger Mann fragte, ob er etwas anbieten könne. Kaffee? Wasser? Tee? Bremer bat um Wasser.

»Franka Hollberg ist die Schulleiterin der Ergotherapieschule«, sagte Trautmann. »Wir bilden hier auch noch Physiotherapeuten, Arbeitstrainer, Podologen und noch ein paar andere Heilberufe aus.«

Das Wasser kam gleichzeitig mit Franka Hollberg. Auch ihr fuhren Trauer und Schreck in die Glieder, Bremer sah, wie sie mit den Tränen kämpfte und verlor.

»Entschuldigen Sie bitte«, sagte sie und wischte sich die Tränen ab. »Wie ist es passiert?«

Bremer holte tief Luft. »Sie ist erschlagen worden. Sie war sofort tot.«

»Wer … wenn Sie es wüssten, wären Sie nicht hier.«

Bremer nickte. »Entschuldigen Sie die Frage. Sie wussten nichts von Wibke Fromms Tod? Die Medien haben ausführlich berichtet.«

»Frau Hollberg und ich sind beide vollkommene Medienmuffel. Keine Saarbrücker Zeitung, kein Fernsehen. Die Zeit ist mir zu schade. Sehen Sie, alles was für mich wichtig ist, erfahre ich über kurz oder lang. Ab und zu lese ich die Süddeutsche Zeitung oder die Zeit und habe den Überblick über die großen Zusammenhänge. Das reicht vollkommen.«

Franka Hollberg nickte, schluchzte und riss sich dann zusammen. Bremer dachte an seinen Fernseher, der seit fast zwei Jahren nicht ein Mal geflimmert hatte. Ich werde ihn verkaufen, überlegte er. Ich habe keine Zeit zum Fernsehen. Die Saarbrücker Zeitung lesen andere für mich, und die wichtigen Dinge erfahre ich übers Telefon, per E-Mail. Und aus Berichten und Akten. Wenn ich etwas nicht weiß, dann frage ich jemanden. »Was machen Ergotherapeuten?«

»Wir helfen Menschen, wieder ihre Selbstständigkeit zu erreichen. So weit wie irgend möglich. Nach Krankheiten oder im Alter. Helfen Kindern, die Probleme haben.« Franka Hollberg zögerte einen Moment. »Verhaltensstörungen zum Beispiel.«

»Reha?«, fragte Bremer und schätzte Hollberg ein. Selbstsicher. Sucht den Blickkontakt. Hände und Gesicht erzählen mehr als die Worte. Trotz starker Emotion bei der Sache. Klares, schnelles Denken. Ende vierzig. Schmales Gesicht, große Augen, knabenhafter Körper, sehnig, durchtrainiert, hellblonde Locken.

»Wie gut kannten Sie Wibke Fromm?«

»Wir haben nie den Kontakt verloren, trafen uns in regelmäßigen Abständen, redeten, gingen aus, etwa viermal im Jahr.«

Bremer rückte auf seinem Stuhl hin und her, räusperte sich. Franka Hollberg lächelte freundlich. »Stellen Sie alle Fragen, die Sie wollen. Ich werde Ihnen alles erzählen, was ich weiß, egal, was es ist.«

»Danke. Das erleichtert mir die Arbeit. Hat Wibke Fromm wechselnde Beziehungen gehabt?«

»Sie war konsequent. Immer nur ein Mann gleichzeitig. Innerhalb einer festen Beziehung. Das war ihr Lebensprinzip. Ansonsten wechselte sie häufig ihre Sex-Partner, sie bevorzugte Bergleute und Musiker.«

»Sie war eine schöne Frau. Hatte sie noch andere Vorlieben?«

»Sie ging nicht nach dem Aussehen. Sie entschied nach Gefühl. Sie war auch mit älteren Männern intim. Einmal hat sie mich um Rat gebeten.«

»Und?«

»Ihr Problem war, dass die Männer verheiratet waren.«

»Was haben Sie ihr geraten?«

»Nichts. Ich habe mit ihr darüber geredet. Sie hat die Lösung selbst gefunden.«

»Und?«

»Sie hat sich einen Mann gesucht, der ein phantastischer Liebhaber war, unverheiratet und noch dazu gut aussehend.«

»Roloff?«

»Nein, das was schon lange vorbei. Roloff, dieser Polizist, sei immer so korrekt gewesen. Auch im Bett. Und er habe zu viel geredet. Nein. Der Mann hieß Simmerling. Edgar Simmerling. Hat er es getan?«

»Vielleicht.«

»Als Wibke merkte, dass er gewalttätig ist, war es zu spät. Die Narben ...«

»Ich weiß. Wann haben Sie Wibke Fromm zum letzten Mal gesehen?«

Franca Hollberg rollten die Tränen über das Gesicht, aber sie redete weiter, ohne das geringste Zittern in der Stimme. »Vor drei Wochen. Wir waren essen, im Kino, und dann haben wir die Stadt unsicher gemacht. Bis spät in die Nacht waren wir tanzen, und kein Mann war vor uns sicher. Flirt-Attacke.«

»Erzählte Wibke irgendetwas Besonderes?«

»Sie machte Andeutungen. Ja. Es gäbe da einen Mann.«

Bremer richtete sich auf. »Hat sie einen Namen genannt?«

Hollberg schüttelte den Kopf. »Es müsse noch geheim bleiben. Keine Ahnung, warum. Vielleicht war es wieder ein Ehemann.«

»Aber sie war in bester Stimmung?«

»Ja. Und nein. Sie war aufgekratzt. Gut gelaunt, schon. Ich kann es kaum in Worte fassen. Ein Schatten. Ja, ein Schatten lag über ihr. Wenn sie glaubte, sie sei unbeobachtet, stand in ihrem Gesicht Trauer.«

»Wer stand Wibke Fromm sonst noch nahe? Hatte sie andere Freundinnen, Freunde?«

»Das hat mir Sorgen gemacht. Sie hat sich in den letzten Monaten sehr zurückgezogen. In meiner Gegenwart hat sie nie über andere Freundinnen oder Bekannte geredet. Da kann ich Ihnen nicht weiterhelfen.«

Bremer nahm einen Schluck Wasser, zögerte einen Moment, entschloss sich aber, die Karten auf den Tisch zu legen. »Wibke Fromm war schwanger. Ende vierter Monat. Wer kommt als Vater infrage?«

Schweigen. Stumm schüttelten sie die Köpfe, immer wieder, mehr Tränen, auch Trautmann griff jetzt nach einem Taschentuch. Bremer beneidete die zwei. Einfach so losheulen. Dem Entsetzen freien Lauf lassen. Das Grauen nicht einkapseln. Irgendwer hat eine Frau erschlagen. Als wenn das nicht schon genug wäre. Ein Ungeborenes musste jämmerlich ersticken im Mutterleib. Traurig. Unendlich traurig. Bremer fühlte, wie seine Dämme zu bersten drohten, riss sich zusammen und wiederholte die Frage. Immer noch keine Antwort.

»Es tut mir Leid«, sagte Bremer hilflos. »Wenn Ihnen etwas einfällt, hier ist meine Karte, sie können mich rund um die Uhr anrufen, mein Handy ist immer eingeschaltet.«

Er stand auf, langsam, drückte die blind hingestreckten Hände kurz, Hollberg versuchte eine Entschuldigung zu schluchzen, aber der Kommissar winkte ab. Mit Blei in den Beinen durchquerte er das Sekretariat, verstörte Menschen musterten ihn, die Wände waren dünn, das Heulen und Zähneknirschen war nicht verborgen geblieben. Der Flur, Bremer hatte keine Augen für die Menschen, die an ihm vorbeiströmten, aus den Klassen in die Pause. Manche lachten, manche bitterernst, eine Klausur verhagelt, Streit mit irgendwem, nur eins fiel Bremer auf. Die Stimmung war friedlich. Nirgends sah er mutwillige Zerstörung wie an vielen anderen Schulen, Hauptschulen, Gymnasien. Das muss daran liegen, dass die Leute hierher kommen wollen. Wer hier sitzt, weiß in der Regel, warum. Nur ich weiß nichts. Gar nichts. Das Opfer ist ein Phantom, der Täter ist ein Phantom, als hätten sie nie existiert, und erst der Mord verleiht ihnen ihre Existenz. Ein Kind ohne Vater? Ein Vater ohne Kind? Wie seltsam, dass Frauen heute auf einen Vater lieber verzichten. Sind Männer so schlecht? Bremer dachte an seinen Sohn, der in seinem Haus saß, den er jahrelang nicht gesehen hatte, den er gezeugt und dann mehr oder weniger vergessen hatte. Ja, sagte er sich, Männer sind so schlecht. Und so dumm. Als Bremer sein Vaterherz entdeckt hatte, entkam er nur mit Mühe dem Zorn der Mutter. Und so blieb es bei den Schecks und den monatlichen Zahlungen.

Der einzige Trost: Es gab wohl noch den einen oder anderen, der die Sache anders anging. Zerb zum Beispiel. Verheiratet, drei Kinder, nicht alles eitel Sonnenschein, aber die Familie war zusammen, und Zerb ließ nichts darauf kommen. Oder Weber. Der hatte Bremer erzählt, wenn er mal Vater werden sollte, egal wie und warum, dann werde er auch Vater sein. Und wenn er dafür seinen Beruf aufgeben müsste. Beneidenswert klar.

Bremer saß im Wagen und stellte fest, dass er schon losgefahren war. Dass er nur noch eine Straße vom Präsidium entfernt war. Die falsche Adresse. Ich muss nach Göttelborn. Den Termin mit Sefrinck verlegen. Das erledigte Bremer sofort, dann rief er Haffner an, schilderte ihm die Situation.

»Auch das noch. Juristisch gesehen ist es erst nach der Geburt ein Mord. Bis dahin bleibt es illegale Abtreibung. Wissen Sie was? Die Juristerei kann mir mal gestohlen bleiben. Für mich bleibt es ein Doppelmord. Und was ist mit Göttelborn?«

Bremer erschrak. »Göttelborn. Bin unterwegs dahin. Wie steht es mit den Einsatzkräften?«

»Ich werde die Dienstpläne auspressen bis zum Gehtnichtmehr.«

»Ist das nicht schon so?«

»Dann wird die Schale auch noch entsaftet. Ich beantrage Amtshilfe in Nordrhein-Westfalen. Beim BKA sind vielleicht auch noch ein paar Leute frei.«

»Ihr Wort in Gottes Ohr, Herr Haffner.«

»Ich werde laut genug beten. Simmerling hätte niemals flüchten dürfen.«

»Klar.«

»Wie auch immer, ich schicke Ihnen alles, was ich kriegen kann. Wir müssen den Kerl kriegen. Ach ja. Göttelborn. Das hat Priorität!«

»Keine Frage.«

Bremer hängte ein und war froh, mit Haffner einen vernünftigen Mann zu haben, der fern von Eitelkeiten und Machtgeilheit seine Arbeit ernst nahm, der den Job auf der Straße gelernt hatte.

Dann rief Bellorz an. Aufgeregt, eilig.

»Es ist so weit, Martin. Ein Bekennerschreiben. Es sind Forderungen gestellt worden.«

»Und?«

»Du wirst es nicht glauben.«

»Sascha, du wirst nicht glauben, dass ich gleich einen Herzinfarkt bekomme.«

»Doch, das glaube ich, und ich werde es verhindern. Die Kurzfassung: Sofortiger Abbaustopp im Saarland. Ansonsten kommt keiner lebend da unten raus. Und jetzt kommt der Hammer. Das Schreiben liegt ausschließlich dem Saarländischen Rundfunk vor.«

»Halten die dicht?«

»Sie halten. Das Schreiben ging an den Intendanten. Dick und fett das Lothringer Kreuz drauf. Wir treffen uns in zehn Minuten bei Schuster. Krisenstab. Der Staatsschutz ist auch da. Die wollen die Ermittlungen an sich ziehen. Aber bevor du durchdrehst: Das wird kaum passieren. Denen fehlt die Infrastruktur. Die haben nur zwanzig Leute. Wir können die unter Druck setzen. Wir werden ein Triumvirat bilden. Bis gleich.«

Kurt Volkmann, Leiter der Staatsschutzabteilung, trug den Spitznamen Saar-Bond. Ohne Probleme hätte er Roger Moore doubeln können, ansonsten verband den Original-Bond und Volkmann herzlich wenig. Bond war Draufgänger mit der Lizenz zum Töten, Volkmann war so vorsichtig, dass er unbeschadet jedes Minenfeld durchqueren konnte, und er hatte die Lizenz zum Aktensammeln.

Nach einer kurzen Begrüßung hatte Schuster klargestellt, dass es eine gemeinsame Leitung geben werde. Volkmann, Bremer, Bellorz und Haffner, der aber im Hintergrund bleiben würde. Es gab keine Diskussion, und Bellorz verlas das Bekennerschreiben.

»Die Widerstandsbewegung unter dem Lothringer Kreuz hat ihren Kampf aufgenommen gegen die Bonzen und Diktatoren der Deutschen Steinkohle. Die Zeit der Ohnmacht ist vorbei. Das Saarland ist in den schmutzigen Händen der Kohle-Mafia, die Politik und Wirtschaft bis ins letzte Glied infiltriert hat. Milliarden werden verschwendet für den Wahn Einzelner. Die Bergleute werden fett gefüttert, gehegt und gepflegt und bis zum Tode fürstlich versorgt, während aufrechte Arbeiter in den Fängen von Hartz vier zugrunde gehen. Ganze Orte werden dem Erdboden gleichgemacht, Hunderte Existenzen werden mit einem Handstreich zerstört, alte Menschen aus ihren Häusern vertrieben, die dann für ein Butterbrot dem nimmersatten Konzern einverleibt werden. Tausende zittern dem nächsten Erdbeben entgegen, Menschenleben sind nichts wert in diesem Land. Familien und Ehen, die Grundlage unserer Gesellschaft, gehen an den Folgen des Kohleabbaus zugrunde. Unser demokratischer Staat ist in Gefahr.

Das muss aufhören. Wir fordern den sofortigen Abbaustopp der Steinkohle im Saarland und in ganz Deutschland. Wir befinden uns im Krieg mit allen, die den Bergbau dulden.

Wir werden in Göttelborn als Zeichen unserer Entschlossenheit und unserer Ernsthaftigkeit jede Geisel töten, sollte unsere Forderung nicht erfüllt werden. Unsere Kämpfer sind unsichtbar und schlagen nach Belieben zu. Das marode System hat gegen uns keine Chance.

Göttelborn ist nur der Anfang. Wird unsere Forderung nicht erfüllt, werden wir ein Bergwerk nach dem anderen mit Krieg überziehen. Tausende werden sterben, und die Förderung wird zum Erliegen kommen, so oder so. Es liegt also an der Politik, Menschenleben zu retten. Gott, das Recht, das Volk und der Sieg sind auf unserer Seite.«

»So einen Unsinn habe ich ja seit der RAF nicht mehr gehört«, seufzte Bellorz und fragte: »Wenn ich richtig informiert bin, ist die Steinkohle doch sowieso ein Auslaufmodell.«

Volkmann nickte. »So ist es. Allerdings nicht morgen oder übermorgen. Göttelborn ist zu, Warndt wird dichtgemacht. Nur Ensdorf sollen noch laufen, bis 2012. Abgebaut wird in der Primsmulde. Aber das ist eine lange Zeit bis dahin. Genauso gut kann es sein, dass die Fördermengen wieder hochgesetzt oder schlagartig auf null reduziert werden, je nach politischer Windrichtung.«

Das Bekennerschreiben steckte in einer Plastikfolie. Bellorz hielt es gegen das Licht. »Feines Papier. Baumwolle, teuer. Ein Wasserzeichen der Firma. Eine Spur.«

Bremer winkte ab. »Das Papier gibt es in fast jedem Schreibwarenhandel im Saarland. Keine heiße Spur. Aber der Text ist aufschlussreich.«

»Da stimme ich zu«, sagte Volkmann. »Ein vollkommen neuer Ton, keinem bekannten Lager zuzuordnen. Es klingt nach gottesfürchtigen linken Radikaldemokraten, die die Herrschaft des Kapitals ablehnen und für die das politische System verrottet ist. Sie fürchten den Untergang der Gesellschaft und haben einen Krieg erklärt gegen einen verschwindend kleinen Teil der Gesellschaft, tragen ihn aber in der Mitte der Gesellschaft aus.«

Aufmerksam hatte Haffner zugehört und genickt. »Die Gruppe hat bewiesen, dass sie es ernst meint und hervorragend organisiert ist. Nur eins stört mich. Bisher sind wir davon ausgegangen, dass es sich um Bergleute handelt. Die werden aber kaum den sofortigen Abbaustopp verlangen.«

Die vier schwiegen, dachten nach, wälzten die Argumente.

»Die Stimmung im Saarland ist aufgeheizt, was den Bergbau angeht«, sagte Volkmann schließlich. »Sie alle haben von den Drohungen gegenüber Bergbausympathisanten gehört.«

Schuster unterbrach. »Haben Sie was gegen den Bergbau, Volkmann?«

Der Saar-Bond war überrascht. »Nein. Wie kommen Sie darauf?«

»Sie sprechen von ›Sympathisanten‹. So haben wir früher die Leute genannt, die fast Terroristen waren, die sich mit der RAF oder Ähnlichen gemein gemacht haben. Das Umfeld. Der Sumpf.«

Volkmann lief rot an. Ob aus Wut über Schusters Zurechtweisung oder aus Scham für den falschen Begriff, war nicht klar. »Verzeihung. Ich meine natürlich die Bergbaubefürworter. Darunter die Bergleute, die DSK, die Zulieferer, Politiker und so weiter und so fort.«

Schuster nickte zufrieden, der Gerügte redete weiter, als sei nichts gewesen. »Die Ohrfeige eines Bergbaugegners gegen einen Mitarbeiter der DSK haben Sie auch noch alle im Gedächtnis. Diese Ereignisse haben uns natürlich auf den Plan gerufen. Wir beobachten die Bergbaugegner sehr genau.«

Unruhig rutschte Bellorz auf seinem Stuhl hin und her. »Wie genau?«, fragte er, und seine Stimme balancierte auf der schmalen Linie zwischen Frage und Verhör.

»Nichts, was unsere Kompetenzen überschreiten würde. Keine Abhörmaßnahmen oder Ähnliches. Wir sammeln, werten aus, ziehen Schlüsse.«

Bremer glaubte nur die Hälfte, aber obwohl ihm der Staatsschutz nicht ganz geheuer war, brauchte er jedes Fetzchen Information. Volkmanns Arbeit konnte jetzt hilfreich sein. »Das interessiert mich brennend«, sagte Bremer also, und Bellorz schwieg.

Volkmann hob die rechte Augenbraue, wie ein Oberlehrer saß er da und dozierte. »Unser besonderes Augenmerk haben wir auf die SGBB gelegt. Das ist die Saarländische Gemeinschaft der Bergbaubetroffenen. Dort sind alle organisiert, die sich schlecht oder ungerecht behandelt fühlen. Die Interessen variieren. In Lebach und Umgebung geht es vor allem um die Erdbeben, die durch den Abbau verursacht werden. In Fürstenhausen stehen die bergbaubedingten Schäden an erster Stelle. Die SGBB organisiert Demonstrationen, hat eine Internetseite und berät in Sachen Schadensregulierung.«

Schlagartig wurde Bremer klar, was er machen musste, um die Täter zu fangen. Ich muss vor Ort gehen. Mit Leuten reden, die Tag für Tag mit Bergbau zu tun haben. Auf beiden Seiten der Demarkation.

Bremer unterbrach Volkmann. »Erstens: Ich brauche die Adressen des Vorstands der SGBB. Zweitens: Wer reguliert die Schäden? Ich will nicht die Chefs der DSK sprechen. Die Leute, die ganz nah dran sind, die brauche ich. Drittens: Das Bekennerschreiben ist meiner Meinung nach das Papier nicht wert, auf dem es steht.«

Die anderen drei, außer Bellorz, verzogen die Gesichter. »Der Wisch ist eine eierlegende Wollmilchsau«, erklärte Bremer und winkte mit seinem linken Zeigefinger. »Da hat jemand alles reingepackt, was ihm eingefallen ist. Ein bisschen RAF, ein bisschen El Qaida, ein bisschen Französische Revolution, ein bisschen Robin Hood und als Garnierung auch noch Gott und die heilige Familie. Nicht zu vergessen das Lothringer Kreuz. Obwohl, das muss nicht einmal von denen sein. Das Schreiben ist nicht echt. Klare Sache.«

Wieder lief Volkmann rot an. »Das sehen wir etwas anders. Ich glaube, wir haben es mit einer gefährlichen neuen terroristischen Vereinigung aus dem Umfeld der Bergbaugegner zu tun, die verblendet sind und den deutschen Staat erpressen wollen. Einige sind wirklich schlecht behandelt worden, haben ihr Vermögen verloren, Ehen sind zu Bruch gegangen, weil jahrelange Baustellen auch die Stärksten zermürben. Die sind richtig sauer. Da kann alles passieren. Glauben Sie mir!« Volkmann fuchtelte wie ein Oberlehrer mit dem Finger in der Luft herum.

»Ob da jemand abgerutscht ist oder nicht, werden wir sehen«, sagte Bremer, »Abrutschen allein macht noch keine Terroristen oder Mörder. Auf jeden Fall gehört der Glaube in Kirchen, Moscheen und Lotto-Annahmestellen. Ich werde mich an die Realität halten. Sie können gerne die SGBB weiter durchleuchten, Raster anlegen und Verschwörungstheorien von nationaler Dimension basteln, aber funken Sie mir bitte nicht dazwischen. Ich werde mit den Leuten reden und mir mein eigenes Urteil bilden.«

Bevor Volkmann explodieren konnte, griff Schuster ein. »Lieber Herr Bremer, wir kennen uns schon eine Weile und haben ja schon einiges miteinander erlebt. Deshalb folgender Vorschlag: Sie konzentrieren sich auf die Ermittlungen zu den Morden, und unser geschätzter Herr Volkmann bleibt an der SGBB dran. Mir liegt fern, hier Werbung für irgendeine These zu betreiben, aber was haben wir am 11.9. gelernt? Nichts ist unmöglich!«

Bremer brummte ein »Das hab ich doch gesagt« vor sich hin, Bellorz sprang auf, Volkmann zog beleidigt von dannen, Haffner grüßte kurz und war weg. Schuster beugte sich zu Bremer und flüsterte: »Mein lieber Herr Kommissar. Ihre Arbeit ist wertvoll und gut, aber überspannen Sie den Bogen nicht. Volkmann ist kein Trottel, es wäre nicht das erste Mal, dass sich harmlose Bürger in Monster verwandeln, nicht wahr?«

Bremer holte tief Luft. »Da haben Sie zweifellos Recht. Wenn ich mir den Sommerschlussverkauf ansehe. Jedes Jahr furchtbarer.«

»Ohne Bodyguard gehe ich da auch nicht mehr hin.«

Bremer verzog sein Gesicht, aber es kam kein Lächeln zustande. »Wir dürfen das Offensichtliche nicht aus den Augen lassen.«

»Und das wäre?«, fragte Schuster ungeduldig.

»Wir sind hier im Saarland. Eine terroristische Gruppe mit mehr als drei Mitgliedern wäre von vornherein zum Scheitern verurteilt. Das Saarland ist zu klein. Die soziale Kontrolle ist zu hoch. Vor allem in den kleinen Orten, um die es geht. Ungewöhnliches Verhalten spricht sich sofort rum, da kann doch keiner die Klappe halten.«

Bellend lachte Schuster. »Das meinen Sie nicht ernst, oder?«

»Nicht ganz, das gebe ich zu. Aber haben Sie mal versucht, im Saarland eine Ehefrau längere Zeit zu betrügen? Das ist ein einsames Geschäft. Sie müssen allen belebten Orten ausweichen. Am St. Johanner Markt kommt jeder mindestens einmal am Tag vorbei.«

Immer lauter lachte Schuster, und Bellorz stimmte mit ein. »Also, mein lieber Bremer, was wollten Sie wirklich sagen?«, fragte der Innenminister.

»Gut. Mit allem gebotenen Ernst. Das Schreiben ist wirklich Unsinn. Zweitens: Warum bringe ich Bergbaugegner um, wenn ich will, dass der Abbau gestoppt wird? Damit führe ich meine eigenen Ideen ad absurdum. Barens und Satonak hätten lieber heute als morgen den Bergwerken den Subventionshahn zugedreht.«

Schuster wurde schlagartig ernst. »Verdammt. Sie haben Recht. Das ist offensichtlich. So offensichtlich, dass ich es nicht gesehen habe. Das Argument, dass solche Leute vollkommen irrational handeln, werden Sie nicht gelten lassen?«

Bremer wiegte den Kopf und legte einen Zeigefinger ans Kinn. »Es kommt darauf an, wen wir suchen, welches Motiv wir annehmen. Sind es Bergbaugegner, die ein echtes Ziel verfolgen, werden sie ihre eigenen Leute schonen. Sind es durchgeknallte Soziopathen, ist es egal, was sie zerstören und wen sie umbringen. Das hier ist eine Mischung, ein Phantom, ich kann es noch nicht greifen.«

Aufmerksam hatte Schuster zugehört. »Okay, ich nehme alles zurück. Sie haben meine volle Rückendeckung, ich werde Volkmann zurückpfeifen. Er soll Ihnen zuarbeiten. Das wird ihn zwar zehn Jahre seines Lebens kosten, aber das ist es mir wert. Ich werde meine Kollegen informieren. Alle Bergwerke müssen Sicherheitsmaßnahmen ergreifen. Da gehen wir auf Nummer sicher.«

Bellorz schaltete sich noch einmal ein. »Herr Schuster, wir sollten einen Deal mit den Medien machen.«

Schuster nickte. »Das sehe ich auch so. Ich werde mich drum kümmern, dass die Berichterstattung auf ein Minimum reduziert wird, um den Erpressern kein Forum zu bieten. Ich werde mit allem drohen, was ich habe. Das muss funktionieren.«

Kräftig drückte Bremer dem Innenminister die Hand. »Anscheinend sind Sie ja doch besser, als ich dachte.«

Schuster drückte fester zu und sagte: »Sehen Sie, Herr Bremer, aus dem Grund kann ich nachts wunderbar schlafen. Und jetzt an die Arbeit.«

Vor den Toren des Innenministeriums, mit Blick auf die Stadtautobahn, musste Bremer noch eine Frage an seinen Staatsanwalt loswerden. »Was hat Schuster damit sagen wollen, dass er deswegen nachts ruhig schlafen könne?«

Bellorz grinste. »Zweierlei. Zum einen, dass er sich selbst für gut hält und daher ein reines Gewissen hat und irgendwann das auch jeder erkennt. Und zum Zweiten, dass es ihm vollkommen wurscht ist, was du von ihm hältst, solange du nur deine Arbeit zur Mehrung seines Ruhmes machst.«

»Oh«, sagte Bremer. »Ich dachte, er mag mich.«

»Vergiss es. Das kann er sich einfach nicht erlauben. Wenn du zu viele Fehler machst, lässt er dich fallen, gnadenlos. Als Innenminister kann er sich lästige Gefühle nicht leisten. Nicht bei einem Kriminalhauptkommissar.«

»Und du?«

Bellorz verstand nicht und schüttelte den Kopf.

»Magst du mich? Kannst du dir Gefühle leisten?«

»Ich kann. Und ich mag dich. Weil du eine Nervensäge bist. Weil du immer wieder alles gegen den Strich kämmst. Das gefällt mir, obwohl es anstrengend ist.«

Die beiden schauten sich noch eine Weile in die Augen, als stünden sie auf dem Set und jeden Augenblick müsse der erlösende Kuss ihre Liebe besiegeln. Aber so weit war es noch nicht.

FÜNFZEHN

Im Ghetto herrschte Ruhe. Haltern saß vor sich hin schmollend in der Ecke und wartete auf einen Anlass, sich aufregen zu können.

In der Kathedrale hatte Normalität Einzug gehalten. Ohne Probleme hatten sich die Bewohner auf einen gemeinsamen Rhythmus geeinigt. Die Mahlzeiten wurden gemeinsam eingenommen: Frühstück um acht, Mittagessen um eins und Abendessen um sieben. Beim Frühstück wurde durchgezählt, ob alle Schäfchen da waren. Keiner fehlte an diesem Morgen ohne Sonnenaufgang.

Zettler saß bei Tchechnach, Siri Endres, Friedhelm Beist und Wilfried Handerson. Bremer hatte Zettler den Auftrag gegeben, Siri Endres auf den Zahn zu fühlen. Die beiden kannten sich flüchtig, hatten aber fast automatisch ins kollegiale Du gewechselt, ohne großes Ritual.

»Gibst du mir mal die Margarine?«, fragte Siri Endres gerade. Zettler reichte sie herüber, ein honigsüßes Lächeln war der Dank. Keinem am Tisch entging das, Handerson hustete, Tchechnach biss in eine Scheibe Pumpernickel, die dick mit Leberwurst bestrichen war.

»Was glaubt ihr, wer steckt dahinter?«, fragte er in die Runde.

»Das haben wir schon hundertmal diskutiert«, antwortete Han derson.

»Und kein Ergebnis!«, entgegnete Tchechnach. »Wo bleibt unser Scharfsinn? Strengt eure Köpfe an, wozu habt ihr sie?«

Siri Endres mischte sich ein. »Durchgeknallte Bergleute. Ganz klar. Göttelborn wird dichtgemacht. Ein Bergwerk nach dem anderen stirbt. Barens war eindeutiger Gegner. Satonak auch. Ich denke, alle Bergbaugegner hier unten sollten sich warm anziehen.«

Reiner Zettler wiegte zweifelnd den Kopf. »Ich weiß nicht. Das ist so erschreckend einfach. Mir fehlt der Sinn in der ganzen Sache. Wenn die Morde mit der Sabotage zusammenhängen, was nicht zwingend ist, muss der Mörder unter uns sein. Ein riskantes Unterfangen.«

Handerson schüttelte den Kopf. »Eben nicht. Es gibt keinen besseren Tatort als ein Bergwerk. Und ich würde nicht darauf wetten, dass nur Bergbaugegner auf der Liste stehen. Schauen wir uns doch mal die kriminelle Energie an, die hinter der ganzen Sache steckt. Lange Planung, Kenntnis der Materie, absolut professionell.«

»Wir drehen uns im Kreis«, sagte Reiner Zettler. »Das sind alles Spekulationen. Wir sollten überlegen, was wir heute in Angriff nehmen. Wer macht mit mir Geschirrdienst?« Siri Endres' zierliche Hand flog nach oben.

»Dann räume ich unsere Kojen auf und lüfte die Federbetten. Unglaublich, was es hier unten für Viehzeug gibt«, sagte Handerson und kratzte sich am rechten Bein. Mitten in der Bewegung schüttelte der Berg mit einem kurzen Bocksprung seine Gäste von den Sitzen. Alle schrien durcheinander, einige rappelten sich hoch und brachten sich in den Strecken in Sicherheit.

Bohlen war stolz auf sich. Keine Panik war ausgebrochen. Er hatte den Leuten klar gemacht, dass es kleinere Beben geben könnte, die jedoch nicht gefährlich seien. Sie hatten die Evakuierung in die Strecken geübt, immer wieder. Ein guter Trick. Der Bewegungsdrang wurde gestillt, das Gemeinschaftsgefühl gestärkt, und im Ernstfall würden die Leute besonnener reagieren. Was zu beweisen war. Dennoch fuhr allen die Angst in die Glieder, schweißnass warteten sie auf den nächsten Stoß. Aber der Berg beließ es bei seinem kleinen Rülpser und hob sich das Beste für später auf. Die Kuppel der Kathedrale hatte keinen Kratzer, ein wenig Staub rieselte vom betongrauen Himmel. Bohlen gab Entwarnung, geordnet kehrten die Menschen zurück in die Halle.

Zettler war in die Strecke nach Lummerschied hineingelaufen und hatte an der nächsten Biegung eine Gestalt gesehen, die weitergegangen war. Einen Moment wartete Zettler, aber niemand kam zurück. Die anderen waren schon wieder auf dem Rückweg, und Zettler beschloss, das verlorene Schaf zur Herde zurückzubringen. Langsam ging er los, sein Körper vibrierte, als sei das Beben in ihn eingedrungen. Keine Panik, redete er sich zu. Bohlen hat mir das mit den Beben erklärt. Spannung baut sich auf, löst sich plötzlich, ein kleiner Schlag, mehr kann hier nicht passieren. Und trotzdem zittern meine Hände. Mein ganzer Körper ist in Aufruhr, will nur noch rennen, rennen, rennen.

Noch nie zuvor hatte Zettler ein Erdbeben erlebt, und er war auch nicht erpicht darauf, noch eins mitzumachen. Sein Herz schlug immer noch bis in den Hals, im rechten Arm kribbelte es, das linke Bein wollte nicht so richtig.

»Reine Nervensache«, sagte Zettler laut. »Wenn ich den Boden unter den Füßen verliere, reagiere ich halt so, da kann ich nichts dran machen.« Nach ein paar Metern begann er ein Liedchen zu pfeifen, einen Ohrwurm, den er vor kurzem im Radio gehört hatte.

Die Strecke machte eine weitere Biegung. Gleich muss der Abzweig zum Streb kommen, dachte Zettler, und kaum war er um die Biegung herum, sah er die Person in der Strecke Richtung Streb verschwinden.

»He! Hallo!«, rief Zettler. Keine Reaktion. Trotz der Hitze beschleunigte er seinen Schritt. Dann blieb er abrupt stehen.

Ich bin vollkommen allein hier, dachte Zettler. Sein Herzschlag nahm wieder Fahrt auf. Wenn ich zurückgehe ... Die Gedanken setzten einfach aus. Zettler schüttelte wie benommen den Kopf, dann ging er weiter, zuerst kleine Schritte, dann lange, schließlich fiel er in einen Trab, der ihn nach einigen Minuten zur Kopfstrecke des Strebs brachte. Er stoppte abrupt, horchte, hörte aber nur das Blut in seinen Schläfen, seinen Atem und sein Herz so laut, als wäre er zehn Kilometer gelaufen. Er wartete eine Minute, bis er andere Geräusche hören konnte. Die Grillen. Die Grillen schwiegen. Kein Knacken, kein Räuspern des Berges, kein Trippeln von Ratten, nichts. Mit zusammengekniffenen Augen stand er da mitten in einem der längsten und mächtigsten Steinkohlestrebe Deutschlands und witterte wie ein ängstliches Reh. Da war es wieder. Ein leises Schaben, dann ein Kratzen, dann ein Wimmern, wie von einem Kind. Ohne zu zögern schlug Zettler die Richtung des Wimmerns ein, drang in die Kopfstrecke vor, bis er an den Übergang zum Flöz kam.

Gott sei Dank ist es nicht das Flöz, in dem Satonak gestorben ist, dachte Zettler. In Reih und Glied standen die hydraulischen Schilde, die dem Druck des Gebirges standhielten. Einhundertachtundachtzig nebeneinander, jedes gut zwei Meter breit, mit stählernen Rücken, die tragen konnten, was kein Mensch vermochte. Drei

Meter mächtig lag die Kohle hier im Berg, bereit ans Licht geschafft zu werden. Aber der Panzerförderer, dessen Kollege Satonak zermalmt hatte, stand still. Die Schilde trugen stoisch den Berg wie Atlas, der das Himmelsgewölbe trug, letztendlich ebenso sinnlos. Nur wenige Lampen verstreuten ein schwaches, diffuses Licht, das vom Berg und von den Maschinen aufgesogen wurde.

Zettler schaltete seine Lampe ein. Da, eine Bewegung. Tief im Streb. Wieder rief Zettler, aber er erhielt keine Antwort. Vorsichtig stieg er von Schild zu Schild, auf die Kette des Förderers würden ihn keine zehn Pferde bekommen. Vor ihm tauchte ein Ungeheuer auf. Wie ein Drache stand das Ungetüm plötzlich vor Zettler, dem die Luft wegblieb. Zweieinhalb Meter hoch klaffte das Maul, mit Zähnen bewehrt, scharf und hart, so viele, dass Zettler sie nicht zählen konnte. Zischend fuhr Dampf aus dem Maul, das Ungetüm ruckte auf Zettler zu, der in Todesangst zurückwich. Doch das Ungetüm war schon über ihm. Wieder das Zischen, und der Rückweg war abgeschnitten. Drei, vier fünf, immer mehr Schilde senkten sich, schoben sich nach vorn, Metall kreischte, Gestein brach, doch anstatt sich wieder gegen den Berg zu stemmen, blieben die Stahlrücken gebeugt. Schon brachen die ersten Brocken von der Decke, polterten auf den Förderer, drangen unter die Schilde, versperrten den Weg. Zettler wandte sich um. Auch die Schilde vor ihm senkten sich, als nickten Riesen mit dem Kopf. Die Erkenntnis kam zu spät. Die Falle schnappte zu. Reiner Zettler sprach ein Gebet und bereute seine Sünden, als sich das Maul langsam zu drehen begann, Wasser spie und mit tödlicher Wut auf ihn losging.

SECHZEHN

Tamara Kaitan brauchte zwei Stunden bis Göttelborn und eine halbe Stunde, um Edgar Simmerlings Versteck zu finden. Sie musterte Simmerling, schnalzte mit der Zunge, verpasste ihm eine Spritze aus ihrem Spezialsortiment gegen Schmerzen, Entzündungen und Unwohlsein. Dann legte sie ihm einen neuen Druckverband an.

»Wenn du nicht so eine müde Socke wärst, hätt's mit uns wat werden können.«

Simmerling zuckte mit den Achseln.

»Deine Kraft und meine Intelligenz. Wir wären ein unschlagbares Team geworden.« Tamara hatte ins Hochdeutsche gewechselt, ihren Dialekt abgelegt. »Aber du wolltest ja Sicherheit und einen geregelten Job und eine brave Mama. Und? Was hast du jetzt?«

»Da kann ich doch nix für.«

»Wibke hat dich zum Teufel gejagt. Das war doch klar. Das Püppchen hält nichts aus. Da nimmst du sie endlich mal ein bisschen ran, und schon rennt die plärrend zu den Bullen.«

Simmerling lief rot an. »Du hast doch keine Ahnung«, sagte er weitaus milder, als er es beabsichtigt hatte. Aber solange Tamara an seinem Bein werkelte und er sie brauchte, war er gut beraten, den Ball flach zu halten.

»Und ob ich Ahnung habe. Zweimal hab ich Wibke getroffen. Immer bei Beerdigungen, und immer hat sie geflennt wie ein Schlosshund. Die hat nix ausgehalten. Heulsuse. Landei. Siehst du schon am Beruf.«

»Wieso am Beruf?«

»Na, diese Ergos sind doch die Püppchen schlechthin. Basteltanten, mit Oma Peddigrohr flechten und Händchen halten, mein Gott, wenn denen mal 'ne Tasse auf den Boden fällt, ist gleich Panik angesagt.«

»Unsinn«, brummte Simmerling und zog sich die frische Jeans an, die Tamara mitgebracht hatte. Zwei Nummern zu groß, damit der Verband nicht so auffiel.

»Hier, probier das mal.«

Tamara warf Simmerling eine Perücke hin. Schwarze lange Locken. Simmerling zog sie über, und Tamara bog sich vor Lachen. »Das ist einfach spitze. So erkennt dich wirklich keiner. Hier. Jetzt noch Schnurrbart und Brille.«

Tamara bewunderte ihre Kreation und hielt Simmerling einen kleinen Spiegel hin.

»Mein Gott«, stöhnte der, aber Tamara kannte kein Erbarmen.

»Jetzt das Tüpfelchen auf dem i.« Sie zog eine Tube dunkles Make-up aus der Tasche und schmierte Simmerling eine dicke Schicht ins Gesicht. »Zwei Monate Mallorca, mindestens. Jetzt kannst du bei jedem Bullen zu Mittag essen, die erkennen dich nicht.«

Ohne ein Wort hielt Tamara Edgar die Saarbrücker Zeitung vor die Nase. Auf Seite eins, neben dem Aufmacher, prangte sein Bild. Tatverdächtiger gesucht. Mord in Göttelborn. Das Opfer war schwanger. Tränen tropften auf die Zeitung.

Sanft legte Tamara ihre Hand auf Simmerlings Schulter. »Deins?«

Simmerling schüttelte nur den Kopf.

»Ist ja auch egal. Das Scheusal verdient den Tod. Nein, eigentlich verdient der was Schlimmeres. Ein Baby. Verdammt.« Tamaras Stimme kratzte. »Mach ihn kalt. Ich hab dir deinen Koffer mitgebracht.«

Edgar Simmerling hatte sich inzwischen daran gewöhnt, zu weinen. Ohne darauf zu achten, klappte er den Deckel auf, strich liebevoll über das bläulich schimmernde Metall.

»Endlich kannst du wieder etwas Sinnvolles tun«, murmelte er, und Tamara nickte.

Nachdem Simmerling Tamara am Bahnhof abgesetzt hatte und ihr geschworen hatte, das Auto spätestens in zwei Tagen verschwinden zu lassen, fuhr er zurück nach Göttelborn und legte sich in einem Gebüsch auf die Lauer, etwa hundertfünfzig Meter entfernt vom Bau des toten Mannes. Denn der Mann war so gut wie tot. Da gab es für Simmerling nicht den geringsten Zweifel. Kein Haus störte, kein Baum versperrte die Sicht, der Garten grenzte an weitläufige abschüssige Wiesen, die bis zum Autobahnkreuz reichten. Simmerling wiegte seine Waffe. Die Seilzüge waren gespannt, die Sehne gewachst, das Zielfernrohr justiert. Den ganzen Tag hatte er trainiert.

Die ersten Schüsse waren furchtbar gewesen. Die Pfeile waren zehn oder zwanzig Zentimeter am Ziel vorbeigegangen. Zu viel. Viel zu viel. Wenn er auf die Entfernung einen tödlichen Schuss abgeben wollte, musste er auf den halben Zentimeter genau treffen. Nach drei Stunden war er zufrieden. Er markierte die Pfeile, je nach Drift. Jeder hatte seine eigenen Flugeigenschaften. Der eine zog etwas nach links, der andere nach oben, einer lief wie an der Schnur gezogen. Damit würde er den Anfang machen. Seinen besten Pfeil hatte er Zorro getauft. Zorro, der Rächer, der immer sein Ziel traf. Die Jagdspitzen hatte er ausgetauscht gegen ultraharte, dünne, die in der Lage waren, Panzerglas zu durchbrechen, so hoch war die Energie, die auf die Spitzen einwirkte. Mit fast dreihundert Stundenkilometern würde der Pfeil losrasen und den Schädel des Mörders durchschlagen wie eine faule Melone. Simmerlings Compoundbogen war eine Spezialanfertigung, extrastark für die mächtigen Muskeln des Bergmanns. Als er beim Training aus Versehen einmal fast einen Bub erschossen hätte, hatte er seinen Bogen eingepackt, ihn bei Tamara untergestellt und sich geschworen, das Ding nie wieder in die Hand zu nehmen. Jetzt saß er auf einem kleinen Hocker in einem Gebüsch und wartete auf das räuberische Wild, das er erlegen wollte. Er schaltete sein Denken aus, was ihm nicht sonderlich schwer fiel, und fixierte den Bau.

Nach zwei Stunden öffnete sich die Tür des Wintergartens, und der tote Mann trat hinaus in die Sonne, in der rechten Hand eine Flasche Bier. Simmerlings Herz schlug schneller. Das ist er, dachte er. Der tote Mann. Endlich. Er richtete sich auf, zog leicht an der Sehne, sodass sich ein wenig Spannung aufbaute. Dann nahm er den Kopf des Wildes ins Visier, jedes Haar konnte Simmerling unterscheiden. Er spannte seine Armmuskeln, aber vor allem die Muskeln zwischen seinen Schulterblättern, und zog die Sehne aus. Nur Simmerlings Kraft war dazu in der Lage. Er stöhnte leise, dann war die Kraftanstrengung vorbei. Die Flaschenzüge übernahmen die Arbeit. Der Zug reduzierte sich auf wenige Kilopond, die Simmerling mühelos halten konnte. Jetzt die Stirn ins Visier genommen. Simmerling beruhigte Atem und Herzschlag. Das Wild stand auf seiner Terrasse und genoss die warme Sonne. Gerade als der Jäger die Sehne lösen wollte, nahm der tote Mann einen Schluck Bier und legte dabei seinen Kopf zurück.

Simmerling atmete tief und überlegte, ob er auf das Herz zielen sollte. Zu riskant, entschied er. Es bleibt beim Kopf. Das ist sicher. Das überlebt keiner.

Das Wild hatte die Flasche wieder abgesetzt. Simmerling atmete ein, hielt den Atem an, spürte den Herzschlag, löste die Sehne zwischen zwei Schlägen, als ein heftiger Schmerz durch sein Bein fuhr. Der Pfeil raste los, er würde keine zwei Sekunden brauchen, bis er in den Kopf des toten Mannes einschlagen würde. Aber Simmerling war vom Schmerz überrascht worden und hatte den Bogen nach oben verzogen. Der Pfeil schrammte über den Giebel des Hauses, nahm neue Energie auf, änderte seine Flugrichtung himmelwärts, durchschlug eine Taube, die tot zur Erde fiel, der Pfeil stieg weiter empor, als wolle er die Erde verlassen, verlor aber bald seine Kraft und stürzte auf ein unbebautes Grundstück, wo er von einem zehnjährigen Jungen gefunden wurde, der sich über einen solch kostbaren Fund freute.

Simmerling griff den zweiten Pfeil, den er Feuerstuhl genannt hatte, legte ihn ein, legte an, vorvisieren, ziehen, schwer, dann leicht, zielen, doch der tote Mann drehte sich plötzlich um und verschwand im Haus, der Jäger entspannte die Sehne, legte den Bogen nieder und atmete durch. Von der Stirn lief der Schweiß, die Bogenhand zitterte, und die Wunde am Oberschenkel pulsierte. Zwei Stunden lang passierte nichts. Dann trat der tote Mann wieder auf die Terrasse. Simmerling betrachtete den Bogen, dann den toten Mann. Schnell zerlegte er die Waffe, verstaute sie im Koffer, schlich sich zu seinem Wagen und fuhr davon, über die Grenze nach Frankreich, an den Lac de Madine. Dort mietete er sich einen Wohnwagen mit Fernseher und Satellitenschüssel, kaufte Lebensmittel und wartete, bis sein Bein aufhörte zu nerven.

SIEBZEHN

Bremer hatte sofort nach dem Eingang des Schreibens Bohlen informiert und ihm eingeschärft, die Schäfchen beieinander zu halten.

Bohlen musste die Nachricht der Spaltung überbringen. Inzwischen war Juliane Sefrinck in der Leitzentrale eingetroffen. Weber gab sie an Bohlen weiter.

»Guten Tag, Herr Bohlen. Ich bin Juliane Sefrinck, Polizeipsychologin. Ich werde versuchen, Ihnen zu helfen.«

Bohlen stellte sich ebenfalls vor und bedankte sich für das Angebot.

»Gut. Dann gleich los. Sie haben in Ihrem Studium ja einige Grundlagen in Psychologie erhalten, auch wie man mit extremen Situationen umgeht. Das ist ein guter Ansatz, auf dem wir aufbauen können. Eines vorneweg. Sie sind nicht verantwortlich für die freie Willensentscheidung anderer. Konzentrieren Sie sich darauf, mit denen zu arbeiten, die das freiwillig tun. Vermeiden Sie Schuldzuweisungen, Wertungen und Urteile über die, die sich abgespalten haben. Im Gegenteil. Bieten Sie Zusammenarbeit an und signalisieren Sie Verständnis für deren Ängste. Sie alle stehen unter enormem Druck. Auch Sie. Sehe ich das richtig?«

Bohlen atmete tief. »Ja. Ich habe Angst, das muss ich zugeben. Meinen Kollegen geht es nicht anders. Das Erdbeben hat die Situation nicht verbessert, obwohl die meisten sehr besonnen waren. Wir sind hier am Füllort eine Einheit, ziehen am selben Strang und vertrauen uns. Das macht die Sache leichter.«

»Wunderbar. Versuchen Sie, das den anderen klar zu machen. Ihr Ansatz ist völlig richtig. Beschäftigung, das gibt wieder Bezug zur Realität, Organisation gibt Halt, aber das darf nicht zum Selbstzweck werden, sonst kippt es. Verbreiten Sie Optimismus und Hoffnung, aber nicht jenseits der Möglichkeiten. Es wird noch dauern, bis Sie gerettet werden. Richten Sie sich auf zwei bis drei weitere Tage ein. Ich habe noch eine gute Nachricht. Nach unserem Gespräch können alle nacheinander einige Minuten mit

Angehörigen reden. Die Reihenfolge haben wir ausgelost. Das sollte die Stimmung erheblich verbessern, denn jetzt gibt es etwas, worauf sich die Leute freuen können und das in absehbarer Zeit real wird.«

»Gut, das ist sehr gut. Es haben schon einige danach gefragt.«

»Sie machen das sehr gut, Herr Bohlen. Ein dickes Lob auch an Ihre Kollegen.«

»Danke.«

»Bitte fragen Sie Herrn Haltern, ob er mit mir reden möchte.«

»Er will nicht. Bei dem Wort Psychologin hat er einen Wutanfall bekommen. Er sei doch nicht verrückt und alles ein abgekartetes Spiel.«

»Gut. Sprechen Sie ihn nicht mehr darauf an. Wir beginnen jetzt mit den Angehörigen.«

Sefrinck reichte an Weber weiter, der den ersten Namen nannte. Die Gespräche wurden mitgeschnitten, vielleicht gab es ja einen versteckten Hinweis.

Eberhard Steinmetz schloss kurz die Augen, als er die Stimme seines Sohnes hörte.

David Steinmetz hielt das Telefon in der Hand, schwitzte und war den Tränen nah. »Wie sieht es aus, Papa? Holt ihr uns hier raus?«

»Keine Frage. Alles ist am Laufen, die Besten legen sich ins Zeug, die Maschinen sind unterwegs. Wir machen Lummerschied frei, dann geht alles ganz schnell.«

»Habt ihr das Beben mitgekriegt?«

»Klar. 3,2 auf der Richterskala. Das Zentrum lag dreihundert Meter über Sohle sechs. Ihr habt nur die Hälfte abbekommen, die Tektonik hat einiges geschluckt. Gott sei Dank.«

»Ich hab Angst, dass hier noch Leute sterben werden. Was soll ich machen?«

»Vertrau auf Bohlen. Bleib an seiner Seite und sei vorsichtig. Er ist ein erfahrener Mann. Und vertrau auf Gott. Er lässt dich niemals im Stich, das weiß du doch, mein Sohn.«

»Ja, Papa, das weiß ich.«

Die Zeit verflog, die anderen drängten. Steinmetz räumte unwillig den Platz, verließ mit gefurchter Stirn die Leitzentrale und fuhr nach Lummerschied, um sich vom Fortschritt der Rettungsarbeiten ein Bild zu machen. Er wusste, es stand nicht gut.

»Der Herr ist mein Hirte«, betete Steinmetz und hoffte, dass er seinen Sohn lebend wiedersehen würde.

Reiner Zettlers Wahrnehmung verlangsamte sich. Gerade war ihm der Name der Ungeheuers wieder eingefallen. Schrämwalze. Die Schrämwalze war angelaufen, gesteuert von Menschenhand, so wie die Schilde und der Förderer, der Satonak erwischt hatte. Jetzt erwischt es mich, dachte Zettler und spürte den Druck auf seiner Blase, die sich entleeren wollte. Wie lange dauert es, bis mich die Zähne getötet haben? Eine Minute? Eine ewige Minute? Oder nur Sekunden?

Die Walze lief schneller, das Brummen der Elektromotoren war einem schrillen Pfeifen gewichen, wie bei einer Turbine, die langsam, aber sicher ihre normale Drehzahl erreicht. Das Wasser, das aus den Zähnen sprühte, wurde zu Nebel zerstäubt und hüllte Zettler in einen nassen Kokon.

Wenigstens wird das Ungeheuer mit mir sterben, dachte Zettler. Wenn es mich verschlungen hat, sozusagen als Appetithappen, wird es seine Zähne in die Schilde schlagen, weil die Führung ausgerissen ist. Dumme, tumbe Maschine.

Zettler drückte sich immer tiefer in die Gesteinsmassen, die seinen Rückweg abschnitten, das Ungeheuer nahm Fahrt auf und fiel über Zettler her, der nichts mehr dachte, sondern nur eine furchtbare Glut spürte, die ihm durch den ganzen Körper jagte.

Doch Zettler hatte einen mächtigen Verbündeten, gegen den das Ungeheuer ein Kätzchen war. Der Berg schüttelte sich erneut, warf das Ungeheuer aus der Bahn, brach den Streb in der Mitte auseinander, quetschte die schlaffen Schilde zu Brei und gab Zettler einen Stoß, dass er flach hinschlug, in einen schmalen Schlitz, den der Berg wohl eigens für das zerbrechliche Menschlein geschaffen hatte. Das Ungeheuer bäumte sich noch einmal auf, riss ein fettes Stück aus dem Flöz und biss sich dann alle Zähne an einem der toten Schilde aus. Zettler robbte hastig durch die Lücke in der Falle, hinter ihm brach das Flöz ein, Brocken, groß wie ganze Autos, zerstörten alles, was ihnen in den Weg kam. Endlich erreichte Zettler die aufrechten Schilde, die gewankt hatten, aber nicht gefallen waren.

Unerschütterlich pressten sie ihre Nacken gegen den Berg, wie ein Eichhörnchen auf der Flucht flitzte Zettler durch die Reihe der Wächter und warf sich wie ein Verwundeter in die Fußstrecke, die unversehrt war. Alle Lampen brannten. Ein Wunder. Fünf Minuten blieb Zettler liegen und genoss es, einfach nur zu atmen. Der Schweiß floss in Strömen, seine Muskeln schmerzten, der Blick verschwommen. Mit jedem Zug in seine Lungen kehrte er ein wenig mehr in die Welt zurück, bis er schließlich wieder einen klaren Gedanken fassen konnte. Er stand auf, klopfte sich erfolglos den Kohlenstaub von den Kleidern und machte sich in aller Ruhe auf in Richtung Kathedrale. Nach dreißig Minuten bog er in die Halle ein, die Leute hatten sich schon wieder beruhigt. Das Beben war am Füllort nur schwach gewesen, kaum zu spüren. Zettlers Name wurde gerufen. Seine Freundin, Luisa Matalo, warte auf ihn am Telefon. Noch einmal holte Zettler tief Luft, nahm den Hörer. Ein wohliger Schauer lief ihm über den Rücken, als Luisas Stimme ihn wärmte, ihm endgültig klar machte, dass er mit dem Leben davongekommen war.

»Reiner, mi cariño, te quiero, que pasa, que tal?«

»Luisa, mach dir keine Sorgen«, begann Zettler.

»Wie gut, deine Stimme zu hören, ich bin fast gestorben vor Angst. Geht es dir wirklich gut?«

»Alles im grünen Bereich. Wir haben zu essen, Wasser und Luft. Die Duschen fehlen, und die Toilette ist nicht auf dem neuesten Stand, ab und zu hustet der Berg, aber ansonsten sind hier unten eine Menge interessanter Leute, die Gespräche sind sehr anregend – und weißt du was?«

»Was denn?« Luisa unterdrückte ihre Tränen mit Mühe.

»Ich genieße die freie Zeit. Nur schade, dass du nicht hier bist.«

»Das holen wir alles nach, okay?«

»Da steht fest. Viel Zeit, Sekt, ein warmes Zimmer, Öl zum Massieren, Musik und wir beide, sonst nichts. Erinnerst du dich an unsere erste Nacht? Obwohl, es war ja gar keine Nacht. Es war ja Nachmittag.«

Luisa lachte leise, aber unter das Lachen mischten sich Tränen.

»Ich liebe dich so, ich werde noch verrückt. Ich kann nicht schlafen, ich habe mir Urlaub genommen und sitze den ganzen Tag vor dem Fernseher. Aber die bringen immer nur dasselbe.«

»Was denn?«

»Auf allen Kanälen. Berichte, dass die Rettungsarbeiten auf vollen Touren laufen. Sondersendungen, in denen stundenlang heruntergebet wird, das niemand etwas weiß. Immer dieselben Bilder.«

»Nichts zum Steinkohlebergbau? Wie alles anfing, wie es heute aussieht, Energieprobleme oder so?«

»Nichts in der Richtung. Das Gelände hier ist inzwischen ein Hochsicherheitstrakt, du kommst nur mit einem Wachmann an den Fersen rein. Und eine Polizistin hat mich von oben bis unten gefilzt.«

»Luisa?«

»Ja?«

»Ich liebe dich wie keine Frau zuvor. Und weil's so romantisch ist: Willst du mich heiraten?«

Hemmungslos ließ Luisa ihre Tränen laufen, Sefrinck eilte herbei, aber Luisa winkte ab, alles in Ordnung. Es dauerte eine Minute, bis Luisa Matalo ein Ja in den Bakelithörer hauchte.

Reiner Zettler spürte die Hitze, die seinen Körper flutete, und dankte allen Göttern und sonst wem für das Glück, dieser Frau über den Weg gelaufen zu sein. Aber vor allem dankte Zettler dem Berg, der ihm das Leben gerettet hatte. In einer ruhigen Stunde würde er Luisa alles erzählen. Die Zeit war abgelaufen, mit tausend Liebeschwüren verabschiedeten sich die frisch Verlobten.

Zettler reichte den Hörer weiter, dann ging er sofort zu Bohlen und nahm ihn auf die Seite. »Ich bin gerade nur knapp einem Anschlag entgangen. Nach dem Beben bin ich einer Person gefolgt, sie hat mich in den Streb gelockt und wollte mich mit der Schrämwalze erledigen.«

»Wie …«

»Das Beben.«

Bohlen schwieg und knetete seine Hände.

»Wer immer das war …« Zettler stockte. Seine Angst und seine Verzweiflung wichen seiner Wut. »Er muss den Laden hier in- und auswendig kennen. Ich komme mir vor wie ein Schaf in einer Herde, die von einem Wolf umkreist wird, der sich von Zeit zu Zeit eins rausfischt und frisst.«

»Der Mörder ist ein genialer Spieler«, sagte Bohlen und fasste einen Entschluss. »Wir werden alle Bergleute, aktive und ehemalige, unter Quarantäne stellen. Keiner darf sich allein bewegen.« Er schüttelte resigniert den Kopf. »Unfassbar. Es muss ein Bergmann sein. Einer, der sich auskennt. Einer der die Schilde so fahren kann, ist wirklich fit. Ich werde meine Leute entsprechend anweisen. Jeder, der allein erwischt wird, wird festgesetzt. Wir müssen durchgreifen. Hart.«

Am Telefon entstand Unruhe. Silvia Brutsch wollte ihren Mann sprechen, aber Brutsch war nicht da, die Suche war im Gang, wie ein Dämon ergriff die Angst wieder Besitz von Zettler. Der Nächste, schoss es ihm durch den Kopf. Brutsch ist tot. Ermordet.

Er beruhigte seinen Atem und rief sich zur Ordnung. Brutsch lebt, er ist wahrscheinlich irgendwo weiter weg, er hat nicht auf die Uhr gesehen, oder er ist im Gespräch, oder er hat noch etwas fertig gemacht und verspätet sich. Das kann passieren. Vollkommen entspannt und ruhig teilte Zettler Silvia Brutsch mit, ihr Mann sei unterwegs, er habe noch zu tun gehabt in einem Stollen weiter weg, dort wäre man dabei, neue Toiletten zu installieren, die Kübel seien schon lange voll und sie könne sich ja vorstellen, dass man das möglichst weit weg tun würde, und man würde sie rufen, sobald er zurück sei, das könne nur eine Viertelstunde oder so dauern. Er reichte das Telefon weiter an den Übernächsten auf der Liste und glaubte nicht an seinen eigenen Worte. Brutsch war tot, er fühlte es. Dann lief Zettler los, am Füllort war Bohlen schon dabei, Suchtrupps einzuteilen und zu instruieren. Zettler wunderte sich, dass die Menschen so ruhig waren. Vielleicht lag es daran, dass Bohlen sein Verhalten geändert hatte. Verschwunden war der harte Befehlston, egal was Bohlen sagte. Jetzt lobte er die Leute, gab regelmäßig Informationen weiter, auch an die Separatisten, denen es in ihren Kammern recht gut ging. Sie hatten je zwei Wachposten an die Ein- und Ausgänge platziert und stellten sechs Männer ab, die mithelfen sollten, Brutsch zu finden. Vielleicht lag es an dem Instinkt, einem verlorenen Schaf der Herde helfen zu wollen oder Gewissheit zu haben, ob der Mörder wieder zugeschlagen hatte. Vielleicht war auch nur die Abwechslung willkommen. Die Bergleute hatten kein Problem damit, nirgendwo allein hinzugehen, sie begrüßten die Maßnahme sogar. Zettler musterte die Gesichter. Jeder könnte es sein, dachte er. Der Wolf im Schafspelz. Vielleicht ist es Bohlen? War er nicht überrascht gewesen, als ich zurückkam? Er knetete seine Hände. Ist das nicht so, wenn Leute lügen? Oder etwas verheimlichen wollen? Warum nicht Bohlen? Er versteckt sich hinter seiner Führungsrolle und räumt einen nach dem anderen aus dem Weg. Genial. So würde ich es auch machen.

Zettler schlug das Herz bis zum Hals. Er beobachtete Bohlen, der gerade die Anweisungen gab. Nein, dachte Zettler. Nein. Nein. Nein. Nicht Bohlen. Ich werde langsam paranoid. Bohlen sah ihn an, als hätte er Zettlers Gedanken gelesen.

»Sie gehen mit mir, okay?«, sagte er leise. Zettler nickte.

»Wir teilen uns in vier Gruppen zu je sechs auf, angeführt von einem Bergmann, der sich hier unten auskennt. Die Kameraden aus den anderen Bergwerken begleiten uns. Jedes Bergwerk ist anders, es gibt unzählige Kammern, Stollen, Nebenschächte, Querschläge und Blindstollen. In zwei Stunden treffen wir uns hier wieder. Alles, was abgesucht ist, wird mit einem Kreuz markiert. Noch Fragen?«

Niemand meldete sich, also machten sich die Trupps auf den Weg, eine in Richtung Lummerschied, etwa dreieinhalb Kilometer bis zum Schacht, die andere nahm sich die Kopfstrecke von Flöz 6.14 vor, die dritte Gruppe wusste, dass sie an den Überresten von Satonak vorbeimusste, sie suchte die Fußstrecke ab. Flöz 6.15, das fast Zettlers Grab geworden wäre, übernahm die Gruppe von Eddi, der Göttelborn kannte wie seine Westentasche.

David Steinmetz schloss sich Bohlen an, der seinen Plan erklärte. »Flöz 6.14 ist bis vor kurzem noch abgebaut worden. Wir waren froh, dass wir es überhaupt gefunden haben …«

»Das verstehe ich nicht«, sagte Zettler irritiert. »Sie müssen doch wissen, wo die Kohle liegt?«

»Im Prinzip ja.« Bohlen ging weiter und schwieg, Zettler hatte den Eindruck, Bohlen bereute, was er angedeutet hatte.

»Na los. Raus damit«, drängte Zettler. »Ich erzähle es auch nicht weiter.«

Bohlen lachte nur kehlig. »Ist ja auch egal. Eigentlich pfeifen das die Spatzen von den Dächern. Sehen Sie, in der Markscheiderei ist es wie überall.«

»Was ist Markscheiderei?«

»Verzeihung. Ich werde versuchen, deutsch zu reden. Unser Vermessungswesen. Die Markscheiderei. Die sollen herausfinden, wie das hier unten aussieht, bevor wir anfangen zu buddeln. Eine Strecke auffahren, also einen neuen Stollen anlegen, dauert Monate, kostet Millionen und ist immer noch gefährlich, trotz aller Technik. Wenn die Strecke steht, haben wir noch kein Gramm Kohle gefördert. Wenn wir dann ansetzen und außer Berge, taubem Gestein, fällt nichts aufs Band, ist das sehr unangenehm. Auch wieder eine Geldfrage. Ich kann so und so vermessen. Ich kann es sehr genau machen, und ich kann hier und da die Kristallkugel zurate ziehen und hoffen, dass der Berg sich so verhält, wie ich das von ihm erwarte.«

»Und das geht öfter mal schief?«

»Richtig. Wenn ich massenhaft Probebohrungen mache, mit Sonar arbeite und mir richtig Zeit lasse, weil ich die Messpunkte eng setze, dann kostet das wieder viel Geld. Ich muss sagen, seit die Subventionen schmelzen, gibt es tatsächlich mehr Geld für die Markscheider.«

»Unglaublich.«

»Aber wahr. Damit keine Missverständnisse auftreten. Natürlich finden wir die Kohle. Sonst könnten wir ja gar nicht fördern. Aber wir hätten schon viel Geld sparen können, wenn es an der richtigen Stelle eingesetzt worden wäre.«

Einen Moment schwieg Zettler, dann nickte er. »Ja. Das ist bei uns nicht anders. Anstatt die Qualität der Zeitung zu verbessern, werden Marketingaktionen gefahren, die Saarbrücker Zeitung wird zum Eventveranstalter, und die Redaktionen bluten aus.«

»Da bin ich beruhigt, dass auch andere Fehler machen.«

»Nicht so schnell«, lachte Zettler. »Im Bergbau geht es schließlich um meine Steuern.«

Inzwischen waren sie fast zwei Kilometer gelaufen, der Stollen stieg leicht an, Zettler nahm das erste Mal die Umgebung richtig wahr. Über ihm spannten sich die Stahlbögen, die sein Leben schützten. Zettler zeigte auf einen Bogen und erschrak.

»Die sind ja gar nicht miteinander verbunden!«

Bohlen sah gar nicht nach oben, er grinste nur. »Das ist auch gut so. Göttelborn hat nur Stollen im Ringausbau. Das Beste, was es zurzeit gibt. Eigentlich ist der Stollen kreisrund, die Maschine, die das aus dem Berg schneidet, heißt Vollschnittmaschine. Der Kopf schneidet das Loch, und der lange Schwanz dahinter produziert den kompletten Ausbau. Kostet viele Millionen. Dafür rennt sie durch den Berg. Die Kumpels an der Ruhr sind neidisch. Die haben so was nicht. Das liegt an den Flözen. Unsere hier sind schön dick, da lohnt sich das. Zeit ist Geld, und die Strecken sind richtig gut. Langlebig und sicher. Dafür sorgen auch diese Bögen. Hier haben wir, Moment, ich muss überlegen. Ja, so um die dreißig Quadratmeter, das sind sechs Segmente, die in der Lage sind, sich ineinander zu schieben. Wäre hier alles steif, würde der Druck von allen Seiten die Stollen in kürzester Zeit zerstören. Nichts kann dem Bergdruck standhalten.«

»Von allen Seiten?«

»Sicher, was denn sonst?«

»Ich dachte immer, den Leuten fällt der Berg auf den Kopf.«

»Das ist das eine. Die Schwerkraft lässt das Hangende, also alles über Kopf, runterfallen. Aber der Berg drückt von allen Seiten, da wir die Kräfte nur ableiten und nicht aufhalten. Konvergenz. Strecken, die nur nach oben abgefangen werden, wölben sich schnell von unten auf und werden von den Seiten eingedrückt. Das geht langsam, aber sicher.«

»Und was ist mit Autobahntunneln? Die Schweiz?«

»Es kommt auf das Gebirge an. Salzbergwerke brauchen keine aufwendigen Konstruktionen. Das Salzgebirge trägt sich selbst. Und die Tiefe. Der Bergdruck auf einen Autobahntunnel ist nichts im Vergleich zu dem Druck in tausend Metern. Wie im Wasser. Je tiefer, desto mehr Wasser, desto mehr Druck.«

Einen Moment lang schien es Zettler, als würde der Stollen kleiner werden, aber es waren nur seine Nerven, die allmählich rissen. Ein Strang nach dem anderen. Zettler blieb einen Moment stehen, kniff sich fest in den Oberschenkel. Der Schmerz beruhigte ihn, brachte ihn unsanft, aber sicher zurück in den Stollen. Die Neonröhren verbreiteten nach wie vor ihr helles Licht. Die Bergleute zeigten kein Zeichen akuter Gefahr.

Die Gruppe hielt an, Bohlen leuchtete mit seinem Helm in einen Querschlag, der so dunkel war, dass Zettler ihn nicht gesehen hatte. Die Beleuchtung war ausgeschaltet oder defekt, Zettler spürte die Anspannung der Männer, fühlte, dass hier etwas nicht stimmte.

Der Gang fiel deutlich ab, die Männer schalteten ihre Lampen an, und die Lichtfinger schwankten mit der Bewegung auf und ab, nach rechts, nach links, Zettler dachte an die Scheinwerfer der Flugabwehr im Zweiten Weltkrieg. Nach fünfzehn Metern knickte der Gang nach rechts ab, und Zettlers Geruchssinn meuterte. Bevor Bohlen es sagen konnte, hatte Zettler sein Halstuch vor Nase und Mund.

»Schwefelsäuregas«, sagte David Steinmetz, als sei das selbstverständlich.

Bohlen inspizierte sein Messgerät. »Noch nicht gefährlich, aber auch kein Luftkurort. Wir sollten uns beeilen.«

Im tanzenden Licht sah Zettler Gitterroste auf dem Boden. Die Helligkeit spiegelte sich in einer Wasserfläche. Ein Becken. Ein großes Becken. Ein Reservoir. Ein Swimmingpool.

Das Becken musste über tausend Kubikmeter fassen. Acht bis zehn Meter breit, gute fünfundzwanzig Meter lang, und wenn Zettler der Messlatte glauben sollte, bis zu fünf Meter tief. Im Moment stand die Wasserlinie bei vier Meter. Zettler sah sich selbst, die anderen Männer, je nachdem, ob die Lampe gerade den richtigen Winkel hatte, und dann sah er einen Mann, der sich nicht im Wasser spiegelte. Mit aufgerissenen Augen trieb Volker Brutsch tot in der Wasserhaltung des Bergwerks Göttelborn.

Bohlen hatte scharf die Luft eingezogen, der junge Steinmetz würgte ein paarmal, aber er schaffte es, sich nicht zu übergeben.

»Die Wasserhaltung. Das Staubecken. In ein paar Monaten steht hier alles unter Wasser, weil niemand mehr pumpt«, sagte Bohlen, als wolle er die Leiche ignorieren.

Nervös zischten die Lichter durch den Raum. Ein paar Steinchen plumpsten in das Becken, die Wellen ließen Brutsch dümpeln wie ein Boot, die Spiegelbilder der Männer verzerrten.

Fast fünf Minuten standen sie da und sagten kein Wort.

»Wir lassen ihn drin.« Zettler drehte seinen Kopf, damit die Lampe Bohlens Gesicht beleuchten konnte.

»Drinlassen?«

»Wir haben keine Bergungsmittel. Außerdem kann es sein, dass dicht über der Oberfläche das Schwefelsäuregas in tödlicher Konzentration steht. Zwei Atemzüge, und Sie sind tot. Wir lassen ihn drin, soll die Kriminalpolizei und die Grubenwehr die Leiche rausfischen. Wir begeben uns nicht in Gefahr und zerstören auch keine Spuren.«

»Dann sollten wir hier schleunigst verschwinden, denn wir trampeln alles nieder, was vielleicht eine Spur sein könnte«, empfahl Zettler, und Bohlen nickte. Wie auf Eiern schlichen die Männer zurück in den Quergang, unsicher, ob sie schreien, weinen oder kotzen sollten. Von weitem hörten sie aufgeregte Stimmen und Fußgetrappel. Die Geräusche kamen näher, die Männer blieben stehen und lauschten.

»Wir haben ihn!«, rollte es durch die Gänge. »Der Mörder, wir haben ihn! Er ist entlarvt.«

Die Männer trabten an, liefen los, obwohl die Hitze von Stunde zu Stunde unerträglicher wurde. Die Dreißig-Grad-Grenze war bereits überschritten. Immer lauter wurden die Stimmen, drei Männer kamen der Gruppe entgegen, riefen noch einmal: »Wir haben ihn!«, drehten dann um und rannten zurück in die Halle. Dort waren inzwischen alle versammelt, die Leute schrien und riefen durcheinander, auf die Bühne mit ihm, zeigt ihn her, das Schwein, er soll seine gerechte Strafe bekommen, macht ihn platt! Vier Männer zerrten einen Mann zur Bühne, der sich wand wie eine Schlange, wie ein Maultier bockte und wie am Spieß schrie. Ein Fausthieb ins Gesicht brachte ihn zum Schweigen.

Bohlen und Zettler trafen gerade ein, als der Mann auf die Beine gezerrt wurde. Blut lief ihm aus der Nase, er wimmerte leise vor Schmerz.

Bohlen stürzte auf die Bühne, brüllte, ob jetzt alle vollkommen wahnsinnig geworden wären, sie sollten den Mann loslassen, einen Stuhl her, aber dalli, er soll sich setzen. Zettler sprang ebenfalls auf die Bühne, reichte dem völlig verängstigten Mann sein Taschentuch, das er dankbar annahm und sich damit das Blut abwischte.

»Wer hat ihn hierher gebracht?«

Haltern drängte sich nach vorn und machte dicke Backen.

»Die Herren von der SGBB.« Bohlen verhehlte seine Abneigung nicht. »Wie heißt der Mann?«

»Brand. Heiner Brand. Er ist Lehrer. Er hat die Spritze in der Jacke gehabt. Und er hat sich hier eingeschlichen mit der Einladung eines anderen.«

»Woher wollen Sie das wissen?«

»Seine Mutter war am Telefon. Aber es war die falsche Mutter.«

»Ich habe nichts damit zu tun«, quiekte Brand. »Ich hab die Einladung von einem Freund bekommen.«

Haltern wieherte vor Lachen. »Und der liegt wahrscheinlich jetzt irgendwo mit aufgeschlitztem Bauch herum.«

Wieder überwältigten die Tränen Brand. Er schlug die Hände vors Gesicht und wippte vor und zurück, immer wieder zog er die Luft zwischen den Zähnen durch, als hätte er unglaubliche Schmerzen.

»Er war ganz in der Nähe von Barens, kurz bevor der gestorben ist«, sagte Haltern kühl.

»Wer kann das bezeugen?«, rief Zettler. Sieben Arme gingen hoch.

Zettler nahm die sieben ins Visier. »Dann waren Sie alle ja ebenfalls in der Nähe des Opfers, nicht wahr? Sie hätten Barens vergiften und dann die Spritze Brand in die Tasche stecken können.«

Haltern übernahm das Reden. »Gut gefolgert, aber Sie lassen die Fakten außer Acht. Brand hat die Spritze, sonst niemand. Brand hat sich hier eingeschlichen. Brand hat versucht zu fliehen, als wir ihn konfrontiert haben. So benimmt sich nur ein Schuldiger.«

»Oder jemand, der panische Angst vor einer Meute tollwütiger Hunde hat.« Bohlens Augen funkelten vor Hass und Ekel. »Wir werden Brand festhalten. Aber wenn ich sehe, dass ihn irgendjemand noch mal anfasst, dann gibt es richtig Ärger.«

Ein Mann trat zu Haltern, flüsterte ihm etwas ins Ohr.

»Seht ihr? Jeder, der sich mit Bergleuten und Konsorten anlegt, wird automatisch zum Lügner. Warum habt ihr uns nicht gesagt, dass Brutsch tot ist? Ersäuft von dem miesen Schwein, das da sitzt und flennt, weil er weiß, dass er jetzt auch dran ist. Wir brauchen keinen Prozess, bei dem er dann ein paar Jahre Urlaub auf unsere Kosten kriegt.«

Bohlen und Zettler tauschten entsetzte Blicke.

»Halten Sie die Luft an! Verziehen Sie sich am besten wieder in Ihre Kammern!«, brüllte Bohlen. Sefrincks Tipps taugten nichts. So einem Idiot musste man zeigen, wer das Sagen hat, und ihn in seine Schranken weisen, dachte Bohlen.

Wie ein Stier kurz vor dem Angriff senkte Haltern den Kopf und stach mit seinem Zeigefinger Richtung Brand. »Dieses Arschloch hat den Schacht zerstört, den einzigen Rückweg blockiert und mindestens drei Leute umgebracht. Satonak war kein Unfall, da könnte ich wetten. Wie heißt es so schön? Das wahre Wort des Bergmanns ist die Lüge.«

Bohlens Leute sprangen vor und wollten sich auf Haltern stürzen. Aber sie wurden von mehr als zehn Männern abgefangen. Stangen blitzten im Licht, die Materiallager gaben einiges her, funkenfreie Legierungen, schwere Schraubenschlüssel, Holzknüppel, hoch über den Köpfen der Männer drohten die Waffen, noch schlug niemand zu. Wie von einer Bugwelle getrieben, teilte sich die Versammlung, zurück blieben in der Mitte die Bergleute und die Bewaffneten.

Zettler verschlug es die Sprache. Sein Herz wollte ihm aus der Brust springen, ihm war schlecht vor Wut und Angst zugleich. Bohlen sprang von der Bühne und postierte sich zwischen den Fronten.

»Halt!«, schrie er. »Um Gottes willen. Hört auf.«

Die Bergleute zogen sich sofort zurück, die anderen ließen ihre Stangen sinken, teils beschämt, teils unwillig. Wie ein Revoluzzer baute sich Haltern vor Bohlen auf.

»Jetzt ist Schluss mit der Herrschaft der Kohle. Gebt Brand raus, dann ist wieder Frieden, und wir verziehen uns in die Kammern.«

Bohlen schwitzte. Die Hitze setzte ihm nicht sonderlich zu, es war die pure, nackte Angst. Die Angst, sich nicht beherrschen zu können und Haltern auf der Stelle zu erwürgen. Eine Stimme in ihm schrie geradezu nach Halterns Blut. Zwei oder drei Herzschläge lang blitzte die pure Mordlust in Bohlens Augen.

Haltern prallte zurück, ein Schauer lief ihm über den Rücken, genau so, als stünde ein knurrendes Raubtier vor ihm, das ihn gleich zerfleischen würde. Langsam wandte er sich ab, nur mühsam konnte er den Impuls unterdrücken, zu fliehen. Nach ein paar Schritten blieb er stehen, drehte den Kopf zu Bohlen und schnarrte: »Wir werden uns noch sprechen.« Dann schrie er durch die Halle, wer auf seiner Seite sei, solle mit ihm kommen.

Fassungslos musste Zettler mit ansehen, wie fast die Hälfte Haltern folgte, darunter auch zwei von Bohlens Männern. Alle Frauen blieben im Füllort. Brand wimmerte nur noch leise vor sich hin.

Der Mörder leckte sich die Lippen und bedauerte, dass Brutsch zur falschen Zeit am falschen Ort gewesen war, aber er hatte keine Wahl gehabt. Einen Zeugen konnte der Mörder nun wirklich nicht gebrauchen. Und Zettler war entkommen. Na ja. Der war eigentlich gar nicht so verkehrt und Brutsch ein guter Tausch. Dass Haltern hier den starken Mann machte, passte dem Mörder gar nicht. Aber jetzt war es zu spät. Er hätte Haltern als Allerersten erledigen sollen. Ab jetzt galt der Ausnahmezustand, er konnte sich nicht mehr frei bewegen. Hoffentlich gibt es noch ein Beben, dachte er. Ein schweres, damit ich die Panik nutzen kann. Obwohl, drei sind tot. Das muss reichen. Ich muss aufpassen, dass ich keine Fehler mache und heil hier rauskomme. Darum geht es jetzt. Ich werde mich an die Guten halten. Schließlich habe ich Brand ja in die unangenehme Situation gebracht.

Einen gab es noch, den der Mörder gerne bedient hätte: Lasse Tchechnach, den Kollegen von Zettler, der immer gegen den Bergbau stänkerte. Mal sehen, dachte der Mörder, vielleicht ergibt sich ja noch eine Gelegenheit. Der Mörder beruhigte sich und gesellte sich zu Bohlens Gruppe.

Schnell waren die Wachen eingeteilt. An den Eingängen zur Kathedrale jeweils drei, Brand wurde von vieren bewacht, auf das Telefon passten zwei auf. Wer nichts zu tun hatte, versuchte zu schlafen, doch niemandem gelang es, Ruhe zu finden. Drei Tote. Die Drohung von Haltern. Die Beben.

Siri Endres hatte sich bei David Steinmetz niedergelassen. Er könnte der Sohn von Richard Gere sein, dachte sie. Er sieht verdammt gut aus. Und er ist intelligent. Und hat Nerven. Ich sollte mich an ihn halten, wenn es brenzlig wird. Das ist genau das, was Anselm fehlt. Er sieht auch gut aus, aber er ist letztlich ein Softie. David würde sich mit einer ganzen Horde prügeln, wenn es sein musste, Anselm würde versuchen, die Polizei zu rufen.

»Möchten Sie etwas essen?«, fragte Steinmetz.

Siri Endres nickte erfreut und klimperte ein wenig mit den Wimpern. Steinmetz reagierte mit weit geöffneten Pupillen und steigendem Blutdruck in seinen Lenden. Er drehte den Verschluss von der Flasche, reichte sie der Journalistin, die einen tiefen Schluck nahm und Steinmetz dabei tief in die Augen sah. Sie setzte die Flasche ab und fragte, wie das denn so sei als Bergmann?

Steinmetz machte es sich bequem. »Unsicher ist es.«

»Die Stollen sind gefährlich, oder?«, sagte Siri Endres und dachte, dass der junge Mann wirklich ausgesprochen schöne grüne Augen hatte. Ganz abgesehen von der Nase und den breiten Schultern.

David Steinmetz lachte leise. »Nein, die Strecken, die Technik, das ist alles so sicher wie in jedem anderen Industriebetrieb. Inzwischen. Nein, unsere Arbeitsplätze sind unsicher, das wissen Sie wahrscheinlich besser als ich. Wenn die CDU bundesweit drankommen sollte, dann sieht es schlecht aus.«

»Das ist der Lauf der Dinge. Bergmann ist ein aussterbender Beruf.«

»Aber das müsste nicht so sein. Unsere Chefs machen viele Fehler, mit dem Image und so. Trotzdem ist es nicht richtig, auf uns rumzuhacken, uns zu beschimpfen und dafür verantwortlich zu machen, dass Schäden entstehen. Bergbau ist gesetzlich geregelt. Wir sind doch keine Freibeuter.«

Siri Endres setzte sich auf und lächelte möglichst freundlich. »So sieht es aber manchmal aus. Ihr gebärdet euch wie eine Sekte, von außen kommt da keiner rein, und was unter Tage so abgeht, das behaltet ihr möglichst für euch. Ist es nicht so?«

Steinmetz wollte scharf erwidern, aber Eddi mischte sich ein. »Halt die Luft an, David. Sie hat doch Recht. Der Bergbau stirbt, langsam, aber sicher. Da macht niemand was dran. Wir können froh sein, wenn unsere Kameraden nicht ins Bergfreie fallen oder zumindest anständig versorgt werden. Das ist das Mindeste. Und gleichzeitig ist es ein Privileg. Das haben wir uns verdient, und wir werden dafür kämpfen. So einfach ist das.«

»Aber die Bergbaugegner beschimpfen und beleidigen uns ständig«, wandte Steinmetz ein.

»Das ist bedauerlich«, sagte Eddi. »Aber ich kann's ihnen nicht verdenken. Sie haben außer ihrem Protest keine Handhabe. Das Bergrecht ist genauso schwer und unverrückbar wie der Berg selbst.«

Siri Endres hatte aufmerksam zugehört und bewunderte die klare Sicht des alten Bergmanns.

»Wie könnte man das Problem denn lösen?«

Eddi seufzte. »Gar nicht.«

»Aber ...«

»Sehen Sie, wo Bergbau ist, da sind Beben, und da sind Bergschäden. Entweder lebe ich damit, oder ich gehe weg. Aber sie können nicht das halbe Saarland umsiedeln. Nach zehn oder zwanzig Jahren ist der Streb weitergewandert, dann gibt sich das alles wieder. Aussitzen. Da hilft nur aussitzen. Und großzügige Entschädigungen.«

»Die Bergwerke dichtmachen, den Bergleuten die Subventionen bar auf die Hand, wie wäre es damit?«

David Steinmetz hatte sich wieder beruhigt. »Du hast gut reden. Nächstes Jahr gehst du in Rente, Eddi. Ich will aber nicht daheim sitzen. Es klingt vielleicht komisch, aber ich liebe meine Arbeit. Auch wenn ich oft fluche. Aber hier unten habe ich täglich eine Herausforderung, bei der ich mich beweisen muss. Und ich habe Kameraden. Echte Kameraden. Wie ist das bei Ihnen?«

Siri Endres verzog das Gesicht. »Na ja, im besten Fall lassen wir uns in Ruhe. Wir haben auch Angst um unsere Arbeitsplätze, das ist überall so. Wenn ich gefeuert werde, dann winkt Hartz vier. So sieht das aus.«

»Das tut mir wirklich Leid.« David Steinmetz fühlte echte Anteilnahme.

»Können Sie denn nicht verstehen, dass viele Bergbaugegner ganz einfache Leute sind, die nie auf die Idee gekommen wären, auf die Straße zu gehen, wenn es nicht um ihre Existenz ginge? Dass die genauso viel Angst haben wie Sie? Dass Sie eigentlich gemeinsam auf der Straße stehen müssten?«

Steinmetz glotzte und lief rot an. »Gemeinsam mit den Idioten, die mir meinen Arbeitsplatz wegnehmen wollen? Die uns als Schmarotzer beschimpfen? Die Kinder in ihren Geschäften nicht bedienen, weil der Vater Bergmann ist? Niemals!« Er sprang auf und atmete schwer. Jeden Moment schien er zu explodieren wie eine Methanblase. Den Funken hatte Siri Endres schon geliefert.

Eddi sprang ebenfalls auf und griff Steinmetz an den Schultern. »David, jetzt mach mal halblang, sie hat Recht. Wenn wir gemeinsam kämpfen würden, könnten uns die Bonzen nicht mehr gegeneinander ausspielen.«

Steinmetz starrte seinen Kameraden wütend an. »Du auch?«, presste er durch seine makellos weißen Zähne. Dann riss er sich los. Er ließ sich ein paar Meter weiter auf dem Beton nieder und schmollte. Siri Endres wollte schon hinterher, aber Eddi hielt sie zurück. »Vergessen Sie's. Der ist jetzt sauer.«

Die Journalistin schüttelte den Kopf. »Was ist denn los mit ihm? Der geht ja hoch wie eine Rakete.«

»Ist halt ein wunder Punkt. Die Bergbaugegner kämpfen manchmal mit harten Bandagen, da fällt schon mal ein böses Wort.

Das geht bei uns nicht anders. Ist ziemlich beschissen, aber so ist es nun mal.«

Siri Endres setzte sich wieder, versank in Gedanken und schwor sich, nie wieder nach dem Äußeren eines Menschen auf sein Inneres zu schließen. David Steinmetz war ein kleiner, trotziger, verängstigter Junge in einer wunderschönen Verpackung.

ACHTZEHN

Der stellvertretende Vorsitzende der Saarländischen Gemeinschaft der Bergbaugeschädigten traf Bremer am Marktplatz, dem Zentrum von Fürstenhausen, einem Ortsteil von Völklingen. Das Weltkulturerbe Völklingen Hütte hatte den ehemaligen Stahlstandort berühmt gemacht.

»Eduard Klunkert, angenehm.«

Der Händedruck kurz, aber fest, die Hand trocken und warm, dachte Bremer. Der Mann ist entspannt.

»Martin Bremer, gleichfalls.« Die Männer mussten fast schreien, rund um den Markt reihte sich eine Baustelle an die andere.

Bremer zeigte auf einen modernen Hauskomplex, dessen Erdgeschoss völlig entkernt war. Stahlträger lagen herum, jeder so mächtig, dass er allein ein ganzes Haus hätte tragen können. Viele kleine Träger waren zu einem Korsett verschweißt, das dem ersten Stockwerk gerade angelegt wurde. Vergeblich suchte Bremer Geschäfte.

Klunkert lächelte milde. »Seltsam, nicht wahr?«

Immer wieder drehte Bremer sich um seine eigene Achse, aber das Bild veränderte sich nicht. Nur die kleine Kirche sah aus wie neu.

»Die Marienkirche«, erzählte Klunkert. »Mehrfach saniert, mit Millionenaufwand. Neu bauen wäre billiger gewesen, aber der Herrgott hat nun mal die besten Verbindungen zur heimischen Kohle.«

»Aber …« Bremer wusste nichts zu sagen.

»Richtig. Alles Bergschäden. In Fürstenhausen gibt es kein Haus ohne. Der Abbau geht unter dem Dorf durch, in voller Breite. Kommen Sie, ich mache eine Führung.«

Die Sonne schien warm, Vögel zwitscherten, hier und da sah man jemanden auf der Straße, manche grüßten, manche wandten den Blick ab voll Verachtung oder Hass.

»Nicht jeder liebt uns. Wir sagen zu oft die Wahrheit. Auch über die, die sich von der DSK haben bestechen lassen.«

»Das müssen Sie mir erklären.« Bremer war stehen geblieben, der Lärm der Baustelle am Marktplatz rumorte im Hintergrund wie ein knurrender Magen.

»Die DSK will Geld sparen und Ruhe haben. Wenn sich zu viele Leute einig sind, dann wird es schwierig. Dann hätten die kleinen Hausbesitzer auf einmal *eine* Stimme und Schlagkraft. Dann müssten sie keine Angst mehr vor den Göttern in Schwarz haben, die das Schicksal ganzer Dörfer bestimmen. Eins habe ich gelernt in den zehn Jahren, seit wir die SGBB gegründet haben: Geld stinkt nicht, aber es ist zerstörerischer als jeder Kohleabbau.«

»Was hat das Geld zerstört?«

»Die Solidarität, die Einigkeit, die Unbescholtenheit der Menschen.«

»Aber wie?« Bremer spitzte die Lippen vor Ungeduld. Der Mann redete in Rätseln.

»Ganz einfach. Man kann so und so regulieren.«

Bremer blieb stehen und fixierte Klunkert. »Mein lieber Herr Klunkert, bitte reden Sie Klartext. Sie sind kein Verdächtiger, ich werde Ihre Aussagen weder protokollieren noch aufzeichnen. Ich brauche Hintergrundwissen. Können Sie mir das geben, ja oder nein?«

»Ich kann und ich werde. Wenn Sie in einem ausgewiesenen Abbaugebiet wohnen und einen Schaden an Ihrem Haus entdecken, gehen Sie davon aus, dass die Kohle schuld ist. Die Hohlräume unter Tage brechen ein, auf drei- oder vierhundert Metern, je nach Stärke des Flözes zwei bis drei Meter, in mehreren Etagen. Das nennt man Bruchversatz. Die Abbaugeschwindigkeit ist entscheidend, je schneller der Abbau, desto mehr wirkt die Schwerkraft, die Senkung geht schnell, die Oberfläche gerät in Bewegung. Manche Häuser sind schon um sechs oder sieben Meter abgesackt. Aber das ist nicht das Schlimmste. Es gibt Häuser, die so günstig stehen, dass sie nur ein paar Risse haben und sich ansonsten wie im Fahrstuhl einfach ein paar Etagen abwärts bewegen. Unangenehm ist es, wenn sie statt einem schönen Fernblick irgendwann einen Bahndamm vor der Nase haben oder wie in Walsum im Ruhrpott plötzlich nicht mehr der Rhein zum Fenster hineinschaut, sondern das Haus zehn Meter unter der Deichkrone verschwindet und das Licht im Haus nimmt. Dann kommen Sie ins Grübeln.«

»Aber es gibt doch Entschädigungen.«

»Da fängt die Tragödie an.« Klunkert ging zu einer Haustür, klingelte, eine ältere Frau öffnete und bat die Männer herein. Ohne ein Wort verzog sie sich in die Küche, und Klunkert winkte Bremer an die Treppe.

Seltsam, dachte Bremer, ich fühle mich hier nicht wohl. Hier stimmt was nicht. Bremers sicheres Gefühl für Gefahr sprang an, schärfte alle seine Sinne, und plötzlich fiel es ihm wie Schuppen von den Augen. Schieflage. Das Haus stand schief. Klunkert nickte nur, als er Bremers Augen sah.

»Vor zwei Jahren hing das Haus in die andere Richtung. Sie müssen sich das vorstellen wie einen Suppenteller. Sie haben zwei Biegungen. Am Tellerrand und am Tellerboden. Je nachdem, wo Ihr Haus steht, neigt es sich in die eine oder in die andere Richtung. Das geht langsam, aber stetig, und es ist vollkommen sinnlos, alle vier Wochen die Differenz auszugleichen. Möchten Sie die Treppe versuchen?«

Bremer ließ sich nicht lange bitten. Er setzte seinen Fuß auf die erste Stufe und wäre fast nach hinten gekippt, so brachte die unerwartete Schieflage sein Gleichgewicht durcheinander. Viermal stieg er die Treppe hoch und wieder runter, dann hatte er sich daran gewöhnt. Im ersten Stock ließ Klunkert eine Kugel über den Boden rollen, Bremer fing sie auf.

»Wir haben hier eine Schieflage, die knapp unter dem tödlichen Grenzwert für das Haus liegt. Noch ein bisschen, dann ist es ein Totalschaden.«

Bremer versuchte sich vorzustellen, was er machen würde, wenn sich sein Haus plötzlich schief legen würde. Aber seine Vorstellungskraft versagte den Dienst. Nur ein dumpfes Gefühl von Wut stieg in ihm hoch.

»Was wird mit dem Haus passieren?«

»Wir verhandeln noch. Es gibt die Möglichkeit, es anzuheben, aber wir wissen, dass das Haus in ein paar Wochen den Tellerboden erreicht und dann wieder in die andere Richtung kippt. Die Maßnahme wird blockiert, die DSK spekuliert natürlich damit, dass es sinnvoller ist, nur einmal anzuheben. Das ist billiger.«

»Hat die Besitzerin denn keinen Anspruch auf die Regulierung?«

»Doch, keine Frage, das ist auch alles anerkannt. Aber Frau Gertjes will nicht für ein halbes Jahr aus ihrem Haus raus. So lange würde es dauern. Dann geht es ab in die andere Richtung, und sie muss wieder für einige Monate raus. Sie hat eine Zahlung für verminderte Wohnqualität akzeptiert, am liebsten würde sie wegziehen. Nur dass niemand das Haus kaufen will.«

Bremer schüttelte den Kopf. »Das ist ja furchtbar!«

»Da haben Sie Recht, Herr Bremer. Noch ein wenig Gruselkabinett gefällig?«

»Unbedingt.«

Sie verabschiedeten sich von der blassen, schweigsamen Frau Gertjes, und Klunkert zeigte Bremer die Häuser, die die DSK bereits aufgekauft hatte, allesamt unbewohnbar, zeigte die Lücken, wo Häuser abgerissen worden waren, zeigte die Risse, zeigte den Bürgersteig, der sich alle vier Wochen aufwölbte, dass man ihn nicht mehr passieren konnte.

»Wenn Sie am Tellerrand erwischt werden, heißt das Zerrung. Ihr Haus wird tranchiert wie ein Hähnchen. Plumpst ihr Haus auf den Tellerboden, presst der Berg den Steinhaufen zusammen, dass die Türen nicht mehr schließen.«

»Aber letztlich wird alles repariert?«

»Repariert wird, was die Gutachter als Schaden anerkennen und Sie akzeptieren.«

»Das lässt sich doch genau feststellen.«

»Davon träumen wir. Immerhin hat es eine kleine Gesetzesänderung gegeben. Inzwischen gilt die so genannte ›Bergschadensvermutung‹. Das heißt, wenn Sie im ausgewiesenen Abbaugebiet in der entsprechenden Zone wohnen, geht man davon aus, dass ein Schaden bergbaubedingt ist. Früher stand der Geschädigte komplett unter Beweislast.«

»Das heißt, sie mussten beweisen, dass es ein Bergschaden ist, und erst dann gab es Geld?«

»So ist es.«

Bremer kratzte sich am Kopf und murmelte vor sich hin: »Der Bergbau kommt. Die Flöze brechen ein, ein Riss entsteht. Der Hauseigentümer sagt, das war die DSK. Die DSK sagt, das musst du mir erst mal beweisen. Wut entsteht. Eine Mordswut auf alles, was mit Bergbau zu tun hat. Ein Motiv. Ein starkes Motiv.«

»Wie bitte?«, fragte Klunkert.

»Ich habe nur laut gedacht.«

»Wie gesagt, die DSK schickt einen Gutachter, der von der DSK bezahlt ist. Das sind vereidigte Sachverständige. Der Markt ist eng.«

»Die DSK besticht die Sachverständigen?«

Klunkert merkte, dass er sich weit aus dem Fenster gelehnt hatte, und ruderte zurück. »Ich würde nie behaupten, dass ein Gutachter bestechlich ist. Nein, wirklich nicht. Aber ich sehe Sachzwänge. Sehen Sie, niemand kann das beweisen, aber ich habe in manchen Gesprächen, wenn die Leute mal weich werden, so einiges gehört. Es geht um sehr viel Geld, und es geht um die Existenzberechtigung eines ganzen Industriezweiges. Es geht um die Arbeitsplätze der Regulierer, um die Arbeitsplätze der Bergwerksdirektoren, um die Glaubwürdigkeit der Politik.«

Bremer betrachtete sich ein Haus, das noch nicht neu gestrichen war. Ein Netzwerk an Rissen zog sich über die Front. »Wenn ich das Gutachten anzweifle, muss ich ein eigenes einholen. Wo ist das Problem? Beim Auto geht das doch auch?«

Klunkert schmunzelte. »Das ist ein Rechenexempel. Sie können davon ausgehen, dass ein solcher Prozess, denn Sie müssen das vor Gericht durchsetzen, mit einem Vergleich endet. Das heißt, jeder trägt seine Kosten für Gutachten und Rechtsanwalt.«

»Rechtsschutz.« Bremer hatte die Hände in die Taschen gesteckt und trippelte unruhig vor Klunkert hin und her. Die Diskussion machte ihn nervös, weil sie an seinem Bild des Rechtsstaates nagte.

»Keine Chance. Keine Versicherung gibt Ihnen eine Rechtsschutzversicherung. Viel zu riskant. Die DSK prozessiert bis in die letzte Instanz, bezahlt von unseren Steuern. Da wendet sich unser eigenes Geld gegen uns.«

»Was das gute Recht der DSK ist.«

»Was einseitiges Recht ist. Bundesrecht bricht Landesrecht, Landesrecht bricht persönliches Recht, und Bergrecht bricht alle Rechte. So sieht es aus.«

»Aber es ist Recht.«

»So gesehen, ja. Das Recht des Mächtigen.«

Bremer blieb stehen. »Und deswegen akzeptieren die meisten das Angebot, feilschen vielleicht noch ein bisschen, und die, die den meisten Druck machen, werden am besten abgefunden?«

»So ist es. Und es gibt so genannte Güte-Zahlungen, mit denen Leute mundtot gemacht werden. Alles vollkommen rechtens.«

»Wie halten Sie das aus?«

»Ich bin im Grunde meiner Seele Pazifist. Allerdings frage ich mich manchmal, warum ich mir das antue. Ich könnte mit der DSK einen guten Deal machen, mein Haus zumindest ohne Wertverlust verkaufen und mich verdrücken. Die würden jubeln. Aber ich kann es nicht.«

»Dann könnten Sie morgens nicht mehr in den Spiegel sehen?«

»Ganz genau. Ich muss mit dafür sorgen, dass wir nicht vergessen werden. Und ich kann es nicht ertragen, wenn eine alte Witwe ihr halbes Vermögen verliert, weil sie sich in der neuen Welt nicht zurechtfindet. Weil es Recht und Gesetz ist, dass sie nur den Zeitwert bekommt, wenn ihr Haus Totalschaden ist. Was glauben Sie, wie oft die Tränen der Leute auf meine Hände getropft sind, wenn sie sich an mir festklammerten und nichts mehr verstanden, wenn sie am liebsten gestorben wären.«

»Was machen Sie mit Ihrer Trauer und Ihrer Wut?«

»Schauen Sie mich an. Ich fresse. Dreißig Kilo zu viel. Ich stopfe alles in mich hinein, bis ich wahrscheinlich irgendwann platze.«

»Fürstenhausen hat doch bald Ruhe?«

»Der Abbau endet nächstes Jahr. Die Senkungen gehen noch einige Jahre weiter, das zum einen. Dann bleibt noch das Erdbebengebiet Primsmulde, Lebach, Nalbach, Saarwellingen, bis Saarlouis kann man die Erschütterungen spüren. Und viele kleine Nadelstiche. Genug zu tun.«

»Sie sind David ohne Schleuder.«

»Der bin ich.«

»Eine Schleuder kommt für sie nicht infrage?«

»Niemals. Gewalt ist kein Mittel. Ich muss mich entscheiden, ob ich hier leben will. Wenn nicht, gehe ich.«

»Was ist mit Haltern?«

Klunkert stöhnte und verzog das Gesicht. »Diese Nervensäge. Er leistet viel Arbeit, aber er ist militant. Wäre gerne militant. Er ist ein Feigling. Gott sei Dank steht er allein da. Wer bei der SGBB Gesetze verletzt, fliegt raus. Bis jetzt konnten wir Haltern nichts nachweisen. Aber er stänkert, wo er kann. Ich halte ihn für gefährlich.«

»Und die Ohrfeige?«

»Das war ja nicht Haltern.«

»Ich weiß. Aber es zeigt, dass die Leute Grenzen überschreiten.«

»Ein Einzelfall. Mit den Nerven am Ende, sieht keine andere Möglichkeit mehr, rastet aus, und schon knallt es. Zugegebenermaßen medienwirksam.«

»Also doch kalkuliert?«

Eine Wolke schob sich vor die Sonne. Müde zuckte Klunkert die Achseln.

Er bot sich an, wenn noch Fragen sein sollten, kein Problem, jederzeit. Der Kommissar bedankte sich, fuhr noch eine Runde, jetzt erkannte er mit dem von Klunkert geschulten Blick, dass kein Haus ohne Schaden war. Dort waren die Fundamente unterbaut, aber das Haus hob sich schon wieder, oder der Berg senkte sich, wer weiß. Dort war ein Anbau vom Haupthaus abgetrennt worden, weil eine Pressung das Anwesen sonst zerstört hätte. Ein Neubau war gerade fertig gestellt, da musste alles wieder aufgerissen werden. Die Wiese, der Garten, aufgewühlt, alles kurz und klein, die Rutsche für die Kinder stand in einer Ecke, eingeklemmt, nicht zu benutzen. Schwere Maschinen standen herum, die Treppe war abgerissen worden, ein Holzsteg führte zur Haustür. Das würde noch Monate dauern, hatte Klunkert gesagt, und Bremer stieg Magensäure in den Hals.

Volkmann könnte doch Recht haben, überlegte Bremer. Der Druck ist ungeheuer. Allein gelassen vom Rechtsstaat. Und die DSK machte schlicht das, was sie tun muss. Herausholen, was herauszuholen ist, mit allen Mitteln, die zumindest nicht justiziabel waren. Recht und Gesetz – aus einer Zeit, als der Bergbau noch Lebensader war. Lange her.

Bremer verließ das Dorf, bog auf die Autobahn Richtung Saarbrücken und dankte dem Himmel, dass unter seinem Haus nichts Wertvolles verborgen lag.

NEUNZEHN

Endlich war Zettler wieder an der Reihe. Bremer sei noch unterwegs, erklärte Weber, dann hörte er Zettler aufmerksam zu.

»Also versuchter Mord. Sie haben das für sich behalten?«

»Ich habe nur mit Bohlen darüber geredet.«

»Gut. Jetzt zu Brand. Das ist ein ernster Verdacht, aber nur ein Verdacht, und ich ziehe den Hut, dass Sie den Mann beschützt haben. Sie und Ihre Freunde.«

Zettler winkte ab, aber das konnte Weber ja nicht sehen. »Wir brauchen Informationen über Brand. Schnellstens. Ich weiß nicht, wie lange wir den Mann noch schützen können. Haltern ist vollkommen verrückt. Am Füllort ist es ruhig, die Leute glauben an ihre Rettung, und Bohlen macht seine Sache nicht schlecht.«

Fellmann schaltete sich auf Webers Wink hin ein, nahm den zweiten Hörer.

»Herr Zettler, sagen Sie den Menschen, dass wir nicht mehr lange brauchen. Die Rettungswinde für Lummerschied ist heute Nachmittag da. Die Räumungsarbeiten gehen zügig voran.«

Zettler hörte ungerührt zu. »Sagen Sie eine Zahl. Wann genau?«

Fellmann zögerte. Er wusste, dass es Schwierigkeiten gab. Vierundzwanzig bis achtundvierzig Stunden. Das hing davon ab, wie stark der Schachteingang beschädigt war. Ganze Baugruppen waren in den Schacht gestürzt und hatten sich auf sechshundert Metern Tiefe verkeilt. Nicht wirklich schlimm, aber die Aufzugbühne musste repariert, der Schacht musste frei gemacht werden. Unter normalen Bedingungen ein Klacks. Im Schacht konnte aber nicht geschweißt werden. Die Methanwerte stiegen kontinuierlich, sie lagen bereits bei vier Prozent, das Mischungsverhältnis konnte jederzeit hochexplosiv werden. Größte Vorsicht war geboten, nichts durfte übers Knie gebrochen werden.

»Maximal zwölf Stunden«, log Fellmann, und Zettler hörte es.

»Sie sind ein schlechter Lügner, Fellmann. Sagen Sie mir die Wahrheit, ich kann sie vertragen.«

Weber zuckte nur die Schultern.

»Also gut. Vierundzwanzig bis achtundvierzig Stunden. Das ist realistisch.«

Zettler schloss die Augen. »Dann finden Sie hier unten nicht mehr viel Leben.«

Fellmann schluckte. »Wir tun, was wir könn–«

»Fellmann. Hallo, Fellmann. Was, verdammt noch mal …« Zettler drückte die Gabel, mehrmals, aber Fellmanns Stimme blieb verschwunden.

Zurück im Präsidium zog Bremer als Erstes die Espressomaschine zurate, legte sich auf die Couch und schlief eine halbe Stunde traumlos.

Weber weckte ihn mit der D-Moll-Toccata. »Zuerst die guten oder die schlechten Nachrichten?«

»Nur die guten.«

Weber lachte. »Tut mir Leid. Die gute: Anscheinend ist der Mörder von Schacht IV gefasst. Heiner Brand heißt der Mann. Man hat die Spritze bei ihm gefunden, einige haben bestätigt, dass er in der Nähe der Opfer gewesen sei. Wir haben seine Wohnung durchsucht und einen Abschiedsbrief gefunden. Er wollte den Füllort von Schacht IV in ein Inferno verwandeln.«

Bremer war sofort hellwach. »Und die schlechte?«

»Einige aufrechte Bürger wollen Heiner Brand lynchen. Und die Verbindung ist abgerissen.«

»Das waren zwei schlechte Nachrichten. Wann können wir da runter?«

»Da wird noch dauern.«

»Mein Gott«, hauchte Bremer.

»Den brauchen wir, das steht fest.«

»Ich komme.«

»Bis gleich.«

Wie ein Fausthieb traf Zettler die Erkenntnis, dass die Leitung unterbrochen war. Zweimal musste er würgen, dann ließ der Brechreiz nach.

Die letzte Lebensader tot. Hilflos hielt er den Hörer vor sich hin, dann ließ er ihn fallen. Müde wandte er sich ab, ging zurück zum Füllort, ließ sich auf seinen Platz neben David Steinmetz sinken und schwieg, während die anderen auf das Telefon einredeten, immer wieder die Gabel drückten, nervöser wurden, auf die Gabel einschlugen, das Gerät beschädigten, als sei es dafür verantwortlich, dass die Verbindung nach oben, zurück zum Leben, unterbrochen war. Aber es half nichts.

»Ein schwarzes Grab«, sagte David Steinmetz. »Wir sitzen alle in einem schwarzen Grab.«

Wie ein Lauffeuer verbreitete sich die Nachricht. Haltern kam angeschossen, nahm den Hörer, drückte ihn ans Ohr, aber auch er konnte kein Wunder vollbringen.

Erwin Schohl kam angeschlurft, schaute sich das Telefon an, dann die Leute, die herumstanden wie erstarrt.

»Lummerschied, sagte er nur. »Der Schacht ist ja noch offen. Wenn die da oben nicht ganz bekloppt sind, lassen sie eine Leitung runter. Ist zwar zeitverzögert bis hierher, aber besser als nichts.«

Halterns Miene hellte sich auf. »Guter Mann. Na klar. Also: Fünf Mann von uns und fünf Mann von euch, damit das Telefon auch gut bewacht ist.«

»Seit wann haben Sie hier das Kommando?« Bohlen spuckte die Worte aus.

»Hat hier gerade ein Hund gekläfft?«, fragte Haltern in die Luft.

»Der Hund pisst dir gleich ans Bein. Du kannst mit deinen Leuten machen, was du willst, aber die Anlagen hier unten werden von mir kontrolliert.«

Ganz langsam drehte sich Haltern um, sein Lächeln honigsüß. »Sehen Sie, mein lieber Bohlen. Das ist der Unterschied zwischen uns beiden. Sie haben nicht erkannt, dass die Herrschaft der Kohle schon längst zu Ende ist. Ein wenig zickt ihr noch herum, spielt noch ein bisschen die großen Herren. Was wollen Sie machen? Mich festnehmen? Mich daran hindern, das Telefon zu benutzen? Ich will es gar nicht für mich allein. Ich teile brüderlich, wie gesagt. Fünf von meinen Leuten, fünf von Ihren. Dann sind wir alle immer auf dem Laufenden und müssen uns nicht fragen, welche Lügen uns gerade aufgetischt werden. Wo ist das Problem? Ach ja, bevor ich es vergesse. Ich wüsste nicht, dass wir mal Schweine miteinander gehütet hätten. Also wahren Sie zumindest die Form und verzichten Sie auf Ihr läppisches, kumpelhaftes Du.«

Bohlen hatte die Fäuste geballt, aber seine Leute hielten ihn zurück, drängten ihn weg von Haltern, der seinen Sieg genoss.

»Mit Brand ist das letzte Wort auch noch nicht gesprochen!«, rief Haltern dem Steiger hinterher, dann lachte er aus voller Kehle, und seine Leute fielen mit ein.

Zettler hatte gerade von einer grünen Wiese geträumt, als das Lachen ihn aufschreckte. Mühsam stand er auf, was sollte das alles hier überhaupt noch? Haltern hatte wahrscheinlich Recht. Kein Wunder von Göttelborn. Elend werde ich hier verrecken. Filmszenen schossen ihm durch den Kopf. Die Helden, die mit Durchhalteparolen die Menschen zu unglaublichen Leistungen anspornten und dann gerettet wurden. Ein paar wurden natürlich der Dramaturgie geopfert, aber die Identifikationsfiguren mussten überleben. Tot bist du, wenn du tot bist oder dich tot fühlst, flimmerte Zettler durch den Kopf. So simpel, so wahr. Ein Bild. Luisa. Wunderbare, zarte, starke, schöne Luisa. Zettler machte einen Deal mit sich selbst: Solange du kannst, mach was. Rede mit den Leuten, schmiede Pläne. Was ist mit Luisa? Willst du sie heiraten oder nicht? Verdammt noch mal, der Beweis, dass wir sterben müssen, steht noch aus. Da oben schuften Hunderte fähiger Leute, um uns rauszuholen. Das Leben ist noch nicht vorbei.

Zettler ballte die Fäuste, entspannte sie wieder und fühlte sich besser. Die Angst biss immer noch in die Eingeweide, er fühlte sich elend, aber die Lähmung war vorüber.

Bohlen und seine Leute kamen zurück zum Füllort, fünf Mann brachen auf in Richtung Lummerschied, um nachzusehen, ob Schohl Recht hatte und dort ein Telefon wartete.

»Wir müssen uns organisieren«, sagte Zettler.

Bohlen nickte. »Ich bin ein Idiot. Meine Nerven sind mir durchgegangen. Gut, dass ihr mich eingefangen habt.« Geradezu liebevoll betrachtete er seine Jungs.

»Dieser Haltern ist so ein Arschloch«, sagte David Steinmetz.

Zettler gefiel der junge Mann. Selbstbewusst, intelligent, immer noch bei guter Laune, er vertraute in die Fähigkeiten seiner Kollegen und in seine eigenen. In den Augen von Steinmetz sah Zettler ungebändigte Lebensfreude, Kraft und Entschlossenheit, die alles überwinden konnte. Das gab Zettler Kraft, er begann zu denken, und das Ergebnis machte ihn nicht glücklich.

»Haltern lebt seinen Frust aus. Wir sollten uns auf einen Kampf vorbereiten. Wir müssen Heiner Brand schützen, oder sehen Sie das anders?«, sagte Zettler.

Die Umstehenden schüttelten die Köpfe.

Zettler fragte nach: »Ist das Zustimmung oder Ablehnung?«

»Zustimmung«, murmelten die Leute.

Zettler entspannte sich und fuhr fort.

»Gut. Wir sollten endlich umsetzen, was Bohlen vorgeschlagen hat. Wir bilden Gruppen zu fünf Personen. Die vier sind füreinander verantwortlich. Die Gruppen bleiben nur eine bestimmte Zeit zusammen. Wir rotieren. Das sorgt für frischen Gesprächsstoff und verringert Nervereien wegen Eintönigkeit. Es ist noch lange nicht bewiesen, dass Brand der Täter ist. Ich hätte die Spritze auch irgendjemandem in die Tasche gesteckt. Brand eignet sich hervorragend als Blitzableiter. Falls er der Mörder ist, haben wir Ruhe, denn wir werden ihn rund um die Uhr bewachen. Wir werden ihn fesseln, aber so, dass er es bequem hat. Das muss er akzeptieren.«

Die Umstehenden murmelten Beifall, und Bohlen dankte Zettler für seine Besonnenheit. Hoffnung keimte auf, die Ohnmacht wurde ein wenig zurückgedrängt.

Haltern war mit seinen Leuten Richtung Lummerschied aufgebrochen. Eddi folgte ihm mit seinen Männern, hielt Abstand. Die Hitze trieb den Schweiß aus allen Poren, im Schneckentempo bewegten sich die Männer durch den Querschlag, der Göttelborn mit Lummerschied verband. Fast zwei Stunden dauerte der Weg.

Als die Männer am Schacht ankamen, gefror den Bergleuten das Blut in den Adern. Metallteile waren bis auf die Bühne hinabgestürzt, ein Blick nach oben bestätigte, dass der Schacht blockiert war, kein Kabel, kein Lebenszeichen, nichts.

Haltern tobte. Schrie, warf mit allem um sich, was er in die Hände bekommen konnte.

Eddi rief seine Leute zu sich. »Wer bleibt hier und hält Wache?« Alle drucksten herum, keiner hatte Lust, allein auf verlorenem Posten zu stehen. »Wenn wir Verbindung bekommen, dann hier. Kameraden, was ist los? Glaubt ihr, die Jungs da oben pennen? Die sind am Schuften, da verwette ich meinen Kopf. Die holen uns hier raus. Ich bleibe hier und warte.«

Kopfschüttelnd trat einer vor. »Ich bleibe. Du wirst am Füllort gebraucht.«

»Du bist in Ordnung, Willi!« Eddi klopfte ihm auf die Schulter. Dann gab er das Zeichen zum Aufbruch, aber Haltern stellte sich ihnen in den Weg.

»Und jetzt? Wir sind erledigt. Aber vorher erledigen wir das Schwein, das uns das alles eingebrockt hat. Seid ihr dabei?«

Halterns Männer hatten sich drohend aufgebaut. Bergleute standen Bergleuten gegenüber. Eddi hob beschwichtigend die Hände.

»Noch ist nicht aller Tage Abend. Da steckt das eine oder andere drin, aber es ist nicht der Korb und auch nicht das Seil. Insofern kriegt man den Kram da wieder raus. Das dauert ein bisschen länger, aber das ist auch schon alles. Und dann kümmert sich die Polizei um Brand, so wie sich das gehört. Willi bleibt hier und sagt Bescheid, wenn die Jungs durchkommen.«

»Egon, du bleibst auch hier und passt auf, dass der Kerl keinen Mist baut«, bellte Haltern. Dann stieß er Eddi zur Seite und machte sich mit seinen Leuten auf den Rückweg.

Giulio rieb sich das Kinn. »Ich glaube, ich muss ein bisschen trainieren.«

Eddi nickte und gab Giulio seine Wasserflasche.

»Das müsste reichen. Haltet ihr mir die anderen vom Leib?« Giulio trabte los.

Die Bergleute schlossen auf, Giulio überholte Halterns Leute und fiel dann in einen zügigen Laufschritt. Eddi und seine Männer bauten sich vor Haltern auf. Haltern winkte ab und sagte völlig ruhig: »Lasst ihn nur laufen. Das ändert am Ergebnis absolut nichts. Brand ist dran. Wer sich uns am Füllort in den Weg stellt, ist genauso zu behandeln wie Brand selbst.«

Die Bergleute trauten ihren Ohren nicht, gingen auf Abstand und legten ein Tempo vor, das nur Bergleute durchhalten konnten. Halterns Leute blieben zurück, und das erste Mal in seinem Leben wünschte Eddi einem Menschen den Tod.

Egon und Willi hatten sich am Eingang zur Strecke niedergelassen und beäugten sich misstrauisch. Keiner ließ den anderen aus den Augen, jederzeit bereit, aufzuspringen und dem Kameraden an die Gurgel zu gehen.

Während sich die Leute immer mehr verwandelten, vom netten Mitteleuropäer zum mordlustigen Barbaren, brach über Tage Jubel aus. Die Trümmer auf Sohle vier gaben nach. Viel früher als geplant. Der Weg nach unten war bis auf ein paar kleine Brocken frei. Ein Telefon senkte sich am Schacht Lummerschied in den Füllort und wartete vergeblich auf Kontakt. Man wollte die freudige Mitteilung machen, dass die Trümmer schon in wenigen Stunden beseitigt seien, der Notlift bereits am Schacht stünde und die Gefangenschaft daher in weniger als acht Stunden zu Ende sei. Unter Lebensgefahr hatten sich Kollegen an einer Hilfswinde abseilen lassen, hatten die abgestürzten Teile im oberen Schacht gelockert und schließlich mit der Winde aus dem Schacht befördert. Der Rest war ein Klacks. Für Bergleute. Mit Hilfe von schwerstem Räumgerät war die Zufahrt zum Schacht einfach an anderer Stelle frei gemacht worden. Der Grundstücksbesitzer hatte sofort zugestimmt, auch wenn das hieß, dass die Kürbisse dieses Jahr nicht aus dem eigenen Garten kommen würden.

»Da muss jemand sein«, sagte Fellmann, und alle lauschten dem Rauschen, dass aus der Leitung kam.

»Ist da jemand?«, wiederholte Fellmann zum zehnten Mal. Aber Willi und Egon hatten es nicht ausgehalten und waren auf dem Rückweg in die Kathedrale.

ZWANZIG

Bremer war gerade die letzten Vernehmungsprotokolle der Eingeschlossenen mit Juliane Sefrinck durchgegangen. Die Punkte auf seiner Skizze und die Aussagen zeigten ein Muster: In Barens' Nähe, sowohl vor als auch nach dem Anschlag, hatten sich immer einige Bergleute befunden – und Siri Endres. Ein mögliches Motiv hatte sich bisher nur bei ihr ergeben: Barens und Satonak standen unter dem Verdacht, Mädchen missbraucht zu haben. Brutsch allerdings hatte eine weiße Weste. Auf den ersten Blick zumindest. Siri Endres wusste mehr als die Polizei, das war klar geworden. Ihre Eltern lebten in Berlin, waren rüstige Rentner, reisten viel und beschrieben ihre Tochter als ihr liebes Mädchen, das genau wusste, was es wollte. Ohne Zögern waren die Eltern nach Göttelborn gekommen, um ihrer Tochter beizustehen. Beide waren unbeschriebene Blätter, gingen liebevoll miteinander um. Das Motiv Rache schied also aus. Siri war höchstwahrscheinlich nie das Opfer sexueller Gewalt geworden. Blieb die Erpressung. Ein feines Motiv. Es passte zu der Siri Endres, die wusste, was sie wollte, und es in der Regel auch bekam. Dennoch hatte der Richter nur abgewunken, als Bremer einen Hausdurchsuchungsbefehl beantragte. »Aufgrund von Spekulationen habe ich noch nie und werde ich auch nie!«, hatte er gesagt und Bremer angedeutet, er habe viel zu tun.

Bremer schaffte es tatsächlich, sich loszueisen und pünktlich um ein Uhr mittags seinen Sohn zu Hause abzuholen. Zu Fuß gingen sie zum Ilseplatz. Brauereigarnituren waren draußen aufgestellt, das Stammessen war preiswert, reichlich und gut. Die Sonnenschirme waren eingeklappt, die Bäume warfen angenehmen Schatten. Dirk bestellte sich Bratkartoffeln mit Rindfleischsalat, Bremer begnügte sich mit einem großen Salatteller, der mit gebratenen Putenstreifen belegt war.

»Zwei Jahre.«

»Zwei Jahre«, bestätigte der Erzeuger. »An deinem achtzehnten Geburtstag.«

»Das war der Hammer. Meine Kumpels haben den Schock bis heute nicht verdaut. Ein echter Bulle. Noch dazu Kripo.«

»Nicht zu ändern.«

Dirk zuckte die Schultern. »Und?«

»Was und?«

»Na ja, was macht die Liebe?«

Bremer holte tief Luft. Der junge Mann, der da vor ihm saß, war sein Sohn. Und doch nicht. Ein Spieler. Stand mit beiden Beinen voll im Dreck und fand das auch noch lustig.

»Warum zockst du?«

Dirk verzog das Gesicht. »Was geht ab? Das ist mein Job.«

»Und die Uni?«

»Vollpleite. Nur Problemiker.«

Das Essen kam, Dirk langte kräftig zu, während Bremer telefonierte.

Dirk grinste nur und bestellte sich einen doppelten Espresso. »Das hab ich von dir.«

Bremer stocherte im Salat, pickte ein wenig und schob den Teller dann weg. Sein Sohn verzog skeptisch das Gesicht.

»Kein Wunder, dass du so scheiße aussiehst. Du musst mal was Anständiges essen.«

»Sehe ich wirklich so schlecht aus?« Bremer tastete sich erschrocken das Gesicht ab.

»Magersüchtig, Ringe unter den Augen, eingefallene Backen. Da traut sich keine Braut ran, das kannste echt vergessen.«

Langsam zog Bremer den Teller wieder zu sich und steckte sich ein Paar Salatblätter in den Mund. »Das mit dem Pokern. Ist das dein Ernst?«

»Klar, Mann, ich lebe echt gut davon, hab super Arbeitszeiten, und die Mädels finden das cool.«

»Steuern?«

Dirk verschluckte sich. »Ich bin Student, und meine Mama steckt mir immer wieder was zu. Dein Scheck kommt ja auch immer pünktlich. Find ich echt gut. Das machen lang nicht alle. Ich übertreib's ja auch nicht. Dicke Autos oder was – alles Quatsch. Ich reise. Und zocken geht überall.«

»Nur nicht bei Kowacz.«

»Das wird mir eine Lehre sein, das kannst du mir glauben.«

Bremer bezahlte, gemütlich gingen sie zurück.

»Sag mal, kann ich noch ein paar Tage hier bleiben? Ich mache keinen Ärger. Hab eine süße Maus kennen gelernt.«

»Klar, kein Problem. Damenbesuch ist ausdrücklich erlaubt. Wenn du Kondome suchst ...«

»Schon gefunden. Aber ich mache mir ernsthafte Sorgen. Die sind schon abgelaufen. Essen allein reicht nicht, du brauchst auch regelmäßig Sex. Da muss man ja mies draufkommen.«

Bremer sagte gar nichts mehr, grüßte und sah zu, dass er pünktlich auf die Lerch kam.

Koswet saß gerade auf dem Stuhl, die Hände vor sich auf dem Tisch gefaltet. Die Haut spannte immer noch im Gesicht, aber der Blick war klar. Als Bremer eintrat, stand Koswet auf, reichte ihm die Hand und bat ihn, Platz zu nehmen. Bremer dankte und setzte sich.

»Ich habe viel nachgedacht«, begann Koswet. »Nach meinem Wutanfall neulich, den ich Ihnen zu verdanken habe, hab ich mich wie neugeboren gefühlt. Meine Wut ist verraucht, und bis heute ist sie nicht wiedergekehrt. Ich habe Entscheidungen getroffen. Meine Ehe ist am Ende, die Scheidung werde ich nächste Woche einreichen. Ich habe meinen zukünftigen Ex-Schwiegervater schwer verletzt, dafür werde ich einstehen. Was glauben Sie, wie lange muss ich ins Gefängnis?«

»Ich bin weder Richter noch Staatsanwalt. Sie sollten einen Rechtsanwalt zurate ziehen. In Ihrem Fall könnte es Bewährung geben. Oder zehn Jahre wegen schwerer Körperverletzung in einem besonders schweren Fall. Das wäre die Höchststrafe. Sie sehen, nichts Genaues.«

»Schon gut, kein Problem. Ich wollte mich bei Ihnen bedanken. Sie haben mir geholfen, alles so zu sehen, wie es ist.«

»Wenn Sie Ihr Geständnis unterschreiben, wird das die Strafe erheblich mildern, das steht fest.«

»Kein Problem«, strahlte Koswet. »Wo soll ich unterschreiben?«

Bremer legte Koswet die Papiere vor. Koswet nahm sie, stand auf, reichte Bremer wieder die Hand und verbeugte sich leicht. Er wurde auf seine Zelle gebracht, Bremer verließ den Vernehmungsraum und winkte den Vollzugsbeamten zu sich, der auch das letzte Mal dabei gewesen war.

»Was glauben Sie?«

Der Beamte wiegte unentschlossen den Kopf. »Ein kleines Wunder. Der Mann ist wie ausgewechselt. Der Druck ist weg, er hat nichts mehr zu verlieren.«

»Exakt. Und deswegen werden Sie ihn rund um die Uhr beobachten. Der Mann ist hochgradig selbstmordgefährdet. Seine Vorstellung vorhin war der Abschied von dieser Welt. Er ist unter der Erkenntnis seiner Schuld zusammengebrochen, die einzige Lösung, die er sieht, ist der Selbstmord. Wenn er darüber hinwegkommt, hat er eine Chance.«

Der Beamte nickte. »In Ordnung. Ich werde das sofort anordnen. Übrigens, wegen neulich. Das war nicht so gemeint.«

Bremer winkte ab. »Schon in Ordnung. Ist kein leichter Job hier.«

Vor dem Tor hielt Bremer sein Ritual ab. Er versuchte, Saskia Pierer zu erreichen. Erfolglos. Dann betrachtete er sich das Großflächenplakat. Aber diesmal traf ihn kein Geistesblitz. Also fuhr er in die Stadt, parkte an der Kongresshalle und meldete sich beim Pförtner der DSK-Verwaltung. Mit einem Besucherzettel in der Hand, den jeder ausfüllen musste, egal ob Papst oder Teufel, das hatte ihm der Pförtner unmissverständlich und ruppig klar gemacht, stieg er in den Aufzug, wählte den zweiten Stock und wurde das Gefühl nicht los, sich auf unbekanntem Terrain zu bewegen.

Die Türen öffneten sich zögerlich, dann war alles grün. Der Boden, die Trennwände des Großraumbüros. Viel Grün, aber nicht das frische Grün des Frühlings, sondern ein verblasstes, angegrautes, altes Grün. Insgeheim war Bremer froh, dass seine Kollegen ihm das neue Büro eingerichtet hatten. Die Couch war bequem. Ja. Die Minibar war erfrischend. Ja. Die Espressomaschine war ein Lebensretter. Ja. Ja. Ja.

Kleine Schilder mit Namen und Pfeilen hingen an den Wänden, die meisten Arbeitsplätze waren unbesetzt, das musste an der Zeit liegen, Kaffeepause. Bremer wühlte sich durch das Labyrinth, spitzte hier und dort in ein Abteil, sah Schreibtische, meist voll geladen mit technischen Zeichnungen und Akten. Warum soll es anderen besser gehen, dachte Bremer und fand endlich die richtige Ecke. Drückende Stimmung lag über dem Büro, aber die Frau, die Bremer begrüßte, ließ sich davon nichts anmerken. Strahlend freundlich bat sie ihn hinein, stellte sich vor, »Gisela Haberland ist mein Name«, bot Kaffee, Wasser und einen grün bezogenen Stuhl an. Erst der zweite Blick zeigte Bremer die Spannung in Gisela Haberlands Gesicht und die kleinen Gesten der Müdigkeit. Die unauffällige Schminke konnte die Ringe unter den Augen nicht verbergen, die blauen Augen strahlten trotzdem voller Energie und Selbstbewusstsein, die blonden glatten Haare ein wenig zerzaust. Eine bemerkenswerte Frau, dachte Bremer, sie hat etwas von Saskia.

»Anstrengender Job hier?«, fragte Bremer beim Hinsetzen.

Ohne Umschweife bestätigte Haberland Bremers Beobachtung. »Im Moment ist es unglaublich. Unsere Chefin rotiert. Die muss aufpassen, dass die Leute nicht umkippen. Seit dem Beben gestern in Lebach haben wir fast dreihundert Schadensanzeigen und Hunderte Anrufe, von denen viele nicht sehr angenehm waren.«

»Übersetzt heißt das, man hat Ihnen die Hölle heiß gemacht?«

»Wir werden beschimpft, der Lüge bezichtigt, angepöbelt und bedroht. Von vielen.«

»Das ist nicht schön. – Zur Sache. Der Flurfunk hat Ihnen sicher die Details schon zugespielt.«

Haberland schüttelte den Kopf. »Nein. Im Moment ist auch intern Nachrichtensperre verhängt. Ich weiß nur, dass in Göttelborn siebenundachtzig Menschen eingeschlossen sind.«

»Halten Sie die Bergbaugegner für fähig, ein Bergwerk zu sabotieren und Menschen umzubringen?«

Bremer schlug seine Beine übereinander, Gisela Haberland hob ihre Hände und zeigte Unsicherheit.

»Die Stimmung ist aufgeheizt. Die Menschen sind zum Teil am Ende ihrer Kräfte. Aber ehrlich gesagt, die Bergbaugegner im Gesamten könnten so etwas nie planen und durchführen. Das sind ja keine Profis. Die sind ins kalte Wasser gestoßen worden. Auf der anderen Seite: Die Leute sind zum Teil am Ende ihrer Kräfte.«

»Wie viele Menschen sind von den Erdbeben betroffen?«

»Tausende. Aber Millionen haben einen Nutzen von der Steinkohle. Strom. Wärme. Heißes Wasser.«

»Warum kriegt die DSK die Beben nicht unter Kontrolle?«

»Wir haben nur eine Lösung, die wirklich funktioniert. Weitermachen. Mit dem Berg ist es wie mit dem Wetter. Man muss ihn nehmen, wie er kommt. Meistens.«

Bremer schenkte sich Wasser nach, seine Kehle war ausgetrocknet. Haberland hatte einige Male herzhaft gegähnt, sich entschuldigt, sie habe Bereitschaftsdienst, vierundzwanzig Stunden am Stück, und müsse auch die Leute koordinieren und bei Laune halten. Gähnen. Dann schwieg sie drei Minuten, schien neue Kraft zu sammeln oder eine Entscheidung zu treffen.

»Versprechen Sie mir, alles, was ich sage, vertraulich zu behandeln?«

Bremer hob die Hand zum Schwur.

»Der Konzern, die RAG, wäre froh, wenn sie das Saarland endlich abhängen könnte. Gigantische Folgekosten, ständig Ärger, die Medien hacken auf der RAG herum, das Image ist mies. Der saarländische Bergbau ist gut für das Saarland. Die Experten streiten sich, aber zehntausend Arbeitsplätze hängen im Saarland immer noch an der Kohle. Die Entscheidungen werden inzwischen in Herne getroffen. Wir sind schon froh, wenn wir rechtzeitig informiert werden und die Sachen nicht aus der Presse erfahren oder von wütenden Anrufern.«

»Und die Bergschäden? Warum gibt es da immer wieder Streit?«

»Neunzig Prozent aller Schadensfälle regulieren wir einvernehmlich.«

»Das sind zehn Prozent Ärger, eine ganze Menge. Hand aufs Herz, Frau Haberland. Es geht um Milliardensubventionen, um richtig viel Geld. Warum wird dann um ein paar Millionen mehr oder weniger gefeilscht?«

»Die DSK ist kein Wohlfahrtsbetrieb. Aber wir regulieren oft auch kulant.«

Bremer lächelte warm. »Wenn der Betroffene Druck macht. Ansonsten habe ich verstanden: Bergbau vor Bürger, Frau Haberland, ist es nicht so?«

Haberland zuckte die Achseln. Sie hatte sich warm geredet, Druck abgelassen, jetzt merkte sie, dass sie sich weit aus dem Fenster gelehnt hatte.

»Ist das gerecht, Frau Haberland?«, setzte Bremer nach.

»Es ist Recht und Gesetz.«

»Und die DSK hat die Macht!«

Die Ingenieurin zuckte wieder die Achseln, holte kurz Luft und brachte das Gespräch zu Ende. »An der DSK haben sich auch einige gesundgestoßen, glauben Sie mir das. Das sind keine Engel! Hier ist meine Karte. Sie können mich jederzeit anrufen.«

Artig gab Bremer den Besucherzettel ab, der Pförtner kontrollierte ihn misstrauisch. Kein Wunder. Die DSK im Ausnahmezustand.

Bremer hatte letztlich nur eins verstanden: Die Interessen waren nicht vereinbar. Entweder wurde abgebaut, und es gab Erdbeben und Schäden, die jenseits von Rissen und Schieflagen in den Seelen der Menschen schmerzten und sie langsam, aber sicher auffraßen. Oder die Gruben wurden dichtgemacht, mit allen Konsequenzen, die ebenfalls viel Geld verschlangen und genauso die Seelen der Menschen verletzten.

Der langsame Tod ging da vonstatten, quälend, das Leiden wurde verlängert, verstärkt, die Menschen verloren die Nerven, Motive ohne Ende, Möglichkeiten zuhauf, Bergleute könnten es gewesen sein, aber auch Betroffene, die sich im Bergbau inzwischen genauso gut auskannten wie die Bergleute selbst.

Bremer war sich jetzt sicher, dass hier keine neue politische Terrorvereinigung am Werk war. Hoffnungslose, verzweifelte, ausgebrannte Menschen, die ihren verlorenen, inneren Kampf nach außen brachten, sodass es niemand übersehen konnte. Phantome, Terroristen, hausgemacht. Darum ging es. Politik und Gesellschaft versagten auf ganzer Linie, völlig normale Menschen, die unauffällig im Strom schwammen, lernten plötzlich ihre eigene Ohnmacht kennen und bekamen die Macht und die Gnadenlosigkeit des Staates zu spüren. Ein Wunder, dass die Hilflosigkeit nicht schon früher in Gewalt umgeschlagen war.

Bremer blieb stehen und betrachtete die Arbeitsagentur in ihrem futuristischen Glaspalast, was für ein Hohn.

Die Ereignisse passten zu den Dimensionen des Bergbaus. Feine Risse ziehen sich durch die Gesellschaft, mit jedem Beben klaffen sie weiter auseinander, bis eines Tages, vollkommen unerwartet wie immer, alles einstürzt.

Gut, dachte der Kommissar. Einstürzende Neubauten hin oder her, gequälte Hausbesitzer oder frustrierte Bergleute, Risse in der Fassade der Gesellschaft oder nicht. Wer Leute umbringt, den werde ich fangen, unschädlich machen, einsperren, zur Verantwortung ziehen. Es gibt keine Entschuldigung für das, was in Göttelborn geschieht.

Der Kommissar zückte sein Handy, wählte Saskia Pierers Nummer und verkraftete auch diesmal den Misserfolg. Aber er fühlte den Riss. Und noch einen. Irgendwann hatte Rosa gesagt, es wäre an der Zeit zu gehen. »Wohin?«, hatte Bremer naiv gefragt. »Zu mir, wohin sonst?«, hatte Rosa klargestellt, ganz selbstverständlich. Mit unwiderstehlicher Kraft hatte sie Bremer auf die Beine gezogen, ihn bei der Hand genommen, gemeinsam waren sie über den Kies geklettert, hinauf zur Straße nach La Calera, dem weißen Dorf, das sich am Eingang des Valle Gran Rey wie ein Wächter postiert hatte. Steil ging es hinauf, Rosas Haus kam in Sicht, am Ende der Straße, die nicht breit genug war, um einen normalen Pkw hindurchzulassen. Die Tür war nicht abgesperrt, kühle Luft erfrischte die beiden, als sie die Tür hinter sich schlossen. Rosa schlang ihre Arme um Bremers Hals und küsste ihn lange. Unvergesslich.

EINUNDZWANZIG

Giulio trabte in gleichmäßigem Tempo durch den Stollen. Ein Bogen nach dem anderen zog vorüber, in regelmäßigen Abständen nahm er einen Schluck aus der Flasche. Gleich kam die Linkskurve, vierhundert Meter weiter die Rechtskurve, dahinter die Dämme, die den Stollen einmal hermetisch versiegeln würden, jetzt aber noch Durchlass boten. Einmal selbst Hand anzulegen, um ein Bergwerk zu erwürgen, das hätte sich Giulio nicht vorstellen können. Seit einem Dreivierteljahr liefen die Arbeiten für die Stilllegung. Und jetzt fühlte er sich wie der griechische Läufer Pheidippides, der die Nachricht vom Sieg Athens zu dem Ort brachte, nach dem Giulios Lieblingshobby benannt war: Marathon. Sein berühmter Vorgänger hatte den Lauf nicht überlebt.

Die dreieinhalb Kilometer von Lummerschied nach Göttelborn waren für Giulio kein Problem, obwohl ihm die Hitze zusetzte und die Luft immer schlechter wurde. Seine Botschaft verhieß ja auch keine Freude über den Sieg, sondern würde alle in Angst und Schrecken versetzen. Dass Haltern so ausrastete, war für Giulio nicht verwunderlich. Unter Tage waren schon andere verrückt geworden. Dass zwei seiner Kameraden mitmachten, tat weh. Bergleute achteten das Gesetz. Das war die Regel. Und deswegen fühlte er sich so wohl im Bergwerk. Die Kameraden waren echte Freunde, denen war es egal, wo man herkam, Hauptsache, man beherrschte den Job und hielt was aus. Wenn ich ehrlich bin, dachte Giulio, hat sich das verändert. Wie lange bin ich dabei? Dreiundzwanzig Jahre.

Vor achtzehn Jahren war er das erste Mal im Ruhrpott eingefahren und hatte sich fast ins Hemd gemacht. Die Grube zahlte gut, der Arbeitsplatz war sicher, die Kumpel halfen beim Hausbau. Als Giulios Frau starb, flüchtete er ins Saarland, um zu vergessen. Inzwischen war der Zusammenhalt bröckelig geworden, wie verdammter Tuff. Die Leute schwitzten wegen der Hitze und aus Angst, dass sie ihren Arbeitsplatz verlieren würden, trotz aller Versprechen. Der Boden wird uns unter den Füßen weggezogen, dachte Giulio. Aber einen Menschen umbringen? Wo ich doch noch nicht einmal weiß, ob er wirklich der Mörder ist? Was ist das für ein Wahnsinn? Giulio schwor sich, in der ersten Reihe zu stehen, wenn Haltern und seine Leute anrückten.

Ganz allmählich verschwand in seinem Unterbewusstsein die Hemmung, zuzuschlagen. Mit jedem Gedanken stiegen seine Wut und sein Hass auf Haltern und seine Leute. Der Hass wurde kalt, und seine Entschlossenheit, Brand zu verteidigen, wischte alle Bedenken zur Seite. Gut, dass ich Karate kann, dachte er und überlegte, ob er Haltern mit der Handkante oder dem Fuß erledigen würde.

Die Kathedrale kam in Sicht, Giulio rief die Leute zusammen und überbrachte seine schlechte Nachricht. »Haltern und seine Leute wollen mit Brand kurzen Prozess machen.« Giulio war nicht einmal außer Atem. Allerdings lief ihm Schweiß in Strömen über das Gesicht.

Brand jammerte, die meisten waren sprachlos.

Zettler ergriff die Initiative. »Nur die Ruhe. Nichts wird so heiß gegessen, wie es gekocht wird. Als Erstes werden wir mit Haltern reden. Das werde ich machen, auf mich wird er vielleicht hören. Wenn Haltern nicht einsichtig ist, werden wir uns einfach vor Brand stellen. Haltern wird es nicht wagen, uns anzufassen.«

Tchechnach meldete sich zu Wort. »Bei allem Respekt, aber das ist naiv. Der Mann ist vollkommen durchgeknallt. Der sucht ein Ventil, und Brand ist das beste, das er kriegen kann. Der will den Krieg. Wir müssen uns vorbereiten oder Brand ausliefern.«

Nachdenklich kratzte sich Zettler am Kopf. »Wie sehen das die andern?«

»Ich weiß, ich bin befangen, aber ich stimme Tchechnach zu«, sagte Bohlen. »Haltern und seine Leute suchen Streit.«

Der junge Steinmetz ergriff das Wort. »Das mag jetzt pathetisch klingen, aber ich will später nicht sagen müssen, ich habe es nicht gewusst. Ich bin dabei.«

Viele zitterten trotz der Hitze, eine Angst fuhr ihnen in die Glieder, die anders war als die Angst vor dem Berg. Krieg. Jeder stellte sich die Frage: Bin ich für einen Mörder verantwortlich?

»Wer ist bereit, Brand zu schützen, wenn es sein muss gegen Gewalt?« Zettler blickte einen nach dem anderen an. Niemand rührte sich, bis Giulio den Arm hob, gleichzeitig mit Bohlen. Eddi kam dazu, die Leute von der Grubenwehr, Tchechnach. Zettler selbst hob seinen Arm und Heinz Biehl. Steinmetz natürlich. Zehn Mann. Und zwei Frauen. Siri Endres und Birgit Flöhrer.

Bohlen kochte über vor Wut. »Ihr Memmen!«, brüllte er. »Ihr Feiglinge. Jeder von euch könnte an Brands Stelle sein. Glaubt ihr wirklich, dass jemand, der ein Bergwerk lahm legt, der drei Leute umbringt, ohne gesehen zu werden, sich die Tatwaffe in die Jackentasche steckt? Schaut euch Brand doch mal an. Der Mann ist körperlich und geistig ein Wrack. Der Mörder aber ist genial. Er taucht unter. In eurer Angst. Er lenkt ab. Legt eine Spur, und ihr fallt drauf rein wie die letzten Deppen. Wir verteidigen hier keinen Mörder, sondern ein Opfer des Mörders. Wenn Heiner Brand gelyncht wird, hat der Mörder auf jeden Fall gewonnen. Und jeder von euch Luschen ist selbst ein Mörder.«

Nichts regte sich. Zettler spürte, dass Bohlen jedes Wort so meinte, wie er es gesagt hatte. Aber es half nichts. Der Rest der Leute verzog sich in eine andere Ecke, manche verschwanden sogar allein in den Stollen, fette Beute für den Mörder.

»Das kann nicht wahr sein«, flüsterte Bohlen.

»Wir sollten keine Zeit verschwenden. Wir haben vielleicht noch eine halbe Stunde, bis Haltern hier ankommt und Zoff macht«, stellte Eddi klar, und die Männer nickten. »Nehmt Brand die Fesseln ab, wir brauchen ihn.«

Ein leises, gebrochenes »Danke« kam von Heiner Brand. »Ich muss Ihnen noch was sagen.« Ängstlich blickte sich Brand um und rieb sich die Handgelenke. »Ich hatte tatsächlich vor, hier was anzustellen, aber ich habe es nicht gemacht. Ich konnte nicht. Bei mir zu Hause liegt ein Abschiedsbrief.«

»Was wollten Sie machen?«, fragte Zettler drohend.

»Feuer legen.«

Die Männer zuckten zurück.

»Sie wollten alle hier unten umbringen?« Bohlen traute seinen Ohren nicht.

»Die Kontrollen waren der gespielte Witz. Ich konnte es kaum fassen. In meiner Hand habe ich ein kleines elektrisches Feuerzeug hier heruntergeschmuggelt.«

Unsanft packte Zettler Brand am Kragen. »Wo ist das Ding?«

»Ich habe es versteckt. Kommen Sie mit, ich zeige es Ihnen.«

Unter misstrauischen Blicken durchquerte die Gruppe den Füllort. Brand stellte sich vor einen Verteilerkasten, griff hinter ein dickes Kabel, das oben heraustrat, und hatte die gefährlichste Waffe überhaupt in der Hand.

Bohlen schnappte sich das Feuerzeug und wunderte sich, dass sie so naiv gewesen waren, Brand die Möglichkeit zu bieten, seinen Plan doch noch in die Tat umzusetzen. Heiner Brand wiederum war kein kompletter Idiot. Inzwischen kämpfte er um sein Leben. Er hatte nicht erzählt, dass er nur fünf Minuten, nachdem er den Aufzug verlassen hatte, das Feuerzeug mehrmals gezündet hatte. Aber nichts war geschehen. Danach hatte ihn der Mut verlassen, und das Feuerzeug kam hinter das Kabel.

»Wissen Sie, Herr Brand, dass Sie uns vielleicht viel Ärger ersparen können mit Ihrem Wahnsinn?«, fragte Bohlen und erklärte, ohne eine Antwort abzuwarten. »Inzwischen haben wir hier unten ein hochexplosives Methan-Sauerstoffgemisch. Das wissen Halterns Leute auch. Ein Funke zum jetzigen Zeitpunkt, und wir alle sind auf der Stelle tot. Damit könnten wir ein Patt erreichen und einen Kampf vermeiden.«

Die Umstehenden nickten begeistert, schöpften Hoffnung, einen Kampf vermeiden zu können.

»Trotzdem sollten wir uns vorbereiten«, wiederholte Eddi. »Wenn es nicht wirkt, müssen wir doch kämpfen.«

Alle signalisierten Einverständnis, und Bohlen fragte, wer was könne. Außer Zettler war niemand mit Kampferfahrung dabei. Giulio verschwieg seine Fähigkeiten, um mit Haltern abrechnen zu können. Alle waren entschlossen, ihr Bestes zu geben, sie räumten das Materiallager neben dem Schacht, lange schwere Stangen gab es, Betonbrocken sollten als Wurfgeschosse dienen, mit der Bühne im Rücken bauten andere eine Barrikade im Füllort auf, den Sektflaschen wurde der Hals abgeschlagen, um furchterregende Waffen zu haben. In einer Dreiviertelstunde verwandelte sich der halbe Füllort in eine Festung.

Die zehn Verteidiger zogen sich hinter die Barrikade zurück, hinter der sie auch Wasser und Lebensmittel gehortet hatten, wer weiß, vielleicht würde Haltern ja nur belagern, anstatt anzugreifen. Zettler gab die Parole aus. Wenn es wirklich zum Kampf kommen sollte, würde er sich als Erstes Haltern vornehmen. Wäre erst der

Anführer außer Gefecht gesetzt, würde der Rest schnell aufgeben. Giulio gab ihm in Gedanken Recht, war aber enttäuscht, dass ihm der Schweinehund entgehen würde. Dann würde es halt einen anderen treffen. Genau. Seinen Kollegen würde er eine Abreibung verpassen, die sie nicht so schnell vergessen würden.

Haltern und seine Leute setzten auf pure Übermacht. Zweiundzwanzig Bürger hatten sich mit Stangen bewaffnet, um Brand und Bohlen zu richten, hatten sich mit Kohle die Gesichter geschwärzt und zwei Stunden gewartet, um die Verteidiger zu zermürben.

»Wenn die uns sehen, machen sie sich in die Hosen«, hatte Haltern stolz verkündet und endlich den Marschbefehl erteilt.

Die Wettertüren schwangen auf, wie Publikum hatten sich die meisten an das andere Ende der Kathedrale zurückgezogen, standen oder saßen teils ängstlich, teils voller Erwartung.

In drei Reihen marschierte Halterns Streitmacht vor den Barrikaden auf. Haltern trat vor. »Gebt uns Brand raus, und niemandem wird etwas geschehen. Andernfalls können wir für nichts garantieren.«

Wie ein Revolutionsführer stieg Zettler auf die Barrikaden und antwortete. »Brand ist nicht der Mörder, das müsste dem Dümmsten klar sein. Er ist genauso Opfer von skrupellosen Wahnsinnigen wie wir alle. Haltern, geben Sie Ihren unsinnigen Plan auf. Die Behörden werden sich um die wahren Täter kümmern. Wenn Sie den Kampf beginnen, machen Sie sich genauso schuldig wie der Mörder.«

»Sie sind auf dem falschen Dampfer, Zettler. Keiner von uns kommt hier lebend raus. Die Beweise sind eindeutig. Wissen Sie, was ich glaube? Brand hat nicht allein gehandelt. Es sind drei Leute umgebracht worden, die Bergbaugegner sind. Na? Klickt da was bei Ihnen? Über kurz oder lang ist der Bergbau tot, Gott sei Dank. Vorher noch ein paar Leute killen, ohne aufzufallen. Ist doch super! Bohlen hat uns ständig angelogen. Wo war er denn, als Barens sterben musste? Ganz in seiner Nähe! Wo war er denn, als Satonak durch den Wolf gedreht wurde? Ganz in der Nähe! Und wer hat Brutsch gefunden? Die Gruppe mit Bohlen! Hier geht es nicht mehr darum, einen Mörder zu strafen. Es geht darum, uns zu schützen und die anderen.« Haltern zeigte auf das Publikum, das voll Schrecken Halterns Rede verfolgte.

Zettlers Verstand arbeitete auf Hochtouren. »Haltern. Hören Sie zu. Ich mache Ihnen einen Vorschlag. Sie beschuldigen Brand und Bohlen. Ihre Argumente sind nicht schlecht. Also lassen Sie uns die beiden gemeinsam bewachen. Dann kann nichts mehr passieren. Wenn wir gerettet werden, liefern wir die zwei der Polizei aus? In Ordnung?«

»Alle Löcher sind dicht. Klar kommen die irgendwann mit ihrer Bohrmaschine hier an. Aber bis dahin sind wir am Methan erstickt. Keine Diskussion. Wir wollen Brand und Bohlen. Jetzt.«

Ich muss an Haltern vorbeikommen, dachte Zettler. Er sprach einen der Männer an, die ihm vernünftig zu sein schienen. Wie hieß er noch? Egal. Er fixierte den Mann mit festem Blick.

»Sie wollen allen Ernstes einen unschuldigen Menschen umbringen?«

Der Mann zuckte erstaunt zurück, Haltern lachte aus vollem Hals.

»Mein lieber Zettler. Sie sind Journalist, nicht wahr? Das merkt man. Schluss jetzt mit lustig. Niemand will hier einen Unschuldigen umbringen. Wir werden Brand und Bohlen befragen, und zwar so, dass sie uns auf jeden Fall die Wahrheit sagen werden. Wer unschuldig ist, kann mit uns in Frieden seine letzten Stunden verbringen. Ansonsten machen wir ihm den Prozess nach amerikanischem Recht.«

»Sie wollen die Todesstrafe verhängen?«

»Messerscharf gefolgert. Bohlen wird die Wahrheit sagen, das ist sicher. Einmal in seinem Leben. Und jetzt genug gescherzt. Die Zeit läuft, Sie haben noch fünf Minuten Bedenkzeit, dann kommen wir und holen uns die beiden.«

»Sie sind ja vollkommen verrückt!«, schrie Zettler unvermittelt. »Was glauben Sie, wer Sie sind? Gott?«

»Auch Gott nimmt Leben, ist es nicht so? Heißt es nicht: Der Herr hat ihn zu sich genommen?« Haltern grinste über das ganze Gesicht. Zettler machte einen Schritt nach vorn, hob die Hand und ließ sie sofort wieder sinken. Haltern drehte sich um einhundertachtzig Grad und verschwand hinter der zweiten Reihe.

»Das Schwein versteckt sich hinter seinen Leuten.« Giulio spuckte auf den Boden. »Wisst ihr, was ein Vorteil für uns ist? Wir sind mehr Bergleute. Die haben nur zwei.«

Die Minuten verstrichen, und die Menschen versuchten, ihre

Angst auf unterschiedlichste Art und Weise zu verdrängen. Zettler genügte sein Gewissen. Lynchen. Nur über seine Leiche.

Giulio war wütend wie noch nie in seinem Leben, und Eddi sehnte sich danach, Haltern zu erwürgen, mit bloßen Händen.

Bohlen war betäubt von den Ereignissen, Steinmetz war neugierig, wie das sein würde, Mann gegen Mann, und beschloss, niemandem unnötig wehzutun.

Am Schacht IV war die Zeit abgelaufen. Haltern gab das Signal, die Schlacht begann.

Die Männer über Tage hatten unermüdlich gearbeitet, kein Risiko gescheut und alles in die Waagschale geworfen. Der Durchbruch kam mitten in der Nacht, um kurz nach drei Uhr. Fellmann hatte Bellorz und Bremer benachrichtigt, dass jetzt eine Seilfahrt in Lummerschied möglich sei. Das Telefon sei allerdings stumm geblieben, ein Rätsel, denn es musste jedem Bergmann, eigentlich jedem, der bei Verstand war, klar sein, dass in Lummerschied ein Kabel abgelassen werden konnte.

»Wir sollten uns beeilen«, drängte Bellorz, Fellmann fragte genervt, was Bellorz glauben würde? Dass die Leute seit vier Tagen am Schacht einen Skat kloppen würden? Bellorz entschuldigte sich, so habe er es nicht gemeint, er mache sich Sorgen, ernsthafte Sorgen.

»Da haben wir was gemeinsam«, erwiderte Fellmann trotzig.

Die Bergleute hatten sich nicht mit Kleinigkeiten aufgehalten. Da der Ersatzkorb nicht durch die Tür des Förderturms passte, hatten sie einfach die ganze Wand rausgebrochen. Die Winde auf dem Sattelschlepper lief wie eine Nähmaschine. Der Schacht war geräumt, die ersten zehn konnten einfahren. Fellmann, Bellorz, Bremer und sieben Mann von der Grubenwehr. Alle trugen Sauerstoffgeräte, medizinisches Gerät, mit der nächsten Fahrt würden Zerb und sein Team nachkommen.

Knapp zehn Minuten dauerte die Fahrt, eine Ewigkeit, die Abstandsrollen rumpelten am Schacht entlang, Bremer und Bellorz wurden blass, den Bergleuten schien es nicht viel auszumachen.

Die letzten Meter gingen langsam, endlich gab Fellmann das Signal zum Stoppen. Lange bevor die Tür aufschwang, schlug den Männern der Gestank entgegen. Die ausziehenden Wetter, auch wenn sie schwach waren, trugen eine Geruchsmischung aus Exkrementen und Verwesung bis nach Lummerschied.

Bremer räusperte sich ein paarmal, atmete dann flach durch den Mund, Verwesung gehörte zu seinem Beruf, im Gegensatz zu manchen Kollegen hatte er sich daran gewöhnt. Jetzt kehrte sich die Gesichtsfarbe um, Bellorz und Bremer normal, die Bergleute mussten sich beherrschen, um sich nicht auf der Stelle zu übergeben.

Der Korb bremste, schwang ein wenig hoch und runter, Fellmann stieß das Gitter auf, ohne Zögern gingen sie los, nach einer Minute lief allen der Schweiß in die Schuhe, die Temperatur hatte die Vierziggradmarke fast erreicht. Das Luftgemisch war noch atembar, aber bereits explosiv. Dreieinhalb Kilometer. Ein Weg. Stumm gingen die Männer weiter, jeder damit beschäftigt, sich auf das Schlimmste vorzubereiten. Immer wieder horchten sie in den Stollen hinein, aber es war nichts zu hören außer dem Rauschen des eigenen Blutes und dem Zirpen der Grillen.

Bremer fühlte sich wie ein Insekt. Klein, zerbrechlich, geboren, um zerquetscht zu werden. Stollen und Bunker. Gefangen. Eng, obwohl der Stollen sechs Meter breit war und fast ebenso hoch. Selbst wenn hier unten Winter geherrscht hätte, Bremer wäre der Schweiß augenblicklich ausgebrochen. Ich muss an was anderes denken, dachte er und ließ sich zurückfallen nach Gomera, die Nacht, Rosas Kuss, der ihm den Verstand geraubt hatte. Sie hatten die wenigen Kleidungsstücke fallen lassen und eine halbe Stunde lang dagestanden, Haut auf Haut, eng umarmt, keine Erektion hatte Bremer dabei gestört, Rosas Haut, ihren Duft und ihren Atem zu trinken. Bremer wusste nicht mehr genau, wann es angefangen hatte, aber die Bewegungen waren immer deutlicher geworden, bis sie nackt tanzten zu einer Musik, die sonst niemand hören konnte.

Fellmanns Walkie-Talkie rauschte, Bremer stürzte zurück in das stinkende Bergwerk, die nächste Gruppe war unten. Alle zwanzig Minuten wurde ein Team abgesetzt, insgesamt zehn Teams. Streckenposten sollten aufgestellt werden, die batteriebetriebenen schlagwettergeschützten Wagen für drei Personen waren endlich da und wurden hinuntergeschafft, um Verletzte oder Entkräftete schnell zum Schacht fahren zu können.

Die Zeit wollte sich nicht weiterbewegen, Bremer verlor nach einer halben Stunde vollkommen die Orientierung. Ohne Uhr hätte er nicht sagen können, wie lange sie schon hier unten vor sich hinliefen.

»Geht's noch?«, fragte Fellmann.

Bremer nickte. »Aber verraten Sie mir eins, Herr Fellmann. Wie kann man hier unten Tag für Tag, Woche für Woche arbeiten, ohne …«

»Kann man nicht«, lachte Fellmann, und die Bergleute stimmten mit ein.

Bellorz kam aus dem Staunen nicht mehr heraus. »Es ist unglaublich. Fast ein Kilometer unter der Erde.«

Das Gespräch versickerte, sie passierten ein aufgefahrenes Flöz.

Fellmann zeigte kurz hin. »Meine Herren, das schwarze Gold. Da liegt es und wird dort die nächsten einhundert Millionen Jahre auch liegen bleiben, so wie es aussieht. Was für ein Jammer.«

»Pst!« Bellorz war stehen geblieben und lauschte, die anderen folgten seinem Beispiel. Wie Tiere standen sie da und witterten.

»Metall auf Metall«, flüsterte Bremer.

Haltern ließ seine Leute antreten. Die Truppe hatte die letzten zwei Tage fleißig geübt, wie Wikinger, die ihren Feinden Angst einjagen wollten. Es schepperte, klirrte und rasselte, als sei eine ganze Legion angetreten, um die Barbaren zurückzuwerfen. Das Echo fing sich in der Kathedrale, und die Verteidiger legten einen Zahn zu, häuften auf, was ihnen in die Finger kam.

»Wir besiegen sie allein durch unsere Drohgebärden«, versprach Haltern. »Außerdem sind wir ihnen zahlenmäßig zwei zu eins überlegen. Ein leichtes Spiel. Keine Sorge, niemand wird verletzt werden.« Und wenn doch, macht das die ganze Sache noch besser, dachte er. Dann kann ich den Schmerz nutzen, um die Leute noch mehr zu motivieren. Manchmal ist das Schicksal doch nicht so ungerecht. Die Zeit der Rache ist gekommen. Meine Rechnung ist aufgegangen.

»Schnell!«, rief Fellmann, die Gruppe setzte ihren Weg fort, die Bergleute passten ihr Tempo den Kriminalbeamten an.

Eine halbe Stunde ging die »Fahrt« schon, Bremer sinnierte, warum unter Tage jegliche Bewegung »fahren« hieß, als aus der Strecke vor ihnen plötzlich Menschen auftauchten. Sie taumelten, stützten sich an den Wänden ab und reagierten kaum, als sie angesprochen wurden.

»Krieg«, brachten sie hervor. »Die bringen sich gegenseitig um.« Zwei Männer blieben zurück, um die Erschöpften zu betreuen, die anderen beschleunigten ihre Schritte, fast liefen sie.

Schnaufend eilten die Männer weiter durch den Stollen, die Geräuschkulisse veränderte sich, noch zehn Minuten bis zum Füllort. Stimmen wehten durch den Gang, selbst auf die Entfernung war die Aggression zu spüren, Bremer lief es eiskalt über den Rücken. Seine Waffe hatte er abgeben müssen. Ein Schuss hätte das Bergwerk in den Himmel gesprengt. Wir müssen rechtzeitig kommen. Er ließ seine Ausrüstung fallen, fiel in Trab, ebenso Bellorz. Fellmann fluchte und zog mit.

Die erste Reihe der Männer rückte vor, blieb aber sofort wieder stehen. Auf der Barrikade stand Bohlen wie ein Racheengel und schwenkte das Feuerzeug. »Noch ein Schritt weiter, und ich zünde.«

Die Zuschauer bereuten ihre Neugier. Manche schrien einfach nur, andere sahen zu, dass sie Land gewannen, jenseits der Wettertüren und Wassersperren, die zumindest eine kleine Chance zum Überleben ließen, wenn der ganze Laden in die Luft ging.

Aber Haltern lachte nur. »Bohlen, Sie Scherzkeks. Halten Sie mich für vollkommen verblödet? Sie werden niemals das Leben von Unschuldigen riskieren.«

Bohlen ließ den Arm sinken. »Da haben Sie Recht. Das würde ich nie tun. Aber ich werde Sie töten, wenn Sie versuchen, hier hochzukommen.«

»Habt ihr das gehört? Bohlen dreht jetzt vollkommen durch. Er bringt uns alle in Gefahr und spielt dann den edlen Ritter. Schluss jetzt mit den Spielchen. Vorrücken!«

Die Männer gehorchten, die Verteidiger stiegen auf die Barrikaden, jeder einen Brocken in der Hand, groß wie eine Faust, bereit zum Werfen. Die Angreifer stockten einen Moment, aber Haltern bellte einen Befehl. »Die Schilde hoch.«

Die zweite Reihe kam noch vorn und schützte die Männer mit Blechplatten. Wie die römische Angriffsformation der Schildkröte gingen die Krieger hinter den Platten in Deckung. Die Verteidiger warfen die Steine, aber sie prallten wirkungslos an der Schildphalanx ab. Schritt für Schritt gingen Halterns Männer vor, und Zettler musste dem Mann Respekt zollen. Ging seine Taktik auf, würden die Verteidiger einfach an die Wand gedrängt, entwaffnet und fertig. Es würde gar nicht zum Kampf kommen. Brand und Bohlen wären so gut wie tot. Das musste verhindert werden. Zettler flüsterte: »Los!«

Die Verteidiger nahmen die langen Stangen auf, fast zu schwer für einen Mann allein, aber der Kampf mobilisierte die letzten Kräfte. Mit tierischem Gebrüll stürzten sich die Verteidiger auf die Phalanx, stocherten in den Füßen der Angreifer herum, und die Phalanx wankte. Männer fielen schreiend durcheinander, die Reihe brach auf, die Schilde purzelten. Mit Siegesgeschrei auf den Lippen und Mordlust in den Augen machten die Verteidiger einen Ausfall, die ganze Spannung der Gefangenschaft löste sich, sie ließen die langen Stangen fallen und nahmen die spitzen, tödlichen Holzspeere auf, die sie vorbereitet hatten. Die Vertreter der Moral machten sich über die Wehrlosen am Boden her, als eine donnernde Stimme Einhalt gebot.

Mit hochrotem Kopf stand Oberstaatsanwalt Bellorz am Eingang zum Füllort und brüllte wie ein Berserker. Seine Stimme, das Nebelhorn, dröhnte durch den Raum und drang schließlich allen ins Bewusstsein.

Der Ausfall stockte. Ungläubige Blicke.

»Sofort aufhören!«, donnerte Bellorz zum vierten Mal.

Dann herrschte Schweigen. Langsam kamen die Männer wieder zur Vernunft, Verteidiger wie Angreifer. Zuletzt hätte man sie nicht auseinander halten können; wäre Bellorz nur fünf Minuten später gekommen, Zettler und seine Leute hätten die wehrlosen Schildträger niedergemacht, um dann von der zweiten und dritten Reihe aufgerieben zu werden, die nicht mehr hätte zurückweichen können, die sich hätte verteidigen müssen gegen die wilde Horde, die von den Barrikaden herabgetobt war.

Stangen fielen auf den Boden, die Schilde wurden zur Seite geschoben, Männer standen auf, ihr Atem ging schwer, schweißüberströmt taumelten sie durch den Raum, konnten es nicht fassen, die Rettung, sie waren gerettet und doch verloren.

Die Reihen lösten sich, die Verteidiger gaben ihre Barrikade auf und fielen den Rettern in die Arme, die jetzt in den Füllort strömten. Reiner Zettler sank in die Knie und konnte die Tränen nicht zurückhalten. Eine Hand legte sich auf seine Schulter. Zettler blickte auf und erkannte trotz Tränen Martin Bremer.

»Es ist vorbei, Reiner, es ist vorbei.«

Bremer ging ebenfalls in die Knie, er konnte nicht anders, nahm seinen Freund in die Arme, drückte ihn, klopfte ihm die Schulter und murmelte tröstende Worte. Fünf Minuten lang knieten sie da am Füllort. Um sie herum brachen alle Dämme. Freude, Trauer, Schrecken, Scham, Erleichterung, keiner reagierte wie der andere. Nur noch weg hier, raus aus dem schwarzen Grab.

Bremer half Zettler beim Aufstehen, stützte ihn und brachte ihn zu einem der Elektrowagen, die mittlerweile eintrafen. Erst als Bremer Zettler versprach, dass sie sich bald wiedersehen würden, ließ der Journalist die Hand des Kommissars los, sank gegen ein Stahlrohr, das als Lehne diente, und schloss die Augen.

Bremer schnäuzte in sein Taschentuch und sah sich um. Wie die Kulisse eines surrealen Theaterstücks. Die einzelnen Lagerstätten, wo die Menschen versucht hatten, etwas Kleines, Eigenes einzurichten, und wenn es nur die Art und Weise war, wo die Wasserflasche stand oder der Teller, entweder am Kopfende oder beisammen oder der Teller rechts und die Flasche links. Manche hatten sich bis auf die Unterwäsche ausgezogen und sich mit Kleidern und den Dekostoffen ein Lager und Betten zurechtgemacht. Zerwühlt, das eine, peinlich genau gefaltet das andere.

Die Mixtur der Gerüche ließ Bremer fast schwindelig werden, aber es war die Tragweite der Ereignisse, die ihn taumeln ließ. Die Barrikade. Die Schilde. Die Spieße, die Wurfgeschosse.

Bohlen hatte einige Minuten gezögert, dann ging er auf Bellorz zu, stellte sich vor und fragte, wer Bellorz sei.

»Oberstaatsanwalt«, gab der knapp zurück, Bohlen nahm seine Hand und drückte sie fest.

»Die wollten Heiner Brand lynchen. Das konnten wir nicht zulassen, oder?«

»Das klären wir später, jetzt müssen Sie zuerst mal raus hier. Wo sind die Leichen?«

ZWEIUNDZWANZIG

Die gesamte Rettungsaktion dauerte achteinhalb Stunden.

Die Eingeschlossenen wurden medizinisch versorgt und erkennungsdienstlich behandelt, die Hände wurden fotografiert. Das hatte Bellorz durchsetzen können, denn die simpelste Logik führte zu der Erkenntnis, dass gegen jeden Eingeschlossenen ein Anfangsverdacht bestand. Niemand wehrte sich dagegen.

Zerb hatte seine Arbeit sofort aufgenommen; die Zeit drängte. Barens wurde eingepackt und ins gerichtsmedizinische Institut nach Homburg gebracht. Dort würden Spezialisten das Gift identifizieren.

»Wenn es Sarin ist, werden wir das schnell wissen«, sagte Zerb zu seinem Kollegen Willy Pfister, der gerade dabei war, den Raum zu vermessen. »Die Spritze hat nichts hergegeben. Die war sauber, frisch aus der Packung.«

Satonaks Überreste kamen nach Saarbrücken in die Pathologie, Brutsch musste noch geborgen werden.

Das größte Problem waren die Werkzeuge und Utensilien. Sie durften fast nichts mit nach unten nehmen, weil nichts funkenfrei war. Zwar hatte man inzwischen einen der Lüfter wieder in Gang gebracht, aber Bergamt und Bergwerksdirektion blieben hart. Ein Funke, und die nächste Katastrophe wäre perfekt. Dem mussten sich auch die Polizisten beugen.

Der Polizeifotograf bekam eine funkenfreie Kamera, die Bergleute passten auf, dass nichts schief ging.

Am Füllort herrschte das totale Chaos. Zerb schüttelte nur den Kopf.

»Hier finden wir nichts. Alle Spuren sind zerstört, selbst die Lage der Leiche ist nicht genau angegeben worden. Die Skizze stimmt hinten und vorn nicht.«

»Ist ja kein Wunder bei dem Druck, unter dem die Leute gestanden haben«, wandte Pfister ein. »Lass uns die Wasserhaltung prüfen. Da sind keine Massen drin rumgestiefelt.«

Mit zwei Aufpassern im Schlepptau stiegen Zerb und Pfister hinab in die nasse Gruft von Volker Brutsch. Die Leiche war gerade herausgefischt worden, die Schädelverletzung war nicht zu übersehen, das Lothringer Kreuz war mit einem spitzen Gegenstand auf die Stirn geritzt.

»Das Kreuz ist denen gar nicht aufgefallen, als sie ihn gefunden haben, Willy.«

»Die hätten einen Elefanten übersehen. Die Wahrnehmung war schon stark getrübt. Ohne Medikamente hast du kaum eine Chance, klar zu bleiben.«

»Es sei denn, du hast vorher trainiert.«

Pfister und Zerb stellten sich Rücken an Rücken und beobachteten. Ohne etwas finden zu wollen. Sie ließen einfach alles auf sich wirken, die schlechte Luft, das Becken, die Metallroste. Die Metallroste. Beide hatten denselben Gedanken. Brutsch war bewusstlos geschlagen und dann in das Becken geworfen worden. Dazu musste einer der Roste angehoben worden sein. Tatsächlich gab es etwas wie einen Zugang, der Rost war etwas kleiner, wog aber immer noch gut und gerne vierzig Kilo.

Mit Hilfe der Bergleute hoben sie das Teil heraus, begutachteten es fast eine Viertelstunde lang. Zerb hatte seine Lupenbrille aufgesetzt. Pfister benutzte ein traditionelles Vergrößerungsglas, wie Sherlock Holmes sah er aus, als er Millimeter für Millimeter absuchte und ab und zu dabei brummte.

Zerb machte das Rennen. »Hier! Faserspuren. Jemand hat den Rost angehoben. Keine Handschuhe. Er muss sein Halstuch benutzt haben, und dieses Halstuch muss Spuren von Rost tragen.«

Drei Stunden später räumten die Spurensicherer das Feld. Sie hatten kistenweise Material gesammelt. Brutschs Leiche kam ebenfalls nach Saarbrücken in die Pathologie, aber weder Zerb noch Pfister rechneten mit einer Überraschung.

Die Medien sangen das Loblied auf die Retter und feierten den Tag als Sieg gegen den internationalen Terrorismus. Bremer fragte sich, wie lange es dauern würde, bis die Euphorie verflogen sein und die wahren Ereignisse das Licht der Welt erblicken würden.

Endlich bekam er von der Ärzten grünes Licht und nahm sich Siri Endres vor.

DREIUNDZWANZIG

Alle Beteiligten trafen sich im Präsidium zur Lagebesprechung.

Der große Konferenzraum platzte fast aus den Nähten. Fellmann, Wedel, Volkmann und seine Leute, Bremer und seine Leute, Haffner, Bellorz, volles Haus.

Nur Flüstern war zu hören, inzwischen hatte sich herumgesprochen, was auf der sechsten Sohle vorgefallen war. Der Schock saß allen in den Knochen.

Bremer hatte schnell und gründlich verdrängt, seine Gefühle standen ihm im Weg, also weg damit in eine neue Kiste, die er vielleicht irgendwann einmal öffnen würde, um den Inhalt zu bearbeiten.

»Ich halte mich nicht mit unnötigen Vorreden auf. Heiner Brand ist in psychiatrischer Betreuung am Sonnenberg, und er scheint darüber glücklich zu sein. Wir ermitteln gegen ihn wegen mehrfachen versuchten Mordes. Ob er etwas mit den tatsächlichen Morden zu tun hat, werden wir sehen. Die Spurenlage: Die Faserspuren an dem Rost konnten wir nicht zuordnen. Die Spritze trug die Fingerabdrücke von Haltern und einigen anderen. Keine Fingerspuren von Brand. Gift war nicht nachweisbar. Wir haben unzählige spitze Gegenstände in einer Größenordnung von zwanzig bis achtzig Millimetern am Tatort gefunden, aber keinerlei Spuren von Gift daran. Im Becken der Wasserhaltung haben wir die Metallstange gefunden, mit der Brutsch bewusstlos geschlagen wurde. Keine verwertbaren Fingerabdrücke. Auf keinem Kleidungsstück eine Blutspur. Die Stange ist fast einen Meter fünfzig lang. Die Kopfhaut wurde nicht verletzt, keine Blutspritzer. Brutsch wurde bewusstlos ins Wasser geworfen. Er ist ertrunken. Die Vernehmungen haben nichts ergeben. Kein Ansatzpunkt. Wir haben nur einen einzigen Strohhalm: Der Panzerförderer ist mit einer Fernbedienung ausgestattet worden. Das kann nicht jeder und vor allem nicht zu jedem Zeitpunkt. Wir sind dabei, die Schichtbücher auszuwerten. Eventuell können wir ein Muster erkennen, wer zu bestimmten Zeiten an bestimmten Orten war und wie oft. Ich spreche das nicht gerne aus, aber die Täter sind absolut professionell vorgegangen. Die Wahl des Tatortes ist genial. Die Sabotage der Grube war punktgenau kalkuliert, bis auf den Ausrutscher in Lummerschied. Das lag an dem verwendeten Sprengstoff. Herkunft ist Russland, der Schwarzmarkt blüht nach wie vor. Es handelt sich um eine spezielle Semtex-Variante, mit einem speziellen Farbstoff, auch ›Green Rubber‹, also ›Grüner Radiergummi‹. Soll heißen: ›Green Rubber‹ radiert alles aus. Wir haben keine Hinweise, wer den Sprengstoff gekauft hat.

Die Täter haben die Gruppendynamik bis ins Detail vorhergesehen. Der Mörder ist in aller Ruhe gerettet worden und lacht sich jetzt irgendwo ins Fäustchen. Siri Endres hat keine Hände erkannt und ist auch ansonsten aus dem Schneider. Sie hat Barens zwar erpresst, aber nicht im strafrechtlichen Sinne. Sie hat dafür gesorgt, dass er eine Therapie gemacht hat. Barens war ein so genannter Streichelvergewaltiger. Er hatte keinen Geschlechtsverkehr mit seinen Töchtern. Mit Satonaks Tod hat Siri Endres nichts zu tun. Mehrere Zeugen haben sie zum Tatzeitpunkt am Füllort gesehen. Also stehen wir wieder am Anfang. Die Frage, die ich mir stelle: Haben die Täter ihr Ziel erreicht?«

Volkmann meldete sich zu Wort. »Natürlich nicht. Es wird keinen Abbaustopp geben. Aber alle Steinkohlengruben in Deutschland stehen unter Bewachung. Und das kostet eine Menge Geld, die Betriebsabläufe sind zum Teil erheblich gebremst. Die Fördermenge ist gesunken, die Bergleute sind unruhig, Krankmeldungen steigen, einige weigern sich, einzufahren. Der volkswirtschaftliche Schaden ist noch nicht abzuschätzen.«

»Wer hat noch Ideen dazu?«, fragte Bremer.

Bellorz meldete sich. »Mein Problem ist die Einschätzung der Täter. Selbst unsere Psychologen sind überfordert, einen solchen Fall hat es noch nicht gegeben. Der Staatsschutz hat bestätigt, dass es keinerlei Erkenntnisse gibt über eine terroristische Vereinigung im Umfeld der Bergbaubetroffenen oder der Bergleute. Also ein persönlicher Rachefeldzug? Die Opfer haben nur eine Verbindung. Alle drei waren letztlich gegen den Bergbau, also so gesehen für die Forderung der Täter nach sofortigem Abbaustopp. Das ist ein Widerspruch in sich.«

Bremer unterbrach Bellorz. »Wichtig ist, dass auf jeden Fall mindestens ein Betriebsangehöriger der Grube Göttelborn daran beteiligt gewesen sein muss. Ansonsten wäre die Manipulation des Panzerförderers und die Platzierung der Sprengladungen an den Seilscheiben nicht möglich gewesen. Sie können nicht einfach eine Fahrkarte lösen, da runterfahren und an den Maschinen rumspielen. Achtunddreißig Personen haben aller Wahrscheinlichkeit nach nichts mit der Sache zu tun. Sie sind weder Bergleute noch waren sie Bergleute noch haben sie Verbindungen zu Bergleuten. Sie sind keine Bergbaugeschädigten, und sie haben persönlich mit den Opfern nichts zu tun gehabt. Damit ist die Frage immer noch nicht beantwortet: Haben die Täter ihr Ziel erreicht? Der Widerspruch ist klar: Abbaustopp fordern und Bergbaugegner umbringen.«

Wedel meldete sich zu Wort, drehte einen Kugelschreiber in seinen Händen. »Haben die Täter denn ein reelles Ziel gehabt? Wenn es Bergleute waren, wissen sie genau, dass ein Abbaustopp nicht infrage kommt. Waren es keine Bergleute, dann hätten sie das Ganze gar nicht organisieren können. Die Täter sind Bergleute. Warum auch immer. Das sollte unsere Stoßrichtung sein.«

Bremer nickte und nahm den Faden auf. »Waren es Bergleute, dann glauben wir, dass alles nur ein Ablenkungsmanöver war. Das Ziel: Öffentlichkeit herstellen. Deswegen haben wir die Medien gebeten zu schweigen. Was sie auch tun. Haben wir Recht, werden die Täter bald ein weiteres Mal zuschlagen. Im Moment können wir tatsächlich nur mit einem großen Netz Informationen sammeln.«

Die meisten starrten vor sich auf den Tisch, niemand wusste etwas Besseres zu sagen, alle fühlten sich hilflos und ohnmächtig. Bremer nahm die Stimmung auf.

»Meine sehr verehrten Herren. Es besteht kein Grund, die Köpfe hängen zu lassen. Ein Verbrechen dieser Dimension hat eine Schwachstelle. Das ist sicher. Über kurz oder lang werden wir diese Schwachstelle finden. Noch Fragen?«

Niemand meldete sich, die Versammlung löste sich nach einer Viertelstunde wieder auf. Bremer verzog sich in sein Büro, seine Laune war stetig gesunken. Weber kam rein, setzte sich in einen Sessel.

»Vertrackte Sache!«

»Zum Kotzen«, sagte Bremer. »Meine Motivationsrede war der pure Hohn. Ein Trümmerfeld. Bei Wibke Fromm dasselbe. Simmerling ist spurlos verschwunden, der Vater des Kindes bleibt im Dunkeln, wir haben nichts in der Hand außer einigen hundert Vernehmungsprotokollen. Es gibt kein perfektes Verbrechen!«

Weber gähnte, hielt sich die Hand vor den Mund. »Das ist richtig. Aber es gibt Verbrechen, die nicht aufgeklärt werden.«

»Vier Morde, ein ganzes Bergwerk sabotiert und kein einziges Fädchen, an dem man ziehen könnte.«

»Vielleicht war es doch Roloff, der die Wibke umgebracht hat?«

»Nein. Eindeutig nein. Dienstbuch, die Kollegen. Definitiv nicht.«

»Diese Bergleute, die kannst du ja wirklich nicht auseinander halten, mit ihren Arbeitsuniformen, ihren schwarzen Gesichtern.«

»Auseinander halten«, sinnierte Bremer. »Und wenn wir das mal nicht auseinander halten?«

»Was?«

»Später, Fred, ich muss zu Koswet.« Bremer nahm sein Jackett und verabschiedete sich mit einer neuen Idee im Kopf auf die Lerch.

Auf dem Gang zum Besucherraum kam ihm der Schließer entgegen. »Koswet hat das Geständnis unterschrieben und dann versucht, sich aufzuhängen, an seiner Hose.«

Koswet begrüßte Bremer überschwänglich. »Sie haben es gewusst, nicht wahr? Sie haben gewusst, dass ich mich umbringen will, und haben es verhindert.«

»Das ist richtig.«

»Danke. Ab morgen kommt ein Psychologe zu mir. Ich werde wieder gesund, bestimmt. Sie haben mir sehr geholfen.«

»Gern geschehen. Kann ich noch etwas für Sie tun?«

»Nein, aber ich kann noch etwas für Sie tun.«

Bremer stutzte, Koswet grinste verschmitzt.

»Ich muss zugeben, ich habe gelauscht. Als Sie draußen mit dem Beamten über Wibke Fromm geredet haben. Ich habe sie gekannt. Jetzt sind Sie platt!«

Genauso fühlte sich Bremer. »Was wissen Sie?«, fragte er aufgeregt.

»Geben und nehmen. So ist das. Ich bin ein sozialer Mensch, wissen Sie? Ich bin kein Schläger.«

»Davon bin ich überzeugt«, sagte Bremer und konnte sich nur mit Mühe beherrschen.

Koswet starrte ein Loch in die Luft und begann, seine Stimme klang etwas höher als sonst. »Wibke Fromm hat mal meine Frau behandelt. Wirklich sehr nett. Kam einmal in der Woche, fast ein ganzes Jahr lang. Sie blieb oft zum Essen und erzählte viel. Wir hörten gerne zu, die Geschichten waren wirklich spannend. Na ja, und jetzt, wo Sie von ihr gesprochen haben, da hab ich mich an etwas erinnert. Das letzte Mal, das war vor fünf Wochen etwa, war sie furchtbar ernst. Wir fragten, was denn sei, aber sie wollte nichts erzählen. Ich ließ die beiden allein, und gegenüber meiner Frau ließ Wibke Fromm einige Andeutungen fallen. Sie habe in Göttelborn mit dem Falschen geschlafen, und die Konsequenzen seien nicht abzusehen, und sie habe Angst, große Angst, und sie überlege, die Polizei einzuschalten. Es ginge um ein ganz großes Ding und um ein ganz kleines. Das war alles. Meiner Frau war eins gleich klar: Wibke Fromm musste schwanger sein. Als meine Frau nachhakte, sagte Wibke Fromm kein Wort mehr. Anscheinend war ihr das alles so rausgerutscht, weil sie es loswerden wollte. Sie stand unter Druck. Ach ja, bevor ich es vergesse. Wibke Fromm sagte, sie habe nur eine Chance. Sie müsse ihre Schwester um Hilfe bitten. Meine Frau sagte, das sei eine gute Idee, denn die Familie sei ja dazu da, um zu helfen.«

Bremer fühlte sich, als habe ihm jemand auf den Kopf geschlagen. Koswet stutzte. »Alles in Ordnung, Herr Kommissar?«

Bremer schüttelte den Kopf, stand auf, dankte Koswet, hetzte zurück ins Präsidium, vergaß, Saskia Pierer anzurufen, die Plakatwand zu bestaunen, und überfiel Weber ohne Ankündigung. »Warum haben wir die Schwester von Wibke Fromm nicht vernommen?«

Weber zuckte die Achseln. »Weil Wibke Fromm keine Schwester hat.«

»Aber Koswet behauptet, sie habe eine.«

»Dann ist sie nicht in Deutschland geboren. Sie steht nicht im Geburtsregister. Wir haben alles gecheckt.«

»Dann eben das Ausland. Gib eine Anfrage über Interpol raus, alle Nachkommen von Wibke Fromms Vater oder Mutter. Und zwar schnell.«

Bremer lief im Büro hin und her, fuchtelte mit den Armen, stieß einen Aktenordner um. »Es gibt eine Gemeinsamkeit!«, rief er mit erhobenem Zeigefinger.

»Ganz ruhig«, sagte Weber und drückte Bremer auf einen Stuhl, aus dem der Kommissar aber gleich wieder aufsprang.

»Zwischen wem oder was?«, fragte Weber, setzte sich, um den hektischen Bewegungen seines Chefs ein wenig Ruhe entgegenzusetzen.

»Der Mord an Wibke Fromm, die Morde unter Tage, der Anschlag auf das Bergwerk.«

»Und?«

»Die Perfektion! Du kannst mich für verrückt erklären, aber es ist dieselbe Handschrift. Nichts ist greifbar.«

Weber richtete sich auf. »Kannst du das mal für normale Menschen erklären?«

Bremer setzte sich auf die Schreibtischkante. »Wenn wir eine Verbindung konstruieren zwischen Wibke Fromm und Schacht IV, was kommt dabei raus? Sie hatte Angst, große Angst. Sie erzählte von einem ganz großen Ding.«

»Wovor fürchtete sie sich?«

»Eine Komplizin, die kalte Füße gekriegt hat, Fred. Warum nicht?«

»Möglich.«

»Wie ist die Sache denn gelaufen? Sie hat ihren Mörder hereingelassen. Sie hat ihn gekannt. Der Mörder lenkt geschickt den Verdacht auf Simmerling. Dasselbe Prinzip wie bei Brand. Spuren verwischen, etwas unterschieben.«

»Das haben schon hundert Mörder vorher versucht«, wandte Weber ein.

»Sicher. Aber unsere Fälle liegen zeitlich dicht beieinander. Und wir haben nichts Besseres. Also. Wibke Fromm wird ermordet, einen Tag später beginnt die Tragödie in Schacht IV. Frauen, die schwanger sind, verändern ihren Blickwinkel. Vielleicht hat sie Angst vor dem Gefängnis bekommen? Ihr Schlafzimmer war klinisch sauber. Sogar Zerb war erstaunt über die Sorgfalt. Wir haben nicht den Krümel einer DNA-Spur gefunden, die zu dem Kind passt. – Übrigens. Zerb hat herausgefunden, warum die Leiche so unterschiedlich aufgewärmt war.«

»Und?«

»Wir sind alle manchmal blind.«

»Und?« Weber knabberte an seinen Fingern.

»Der Spiegel.«

»Logisch! – Und weiter?«

»Sie hat erzählt, sie habe in Göttelborn mit dem Falschen geschlafen. In Göttelborn.«

»Und du glaubst Koswet?«

»Warum nicht? Ich habe seine Frau angerufen. Vom Auto aus. Sie hat alles bestätigt. Also. Ich denke mir das so: Wibke Fromm steht auf Bergleute. Sie lernt einen kennen, in Göttelborn gibt es genug davon, schläft mit ihm, sie wird schwanger, aber sie verheimlicht es. Er erzählt von seinen Plänen, sie bekommt es mit der Angst zu tun, redet mit ihm, will ihn von seinen Plänen abbringen, er weigert sich, sie sagt, dass sie zur Polizei geht, und peng. Das war's. Sie muss noch nicht einmal Komplizin gewesen sein.« Bremer ließ sich auf die Couch fallen. »Sie hatten ungeschützten Verkehr. Wibke Fromm wollte unbedingt ein Kind. Siehe Simmerling.«

»Also kann es auch eine einmalige Sache gewesen sein«, sagte Weber.

»Wenn dem so ist, brauchen wir nicht weiterzumachen, dann kriegen wir ihn nie. Entweder war es der unbekannte Bergmann aus Göttelborn, oder wir haben ein Problem.«

»Es waren insgesamt achtzehn Bergleute unter Tage«, sagte Weber mit einem Hoffnungsschimmer in den Augen.

»Überschaubar. Mehr als ein Strohhalm«, bestätigte Bremer. Er warf sich hinter seinen Schreibtisch, nahm das Telefon, informierte Bellorz, der nur sagte, das eine sei so gut wie das andere, und gab neue Order durch.

»Gebt Fotos der achtzehn mit einem Foto von Wibke Fromm an alle Dienststellen im Saarland. Wer hat einen der Männer mit Wibke Fromm zusammen gesehen?«

»Wir müssen einen Speicheltest machen«, sagte Bremer.

Bellorz stimmte sofort zu. »Das klingt gut. Wir werden freiwillige Speichelproben anfordern, wer nicht zustimmt, macht sich verdächtig.«

»Und wir durchsuchen die Wohnungen«, setzte Bremer nach.

»Das kannst du vergessen. Speichelprobe ist das Äußerste. Durchsuchungen kriegen wir nicht durch. Vergiss es.« Bevor Bremer etwas sagen konnte, wiederholte Bellorz seine letzten zwei Wörter mit Nachdruck. Bremer legte auf und verfluchte die Gesetze, die ihm ständig im Weg standen.

Weber kniff ein Auge zusammen. »Mach es nicht«, sagte er nur.

»Kein Angst. Ich werde keinen Alleingang machen, Fred, ich schwöre.«

Bremer hob die Hand, aber Weber winkte ab. »Es gibt mindestens zehn Varianten, wie du diesen Schwur umgehen kannst. Also lass es. Kann ich dir helfen?«

»Ja. Halt die Stellung und lass kein Detail aus den Augen. Vielleicht täusche ich mich, und dann brauchen wir jedes Schnipselchen.«

»Gemacht.«

Um sich abzulenken, nahm sich Bremer noch einmal die Protokolle aller Personen vor, die Simmerling nahe standen. Im Raum nebenan fielen die Kollegen fast vom Hocker, als Bremer plötzlich einen Schrei ausstieß. Weber stürzte hinein, aber dem Kommissar ging es blendend.

»Fred, was habe ich vorhin gesagt?«

»Einiges.«

»Wenn das stimmt, was ich gesagt habe, dann kann Simmerling Wibke Fromm nicht umgebracht haben. Sind wir schon so verkalkt?«

»Wenn du das sagst.«

»Bei Brand hat die Täuschung nicht lange gehalten. Die Spritze war nicht die Tatwaffe. Das ist inzwischen sicher.«

Bremer riss den Hörer von seiner Raumschiffkonsole. »Ja, ich bin's, Rudi. Bist du dir vollkommen sicher, dass die Fingerabdrücke an der Tatwaffe von Simmerling sind?«

Einen Moment schwieg Zerb. »Nein.«

»Aha. Und warum nicht, bitte?« Bremer zerdrückte fast den Hörer.

»Weil ich sie nicht selbst verglichen habe.«

»Dann hol das bitte nach. Ich muss tausend Prozent sicher sein, dass Simmerling der Täter ist.«

Zerb legte auf, und Bremer vertiefte sich wieder in seine Akten.

Eine Stunde später stand Zerb in der Tür. Blass.

»Ist dir schlecht?«, fragte Bremer.

»Das kannst du laut sagen.« Weber gesellte sich dazu, Zerb kam zum Schreibtisch und bedeckte die Aktengebirge mit großformatigen Fotografien.

»Das ist das Eisen, mit dem Wibke Fromm erschlagen worden ist. Der Schlag ist mit großer Kraft geführt worden. Die Fingerabdrücke sind von Simmerling, eindeutig.«

Weber schlug ärgerlich die Hände auf die Oberschenkel, Bremer knallte seinen Bleistift auf die Schreibtischplatte.

»So ein Mist, so ein verdammter.«

Zerb wurde noch ein bisschen blasser.

»Kommt noch was?«, fragte Weber.

»Allerdings. Wie gesagt, die Fingerabdrücke sind von Simmerling.«

Bremer stemmte sich aus dem Sessel. »Rudi, wenn du jetzt nicht sofort sagst, was Sache ist, dann …«

Noch blasser konnte Zerb nicht werden, also redete er. »Fingerabdrücke ja, aber er hat das Eisen mit dem Griff zum Opfer gehalten. So konnte er unmöglich einen Schlag führen, der das Eisen bis tief in den Schädel trieb. Simmerling ist raus aus der Sache. Das Ding muss ihm geklaut worden sein.«

»Oder er hat das Teil einfach falsch rum angefasst und sich dann Handschuhe angezogen«, wandte Weber ein.

»So weit hab ich auch gedacht. Das Studium, weißt du?«

Weber lachte, und Zerb macht weiter.

»Als mir das klar wurde, habe ich die Topographie der Fingerabdrücke untersucht. Ich hatte Glück. Es gibt Überlagerungen. Der Täter hat tatsächlich Handschuhe getragen, der Druck seines Griffs war so hoch, dass die Ablagerungen von Simmerlings Fingerabdrücken an manchen Stellen schwächer sind, quasi eingedrückt. Das ergibt die Hand- und Fingerform des Täters. Aber Simmerling kann es nicht gewesen sein. Die Hand ist deutlich kleiner und schmaler. Er hat sich wohl kaum irgendwo einen Arm ausgeliehen. Simmerling war am Tatort, aber da muss Fromm schon tot gewesen sein. Als Täter scheidet er definitiv aus.«

Bremer sprang wie von der Tarantel gestochen auf. »Wer war das?«

Zerb druckste. »Na ja, ich hab's einfach nicht geschafft und dann …«

»… hast du es deinem Assistenten gegeben. Meinrad.«

Wie ein geschlagener Hund nickte Zerb, und Bremer konnte nicht richtig wütend werden, im Gegenteil. Er legte Zerb eine Hand auf die Schulter und beruhigte ihn.

»Ab jetzt bleibt dein Assistent dein Assistent, klar? Ich hoffe nur, dass Simmerling keinen Mist baut.«

Zerb sammelte seine Bilder ein und zog ab, mit eingeklemmtem Schwanz und hängendem Kopf.

Weber blies sofort die Fahndung ab und gab eine Meldung an die Medien, dass Simmerling sich melden solle, er sei nachweislich unschuldig, es bestehe kein Grund mehr, sich zu verstecken.

Bremer ließ sich wieder in den Sessel fallen und dachte mit Grauen an das bevorstehende Gespräch mit Schuster.

VIERUNDZWANZIG

Edgar Simmerling hatte jeden Tag Tamaras Medikamente genommen. Fünfundzwanzig bunte Kügelchen in einer weißen Plastikdose. »Die nimmst du, wenn du richtig Power brauchst«, hatte Tamara gesagt. »Und nur dann! Wenn's ums Ganze geht. Das ist so was wie ein Zaubertrank. Also sei vorsichtig damit.«

Vor zwei Stunden war Simmerling aus Frankreich zurückgekommen, hatte Stellung bezogen, ein paar von den Spezialpillen geschluckt und gewartet. Feuerstuhl steckte auf der Sehne und wartete darauf, endlich loszujagen und den toten Mann zu durchbohren. Die Pillen wirkten. Simmerling fühlte sich immer stärker.

Er dachte an Wibke. Wie sie dagelegen hatte. Nackt. Tot. Das Blut. Er erinnerte sich an den Besuch des toten Mannes, der ihn ganz harmlos nach dem Gezähe gefragt hatte und ob er sich es mal ausleihen dürfe, er wolle es einem Journalisten zeigen, der einen Artikel über den Bergbau schreibe. Der Anruf klang ihm in den Ohren, als sei es gerade eben gewesen. »Glück auf, Edgar. Ich soll dir von Wibke ausrichten, dass sie dich sehen möchte. Sie will reden. Na, ist das nichts?«

»Glück auf«, hatte Simmerling gesagt, einen Freudensprung gemacht, den Hörer aufgelegt und war in seiner Wohnung singend herumgetanzt. Er konnte es nicht abwarten und fuhr etwas früher als vereinbart. Und dann die kalte Dusche. Die Abfuhr. Alles kalkuliert vom toten Mann. Wäre ich pünktlich gewesen, dachte Simmerling, wäre Wibke schon tot gewesen. Und wenn ich mich nicht hätte abwimmeln lassen, würde sie noch leben. Simmerling brach in Tränen aus, fasste sich aber sofort wieder.

Ich könnte zur Polizei gehen, überlegte er. Aber das sind Versager. Die haben gar nichts rausbekommen. Die Tränen versiegten. Der wunderbare Hass stieg in Simmerling auf. Simmerling atmete tief durch. Er legte den Bogen vorsichtig auf den Boden. Auge in Auge würde er ihm mit einem Messer das Herz herausschneiden und ihm beim Sterben zusehen. Das Herz würde er auf Wibkes

Grab legen. Immer besser fühlte sich Simmerling, er hatte noch eine Pille geschluckt. Vorsichtig verließ er sein Versteck und ging über die Wiese hinauf zum Haus des Mörders. Aber der war nicht allein. Also später. Simmerling ging zurück zu seinem Auto, fuhr nach Merchweiler, kaufte sich etwas zu essen und zu trinken, ein paar Zeitschriften gegen die Langeweile. Dann suchte er sich ein nettes Plätzchen, wetzte sein Messer und wartete. Er kannte die Gewohnheiten seines Opfers und würde zur richtigen Zeit am richtigen Ort sein. Und von den Pillen hatte er auch genug.

Bremer fuhr nach Göttelborn und betrat das »Casino« zum zweiten Mal, dieses Mal nicht als Kommissar. Lui kam mit einem Lächeln hinter dem Tresen hervor.

»Der Herr Kommissar. Was für eine Überraschung. Treten Sie näher, was darf ich Ihnen anbieten? Einen Orangensaft?« Er drückte Bremers Hand herzlich.

»Ja, ein Orangensaft wäre genau das Richtige.« Wie immer war das »Casino« gut besetzt, aber heute verzichtete Bremer darauf, herauszufinden, wer von den Männern wohl ein Bergmann sei.

Lui kam mit dem Saft, er selbst hatte sich einen Kaffee mitgebracht. »Schön, dass Sie mich nicht vergessen haben. Ich habe mir Ihre Standpauke noch mal durch den Kopf gehen lassen. In zwei Punkten hatten Sie Recht: Wibke Fromm zu verunglimpfen ist nicht in Ordnung, die Ehen waren in der Tat schon vorher kaputt.«

»Und die Überwachungsaktion?«

»Illegal, aber für mich moralisch vertretbar.«

»Gut. Ich bin hier, weil Sie in Göttelborn jeden und alles kennen. Es gibt keine einzige heiße Spur, nur eine Theorie: Wir glauben, dass zwischen dem Mord an Wibke Fromm und den Morden in Schacht IV ein Zusammenhang besteht. Wir wissen, dass Wibke Fromm Angst hatte. Wir vermuten, dass sie mit einem der Täter eine intime Beziehung hatte. Ich glaube, dass sie umgebracht wurde, weil sie zur Polizei gehen wollte. Simmerling ist unschuldig. Viel Spekulation. Was ich jetzt mache, ist ebenfalls illegal, aber für mich moralisch vertretbar. Ich brauche Ihre Hilfe.«

Lui zögerte nicht den Bruchteil einer Sekunde. »Stets zu Diensten. Was sollen wir tun?«

»Nehmen Sie absolut vertrauenswürdige Männer.«

Lui grinste nur.

»Durchsuchen Sie die Häuser dieser achtzehn Personen.« Wie ein Drogenkurier schob Bremer die Liste über den Tisch.

Lui faltete sie auseinander, las und nickte dann. »Alles Kameraden. Einige kenne ich ganz gut. Ein Vertrauensbruch.«

»Eine gute Tat.«

»Wenn wir Erfolg haben.«

»Wenn nicht, wird es niemand erfahren, richtig?«

Lui lächelte verschwörerisch.

»Wie lange brauchen Sie?«, fragte Bremer.

»Was suchen Sie?«

»Hinweise auf eine Verbindung zwischen Fromm und einem dieser Männer auf der Liste oder irgendjemandem, der mit einem davon etwas zu tun hat.«

»Geben Sie mir zwei Tage.«

»Sie müssen es in vierundzwanzig Stunden schaffen.«

»Okay, Captain. Dann setzen wir einfach das Schlafen aus. Kein Thema. Ab jetzt sind wir Verbündete.«

Lui grinste, hielt Bremer seine Hand hin, der klatschend einschlug.

Auf dem Rückweg nach Saarbrücken tropfte das eine Wort in Bremers Bewusstsein, das die Kettenreaktion in Gang setzte. Bremer nahm die nächste Ausfahrt und kehrte nach Göttelborn zurück, zu dem kleinen Backsteinhaus, in dem die Witwe Simmerling wohnte.

Bremer klingelte, und wenige Augenblicke später öffnete Martha Simmerling die Tür. Ein kleine, mollige Frau, neunundsechzig Jahre alt, freundlich, schwarz gekleidet. Bremer wies sich aus, wurde hereingebeten und nahm im Wohnzimmer Platz, das voll gestellt war mit Möbeln, massive Eiche, gedrechselte Stuhlbeine, grüner Plüsch, die Läden halb geschlossen, muffige Dunkelheit, Bremer fiel das Atmen schwer. Martha Simmerling fragte, ob der Kommissar Kaffee wolle, der lehnte ab und kam zur Sache.

»Hat man Sie darüber informiert, dass Ihr Sohn mit dem Tod von Wibke Fromm nichts zu tun hat?«

»Nein.«

Bremer kochte vor Wut, aber er riss sich zusammen. »Wissen Sie, wo er steckt?«

»Nein.« Tonlos.

»Wenn er sich melden sollte, bringen Sie ihn bitte dazu, sich mit mir in Verbindung zu setzen. Er hat nichts mehr zu befürchten.«

»Das werde ich versuchen.«

»Ist Ihnen in letzter Zeit irgendetwas aufgefallen an ihm?«

»Nein. Er war müde. Wie immer.«

»Warum war er müde?«

»Er hat die ganzen Nächte durchgemacht.« Die Witwe redete schleppend, immer langsamer, als würden ihre Batterien zu Ende gehen.

»Was hat er in den Nächten gemacht?«

»Der verrückte Kerl. Wibke hat er nachgestellt.«

»Er hat sie beobachtet?«

»Und alles aufgeschrieben.«

»Das muss Monate gedauert haben! Wo hat er das alles aufgeschrieben?« Bremers rechtes Bein kribbelte. Jetzt war er sich sicher. Simmerling kannte den Mörder von Wibke Fromm.

Die Witwe zuckte nur die Achseln. Ihr Haus war bereits gründlich durchsucht worden, ohne Ergebnis. Obwohl die Beamten mit Samthandschuhen vorgegangen waren, hatte Martha Simmerling Höllenqualen gelitten.

»Hat Ihr Sohn irgendwo einen Unterschlupf? Wo er hingeht, wenn er allein sein will?

Achselzucken.

»Frau Simmerling. Ihr Sohn ist in Lebensgefahr. Möglicherweise weiß er, wer der Mörder von Wibke Fromm ist. Wenn er auf eigene Faust handelt, wird er vielleicht ermordet. Oder er landet für immer im Gefängnis.« Bremer hatte sich nach vorn gebeugt und die faltigen Hände der Witwe in seine genommen.

»Vielleicht bei Wibkes Schwester.«

»Wie heißt denn Wibkes Schwester?«

»Das wissen Sie nicht? Ich dachte, Polizisten wissen alles.« Erschrocken über ihre Worte entzog die Witwe dem Kommissar ihre Hände. »Tamara Kaitan. Sie wohnt in Köln. Einmal war sie hier. Edgar hat über sie Wibke kennen gelernt.«

»Ich kann wirklich nichts für Sie tun?«, fragte Bremer.

»Nein.«

Die Tür klickte hinter ihm leise ins Schloss. Als gäbe es diese

Frau gar nicht, dachte Bremer. Sie ist wie ein Eimer, in den nichts mehr reinpasst, der aber auch nicht überlaufen kann.

Sofort rief er Weber an. »Ich hab sie!«

»Ich auch!«, echote Weber. »Sie heißt Tamara Kaitan und hat ein Strafregister vom Feinsten. Diebstahl, schwerer Diebstahl, Körperverletzung, Raub, insgesamt elf Jahre, aber die letzten sechs Jahre hat sie stillgehalten. Sie lebt in Köln.«

»Schaff sie her.«

FÜNFUNDZWANZIG

Der Mörder und sein Vater hatten gefeiert. Trotz Wibkes Tod. Der Sekt war teuer und gut. Vater und Sohn freuten sich auf das Mediengewitter, auf die Dossiers zum Bergbau, auf die Diskussionen in allen Medien rund um die Welt. Keiner konnte mehr wegschauen. Alles war planmäßig gelaufen. Bis auf Zettler und Brutsch. Brutsch hatte den Sohn zur Rede gestellt, was er denn da versteckt habe, das kleine, schwarze Kästchen. Naiv wie ein junges Kalb, war Brutsch mit in die Wasserhaltung getappt, hatte alles geglaubt, was der Sohn ihm aufgetischt hatte. Ein Schlag, das Kreuz auf die Stirn, ab ins Becken, und Ruhe war.

»Weißt du, das mit der Fernsteuerung war echt eine super Idee von dir. Jetzt werden sie alle Schichtbücher links machen, um rauszufinden, wer den Panzer manipuliert hat. Da werden sie auf Granit beißen«, sagte der Sohn fröhlich.

Der Vater lachte leise. »Die werden nie auf die Idee kommen, dass einfach nur das Typenschild ausgewechselt wurde. Dieselbe Maschine, die eine mit, die andere ohne Fernsteuerung.«

Dass Zettler sich hatte retten können, grenzte an ein Wunder, da waren sich beide einig. Heiner Brand wiederum war das ideale Opfer gewesen, der Sohn hatte ihn dabei belauscht, wie er jedem erzählte, dass sein ganzes Leben durch den Bergbau zerstört worden war. Aus dem Ruder gelaufen war allerdings der Aufstand. Damit hatten beide nicht gerechnet.

»Das sind die wahren Monster«, sagte der Vater. »Du brauchst ihnen nur jemanden zum Fraß vorzuwerfen, und sie beißen zu wie die tollwütigen Hunde.«

Der Sohn nickte. »Ich habe es ja gesagt. Unser System, unsere Gesellschaft ist kaputt. Die Leute sind kaputt. Geld, Geld, Geld und noch mal Geld. Was erzählt uns der Kanzler: Leute, kauft ein, damit die Wirtschaft floriert. Kauft, kauft, kauft. Unnützes Zeug, immer mehr, und eine Tages kracht alles zusammen.«

Sie lasen Zeitung, hörten Radio, stöberten im Internet, sahen fern und konnten es nicht glauben. Berichtet wurde nur über die Helden von Göttelborn. Über die Opfer, die in gleißendes Licht getaucht und fast zu Heiligen erklärt wurden. Ansonsten das große Schweigen bis auf ein oder zwei kleine Meldungen, in denen es hieß, es werde kein Forum geben für Terroristen. Auch der Sohn war interviewt worden. Freundlich hatte er in die Kamera gelächelt und sich für den unermüdlichen Einsatz seiner Kameraden bedankt.

Dass die meisten Kollegen kein Verständnis hatten für ihren Kampf, war von vornherein klar gewesen. Immer schön artig und nur nicht über mehr nachdenken als den eigenen Arbeitsplatz. So war das nun mal im Bergbau. Der Vorgesetzte hatte Recht, die Behörden wurden nicht angezweifelt, Kadavergehorsam. Kein Wunder, dass es mit dem Bergbau abwärts ging. Es ging immer nur um die eigene Haut. Aber es gab auch einige, die hinter vorgehaltener Hand sagten, dass Mord zwar nicht nett sei, aber es habe ja nicht unbedingt die Falschen erwischt, es seien schon so viele Bergleute krepiert, weil die Politiker nichts oder zu wenig taten. Sicherheit gab es immer nur dann, wenn wieder mal ein Unglück passiert war und die Unfälle teurer waren als die Sicherheit. Eigentlich müsste man noch ein paar Bonzen mehr kaltmachen.

Der Sohn ärgerte sich schwarz, der Vater wurde nachdenklich. Nach zwei Tagen setzten sie sich zu einer Krisensitzung zusammen.

»Wir haben versagt«, stellte der Vater schlicht fest.

»So ein Unsinn«, polterte der Sohn. »Wir haben das perfekte Verbrechen begangen. Niemand kann uns etwas nachweisen. Die Polizei hat noch nicht einmal den Hauch einer Spur. Sie lassen uns zwar rund um die Uhr überwachen, aber so stümperhaft, dass selbst ein Blinder das mitkriegen würde.«

»Die sind wirklich nicht die Hellsten«, bestätigte der Vater. »Aber wir wollten ja nicht beweisen, dass es ein perfektes Verbrechen gibt, sondern wir wollten die Welt aufmerksam machen, wachrütteln. Das hat nicht geklappt. Noch nicht.«

Der Sohn kaute an der Unterlippe, schenkte sich ein Glas Bier ein und trank es in einem Zug aus. Dann drehte er die Daumen, so konnte er am besten nachdenken.

»Hast du noch von dem Gift?«, fragte er seinen Vater.

»Genug, um hundert Leute umzubringen.«

Der Sohn drehte weiter Daumen. »Du hast Recht, Papa, wir haben unser Ziel nicht erreicht. Also müssen wir uns etwas ausdenken, das allein dadurch, dass es geschieht, alle Aufmerksamkeit auf sich zieht.«

»Ich weiß nicht. Wenn das Flöz taub ist, sollte man aufhören. Bis jetzt sind wir fein raus, und irgendwann werden die Medien es nicht mehr aushalten und das Fass aufmachen. Das ist so sicher wie das Amen in der Kirche Wir brauchen jetzt nur noch Geduld.«

Der Sohn sprang vom Stuhl auf, und der Vater erschrak über dessen hassverzerrtes Gesicht.

»Nein!«, schrie der Sohn so laut, dass es durch das ganze Haus schallte. »Ich werde nicht warten. Wenn wir nicht schnell handeln, ist wirklich alles umsonst gewesen. Wir müssen Druck machen. Ein Exempel statuieren.« Er schlug sich mit der Hand gegen die Stirn. »Es wäre alles viel einfacher gegangen.«

»Was meinst du?« Der Vater stand auf, ging zur Kaffeemaschine, ließ seine Tasse voll laufen, warf vier Stück Zucker hinein, rührte um, kostete mit spitzen Lippen, setzte sich wieder und stellte die Tasse vor sich auf den weiß lackierten Tisch.

»Einer hätte genügt!«

»Was – einer?«

»Eine einzige Person, die niemand übersehen kann.«

»Du meinst ...«

»Genau den meine ich.«

Mit der rechten Hand fuhr sich der Vater durch die braunen Haare. Nahm noch einen Schluck Kaffee und pulte eine Zigarette aus der Packung. Anstatt sie anzuzunden, zerrieb er sie zwischen den Fingern und warf die Krümel in den Aschenbecher. »Ich weiß nicht ...«

Der Sohn hatte sich beruhigt, setzte sich und legte seinem Vater die rechte Hand auf den linken Unterarm.

»Warum zögerst du? Du hast das alles geplant. Du hast mich davon überzeugt, dass man etwas tun muss, auch etwas Drastisches, weil die Menschen nun mal träge sind. Aufrütteln muss man sie. Einen Samen pflanzen, damit irgendwann einmal ein großer Baum daraus wird.«

Der Vater stöhnte. »Das habe ich auch so gemeint. Aber genauso muss man merken, wann Zeit ist zu warten. Wir sollten nichts überstürzen. Ein Baum braucht Zeit zum Wachsen.«

Mit einem Ruck zog der Sohn die Hand weg und straffte den Körper. »Du kneifst!«

»So ein Unsinn. Das weißt du. Mir geht es darum, dass wir etwas bewegen. Blindlings zuschlagen hat keinen Wert. Wir warten.«

»Ich werde nicht warten. Das Eisen muss geschmiedet werden, solange es heiß ist. Ist es nicht so?«

»Wenn es zu heiß ist, zerschlägst du es.«

Der Sohn stand auf, ging ans Fenster und schaute nach draußen. Der Absinkweiher schimmerte in der Abendsonne, die Hügel, der Wald, die Göttelborner Höhe, alles schien wie fotografiert, mit starken Kontrasten und satten Farben. Der warme Spätsommer verwöhnte die Menschen, es schien unmöglich, dass irgendwann der Winter wieder Einzug halten würde im Land.

»Immer hast du einen Spruch parat«, sagte der Sohn trotzig und verschränkte die Arme über der Brust.

»Das ist Lebenserfahrung, mein Sohn.«

»Und ich werde es trotzdem machen. Ich brauche dich nicht dazu.«

»Wenn du einen Alleingang machst, wirst du scheitern und den Rest deines Lebens im Gefängnis verbringen.«

»Das ist mir egal. Hilfst du mir oder nicht?«

Traurig schüttelte der Vater den Kopf. Der Sohn biss sich auf die Lippen, rannte die Treppe hoch in sein Zimmer, schlug die Tür hinter sich zu und warf sich weinend auf sein Bett.

Der Vater verstand seinen Sohn, sein Temperament und seine Ungeduld. So war er auch gewesen in jungen Jahren, und oft hatte ihn das in schwierige Situationen gebracht. Vielleicht hat er ja auch Recht, dachte der Vater. Er stieg in sein Auto, fuhr von Göttelborn in Richtung Holz, bog dann rechts in die Holzer Straße nach Quierschied, die sich in fünf engen Kurven durch den Staatsforst schlängelte. Kurz vor der ersten Kurve fuhr er auf die Gegenspur, schloss die Augen und wartete. Nach zwei Sekunden lenkte er nach rechts, er spürte den Seitenstreifen, dann lenkte er langsam wieder geradeaus und öffnete die Augen. Er kam aus der Kurve, fuhr immer noch auf der Gegenfahrbahn. Ein Lkw kam ihm entgegen. Der Fahrer gestikulierte, hupte und blinkte, konnte nicht ausweichen, zu schnell fuhren beide, im Reflex riss der Vater das Lenkrad herum, schleuderte, das Auto machte ein Bocksprung zur Seite, der

Lkw raste vorbei, der Vater dreht sich zweimal um die eigene Achse, dann stand der Wagen still.

Schweiß tropfte von der Stirn des Vaters, der rechte Fuß presste das Bremspedal bis zum Boden. Langsam hob er den Kopf und murmelte leise vor sich hin. »Ich muss meinen Sohn wieder auf den richtigen Weg bringen.«

SECHSUNDZWANZIG

Edgar Simmerling fluchte leise vor sich hin. Wenn Tamara ihn nicht mit Perücke und Bart ausgestattet hätte, wäre er aufgeflogen. Das Haus des toten Mannes wurde von der Polizei überwacht. Simmerling hatte am Abend zuvor gesehen, wie sein Opfer aus dem Haus ging, um seinen Abendspaziergang zu machen. Allein. Wie immer. Simmerling hatte sein Versteck verlassen, war ihm gefolgt und hatte gerade rechtzeitig gesehen, wie ein Mann in einem Auto in ein Funkgerät redete, dann ausstieg, um sich an die Fersen des toten Mannes zu heften. Simmerling ging an ihm vorbei, der Polizist in Zivil musterte ihn kurz, aber es gab keine Reaktion.

Mit rasendem Herzen war Simmerling weitergegangen, um die nächste Ecke gebogen, hatte seine Schritte beschleunigt und war schließlich einen halben Kilometer gerannt, bis er schweißüberströmt stehen blieb und sich fast übergeben musste vor Angst. Also doch Pfeil und Bogen. Denn hinter dem Haus des Mörders war weit und breit keine Polizei zu sehen.

Simmerling konnte das nicht verstehen. Das haben wir besser hingekriegt, dachte er und erinnerte sich an die Überwachungsaktion von Wibke. Vor dem Haus, hinter dem Haus, mit Feldstecher und Walkie-Talkie, mit zwei bis drei Fahrzeugen, die sich abwechselten, damit Wibke keinen Verdacht schöpfen konnte. Kein Wunder, dass die Polizei den Mörder nicht fassen konnte. Simmerling ging wieder in seinem Gebüsch in Deckung, nahm seinen Bogen und wartete. Allein war die Überwachung eine Strapaze gewesen. Aber er hatte Erfolg gehabt. Jetzt sitze ich vor dem Dachsbau und habe das Schwein im Visier.

Einen vollen Tag hatte es gedauert, bis Tamara Kaitan vor Bremer saß. Die Kollegen in Köln hatten rumgezickt, Bremer könne doch nach Köln kommen, aber Bremer war stur geblieben, und letztlich hatte ein Anruf von Schuster bei seinem Kollegen in Nordrhein-Westfalen den Durchbruch gebracht. Schuster sagte zu, die Kosten zu übernehmen, und drei Stunden später saß Wibke Fromms Schwester in Saarbrücken am Schreibtisch des Kriminalhauptkommissars.

Keinerlei Ähnlichkeit zwischen den beiden, dachte Bremer, so verschieden wie ihre Namen, und das hatte nichts damit zu tun, dass Tamara Kaitan zwanzig Jahre älter war als ihre Schwester. Völlig ruhig saß sie da und musterte Bremers Regierungssitz.

»Sind Sie so was wie ein Polizeipräsident?«, fragte sie freundlich.

»Ich bin nur Erster Kriminalhauptkommissar, Frau Kaitan, der Polizeipräsident residiert im Schloss.«

Kaitan lächelte. »Darf ich fragen, warum ich hier bin? Am helllichten Samstagnachmittag?«

»Sie wissen es nicht?«

»Was weiß ich nicht?«

»Ihre Schwester ist ermordet worden. Vor fast einer Woche.«

»Oh!«, sagte die Schwester. »Ich habe Wibke nur zweimal in meinem Leben gesehen. Und ich muss sagen, das hat mir vollkommen gereicht.«

»Ah!«, sagte der Kommissar.

»Was mich aber interessiert: Warum bin ich nicht informiert worden?«

»Weil Sie niemand kannte.«

»Logisch.«

»Derselbe Vater oder dieselbe Mutter?«

»Derselbe Vater. Und eine Affäre in Kolumbien.«

»Sie sprechen perfekt Deutsch.«

»Warum nicht?«

Bremer faltete die Hände unter seinem Kinn. »Die Kollegen in Köln waren sehr hilfsbereit.«

»Das ist doch nett.«

»Für mich ja, für Sie nicht.«

»Klären Sie mich auf, Herr Kommissar.«

»Sie haben vor ein paar Jahren regen Kontakt mit Edgar Simmerling gehabt. Er war Ihr Geliebter.«

»Das ist wahr.«

»Er ist aber auch der Ex-Mann Ihrer Schwester.«

»Ja und?«

»Simmerling ist auf der Flucht. Nein. Das ist falsch. Er war auf der Flucht. Inzwischen haben wir beweisen können, dass er mit dem Tod Ihrer Schwester nichts zu tun hat.«

Tamara Kaitan lüpfte eine Augenbraue.

»Überrascht?«

»Nicht wirklich. Es hätte mich sehr gewundert, wenn Edgar sie umgebracht hätte. Er war krankhaft eifersüchtig, das ist wahr, aber er hat Wibke dermaßen geliebt, dass er mit ihr gestorben wäre.«

»Nun, ich denke, er ist auf dem besten Weg dahin.«

»Warum?«

»Er weiß, wer Wibke ermordet hat. Da er glaubt, dass er nichts mehr zu verlieren hat, sinnt er auf Rache. Weil *wir* den Mörder nicht kriegen, spielt er Richter und Henker in einem. Dabei vergisst er, dass der Mörder etwa zehnmal so schlau ist wie er selbst.«

»Wissen Sie, das geht mich alles nichts an. Sie haben meine Akte studiert, Sie wissen, ich bin seit Jahren sauber. Und das bleibt auch so.«

Bremer lehnte sich zurück. »Sie wissen, was auf Beihilfe steht?«

»Beihilfe zu was?«

»Mord natürlich. Wenn Simmerling den Mörder umbringt und Sie ihm geholfen haben, egal wie, dann sind Sie dran. Bei dem Vorstrafenregister verlassen Sie den Knast erst wieder im Sarg. Wenn Sie mir aber alles erzählen, dann bin ich geneigt, Ihnen zu glauben, dass Sie nicht wussten, was Simmerling vorhat.«

Tamara Kaitan dachte nach. Zehn Minuten lang saßen sich die beiden gegenüber und schwiegen.

»Warum soll ich Ihnen glauben?«

»Weil Sie keine Wahl haben. Ein Tipp: Wir kennen das Kennzeichen des Fahrzeugs, das Sie ihm verschafft haben.«

Tamara Kaitan fuhr hoch. »Das ist unmöglich!« Und schon saß sie wieder und fluchte vor sich hin. »Wie eine Anfängerin. Verdammt, ich bin's echt nicht mehr gewohnt. Das war doch alles ein Bluff, oder?«

»Hab ich von meinem Sohn gelernt.«

Mit erhobenen Händen streckte Tamara Kaitan die Waffen. Nach einer halben Stunde unterschrieb sie ihre Aussage, und Bremer hielt Wort. Tamara Kaitan würde nie wieder etwas von der saarländischen Polizei hören.

Bremer informierte Weber und Bellorz. Simmerling musste gefunden werden. Kennzeichen und Typ des Fahrzeugs wurden durchgegeben, alle verfügbaren Kräfte in Göttelborn zusammengezogen, um den Ort systematisch zu durchkämmen. Nach Simmerling und den Aufzeichnungen seiner privaten Überwachungsaktion. Weber übernahm die Leitung in Göttelborn, Bremer fuhr zur DSK, sein Handy am Ohr, damit Weber ihn auf dem Laufenden halten konnte. Gisela Haberland hatte angerufen. Sie wolle mit Bremer noch einmal reden. Unter vier Augen. Nicht am Telefon. Es sei wichtig.

Gerade verließ der Sohn das Haus, sprang in seinen Wagen und fuhr los. Die Zivilfahnder blieben, wo sie waren, denn sie warteten auf einen neuen Einsatzbefehl, der zehn Minuten später kam und zu einigen Missverständnissen bei den Einsatzkräften führte. Jetzt sollte auf einmal Edgar Simmerling und sein Fahrzeug gesucht werden. Also nahmen die Fahnder nicht die Verfolgung von David Steinmetz auf, der gerade sein Haus verließ, sondern fuhren langsam die Goethestraße Richtung Uhlandstraße hinauf und begannen mit der Suche.

Eberhard Steinmetz kam zurück nach Hause mit der Gewissheit, den richtigen Weg eingeschlagen zu haben. Probleme waren da, um gelöst zu werden, es war nur eine Frage der Mittel. Jetzt hieß es warten. Er rief David, aber der antwortete nicht. Weder in seinem Zimmer noch im Keller eine Spur von ihm. Die Garage. Das Auto war weg. Der Vater rannte zurück ins Haus, wieder in das Zimmer seines Sohnes. Auf dem Schreibtisch lag die Saarbrücker Zeitung. Mit dem Lothringer Kreuz hatte sein Sohn die Abschlussveranstaltung der CDU markiert. Eberhard Steinmetz ließ alles, wie es war, stürzte aus dem Haus, vergaß, die Tür zu schließen, und startete mit quietschenden Reifen. Er hatte genau vierundfünfzig Minuten Zeit.

Simmerling nahm den Rest der Pillen, schluckte alle auf einmal, trank eine Dose Bier. Und noch eine. Und noch eine. Dann ging im Haus des toten Mannes etwas vor sich. Das musste er sein. Er ist wieder zu Hause, dachte Simmerling. Er legte den Bogen beiseite, trat aus dem Gebüsch und ging zum Haus. Nichts war mehr wichtig. Nichts war unmöglich. Nichts konnte ihn stoppen. Die Tür des Wintergartens stand offen. Wie ein Bulldozer platzte er in das

Haus, bereit, jeden niederzumachen, der sich ihm in den Weg stellte. Aber niemand war da. Auf dem Küchentisch stand eine Tasse Kaffee. Simmerling stampfte von einem Zimmer ins andere, bis er im Zimmer von David Steinmetz stand und die Zeitung sah. Und das Bild. Eine volle Minute dachte Simmerling nach, dann begriff er und fällte eine Entscheidung.

Er verließ das Haus, machte sich auf den Weg nach Saarbrücken und flutschte gerade noch durch den Absperrring, der sich immer enger um Göttelborn zog.

Lui drückte Martha Simmerling die Hand. »Warum hast du das der Polizei nicht gegeben?«, fragte er mit weicher Stimme.

Die Witwe starrte ein Loch in die Luft. Dann setzte sie sich, nahm ihre Tasse und trank einen Schluck kalten Kaffee. »Edgar hat es mir verboten.«

»Warum hast du es mir gegeben?«

»Du weißt, was richtig ist und was nicht.«

Lui schloss kurz die Augen. »Ich hoffe es, Martha, ich hoffe es. Darf ich telefonieren?« Martha nickte müde und nahm noch einen Schluck.

Der Bergmann wählte Bremers Handynummer und wurde enttäuscht. Besetzt. Er setzte sich zu Martha, schwieg vor sich hin und verpasste den Aufmarsch der Polizei.

Als sein Vater aus dem Haus gerauscht war, hatte David Steinmetz den Kugelschreiber gereinigt, auf Gängigkeit geprüft und dann mit einer tödlichen Dosis des Giftes gefüllt. Die meisten waren auf die leere Spritze hereingefallen, aber die größte Genugtuung war, dass er einem Polizisten den Kugelschreiber geliehen hatte, um etwas aufzuschreiben. Der Kick war unbeschreiblich gewesen. Kein Sex der Welt konnte da mithalten. Alle waren nach der Rettung gefilzt worden. Ein dummer Polizist. Ein harmloser Kugelschreiber. Eine Doppelkonstruktion. Die Injektionsnadel, eine ganz dünne, eine Feder, ein Auslöser. Eine Kugelschreibermine. Sie hatten fast drei Monate getüftelt, bis das Gerät richtig funktionierte. Der Auslöser war das Schwierigste gewesen. Vater war auf die Idee gekommen. Ein bestimmter Code auf den Taster, und die Kanüle wurde ausgefahren, hauchfein, das Opfer spürte nichts.

David Steinmetz parkte seinen Wagen in der Innenstadt und spazierte in aller Ruhe durch die Bahnhofstraße. Am Eingang der Halle wies er seine Einladung vor, die er sich schon vor drei Wochen besorgt hatte, und wurde anstandslos eingelassen. Die Metalldetektoren schwiegen, die Sicherheitsleute tasteten ihn nach Waffen ab, fanden nichts, probierten aber den Kugelschreiber aus. Wieder der ultimative Kick! Steinmetz suchte sich einen Platz am Mittelgang und wartete.

Immer enger zog sich der Ring der Polizisten. Roloff stiefelte mit seinen Kollegen über die Wiese und stolperte über Simmerlings Versteck. Sofort machte er Meldung. »Wir haben Simmerlings Versteck gefunden. Verbandszeug, Medikamente oder besser gesagt, Drogen. Lebensmittel, Zeitschriften, ein Sportbogen, aber kein Simmerling.«

»Ich bin sofort da«, sagte Weber, rannte los und rief im Laufen in sein Handy. »Wir haben Simmerlings Versteck gefunden. Und seinen Sportbogen. Einen Compoundbogen. Mit dem Teil hat er einen Schussradius von mindestens dreihundert Metern.«

Bremers Finger kribbelten. Er hörte Webers Schnaufen. Dann, endlich. »Unser Mann wohnt in der Goethestraße. Oder im Wiesengrund. Oder in der Hermann-Löns-Straße.«

»Wenn du jemanden mit Pfeil und Bogen erlegen willst, wie platzierst du dich?«

»Freies Schussfeld, so nah wie möglich, ohne dass mich das Wild wittern kann.«

»Korrekt. Was bleibt übrig?«

»Sechs Häuser.«

»Abriegeln. Sofort. Keine Maus darf da durch.«

Weber rannte zurück, zwanzig Beamte an den Fersen.

Er klingelte am ersten Haus. Rechts und links von ihm standen bewaffnete Polizisten mit gezogener Waffe. Die Lippen zusammengekniffen, die Waffe entsichert, den Zeigefinger am Bügel, jederzeit bereit, die zwei Zentimeter zum Abzug durchzurutschen.

Die Tür ging auf, ein Ruck ging durch die Truppe, aber da stand niemand. Weber senkte den Blick. Einen Meter unter ihm lutschte ein kleiner Junge an seinem Daumen und schaute ihn mit großen Augen an.

»Hallo, ich heiße Fred, wie heißt du denn?«, fragte Weber und versuchte sich zu erinnern, wie man mit kleinen Kindern umgeht. Der Kleine glotzte Weber an, dann sah er die Infanterie, nahm den Daumen aus dem Mund und begann, wie am Spieß zu schreien.

Weber verscheuchte die Truppe, und schon kam die erboste Mutter an wie eine Furie. Sie riss den Kleinen zurück in den Flur, verpasste ihm eine Backpfeife, das Geheul wurde noch lauter, sie schrie ihren Sohn an, sie habe ihm schon tausendmal gesagt, er dürfe die Tür nicht einfach aufmachen. Dann stürzte sich die Furie auf Weber, der seinen Ausweis gezückt hatte, aber das half nichts.

»Was glauben Sie eigentlich, wer Sie sind, hier einfach so reinzuplatzen und mein Kind zu Tode zu erschrecken? Machen Sie, dass Sie wegkommen!«

Die Furie wollte die Tür zuknallen, aber Weber warf sich dagegen, schob die Frau zur Seite und hielt mit voller Lautstärke dagegen.

»Polizei! Gefahr im Verzug. Machen Sie die Tür frei, oder ich verhafte Sie wegen Widerstands gegen die Staatsgewalt.«

Die Furie packte Weber, wollte ihn aus dem Haus bugsieren, der Kleine heulte wie eine Schiffssirene, Weber wich aus und schob die Mutter nach hinten durch. Dann nahm er den Kleinen, drückte ihn seiner Mutter in die Arme und stürmte ins Haus. Nach fünf Minuten war der Spuk vorbei, Weber entschuldigte sich für die Störung, was mit einer Schimpfkanonade beantwortet wurde.

Der Ministerpräsident des Saarlandes fühlte sich müde. Morgen würden die Wahlen über die Bühne gehen, der Wahlkampf war anstrengend gewesen, aber nicht spannend. Der Gegner hatte nichts zu bieten gehabt, das Ergebnis stand fest. Die absolute Mehrheit. Jetzt noch die Abschlusskundgebung und dann die Lorbeeren. Die Kongresshalle war bis auf den letzten Platz besetzt. Kiefer war es gelungen, viele zu aktivieren. Aber er wusste auch, dass viele zu Hause bleiben würden, dass er die meisten Wähler an die Verweigerer verlieren würde. Das schmerzte, aber die Hauptsache war, an der Regierung zu bleiben. Daran änderten die Ereignisse in Göttelborn nichts. Das hatten Blitzumfragen ergeben. Auch heute würde er vor seiner Rede ein Bad in der Menge nehmen. Die Sicherheitsleute waren furchtbar nervös, aber Kiefer hatte keine Angst. Fünfundneunzig Prozent aller Saarländer kannten ihn, über siebzig Prozent wollten ihn als Ministerpräsidenten sehen. Keiner vor ihm konnte einen solchen Rückhalt vorweisen. Die Visagistin wuselte immer noch um ihn herum, geduldig ließ er sich das gefallen, er wollte so gut wie möglich aussehen, und die Frau war wirklich spitze. Sie beerdigte ihn nicht unter einer Schicht Schminke, sondern nahm virtuos hier und da kleine Korrekturen vor, nicht um Kiefer zu verjüngen, das wäre albern gewesen, nein, sie zauberte Gesundheit, Leben und Optimismus in sein Gesicht, ließ die Müdigkeit verschwinden. Das war das Wichtigste. Ein Ministerpräsident durfte nicht müde sein. Nicht am Vorabend seiner Wiederwahl. Im Moment des Triumphes alles geben. Immer alles geben. Das war sein Lebensprinzip. Vom Lehrjungen zum Ministerpräsidenten. Das Abitur nachgeholt, studiert, nebenbei, denn die Arbeit in der Partei ging immer vor, und mit jeder Stufe der Macht, die Kiefer erklommen hatte, war ihm klarer geworden, dass er nur ein Ziel hatte: Bundeskanzler.

»Und jetzt noch das i-Tüpfelchen«, sagte die Visagistin. »Bitte die Augen kurz schließen.«

Simmerling beobachtete den Eingang zur Kongresshalle. Bingo. Eberhard Steinmetz drückte sich neben dem Eingang herum. Wahrscheinlich hat er keine Einladung, dachte Simmerling und spürte das Messer unter seiner Jacke. Die brauchst du auch nicht mehr. Simmerling ging los, hielt den Kopf gesenkt und steuerte direkt auf Steinmetz zu. Er griff das Messer fester, noch ein paar Meter. Simmerling hob den Kopf. Grölende Punks rollten auf den Eingang zu, die Ordner wandten sich den Störern zu, und Steinmetz war in die Halle entwischt.

Lui drückte die Wiederholungstaste.

Bremer wollte gerade aus dem Auto steigen, als sich die D-Moll-Toccata meldete.

»Lui hier. Wir haben es gefunden.«

Bremer hielt die Luft an. »Wo sind Sie?«

»Bei Martha Simmerling.«

»Da haben wir alles durchsucht«

»Sie hätten das Haus abreißen müssen. Die Hefte waren eingemauert.«

»Was steht drin?«

»Simmerling hat einen Mann mit Wibke zusammen gesehen, der Richard Gere doubeln könnte.«

Bremer unterbrach ohne ein weiteres Wort die Leitung und informierte Weber. »Steinmetz. Sofort rein, alles festnehmen, was sich bewegt.«

Die Männer sprinteten zum übernächsten Haus, brauchten fünfzehn Sekunden, um das Haus vom Dachboden bis zum Keller zu sichern. Weber brauchte eine Sekunde, um zu wissen, was Eberhard und David Steinmetz vorhatten, und eine Sekunde, um Bremer Bescheid zu sagen: Das Lothringer Kreuz prangte auf dem freundlichen Gesicht des Ministerpräsidenten des Saarlandes.

Kiefer gehorchte, die Visagistin blies aus der offenen Hand einen silbrigen Staub auf Kiefers Gesicht, der nicht aufdringlich schimmerte, sondern der Haut einen Glanz verlieh, als sei Kiefer frisch verliebt. Ein Strahlen von innen heraus. Er öffnete die Augen, begutachtete sich im Spiegel.

»Sie sind eine Zauberin, vielen Dank«, sagte der Ministerpräsident, und die Visagistin errötete wie ein junges Mädchen, dem man einen unsittlichen, aber ersehnten Antrag macht.

»Wir können«, rief ein Sicherheitsmann. Die Prozession startete. Der Tross wälzte sich durch das Foyer, Kameras und Fotografen auf den Fersen. Die wurden am Eingang zur Halle umgeleitet. Der Moderator hatte Kiefer angekündigt, auf die Sekunde genau tauchte er in der Tür auf, die Menschen erhoben sich, tobender Applaus wie ein Gewittersturm, Hochrufe, Kiefer, Kiefer, Kiefer, das eigene Wort war kaum noch zu verstehen.

Schnell hatten die Ordner das Problem gelöst und die Störer abgedrängt, Polizei hatte eingegriffen, und die Punks zogen sich in den Bürgerpark zurück. Simmerling hatte eine Sekunde zu lange gezögert. Jetzt war das Schlupfloch wieder zu. Aber das machte nichts. Tamaras Pillen halfen auch diesmal. Simmerling blieb eiskalt, schmuggelte sich unter eine Gruppe junger Männer, hielt sich an einem Transparent fest, und schon war er in der Halle. Sein Messer hatte er vorher in einem Mülleimer versenkt, weil er am Eingang die

Metalldetektoren gesehen hatte. Dann mit der bloßen Hand, dachte Simmerling und freute sich darauf, vor laufenden Kameras und Hunderten von Zeugen den toten Mann zu erwürgen. Er betrat die voll besetzte Halle und ließ den Blick schweifen.

Kiefer schritt durch den Mittelgang, von rechts und links streckten sich ihm die Hände entgegen, die Menschen sprangen auf, Standing Ovations, er blieb hier und da stehen, winkte, drückte Hände, den einen oder anderen umarmte er kurz, jetzt war er ein glücklicher Mann, die Zuneigung, das Vertrauen, die Liebe, das ist das Salz in der Suppe der Macht. Aber das ist erst der Anfang, dachte Kiefer. Genau so, wie ich es geplant habe. In acht oder zehn Jahren werde ich als Kanzlerkandidat der Union den Bundestagswahlkampf in Berlin zu Ende bringen. Lafontaine wird grün sein vor Neid, wenn ich als Kanzler vereidigt werde.

David Steinmetz hatte sich umgedreht. Kiefer kam näher. Noch fünf. Noch vier Reihen. Noch drei. Zwei. Eine. Steinmetz lächelte, Kiefer lächelte zurück und wandte sich dem jungen Mann zu.

Es tut gut, dass viele junge Menschen meine Politik unterstützen, dachte Kiefer und beschloss, den gut aussehenden jungen Mann besonders herzlich zu begrüßen und ein paar Worte mit ihm zu wechseln. Die Fotografen ließen die Kameras heißlaufen, die Fernsehkameras saugten die bewegenden Bilder gierig ein.

Steinmetz aktivierte die Kanüle, hielt den Kugelschreiber in der Linken, mit der Rechten erwiderte er den kräftigen Händedruck des Ministerpräsidenten, sah ihm in die Augen und überlegte amüsiert: Gleich musst du sterben, Kiefer. Weil ich es so will und weil es notwendig ist.

Kiefer hatte seine Linke väterlich auf Steinmetz' Schulter gelegt und fragte nach seinem Namen.

»Steinmetz. David Steinmetz!«, rief er in das Ohr des Ministerpräsidenten.

Kiefer lächelte warm und herzlich. Er musste sich nicht verstellen. Dieser junge Mann ist die Zukunft des Landes, überhaupt ist die Jugend die Zukunft des Landes, dachte er und beschloss, David Steinmetz zu sich nach Hause einzuladen. Er wusste nicht, warum, aber er wollte ihn näher kennen lernen.

Bevor Kiefer den Händedruck lösen konnte, sagte Steinmetz: »Ich bin froh, dass die junge Generation einem Ministerpräsidenten wie Ihnen vertrauen kann. Mit Ihnen werden wir hier im Saarland vorankommen. Vielen Dank. Im Namen vieler meiner Freunde und Freundinnen, die Sie morgen mit Freude und Stolz wählen werden.«

Kiefer kamen fast die Tränen, und Steinmetz schwang seinen linken Arm, um dem Ministerpräsidenten den Todesstoß zu versetzen. Niemand schöpfte Verdacht, die Sicherheitsleute waren zwanzig Zentimeter zurückgewichen, ließen dem Ministerpräsidenten ein wenig Luft, Publikum drängte nach, die Gefühle schlugen hoch, der Kugelschreiber senkte sich, es sah aus, als wollte Steinmetz seinem neuen väterlichen Freund auf die Schulter klopfen, eine rührende Szene, niemand witterte die Gefahr, Kiefer würde als glücklicher Mann sterben.

Noch nie in seinem Leben hatte er so viel geflucht. Der Personenschutz innerhalb der Kongresshalle war nicht erreichbar. Der Hausmeister nicht am Arbeitsplatz. Bremer war aus dem Auto gesprungen und sprintete los, gerade trafen drei Streifenwagen ein, er hängte seine Kollegen von der Streife locker ab, zog im Laufen den Dienstausweis, schrie den Sicherheitsleuten schon von weitem zu, der Ministerpräsident müsse sofort die Halle verlassen, ein Attentat sei geplant, jede Sekunde zähle. Mit vollem Tempo lief Bremer weiter, die Eingänge der Halle waren nicht gesichert, er boxte sich brutal durch die Menschen, manche stürzten, viele fluchten, aber Bremer war nicht aufzuhalten, da im Mittelgang, kurz konnte Bremer Steinmetz und Kiefer erspähen, in tödlicher Umarmung. Die Bodyguards spürten die Unruhe, die Bremer verbreitete. Zwei Guards wandten sich dem Kommissar zu, der immer noch seinen Ausweis vor sich her trug und wie am Spieß schrie, aber gegen das tosende Publikum hatte er keine Chance. Eine Lücke öffnete sich im Kordon um den Ministerpräsidenten.

Simmerling hatte Eberhard Steinmetz, den toten Mann, entdeckt, und wühlte sich verzweifelt durch die Menschenmasse, aber der tote Mann war immer einen Meter vor ihm. Immer näher kamen die beiden dem Präsidenten, die Guards witterten die Bewegung, aber

Eberhard Steinmetz tauchte ab, wühlte sich durch die Beine und tauchte vor dem Ministerpräsidenten wieder auf. Simmerling wusste nur noch ein Mittel. Wie eine Schlagwetterexplosion schleuderte er die Leute zur Seite, um Steinmetz zu erreichen.

Bremer sah Steinmetz' Arm wie das Beil eines Henkers auf sein Opfer stürzen, er schrie, niemand hörte, niemand reagierte, alles umsonst, ich habe versagt, dachte der Kommissar, ein toter Ministerpräsident ist der GAU.

David Steinmetz legte alle Kraft in den Stoß. Bis zum Knochen würde er die Kanüle in die Schulter rammen. Eine Hand fuhr dazwischen, blockte den Stoß ab, und gleichzeitig wurde David Steinmetz nach hinten gerissen, die Guards reagierten, zerrten den Ministerpräsidenten weg von David Steinmetz, der nicht wusste, was geschehen war. Er stürzte über seinen Stuhl, drehte sich im Fallen, die Menschen stoben zurück, er ruderte mit den Armen, winkelte beide an, um den Sturz abzufedern, und rammte sich die Kanüle in den Bauch. Schlagartig war es still geworden, ein einziger Schrei, angefüllt mit Schmerz und Verzweiflung, füllte die Halle bis in den letzten Winkel.

Eberhard Steinmetz schrie vor Entsetzen und musste mit ansehen, wie sein Sohn denselben Tod starb wie Barens. Er konnte seinen Blick nicht abwenden, jede Sekunde des Todeskampfes brannte sich in das Gedächtnis des Vaters. Das hatte er nicht gewollt. Nicht sein Sohn. Er wollte ihn doch nur daran hindern, Kiefer zu töten. Wollte nicht, dass sein Sohn für den Rest seines Lebens hinter Gitter musste.

Eberhard Steinmetz stand da und bewegte sich nicht.

Simmerling fegte die letzten Leute beiseite und stürzte sich auf seinen Todfeind, der sich nicht wehrte und nichts begriff. Wie ein Stahlreif legten sich seine Hände um Steinmetz' Hals. Simmerling hechelte vor Anstrengung, zögerte, um den Augenblick zu genießen. Dann wurde ihm schwarz vor Augen, er kippte zur Seite.

Bremer hatte ihm seine Waffe über den Schädel gezogen, zückte die Handschellen, legte sie dem Vater an und sagte, wie er es schon hundertmal vorher getan hatte: »Eberhard Steinmetz, Sie sind vorläufig festgenommen wegen des dringenden Verdachts, Wibke Fromm ermordet zu haben, einen Anschlag auf das Bergwerk Göttelborn geplant und ausgeführt zu haben, die Morde an Heinz Barens, Helge Satonak und Volker Brutsch geplant zu haben.«

Steinmetz richtete sich auf und schaute Bremer gerade in die Augen. »Sie haben den Mord an meinem Sohn vergessen. Das ist die größte Sünde überhaupt.«

»Dafür wird Sie kein irdisches Gericht zur Verantwortung ziehen«, erwiderte Bremer müde und angewidert. »Schafft ihn weg.«

Streifenbeamte nahmen den Mann in die Mitte, Steinmetz ließ sich nicht hängen, richtete sich gerade auf, straffte seine Rückenmuskeln und bereitete sich auf ein Leben im Gefängnis vor.

Bremer ließ den Tatort absperren, die Halle räumen, die Spurensicherung kam, das Übliche, Bellorz trudelte ein und gratulierte.

»Knapp, aber verdient, Martin.«

»Irrtum. Wir waren zu spät. Eberhard Steinmetz hat den Tod des Ministerpräsidenten verhindert.«

»Glück muss man auch haben. Trotzdem. Gute Arbeit. Eine Frage. – Wie bist du auf Steinmetz gekommen?«

»Das willst du nicht wirklich wissen, oder?«

»Du meinst, wenn ich es wüsste, würde ich dir das Fell über die Ohren ziehen?«

»Mindestens.«

»Vertrau mir.«

»Morgen«, sagte Bremer tonlos. »Morgen vertraue ich dir. Jetzt gehe ich nach Hause.«

Bellorz furchte seine Stirn. »Gut. Morgen kannst du mir auch noch vertrauen. Schlaf gut und ruh ein bisschen aus.«

Bellorz drückte Bremer die Schulter und wandte sich dem Tatort zu. David Steinmetz lag mit verrenkten Gliedern und verdrehten Augen auf dem Rücken und starrte die Decke an. Bellorz seufzte und dachte, dass es an der Zeit sei, Urlaub zu machen.

Martin Bremer winkte schlapp, die Kollegen grüßten, er verließ die Halle, wandte sich nach rechts und ging an der Saar entlang in den Bürgerpark, der so weit vom Stadtzentrum entfernt war, dass er selten hierher kam. Der Kommissar fühlte sich leer. Zufall. Purer Zufall, dachte er. Ein Bruchteil einer Sekunde entscheidet über Leben und Tod. Eine Kleinigkeit. Bei der Zeugung ebenso wie beim Sterben. »Heute ist Zeit zum Leben«, sagte er laut, zückte sein

Handy, wählte Saskias Nummer. Die Mailbox. Aber Bremer legte nicht auf. »Hallo Saskia. Ich kann nicht anders. Ich muss es dir sagen. Ich liebe dich. Ich will dich sehen. Wenn ich ehrlich sein soll, und das soll ich ja, bin ich verrückt nach dir. Ruf mich zurück, egal, was du mir sagen willst. Bis bald.«

Bremer schlurfte zurück zu seinem Auto. Aber er fuhr noch nicht nach Hause. Fragen bohrten. Er legte seine Waffe ab, ließ Eberhard Steinmetz ins Vernehmungszimmer bringen, postierte zwei Beamte neben ihm und einen hinter ihm. Die Aufzeichnungsgeräte summten, Bremer belehrte Steinmetz über seine Rechte.

»Ich brauche keinen Anwalt. Was wollen Sie wissen?«, sagte Steinmetz verlegen und legte dabei seinen Kopf schräg.

Bremer hatte schon viele Mörder vor sich gehabt, aber Steinmetz machte den Eindruck, als habe er eine Dose Hautcreme geklaut und schäme sich deshalb. Und er konnte Wibke Fromm verstehen. Steinmetz hatte Charme und erotische Ausstrahlung. Ein schöner Mann, stark und gleichzeitig warm.

»Warum?«, fragte Bremer. »Sie können den Niedergang des Bergbaus nicht aufhalten, das muss Ihnen doch klar gewesen sein.«

»Wir glauben daran. Aber das war nicht alles. Sie haben es wirklich nicht rausgefunden?«

»Was?« Bremer wurde unbehaglich zumute.

Steinmetz schüttelte den Kopf. »Das kann nicht wahr sein.«

»Herr Steinmetz, bitte. Was meinen Sie?«

»Ich meine Barens.«

Bremer verstand kein Wort. In Gedanken ging er die Akten des Politikers durch. Es gab nicht die geringste Verbindung zwischen Steinmetz und Barens. Außer dass sie beide im Saarland wohnten und mit Bergbau zu tun hatten.

»Das macht mich ein wenig stolz. Ich habe es David immer wieder gesagt: Geduld muss man haben. Es kommt irgendwann die richtige Zeit. Meine Rechnung ist aufgegangen. Fast. Wenn David nicht eigenmächtig gehandelt hätte, wäre alles glatt gegangen.«

»Das sehe ich anders. Der Mord an Wibke Fromm war der Fehler.«

»Das war ein Unfall.«

»Wie ist es passiert? Wollte sie zur Polizei?«

»Polizei? Das ist ja absurd. Sie wusste nicht das Geringste von meinen Plänen. Halten Sie mich für verrückt? Nein, sie wollte abtreiben.«

Bremer wurde heiß und kalt. »Sie wollte *Ihr* Kind nicht?«

»Sie wollte ein Kind von David. Unbedingt. Meins wollte sie nicht. Das ist richtig.«

»Aber dann hat sie mit Ihnen geschlafen?«

Steinmetz streckte sich. »Sie war wirklich gut. Schade, dass sie in David verliebt war.«

»Sie wollte David eifersüchtig machen?«

»Ja. Das hat nicht funktioniert.«

Bremer blätterte in den Akten. »Wibke Fromm war im vierten Monat schwanger. Da geht eine Abtreibung nicht mehr. Sie erzählen Märchen.«

»Illegal schon. Der Termin stand fest.«

»Wann?« Bremers Stimme drohte.

Steinmetz zögerte, furchte die Stirn, dachte nach. »Ich ... ich weiß es nicht mehr. In zwei Wochen. Sie wollte allein dahin. Ich habe mich gar nicht darum gekümmert. Wir haben uns gestritten. Abtreibung ist eine Todsünde. Ich habe ihr angeboten, sie zu heiraten und das Kind großzuziehen. Sie hat gelacht und gesagt, ich sei gut im Bett, aber sie wolle nicht in einer Kirche leben.«

»Warum hat sie David nichts gesagt? Sie wollte ihn doch eifersüchtig machen? Sie beide gegeneinander ausspielen?«

»David war sehr empfindlich. Er hat mit ihr geschlafen, aber nur geschützt. Er wollte nicht mit einer Frau zusammen sein, die doppelt so alt ist wie er. ›Wenn ich dreißig bin, ist Wibke sechsundvierzig. Alt. Das ist eklig‹, hat er gesagt. Was soll ich machen. Es ist seine Sache. Aber Wibke dachte, sie könne ihn bekommen.«

»Sie lügen wie gedruckt!« Bremer war aufgesprungen, sein Stuhl kippte nach hinten über, Steinmetz zuckte zusammen, wandte seinen Blick ab. »Sie lügen!«, schrie Bremer weiter. »Wozu hatten Sie das Gezähe dabei? Sie haben es bei Simmerling gestohlen, nicht wahr? Geben Sie es zu!«

»Ich wollte für David eine Kopie anfertigen lassen.« Steinmetz' Blick wurde glasig. »Sie hat mich beschimpft, ich sei nicht bei Trost.«

Bremer setzte sich wieder. Steinmetz flüsterte. »Verdammt, ja. Sie wollte gar nicht abtreiben. *Ich* wollte den Bastard nicht. Sie war eine Schlampe, eine Hure, zu schade für meinen Sohn. Vielleicht hätte sie ihn doch noch verhext, das Luder. So wie mich. Für eine Nacht. Da habe ich rotgesehen.«

Widerlich, dachte Bremer. »Ich werde Ihnen beweisen, dass Sie Wibke Fromms Tod geplant haben. Man wird Edgar Simmerling glauben und nicht Ihnen. Sie haben ihn angerufen, in die Falle gelockt. Ich werde beweisen, dass Sie am Tatort waren. Ein einziges Haar. Ein weißes. Von einer Katze. Von einer toten Katze, die in Ihrem Haus auf dem Kaminsims steht. Ausgestopft.«

Steinmetz richtete sich auf und fixierte Bremer. »Es war ein Unfall. Fertig. Nichts war geplant.«

Steinmetz fängt an, sich von der Realität zu verabschieden, dachte Bremer. Wibke Fromms Tod war geplant gewesen. Minutiös.

»Aber das Bergwerk, das war kein Unfall?«

Steinmetz straffte sich. »Sicher nicht. Ich habe meinen Sohn gut erzogen. Er hat mir gehorcht, wie ein Sohn seinem Vater gehorchen soll. Die Sache war ein Kinderspiel. Je zwei Trennladungen an den Seilscheiben und den Bremsen, fünf Minuten. Acht Ladungen in Lummerschied, eine Viertelstunde, das vertauschte Typenschild auf dem Panzerförderer, zwei Minuten. Der Dauerschreiber – eine Meisterleistung. David ist zweimal damit kontrolliert worden. Aber die Polizisten sind nicht schlau genug für uns.«

»Wir haben die Werkstatt gefunden. Unsere Experten waren begeistert«, sagte Bremer und dachte, wir sind schlau genug gewesen, um dich festzunageln. »Und weiter?«

»Die gefälschte Bestellung bei der Catering-Firma war ein Spaß, nur das Bekennerschreiben, da haben wir lange dran gefeilt. Haben im Internet gestöbert und jede Menge Terroristenquatsch gelesen. Unsere Strategie war ganz simpel: So dick auftragen, dass es wehtut. So weh, dass niemand mehr unterscheiden kann, ob es echt ist oder nicht. Wir mussten laut sein. So laut, dass uns jeder hört. David hat bis zum Schluss daran geglaubt. Ich glaube noch immer daran.«

»Dass Sie die Schließungen aufhalten könnten?«

»Natürlich. So ist die Jugend. Sie glaubt uns, wenn wir überzeugt sind. Wenn wir Vorbilder sind und fühlen, was sie brauchen. Wussten Sie das nicht? Die Jungen lechzen nach Vorbild und Führung, nach Gemeinschaft und Ziel. Wenn Sie das bieten können, machen die alles. Es ist wunderbar. Keine Kraft ist stärker als die Jugend.«

Ein Stich fuhr Bremer durchs Herz. *Sein* Sohn war ein Spieler. Genau genommen ein Krimineller. Steuerhinterziehung. Mindestens. Und wer weiß, was sonst noch. Und seine Tochter? Wann hatte er das letzte Mal mit seiner Tochter geredet? Das musste Monate her sein.

Steinmetz' Augen leuchteten. »Diese vollkommen irrsinnige Feier war die Gelegenheit, auf die ich all die Jahre gewartet hatte. Unsere Planung begann in dem Moment, als durchsickerte, dass diese unsägliche Feier stattfinden sollte. Mein Gott, haben die Kameraden geflucht. Einige waren drauf und dran, Randale zu machen, aber letztendlich sind Bergleute doch zu feige, um wirklich hart zu kämpfen.«

Bremer war erschöpft, aber es gab noch eine offene Frage. »Was haben wir nicht herausgefunden?«

»Eigentlich sollte ich Sie schmoren lassen, Herr Kommissar.«

»Ich gebe Ihnen Brief und Siegel, dass ich Sie so lange verhören werde, bis Sie auspacken.«

Steinmetz lachte. »Herr Kommissar, Sie machen mir ja richtig Angst. Gut, gut. Um der Folter zu entgehen – ich packe aus. Meine Frau. Sie ist vier Monate nach der Geburt meines Sohnes bei einem Verkehrsunfall ums Leben gekommen. Der Fahrer war Barens.«

»Das können wir nicht übersehen haben«, murmelte Bremer und zückte sein Handy. »Bremer hier, grüß dich, Holger. Du hast Bereitschaft, du Ärmster? Das geht auch vorbei. Tu mir doch mal einen Gefallen und schau in der Akte Steinmetz nach. Da müsste was über einen Verkehrsunfall drinstehen. Ja, ich warte.«

Fünf Minuten lang fiel kein einziges Wort. Bremer lauschte, unterbrach die Verbindung. Ihm wurde übel. Das konnte nicht wahr sein. So grausam konnte das Leben doch nicht sein. Eine volle Minute schloss der Kommissar die Augen. Dann sagte er Steinmetz die Wahrheit.

Bremer blieb noch im Vernehmungszimmer sitzen. Ein Gedanke schoss ihm durch den Kopf. Simmerling. Er musste sich unbedingt bei Simmerling entschuldigen. Bremer fuhr ins Krankenhaus. Diesmal stand kein Polizist vor der Tür. Bremer klopfte und trat ein.

Simmerlings Bett war umrundet von Lui und seinen Kameraden. Der begrüßte Bremer fröhlich.

»Glück auf, Herr Kommissar, schön, Sie hier zu sehen. Sie werden unser Sorgenkind hier diesmal wohl nicht verhaften, oder?«

Ein Schatten fiel über Simmerlings Gesicht, aber Bremer hob abwehrend die Hände. »Ich muss Herrn Simmerling etwas sagen.«

»Sollen wir gehen?«

»Bleiben Sie nur«, sagte Bremer schnell. »Das kann jeder hören.« Bremer setzte sich auf das Krankenbett, Simmerling wusste nicht so richtig, wo er hinschauen sollte.

»Ich bitte Sie um Entschuldigung. Wir haben einen schweren Fehler gemacht.«

»Ich auch«, sagte Simmerling schnell. Lui bedeutete ihm, die Klappe zu halten.

Bremer beichtete weiter. »Wir hätten Sie besser bewachen müssen. Ganz zu schweigen von den Fingerabdrücken. Natürlich haben Sie auch ein paar Fehler gemacht, so zehn bis zwanzig. Was dabei rauskommt, kann ich noch nicht sagen. Ich nehme an, Rechtsanwalt Mattern wird Sie vertreten?«

Simmerling nickte und verabschiedete sich von Bremer mit Tränen in den Augen, Lui klopfte dem Kommissar freundschaftlich auf die Schulter, und die gesammelte Mannschaft wünschte ein zackiges »Petri Heil, Herr Kommissar!«

Bremer trat hinaus auf die Großherzog-Friedrich-Straße und wunderte sich wieder einmal über diesen Simmerling, diesen Hünen, dieses Kraftpaket, das alle fünf Minuten in Tränen ausbrach. Die Staatsanwaltschaft würde auf eine Anklage wegen versuchten Mordes verzichten. Aus Mangel an Beweisen. Und die Pillen. Unzurechnungsfähig. Ein Prozess, bei dem die Ermittler als Amateure vorgeführt würden, war nicht erwünscht.

Die Saarbahn rauschte vorbei, Bremer schlenderte zum Landwehrplatz, wo er seinen Wagen geparkt hatte. Heinz Barenz, dachte Bremer, Heinz Barenz und Heinz Barens. Eine Kleinigkeit. Und was wollte Haberland von mir? Ist das noch wichtig? Immer wieder schüttelte er den Kopf, stieg in sein Auto und fuhr dahin, wo er Ruhe finden wollte. Von weitem schon sah er, dass im Haus Licht brannte. In seinem Haus, seinem Zuhause. Auf einmal war es ein Zuhause. Und er wusste auch, warum. Weil Dirk da war. Bremers

Herz fing an zu klopfen. Ich werde klingeln. Und mein Sohn, der Spieler, öffnet mir die Tür. Mal sehen, wie sich das anfühlt.

Zweimal drückte Bremer die Schelle. Die Tür flog auf, und Bremer wäre fast in Ohnmacht gefallen.

»Hey, Dirk, da steht ein einsamer Cowboy vor der Tür. Sollen wir ihn reinlassen?«

Aus der Küche antwortete Bremers Sohn. »Weiß nicht. Sollen wir, Saskia?«

»Einen Versuch ist es wert.«

Saskia trat einen Schritt zur Seite und ließ Bremer unter wachsamen Blicken passieren. Vorsichtig schloss sie die Tür. Von außen sah alles aus wie immer.

Nachwort

Das vorliegende Buch ist ein Kriminalroman und keine Dokumentation über den saarländischen Bergbau. Die Schauplätze habe ich nach den Erfordernissen der Dramaturgie verändert und bin dabei so nah wie möglich an der Realität geblieben. Den Füllort auf Sohle sechs konnte ich nie besichtigen. Augenzeugenberichte und Fotos inspirierten aber ausreichend meine Phantasie.

Drei Personen sind nicht erfunden: Alfons Groß, der Bergmannsdichter, der Maler Claude Jaté und Adolf Schmidt, IGBCE-Vorsitzender von 1969 bis 1985.

Danksagung

Meine Frau, Ulli Conrath, hat mir wieder einmal ihre bedingungslose Liebe geschenkt.

Besonderer Dank gilt meinem Freund Peter Tiefenbrunner, der sich die Zeit genommen hat, das Manuskript in seiner ersten Fassung zu lesen, und den Mut hatte, mir seine Meinung zu sagen.

Ebenso schulde ich Delf Slotta großen Dank, der als Co-Lektor das Buch auf Bergtauglichkeit abgeklopft hat, sich viel Zeit nahm, mir zu erklären, wovon ich keinen blassen Schimmer hatte.

Natürlich gilt mein Dank Stefanie Rahnfeld, die genau weiß, wie man einem Autor das Manuskript um die Ohren haut, ohne dass er den Mut verliert.

Nicht zu vergessen das gesamte Team vom Emons Verlag.

Ohne die Bereitschaft, offen mit mir zu reden oder mir einen guten Kontakt zu verschaffen, hätte ich dieses Buch nie schreiben können. Vielen Dank!

Marion Bredebusch, Melanie Eberhard, Dieter Edel, Christoph Engel, Andreas Hettrich, Wolfgang Hildebrandt, Manfred Jost, Ernst Kollmann, Peter Lehnert, Bernd Quint, Karsten Quint, Werner Rettenmaier, Manfred Thome, Hubert Ulrich, Lothar Warscheid, Holger Weikopf, Raimund Weyand, Gregor Zewe.

Vielen Dank auch an alle, die mir geholfen haben und anonym bleiben wollen.